ANNA SALTER | Wenn du lügst

Über das Buch

Die forensische Psychologin Breeze Copen beurteilt, ob Sexualstraftäter, deren Entlassung kurz bevorsteht, nach Abbüßung der Strafe in Sicherheitsverwahrung genommen werden müssen oder nicht. Dabei hilft ihr eine besondere Gabe – sie ist Synästhetikerin: Sie »sieht« Geräusche als Farben und Muster. Und bestimmte Veränderungen dieser Klangmuster zeigen Breeze, wenn ihr Gegenüber lügt.

Im Fall des Sexualstraftäters Daryl Collins schrillen bei Breeze alle Alarmglocken. Daryl sagt eindeutig nicht die Wahrheit und versucht, die Psychologin zu manipulieren. Breeze ist davon überzeugt, dass er rückfällig werden wird und äußerst unberechenbar ist. Nur wie soll sie das beweisen? Dann aber hat Breeze während des Gesprächs mit Daryl eine Vision. Urplötzlich sieht sie ein kleines Mädchen im geblümten Kleid vor sich. Instinktiv spricht sie Daryl auf das Thema Kinder an – und löst damit eine verräterische Reaktion bei ihm aus. Nun weiß Breeze, wo sie ansetzen muss. Sie unternimmt eine Reise in Daryls verbrecherische Vergangenheit – und setzt sich dabei selbst einer Gefahr aus, mit der sie nicht gerechnet hat ...

»Ein fesselnder Roman in der Tradition von Patricia Cornwell.«

Denver Post

»Atemberaubend spannend mit einem wirklich überraschenden Ende.« *Publishers Weekly*

»Diese neue Ermittlerin ist uns gleich ans Herz gewachsen.«

San Francisco Chronicle

»Beeindruckend!« *Chicago Tribune*

Über die Autorin

Anna Salter ist in North Carolina geboren und aufgewachsen. Sie studierte zunächst Literaturwissenschaft und Psychologie, bevor sie sich in Harvard der Kinderpsychologie und klinischen Psychologie zuwandte. Ihre wissenschaftlichen Publikationen gelten als Leitfaden für die Therapie von Sexualstraftätern. Dr. Salter ist gefragte Beraterin bei Gericht und im Strafvollzug. »Wenn du lügst« ist ihr fünfter Roman.

ANNA SALTER

Wenn du lügst

Roman

Aus dem Amerikanischen von Patricia Woitynek

Diana Verlag

Die Originalausgabe erschien 2006 unter dem Titel
Truth Catcher bei Pegasus Books LLC, New York

Mix
Produktgruppe aus vorbildlich
bewirtschafteten Wäldern und
anderen kontrollierten Herkünften

Zert.-Nr. SGS-COC-1940
www.fsc.org
© 1996 Forest Stewardship Council

Verlagsgruppe Random House FSC-DEU-100
Das für dieses Buch verwendete
FSC-zertifizierte Papier *Holmen Book Cream*
liefert Holmen Paper, Hallstavik, Schweden.

Deutsche Erstausgabe 12/2008
Copyright © 2006 by Anna Salter
Published by Arrangement with PEGASUS BOOKS LLC,
New York, NY, USA
Copyright © der deutschsprachigen Ausgabe 2008
by Diana Verlag, München,
in der Verlagsgruppe Random House GmbH
Redaktion | Regine Weisbrod
Umschlaggestaltung | Hauptmann & Kompanie Werbeagentur,
München – Zürich, Teresa Mutzenbach
Herstellung | Helga Schörnig
Satz | Leingärtner, Nabburg
Druck und Bindung | GGP Media GmbH, Pößneck
Printed in Germany 2008
978-3-453-35274-2

www.diana-verlag.de

Für Lee und Lynn Copen.
Ich vermisse euch zwei.

Kapitel 1

Meine Mutter gab mir den Namen Breeze, Brise. Hochschwanger hatte sie an einem heißen Augusttag in Arizona auf meine Ankunft gewartet, als aus dem Nichts eine stetige Brise aufzog, die den ganzen Tag und die Nacht über anhielt. Meine Mutter sagte, die Brise habe mich mit sich gebracht und dann zurückgelassen, als sie weiterzog.

Heute lag Arizona weit hinter mir. Schon in meinem zweiten Lebensjahr hatten Arizona und meine Mutter weit hinter mir gelegen. Heute saß ich in einem Washingtoner Staatsgefängnis und wartete darauf, einen Sexualstraftäter zu befragen, etwas, das sich meine süße Hippie-Mama für mich niemals hätte vorstellen können. Ich bin Gerichtspsychologin, und unter anderem muss ich Sexualstraftäter im Hinblick auf eine mögliche Sicherungsverwahrung beurteilen, was mich in diesem Fall ins Judas Island Correctional Center in Posedan, Washington, geführt hat.

Seltsamerweise befand sich das Judas Island Correctional Center auf dem Festland, gleich südlich von Seattle – keine Insel weit und breit. Der Befragungsraum war ein kleiner, fensterloser Würfel, ausgestattet mit der üblichen Gefängniseinrichtung: festgeschraubte Me-

7

tallmöbel und PVC-Boden. Ich hörte Schritte und sah auf, als Daryl Collins den Raum betrat.

Er war vierzig, mit beginnender Glatze und ein paar dünnen Haarsträhnen, die er sorgfältig in die Stirn gekämmt hatte. Sein Mund war ein breiter Strich; die Augen waren tiefliegend und haselnussbraun, mit einem harten Ausdruck, den er nicht ganz verbergen konnte. Collins war ein großer Mann mit hängenden Schultern, der im Gegensatz zu den meisten anderen Häftlingen nicht so aussah, als halte er sich mit Hantel- oder Gerätetraining fit. Dennoch war sein Gesicht faltenlos und ließ ihn jünger wirken, als er tatsächlich war. Gefängnisinsassen scheinen nicht zu altern; die Zeit scheint für sie einfach stehen zu bleiben.

Der Beamte, der Collins begleitete, positionierte sich direkt neben der Tür und lehnte sich mit verschränkten Armen gegen die Wand. Collins, der an Hand- und Fußgelenken gefesselt war, kam durch den Raum auf mich zu.

»Bitte nehmen Sie Platz, Mr Collins. Ich bin Dr. Copen«, sagte ich. »Man hat mir gesagt, dass Sie einverstanden sind, mit mir zu sprechen.«

»Natürlich werde ich mit Ihnen sprechen«, erwiderte Collins und setzte sich auf einen Stuhl. »Ich habe nichts zu verbergen. Jetzt nicht mehr. Ich habe das alles vor langer Zeit hinter mir gelassen.« Sobald er sprach, bekam ich ein besseres Gespür für ihn, aber das hatte nichts mit seinen Worten zu tun. Ich bin Synästhetikerin, und meine Neuronen sind ein wenig falsch vernetzt, falls man es so ausdrücken will. Wenn ich Stimmen oder Musik oder bestimmte Tierlaute höre, dann nehme ich nicht nur die

Geräusche wahr, sondern ich sehe außerdem Farben und Muster. Besonders gern mag ich Möwen, denn ihre Stimmen sind eine Art weich geschwungenes Rot. Ich muss noch nicht einmal die Augen schließen, um die Farben zu sehen – sie sind direkt vor mir, mit Formen und Texturen, für die ich keine Worte habe. Und die Farben gehen manchmal mit etwas einher, das ebenfalls schwer zu beschreiben ist – mit allen möglichen Empfindungen in meinen Handflächen.

Es ist nicht so, als ob mit mir etwas nicht stimmen würde. Die Wissenschaft sagt, dass Synästhesie normal sei, wenn auch ziemlich selten – so selten, dass die Chance, sie zu haben, bei eins zu fünfundzwanzigtausend liegt. Meine Neuronen sind einfach, na ja, überkreuzt. Für mich ist das keine große Sache – ich kenne es nicht anders –, trotzdem gehe ich nicht damit hausieren. Die Menschen können mit Abweichungen von der Norm nicht gut umgehen.

Für meine Ohren klang Collins' Stimme weich, gelassen und zurückhaltend, doch sie sah ganz anders aus. Es war eine messingartige Farbe mit einer olivgrünen Note. Sie hatte Kanten, aber ich konnte weder die Form, die sie bildeten, benennen noch die Empfindung in meinen Handflächen identifizieren, allerdings wusste ich, dass sie nicht angenehm war.

»Danke, dass Sie eingewilligt haben, sich mit mir zu treffen«, begann ich mit meiner Einführungsrede. »Ich bin Psychologin und vom Staat Washington damit beauftragt, ein Gutachten über Sie zu erstellen. Meine Aufgabe ist es, herauszufinden, ob Sie die Kriterien erfüllen, die der Gesetzgeber für einen Sexualstraftäter mit

Rückfallrisiko festgelegt hat. Falls Sie es tun, kann nach Verbüßung Ihrer Freiheitsstrafe Sicherungsverwahrung angeordnet werden, aus der man Sie erst entlassen wird, wenn als gewährleistet gilt, dass keine Rückfallgefahr mehr besteht. Sollten Sie die Kriterien nicht erfüllen, werden Sie nach Verbüßung Ihrer Haftstrafe entlassen.«

Ich betete den ganzen Sermon herunter, obwohl ich wusste, dass er sich mit den Gesetzen vermutlich besser auskannte als ich. Sechzehn Staaten verfügten mittlerweile über Gesetze, denen zufolge jeder Sexualstraftäter am Ende seiner Haftstrafe beurteilt werden musste. Wurde er als potenzieller Wiederholungstäter eingestuft, drohte ihm anstelle von Freilassung die Sicherungsverwahrung. In diesem Fall würde man ihn zu Behandlungszwecken in eine andere gesicherte Einrichtung verlegen. Dort würde er bleiben, bis die Therapie das Risiko eines Rückfalls verringert hätte – was auch niemals eintreten konnte. Dieser Aspekt machte die Täter nervös. Die meisten nahmen sich bereits Anwälte, noch bevor ich überhaupt mit meiner Untersuchung begann.

»Ich bin weder für noch gegen Sie. Ich bin eine außenstehende, unabhängige Gutachterin. Sie können dieser Befragung zustimmen oder nicht. Falls Sie zustimmen, steht es Ihnen frei, die Beantwortung jeder beliebigen Frage abzulehnen. Außerdem dürfen Sie mir Fragen zu dem Verfahren stellen. Falls Sie nicht zustimmen, werde ich trotzdem ein Gutachten verfassen, welches sich dann auf Ihre Akten stützt. In diesem Fall werde ich Ihre Verweigerung in meinem Bericht erwähnen, ohne sie jedoch zu deuten. Menschen lehnen eine solche Befragung aus verschiedensten Gründen ab, und ich bin mir darüber im Klaren, dass eine Weigerung keinen Hinweis darauf darstellt, ob der Betreffende mehr oder weniger wahrscheinlich eine Wiederholungstat begehen wird.«

Collins hatte sich zurückgelehnt und beobachtete mich, während ich sprach. Sein Gesicht war ernst, und die Hände lagen entspannt in seinem Schoß. Ich holte Luft und sprach weiter: »Diese Befragung ist nicht vertraulich. Alles, was Sie sagen, kann in meinen Bericht einfließen, der anschließend an das Gericht weitergeleitet wird. Meine Notizen werden beiden Anwälten zugänglich sein. Hier ist eine Einverständniserklärung, auf der das alles zusammengefasst ist und die Sie unterschreiben müssen, bevor ich fortfahre. Haben Sie irgendwelche Fragen?«

»Ja, Eine Frage hätte ich. Meinen Sie, wir könnten diese Unterredung unter vier Augen führen, ohne den Wachmann? Er kann natürlich gleich draußen vor der Tür warten. Die Sache ist die, dass ich über meine Kindheit reden werde, über Dinge, die mir widerfahren sind. Das Ganze wird vielleicht bei Gericht landen, aber deshalb muss es nicht jeder im Gefängnis wissen.«

Ich starrte ihn ungläubig an, dann richtete ich den Blick auf den Beamten, der noch immer mit vor der Brust verschränkten Armen an der Wand lehnte. Er sah mich unverwandt an, zweifellos wartete er darauf, wie ich reagieren würde. Eine Gefängnismitarbeiterin hatte teuer dafür bezahlt, mit Collins allein in einem Raum geblieben zu sein. Wie konnte er überhaupt darum bitten?

»Ich habe die Akten gelesen«, sagte ich.

»Das ist lange her.«

»Ich wiederhole: Ich habe die Akten gelesen.«

»Hören Sie, ich war damals außer Kontrolle, wahnsinnig. Das war, bevor ich zu Gott gefunden habe. Ich bin heute ein anderer Mensch. Sie können fragen, wen Sie wollen. Ich habe seit fünf Jahren keinen einzigen negativen Aktenvermerk bekommen. Ich habe einfach das Gefühl, dass ich viel offener reden kann, wenn niemand sonst zuhört.«

Ich griff in meine Aktentasche, kramte einen Moment darin herum, dann zog ich einige Papiere hervor und legte sie vor mich hin. »Mr Collins«, sagte ich. »Lassen Sie uns das zusammen durchgehen, nur um sicherzustellen, dass wir von derselben Sache sprechen. Vor zehn Jahren hat Ihre Therapeutin Sie aus der Gruppentherapie genommen. Sie hatte den Eindruck, dass Sie die Behandlung nicht ernst nähmen und gleichzeitig andere Gruppenmitglieder bedrohten und kontrollierten. Sie baten um ein abschließendes Gespräch. Es hätte ein Wachmann mit im Raum sein müssen – schließlich hatten Sie auch sie zuvor bedroht –, aber irgendwie konnten Sie sie überreden, darauf zu verzichten. Sie haben die Tür verbarrikadiert und sie über Stunden wiederholt vergewaltigt. Sie drohten den Beamten, dass Sie, falls sie Gas benutzten oder die Tür einschlügen, die Frau töten würden. Sie vergewaltigten sie, bis Sie genug davon hatten, dann öffneten Sie die Tür. Es überrascht mich sehr, dass Sie auch nur darum ersuchen, mit mir oder irgendeinem anderen Mitarbeiter in einem Raum allein gelassen zu werden. Die Gefängnisleitung würde niemals zustimmen, selbst wenn ich es täte.«

Einen Moment lang erwiderte er nichts, und ich starrte ihn einfach nur an, noch immer verblüfft, dass er sich überhaupt die Mühe gemacht hatte, darum zu bitten. Dann plötzlich begriff ich. Wenn ich einwilligte, würde das einen Keil zwischen mich und die Behörden treiben. Ich würde argumentieren müssen, dass er nicht so gefährlich sei, wie sie annahmen, was sich sehr wahrscheinlich in dem Gutachten niederschlagen würde. Eine kognitive Dissonanz würde mich daran hindern, der Gefängnisleitung gegenüber zu behaupten, dass er nicht gefährlich sei, und vor Gericht das Gegenteil zu sagen. Es war clever, das musste ich ihm lassen.

»Menschen können sich ändern«, sagte Collins schließlich. »Ich weiß, dass ich mich geändert habe. Ich war damals auf Speed. Ich war zutiefst verdorben. Ich hatte noch nicht zu Jesus gefunden.«

»Nein.«

Er sah mich einfach nur an, aber ich fügte nichts mehr hinzu. Ich wusste aus Erfahrung, dass ihm jedes weitere Wort Gründe zum Argumentieren liefern würde. Einfach Nein zu sagen, funktionierte wesentlich besser. Es ist ein gutes, solides Wort. Ich verstehe nicht, warum nicht mehr Menschen es benutzen.

»Ich weiß nicht, ob ich diese Unterredung unter diesen Umständen führen kann«, sagte er. »Sie erwarten von mir, über sehr private Dinge zu sprechen, während jemand anders zuhört.«

»Das ist Ihre Entscheidung, Mr Collins«, erwiderte ich gelassen. »Wenn wir diese Befragung durchführen, halten wir uns an die Gefängnisregeln. Die Entscheidung liegt nun bei Ihnen.« Ich hatte gelernt, niemals zu versuchen, Sexualstraftäter zu irgendetwas zu überreden. Es war ein Hebel, den sie einsetzen konnten, um einen zu manipulieren. Es lag allein bei Collins, ob dieses Gespräch stattfinden würde oder nicht. Ich hatte an dieser Entscheidung keinen Anteil.

Seufzend nahm er den Stift auf und unterschrieb die Einverständniserklärung, die ich vor ihn gelegt hatte.

»In Ordnung«, sagte er dann. »Aber ich habe noch eine letzte Frage. Haben Sie zu Gott gefunden? Glauben Sie an Jesus Christus, unseren Erlöser? Ich habe das Recht zu wissen, mit wem ich spreche, Dr. Copen. Weil ich nämlich nicht glaube, dass irgendjemand, der nicht zu Jesus gefunden hat, verstehen kann, was mit mir passiert ist. Sind Sie vom Blut des Lammes gereinigt worden? Denn wenn Sie es sind, dann wissen Sie, wie sehr sich Menschen verändern können. Dann haben Sie die Liebe erfahren, die Sie wie ein Baby in Seinen Armen wiegt.«

Ich wollte gerade zu einer Entgegnung ansetzen, als Collins plötzlich von seinem Stuhl hochschnellte und sich über den Tisch lehnte, bis sein Gesicht nur noch Zentimeter von meinem entfernt war. »Haben Sie sie erfahren, Breeze?«, fragte er leise, »diese Liebe, die Sie wie ein Baby in Seinen Armen wiegt?« Die Stimme schien wie Finger unter meine Kleider zu schlüpfen, und seine Augen waren so dunkel und glänzend wie Murmeln. Er verströmte den Geruch von überreifen Früchten mit einem Schuss Testosteron. Seine Unterarme lagen auf dem Tisch vor mir, und ich konnte die braunen Haare sehen, die sich wie Borsten aufgestellt hatten. Der Wachmann stand unverzüglich auf und sagte: »Pflanz deinen Hintern wieder auf den Stuhl, Daryl.«

Mit einem befriedigten Lächeln ließ Collins sich zurücksinken. In dieser Sekunde wusste ich, dass ich den echten Daryl Collins gesehen hatte und er den restlichen Tag nichts mehr tun könnte, das mir mehr verraten würde. Er würde niemals ein erstklassiger Täuscher sein, auch wenn ihm das vermutlich nicht bewusst war. Die besten Blender vermitteln einem sofort das Gefühl von Kameradschaft. Gegen sie auszusagen, bewirkt, dass man sich schuldig fühlt, so als ließe man einen Freund im Stich. Bei Collins war die Gier, Angst in den Augen seines Gegenübers aufflackern zu sehen, zu deutlich ausgeprägt. Letztes Endes war er nichts weiter als ein gewöhnlicher Krimineller. Er würde immer wieder gewalttätig werden, selbst wenn er es nicht musste, selbst wenn er, wie dieses Mal, dafür bestraft werden würde. Er hatte einfach zu viel Spaß daran.

Auch ich lehnte mich wieder zurück, mein Gesicht so ausdruckslos wie möglich. Ich verschränkte die Arme und musterte ihn. Ich sagte kein Wort. Alles, was ich sagen konnte, würde ihm einen Kick geben. Jede Art von Protest würde ihm verraten, dass es mir etwas ausmachte, was von vorneherein sein einziges Ziel gewesen war.

Und wogegen konnte ich schon protestieren? Wenn ich jedes der Worte, die er gerade gesagt hatte, notierte, würde nicht der Hauch einer Bedrohung in ihnen zu finden sein. Trotzdem hatte das Gefühl, bedroht zu werden, mir die Härchen im Nacken aufgestellt. Am meisten brachte mich auf, dass er mich beim Vornamen genannt hatte. Natürlich war es ein Leichtes für ihn gewesen, ihn in Erfahrung zu bringen. Er brauchte nur seinen Anwalt zu fragen, wer der Gutachter seines Falls sein würde. Zu wissen, wie er ihn herausgefunden hatte, brachte nichts. Die Vertrautheit, die er hatte andeuten wollen, war eindeutig da gewesen: eine bedrohliche, schmierige Art von Vertrautheit, die mir das Gefühl gab, vergewaltigt worden zu sein.

Ich wartete einen Moment, bevor ich sprach. »Mr Collins«, sagte ich dann mit ausdrucksloser Miene. »Können wir über das Sexualdelikt sprechen, für das Sie sich derzeit in Haft befinden?«

Collins senkte den Blick, bevor er antwortete. Als er wieder hochsah, war er erneut in die Rolle des reumütigen Büßers geschlüpft. »Es steht alles da drin«, sagte er mit einem wegwerfenden Winken zu den Akten vor mir. »Müssen wir wirklich darüber reden? Ich bin damals ein anderer Mensch gewesen, ich hatte noch nicht zu Christus gefunden. Warum in der Vergangenheit herumstochern? Und letztendlich wäre ich nicht der Mensch, der ich heute bin, wenn ich das alles nicht getan hätte.« Er zuckte die Achseln. »Es gehört alles zu Gottes Plan. Trotzdem wünschte ich, es gäbe eine Möglichkeit, es wiedergutzumachen. Ich bete jeden Tag für sie, aber ich habe das Gefühl, als sollte ich mehr tun.«

Er spielte die Rolle ziemlich gut. Aber auch ohne die Attacke von eben hätte ich sie ihm nicht abgekauft. Ich hatte einen Vorteil, von dem er nichts wusste. Synästhetiker ticken völlig anders, und zu meiner speziellen Ausprägung der Synästhesie gehört es, Veränderungen in der Textur der Stimme hören zu können, wenn Menschen lügen. In dem Moment, als er angefangen hatte, über seine religiöse Bekehrung zu sprechen, war seine Stimme von glatt und messingartig zu kratzig und rau übergegangen. Wenn Menschen lügen, muss es irgendeine Veränderung in ihrem Tonfall geben, denn das ist das Einzige, worauf die Synästhesie anspricht. Dabei sind diese auditiven Veränderungen zu subtil, als dass ich sie hören könnte. Sie werden jedoch in etwas übersetzt, das ich mühelos sehen kann.

»In Ordnung«, sagte ich. »Was ist mit Ihren früheren Straftaten, wie zum Beispiel der, für die Sie ursprünglich inhaftiert wurden? Soweit ich weiß, haben Sie einen Seven-Eleven-Supermarkt ausgeraubt. Sie wären inzwischen wieder frei, wenn Sie nicht die Therapeutin vergewaltigt hätten.«

»Ich sagte bereits, dass es keinen Sinn hat, in der Vergangenheit herumzustochern.« Gereiztheit schlich sich in seine Stimme zurück. Als ich nichts erwiderte, fuhr er fort: »Okay. Ich habe nie geleugnet, dass ich ein wilder Kerl war. Damals hatte ich einfach keinen Funken Verstand.« Er seufzte, als hätte er es satt, das ständig wiederholen zu müssen. »Ich wollte an diesem Abend zu einer Party, und als ich dort ankam, stellte ich fest, dass ich das Bier und meinen Geldbeutel zu Hause vergessen hatte. Anstatt die Sachen zu holen, bin ich einfach wie der letzte Idiot in einen Seven-Eleven marschiert und habe mir ein paar Sixpacks geschnappt.«

»Nun, wie kann es sein, dass Sie Ihren Geldbeutel vergaßen, aber an Ihre Schusswaffe dachten, wenn Sie keinen Raubüberfall geplant hatten? Nehmen Sie immer eine Waffe mit, wenn Sie zu einer Party gehen?«

»In meinem Viertel daheim in Dallas haben wir das getan. Es war eine gefährliche Gegend, und unbewaffnet hat man es dort nicht lang gemacht. So war es halt damals. Ich schätze, es war für mich einfach zur Gewohnheit geworden. Ich bin der Erste, der zugibt, dass die ganze Sache bescheuert war.«

»Mr Collins, Sie haben sich nicht einfach ein paar Sixpacks Bier geschnappt. Sie haben die Kasse ausgeraubt.«

»Das war ein dummer Zufall. Ich hatte nicht vor, sie auszurauben. Aber der Kassierer dachte, dass ich das wollte, und er machte die Schublade auf und begann regelrecht, mir Geld entgegenzuwerfen. Dumm wie ich war, nahm ich das auch. Ich wünschte, er wäre nicht so in Panik geraten. Ich wollte niemand verletzen.«

Ich warf einen Blick auf die Akten vor mir und musste fast lachen über seine Unverfrorenheit. »Der Kassierer hat zu Protokoll gegeben, dass Sie ihn mit der Pistole niederschlugen und die Herausgabe des Geldes verlangten«, sagte ich ruhig. »Ich habe die Fotos seiner Verletzungen gesehen. Sie sind ziemlich eindrucksvoll.«

»Dass ich ihn niedergeschlagen habe, war tatsächlich mein Fehler. Er schleuderte mir das Geld entgegen, aber als ich mit den Scheinen und dem Bier abhauen wollte, kam ihm plötzlich die dämliche Idee, mich aufhalten zu müssen. Es ist wirklich saumäßig blöd, einen Mann anzugreifen, der eine Waffe hat. Aber er hat es getan, und ich habe ihm einen Schlag gegen die Schläfe verpasst, um ihn abzuwehren. Wie schon gesagt, hatte ich nicht die Absicht, jemand zu verletzen.«

Die Überwachungskamera belegte etwas anderes, aber ich ging zum nächsten Punkt über. »Mr Collins, Sie haben ein langes Vorstrafenregister. Soweit ich weiß, gab es vier Verhaftungen wegen Körperverletzung, fünf wegen Drogenhandels, zwei wegen Alkoholmissbrauchs am Steuer, vier wegen Einbruchs sowie eine Jugendstrafe für den tätlichen Übergriff auf die Mitarbeiterin eines Gemeindezentrums. Es ist schwer, das alles als jugendlichen Leichtsinn oder dummen Zufall abzutun.«

»Das meiste davon hat nicht einmal zum Prozess geführt …« Er brach ab. Diese Art von Verteidigungsrede passte nicht zu der Rolle, die er spielte. »Ich habe es Ihnen schon gesagt. Ich war jung und hirnlos damals. Aber Gott kann jeden Menschen erretten, gelobt sei der Herr, sogar einen Sünder wie mich.« Das war seine Geschichte, und von der wich er nicht ab.

*

Vier Stunden später war ich erschöpft. Ich hatte alle meine Fragen gestellt, alle meine Tests durchgeführt. Die Erschöpfung rührte nicht von der Dauer des Ganzen, sie kam von den Lügen. Da ist etwas an der Bosheit, das ein Stück aus deiner Seele herauszubeißen scheint. Möglicherweise war diese Erschöpfung auch der Grund dafür, was als Nächstes passierte. Aus dem Augenwinkel sah ich seitlich, ganz am Rande meines Sichtfelds, plötzlich den Geist eines kleinen Mädchens. Sie stand einfach nur da, den Blick eher mir als Collins zugewandt. Sobald ich versuchte, sie direkt anzusehen, war sie verschwunden. Nur wenn ich zu Collins sah, konnte ich sie aus dem Augenwinkel erkennen. Ich rieb mir die Augen, aber sie war immer noch da. Das Ganze beunruhigte mich, trotzdem versuchte ich, mir meine Verwirrung nicht anmerken zu lassen und mich auf Collins zu konzentrieren. Was zur Hölle hatte das zu bedeuten? Verlor ich gerade den Verstand?

Ich blinzelte und rieb mir noch einmal die Augen. Es half nichts. Synästhetiker sind dafür bekannt, häufiger paranormale Erfahrungen zu machen als andere, etwas Derartiges war mir jedoch nie zuvor widerfahren. Es hat vermutlich einfach nur mit der Synästhesie zu tun, sagte ich mir. Nachdem ich bereits in der Lage war, Dinge zu sehen, die andere Menschen nicht sehen konnten, warum sollte mein Gehirn sich darüber hinaus nicht irgendetwas ausdenken können? Trotzdem sagte mir mein Bauchgefühl, dass das kleine Mädchen etwas mit dem Mann mir gegenüber zu tun hatte, auch wenn es in seinen Akten nicht den geringsten Hinweis auf ein kleines Mädchen gab.

Was ich als Nächstes tat, überraschte mich, und später konnte ich es nicht erklären. Ich war müde und verwirrt von der Erscheinung, aber das ist keine Entschuldigung. Selbst während ich es tat, wusste ich, dass es falsch war.

»Was ist mit dem kleinen Mädchen?«, fragte ich.

Er saß nach vorn gebeugt da, den Blick auf seine Hände gerichtet, doch jetzt riss er den Kopf hoch und starrte mich an.

»Was für ein kleines Mädchen?«, fragte er so leise, dass ich ihn kaum hören konnte.

Das Mädchen, das ich aus dem Augenwinkel wahrnehme, wollte ich sagen, das, das mich so unverwandt ansieht.

»Blaues Kleid mit gelben Gänseblümchen«, erwiderte ich stattdessen. »Ich glaube, Sie wissen, von wem ich spreche.« Jetzt improvisierte ich wirklich, aber genau das trug sie, und ich war überzeugt, dass Collins das Kleid kannte. Ich hatte keine Ahnung, woher ich es wusste, aber ich tat es.

Mich noch immer anstarrend, öffnete er den Mund, um etwas zu sagen, dann schloss er ihn wieder. Schließlich zeigte er auf die Akten, die vor mir auf dem Tisch lagen. »Da drin steht nichts über ein Kind«, behauptete er, was natürlich nicht gerade einem Leugnen gleichkam.

»Tatsächlich? Wenn es nicht in den Akten steht, wie sollte ich dann davon wissen? Das Einzige, was ich tue, ist, die Akten zu lesen.«

»Ich habe keinen Schimmer, was Sie zu wissen glauben. Sie können mir in Bezug auf ein Kind nichts beweisen«, beharrte er. Mir rutschte das Herz in die Hose. Er hatte nicht mit einem einzigen Wort geleugnet, dass es da ein Kind gab oder er ihm Schaden zugefügt hatte. Stattdessen konzentrierte er sich darauf, was ich wusste und woher ich es wusste. Unschuldige Menschen verhalten sich nicht so. Sie streiten unverzüglich ab; sie weichen der Frage nicht aus.

Ich setzte wieder zum Sprechen an, als Collins plötzlich aufstand. »Ich muss gehen«, sagte er, »gleich ist Zählung.« Er wandte sich zu dem Wachmann, der jetzt auf einem Stuhl hinter ihm saß. »Ich bin hier fertig.« Der Beamte ließ die Zeitschrift sinken, in der er gelesen hatte, und stand auf. Ohne ein weiteres Wort ging Collins zur Tür. Er begann den Flur hinunterzuschlurfen, wobei jeder seiner Schritte von den Ketten an seinen Fußgelenken ausgebremst wurde. Als er sich ein einziges Mal nach mir umdrehte, konnte ich den Ausdruck in seinem Gesicht nicht einmal ansatzweise deuten. Der

Wachmann schien ganz entspannt neben ihm herzuge-
hen, aber ich bemerkte, dass er eine Hand immer auf
Collins' Arm behielt. Selbst während er gelesen hatte,
war ich das Gefühl nicht losgeworden, dass seine Aufmerksamkeit hauptsächlich Collins galt. Ich beobachtete, wie sie sich entfernten, dann drehte ich mich um und
ging zurück in das Zimmer.

In Gedanken noch immer bei Collins packte ich meine Sachen zusammen. Manche Menschen würden vielleicht auf ihn hereinfallen, dachte ich, aber auch ohne
seine Drohgebärde von vorhin hatte er nicht das Zeug
zu einem echten Blender. Die Leute würden ihn einfach
nicht mögen – selbst wenn sie ihm glaubten –, und ge-
mocht zu werden war das wichtigste Rüstzeug jedes Häft-
lings. Trotzdem klebte die Erinnerung an sein plötzliches
Vorschnellen und an den Ausdruck seiner Augen wie sau-
rer Schweiß an meiner Haut. Vielleicht war er ein dilet-
tantischer Heuchler, aber er gehörte definitiv zur Ersten
Liga, wenn es darum ging, in einem Hochsicherheitsge-
fängnis den Arm auszustrecken und, vor Gott und sonst
wem, die Angst über den Tisch zu schieben wie eine
Trumpfkarte. Und das Ganze nur wegen des teuflischen
Vergnügens, das es ihm bereitete.

Ich sah mich ein letztes Mal um. Das kleine Mädchen
war nicht da. Aber das hatte ich auch nicht erwartet.

Kapitel 2

»Der Direktor will mit Ihnen sprechen«, informierte mich der Wachmann am Schreibtisch, als ich aus dem Raum kam.

»Was?«, fragte ich. »Weshalb?« Während der fünf Jahre, die ich nun schon in Gefängnissen ein- und ausging, um sexuell motivierte Gewaltverbrecher zu beurteilen, hatte noch nie ein Gefängnisleiter darum gebeten, mit mir zu sprechen. Staatsanwälte wollten mit mir sprechen. Verteidiger. Angehörige. Opfer. Hin und wieder sogar Presseleute. Aber noch nie ein Gefängnisdirektor. Für sie spielte es in der Regel keine Rolle, ob einer aus ihrer großen Zahl von Häftlingen als Sexualstraftäter mit Rückfallrisiko eingestuft wurde. Falls das Gutachten zu seinen Gunsten ausfiel, würde er freikommen. Falls nicht, würde man ihn in eine andere Einrichtung verlegen. So oder so wäre er weg.

Der Wachmann sah mich wortlos an. »Entschuldigung«, sagte ich. »Ich bin nur überrascht. Wissen Sie, warum?«

»Klar«, meinte er grinsend. »Er weiht mich immer ein.«

Ich schüttelte den Kopf über meine eigene Dummheit, ließ mir den Weg beschreiben und steuerte das Direktorenbüro an.

*

»Dr. Copen«, begrüßte mich der Direktor und stand vom Schreibtisch auf, um mir die Hand zu schütteln. »Joseph Stevens. Bitte nehmen Sie Platz.« Er war kräftig gebaut, trug einen Bürstenschnitt und trieb offensichtlich noch immer regelmäßig Sport. Er hatte einen dieser Nacken, die so breit sind wie der Kopf darüber – den Nacken eines Gewichthebers –, doch die Jahre hatten ihre Spuren in seinem Gesicht hinterlassen, und er schien allmählich auf die Rente zusteuern. Seine Begrüßung und sein Auftreten waren steif und förmlich – er verströmte etwas Militärisches –, und die Erfahrung hatte mich gelehrt, dass ein solcher Empfang nie etwas Gutes bedeutete. Nichtsdestoweniger hatte er eine stählerne, dunkelblaue Stimme mit sanfteren Untertönen, und ich mochte die Stimme genau wie ihn auf Anhieb.

Ich lächelte zur Begrüßung, dann setzte ich mich wortlos hin und wartete ab. Ich hatte mich genau an das Protokoll gehalten, die Genehmigung eingeholt, das Gefängnis betreten zu dürfen, und den Häftling die Einwilligungserklärung unterschreiben lassen. Ich hatte weder ein Handy oder Schlüssel bei mir, noch hatte ich so etwas wie ein Plastikmesser mitgebracht, um damit einen Apfel zu schälen. Tatsächlich trug ich noch nicht einmal einen Bügel-BH, weil ich wusste, dass er die Metalldetektoren auslösen würde. Was also konnte er von mir wollen?

Er sah aus, als ob er darauf wartete, dass ich etwas sagen würde, doch als ich das nicht tat, räusperte er sich und sagte: »Ich komme gleich zum Punkt. Ich möchte wissen, wie Ihr Gutachten über Collins ausfallen wird.«

Ich war so überrascht, dass ich blinzelte. Weshalb in-

24

teressierte er sich dafür? Collins würde dieses Gefängnis verlassen, ob nun Sicherungsverwahrung angeordnet werden würde oder nicht. Dann begriff ich: Er musste sie gekannt haben, die Mitarbeiterin, die Collins attackiert hatte. Er könnte vor zehn Jahren hier gewesen sein. Keine Frage, er kannte sie.

»Ich weiß es noch nicht sicher. Ich muss noch die Ergebnisse der standardisierten Instrumente zur Kriminalprognose abwarten, die wir inzwischen einsetzen, um Risikoprofile zu erstellen.« Ich machte eine Pause. Er sah auf die Schreibtischplatte, als überlegte er, wie er seine Entgegnung formulieren sollte.

»Aber ich werde Ihrer Frage nicht ausweichen«, fuhr ich fort. »Ich glaube nicht, dass er die Kriterien für eine Sicherungsverwahrung erfüllt. Er ist ohne Zweifel gemeingefährlich – das geht aus den Akten klar hervor. Und manipulativ. Er wird ohne Frage weitere Verbrechen begehen. Das Gesetz verlangt jedoch, dass bei ihm sexuelle Triebhaftigkeit als Motiv festgestellt wird und er mit hoher Wahrscheinlichkeit weitere *sexuelle* Straftaten begehen wird. Er hat sich schlichtweg nicht auf Sexualverbrechen spezialisiert, doch das ist die gesetzliche Voraussetzung.«

»Er hat ein Sexualdelikt begangen«, sagte der Direktor mit neutraler Stimme.

»Ja, das weiß ich – gegen die Therapeutin, während seiner Haftzeit hier –, und offen gesagt glaube ich, dass er mehr als eins begangen hat. Nur leider ist es das Einzige, das in seinen Akten erwähnt wird. Was auch immer er sonst noch verbrochen hat, dafür wurde er weder angeklagt noch verurteilt.«

»Ich habe da einen Bericht, von dem ich gern möchte, dass Sie ihn lesen«, erwiderte er. »Er prahlt gegenüber einem Spitzel damit, auf ›Schlampenjagd‹ gegangen zu sein.«

»Was bedeutet das?«

»›Schlampenjagd‹ ist sein Ausdruck für eine frühere Gepflogenheit von ihm und seinem Bruder, bei der sie zwölfjährige Mädchen zu sich nach Hause lockten, in den Keller herunterbrachten und dort vergewaltigten. Er hat die Wände mit Matratzen isoliert, um die Schreie zu dämpfen.«

»Er wurde dafür nie angeklagt, oder?«

»Spielt das wirklich eine Rolle? Das kann doch nicht Ihr Ernst sein.«

»Ich mache diese Gesetze nicht«, erwiderte ich ruhig. »Es steht nichts darüber in seinen Akten, deshalb erscheint es eher aussichtslos, irgendwelche früheren Sexualstraftaten zu beweisen, es sei denn, die Jury wäre bereit, Ihrem Spitzel zu glauben, aber ich nehme an, dessen Lebenslauf ist genauso miserabel wie Collins'. Es gibt keine echte Möglichkeit, das Gesetz in diesem Punkt zu umschiffen: Es muss bewiesen sein, dass er mit hoher Wahrscheinlichkeit ein weiteres Sexualverbrechen begehen wird.«

Ich sah den Ausdruck auf Direktor Stevens' Gesicht und sprach weiter, um ihm begreiflich zu machen, dass die Entscheidung nicht bei mir lag. »Hören Sie, ich will genauso wenig wie Sie, dass ein derart gefährlicher Mistkerl frei herumläuft. Allerdings bezweifle ich, dass ich irgendetwas dagegen unternehmen kann. Heutzutage erstellen wir diese Gutachten nicht mehr, indem wir diese Typen befragen und anschließend eine Einschätzung abgeben. Zu viele Psychologen wurden hinters Licht geführt. Ich bin mir sicher, Sie wissen, wie solche Täter Menschen manipulieren können. Deshalb benutzen wir inzwischen objektive Instrumente, um eine Risikoeinschätzung zu erhalten. Sie funktionieren genau wie die versicherungsstatistischen Tabellen, die von Versicherungen verwendet werden. Der Straftäter erhält Punkte für verschiedene Faktoren, anschließend vergleichen wir die Ergebnisse mit den Rückfallquoten von Personen mit derselben Punktezahl.

Aber ich will Sie nicht mit den Details langweilen. Die Tatsache, dass Collins nie zuvor wegen eines Sexualdelikts angeklagt oder verurteilt wurde, bedeutet, dass er bei diesen Tests vermutlich keine hohe Punktezahl erreichen wird. Frühere Sexualstraftaten sind wichtige Faktoren bei diesen Risikoberechnungen. Bei einem der Tests ergibt sich die Hälfte der Punkte allein aus diesem Kriterium. Und trotz all ihrer Mankos leisten diese Instrumente bei der Einschätzung von Rückfallrisiken weitaus bessere Arbeit als die klinische Prognose. Aus diesem Grund haben sie vor Gericht die klinischen Prognosen inzwischen ersetzt.«

»Sie und ich, wir wissen beide, dass er es wieder tun wird«, sagte er verbittert, »aber das macht verdammt noch mal nicht den geringsten Unterschied. Und wieder setzt das System jemand auf freien Fuß, von dem jeder weiß, dass er jemand verletzen wird, sobald er draußen ist.«

»Da kann ich Ihnen nicht widersprechen«, erwiderte ich, obwohl er mehr mit sich selbst gesprochen zu haben schien als mit mir. »Die Tatsache, dass das Risiko weiterer Gewalttaten nicht ausreichend ist, sondern es *sexuelle* Gewalttaten sein müssen, ist ein Schlupfloch im Gesetz. Ich bin mir ziemlich sicher, dass er eine hohe Punktezahl bei den Instrumenten erzielen wird, die das Risiko zukünftiger Gewalttaten messen, aber das wird keine Rolle spielen.«

»Sie werden den Bericht des Spitzels also nicht mit einbeziehen?«

»Er ist kein Faktor für die standardisierten Instrumente. Sie erfordern eine Anklage oder Verurteilung. Der Spitzel könnte trotzdem aussagen, aber ist er die Art von Zeuge, dem eine Jury glauben würde? Meiner Erfahrung nach sind es meistens die Psychopathen, die jemand verpfeifen, weil sie keinerlei Loyalität kennen. Was wiederum bedeutet, dass die Verteidigung ihn aufgrund seines eigenen Strafregisters in der Luft zerreißen wird. Oder irre ich mich?«

Seufzend lehnte Direktor Stevens sich zurück. »Wissen Sie, was mit ihr geschehen ist? Mit der Frau, die er vergewaltigt hat?«

»Ich habe den Bericht gelesen, ja.«

»Nein, ich meine hinterher.«

Ich zögerte, bevor ich antwortete. Ich wusste es nicht und wollte es auch nicht wissen. Ich kannte genügend Opfer, um zu verstehen, dass eine solche Erfahrung damit vergleichbar ist, zerstoßenes Glas zu essen. Es würde die Frau von innen her zerfetzen, noch lange nachdem die Tür geöffnet worden war. Trotzdem konnte ich ihm schwerlich sagen, dass ich es nicht wissen wollte.

»Nein, Sir. Ich weiß es nicht.«

»Sie kam schon bald, nachdem es passiert war, zurück – zu bald, fanden manche. Ich schätze, sie hatten recht. Sie zog natürlich in ein anderes Büro um, aber das half auch nicht. Sie schloss nie die Tür, und schließlich ließ sie sie ganz entfernen. Sie sprach mit niemand mehr. Sie trennte sich von ihrem Verlobten. Sie war … sie war nicht mehr derselbe Mensch. Da fehlte … ich weiß nicht, wie ich es beschreiben soll … In ihrem Gesicht fehlte irgendetwas.« Er sah mich entschuldigend an, als erwartete er, dass ich ihn für seine Unbestimmtheit kritisieren würde. »Ist Ihnen so etwas schon mal untergekommen?«, fragte er, »das Gefühl, das plötzlich etwas zu fehlen scheint?« Ich erwiderte nichts, und er schüttelte einfach nur den Kopf.

»Schließlich ging sie weg. Nicht nur von hier. Sie verließ die Stadt, den Staat. Jemand hat gesagt, dass sie in einer Klinik sei. Ich weiß nicht, ob das stimmt. Sie ist irgendwo da draußen. Ich wünschte, ich könnte glauben, dass es ihr besser geht.«

»Direktor Stevens, bitte unterbrechen Sie mich, falls dies unangemessen scheint, aber warum war kein Wachmann mit in dem Raum? Collins hatte sie zuvor bedroht, und es war nicht sein erster Angriff auf einen Mitarbeiter. Ich nehme an, es hätte eigentlich einer anwesend sein müssen.«

»Da ist mal wieder etwas komplett aus dem Ruder gelaufen. Collins hat sie überredet, darauf zu verzichten. Er hat ihr einen Sinneswandel vorgegaukelt, behauptet, dass die Drohungen nicht ernst gemeint gewesen waren. Eine Therapie sei etwas Privates, hat er gesagt. Er wolle das Ganze ohne Zuhörer zum Abschluss bringen.

Ihr Verlobter hatte an diesem Tag das Kommando über die Wachmannschaft. Collins hat sie überredet, und sie hat anschließend ihren Verlobten überredet. Niemand hat mich davon in Kenntnis gesetzt, bis es zu spät war.« Er machte eine Pause, und der Zorn auf seinem Gesicht schien die Falten zu verschärfen; ich schätze, nicht um Erlaubnis gefragt worden zu sein, nagte noch immer an ihm. »Ich verspürte ein – wie ich zugeben muss übermächtiges – Bedürfnis, jemand zu feuern wegen der Sache, aber die Einzigen, die in Frage gekommen wären, waren sie selbst und ihr Verlobter, und …« Er zuckte die Achseln. Wir wussten beide, dass sie einen viel höheren Preis bezahlt hatten, als gefeuert zu werden.

»Tun Sie, was Sie tun müssen«, fügte er hinzu. »Aber ganz egal, ob Sie glauben, es beweisen zu können, oder nicht, ist dieser Mann gefährlich, und Sie wissen es.«

»Sir. Ich verspreche Ihnen, dass ich das Ganze sehr sorgfältig prüfen werde. Trotzdem muss ich noch einmal betonen, dass mir die Hände gebunden sind, falls er die gesetzlichen Kriterien nicht erfüllt. Sie und ich, wir wissen beide, dass Tag für Tag eine Vielzahl gefährlicher Menschen aus den Gefängnissen entlassen wird. Und falls er die Kriterien nicht erfüllt, würde es auch nichts ändern, wenn ich das Gegenteil behaupte. Ich bin weder der Richter noch die Jury. Wenn ich versuchen würde, jemand in das Profil eines Sexualstraftäters mit Rückfallrisiko einzupassen, der die Kriterien nicht erfüllt, würde mich die Verteidigung in der Luft zerreißen, und er würde trotzdem entlassen werden. Ich kann keinen Fall stricken, der nicht da ist.«

»Jurys sind unberechenbar«, sagte er. »Sie sind wie die National Football League. An jedem beliebigen Samstag kann alles Mögliche passieren.«

Das konnte ich nicht bestreiten.

»Tun Sie, was Sie können«, fuhr er fort. »Wenn man ihn freilässt, wird jemand zu Schaden kommen.« Das konnte ich ebenso wenig bestreiten.

Als ich mich gerade zum Gehen wandte, kam mir ein Gedanke, und ich drehte mich noch einmal um. »Darf ich Sie etwas fragen, Direktor Stevens?«

»Sicher.«

»All diese Menschen, die mit ihm arbeiten – die Geistlichen, Rechtsanwälte, Ehrenamtlichen –, hat einer dieser Menschen jemals darum gebeten, ihn trotz seiner Vergehen allein zu treffen?«

»Ständig«, sagte er gequält lächelnd. »Wirklich ständig.«

Draußen hatte sich der Himmel schlammbraun verfärbt, und die Luft fühlte sich klamm und schwer an. Der Regen scheint im Nordwesten nicht immer herabzufallen; manchmal wirkt es, als verdunste er einfach in der Atmosphäre. Der Himmel und das Gefängnisgebäude waren von ein und derselben Grau-Palette und im schwächer werdenden Tageslicht kaum zu unterscheiden. Ich versuchte, mir Wetterbedingungen vorzustellen, unter denen sich ein Gefängnis nicht mehr von meinem heiß geliebten Carolina-Himmel abheben würde, aber es gelang mir nicht. Der strahlende Südhimmel über den Outer Banks, wo ich lebte, würde diesen Gefängnisbau schmutzig und hässlich wirken lassen – und so deplatziert wie eine Stadtautobahn in einer Berglandschaft.

Sogar wenn es zu Hause stürmte, zerfetzten solche Stürme die Welt mit grimmiger Energie. Diese endlose Feuchtigkeit, dieser wollgraue Himmel, die den Nordwesten kennzeichnen, hatten nichts gemein mit den frischen Frühlingsregen in Carolina oder dem wilden, stechenden Regen eines heftigen Winters. Ich sah mich ein letztes Mal um, dann machte ich mich auf den langen Rückmarsch zum Parkplatz und zu meinem Auto.

Da ich vor dem nächsten Morgen keinen Heimflug mehr bekam, nahm ich es mit dem niemals endenden Verkehr in Seattle auf, um zum Flughafenmotel zu gelangen. Da war ein Meer roter Lichter vor und eins weißer Lichter hinter mir, während die Autos selbst nur kurz aus dem Nebel auftauchten, bevor sie wie vorüberflitzende, graue Metallgeister wieder in der Dunkelheit verschwanden.

Es waren nicht nur die feuchte, graue Atmosphäre und der klaustrophobische Verkehr, die auf meine Stimmung drückten. Die Erschöpfung hielt mich noch immer in ihren Klauen. Nach der Befragung eines bösartigen Individuums fühlte ich mich nie gut, und manchmal dauerte dieser Zustand eine ganze Weile an. Ich fragte mich, wie es anderen ergehen mochte, Menschen, die nicht bildlich sahen, wie Stimmen kratzig wurden, oder seltsame Empfindungen in den Handflächen bekamen, wenn sie mit Lügen konfrontiert wurden, aber ich vermutete, auf die eine oder andere Art nimmt es jeden mit.

Es war der Preis, den ich dafür zahlte, keine Opfertherapien mehr zu machen. Ich wäre fast ertrunken in all dem Elend, das pünktlich zu jeder vollen Stunde über die Türschwelle einer psychotherapeutischen Praxis schwappt. Irgendwann hatte ich den Punkt erreicht, an dem ich nicht mehr einem einzigen gebrochenen, misshandelten Kind, einem einzigen neurotischen, depressiven Erwachsenen hätte zuhören können. Ich machte mir unaufhörlich Sorgen um meine selbstzerstörerischen, suizidgefährdeten Patienten. Ich fühlte einfach zu sehr mit den Menschen mit, um als Therapeutin überleben zu können. Die Empfindungen anderer waren für mich fast genauso greifbar wie meine eigenen und ebenso schwer loszulassen. Vielleicht hing es mit der Synästhesie zusammen. Wer weiß?

Was auch immer die Gründe waren, es fiel mir leichter, mit Täuschungen und Manipulationen umzugehen als mit seelischem Trauma und Leid. Gegen die faulen Tricks konnte ich nichts tun, und ich war erfahren genug, um es gar nicht erst zu versuchen. Ich empfand kein echtes Mitgefühl mit Psychopathen, Vergewaltigern und Pädophilen, und das rettete mich. An den meisten Tagen beobachtete ich lediglich, machte mir Notizen und schrieb meine kleinen Berichte – Berichte, die jene, die das Gesetz von den Straßen fernhalten konnte, von all den anderen trennte, bei denen das nicht möglich war. Manchmal, nur manchmal, reichte ein solcher Bericht aus, um ein weiteres Kind vor sexuellem Missbrauch, eine weitere Frau vor einer Vergewaltigung zu bewahren, und ich schätze, das war gar keine schlechte Art, seinen Lebensunterhalt zu verdienen.

Trotzdem kam es gelegentlich vor, dass mir diese Schreckensgeschichten emotional zusetzten. Die von der naiven Therapeutin war schon schlimm genug, aber was sich wirklich in mein Hirn gebrannt hatte, war die

Sache mit der »Schlampenjagd«. Ich konnte die zwölfjährigen Mädchen praktisch schreien hören in dem mat-
ratzengepolsterten Kellerraum.

Ich erreichte das Motel. Nachdem ich ein paar Minuten lang lustlos herumgesessen war, ging ich zum
Fenster und zog die Vorhänge auf, um die Aussicht zu
begutachten. Ein Parkplatz begrüßte mich. Die Nat-
riumdampflampen tauchten den nassen Asphalt in ein
schwaches gelbes Licht, und die Autos wirkten wie tote
Käfer, die auf einem ölig-schwarzen Meer dahintrieben.
Ich schloss die Augen und dachte an mein Zuhause auf
Blackbeard's Isle. Die Sonne würde dort gerade ihre große Show abziehen, indem sie geschmeidig ins Meer glitt,
dabei lange, kanariengelbe Streifen über die Wellen pin-
selte und riesige rosarote und violette Kleckse auf den
blassblauen Himmel tupfte.

Es gab lebendige Dinge auf dieser Welt. Die Insel, auf
der ich lebte, war voll von ihnen, aber hier existierten
sie nicht. Es gab sogar von Menschenhand geschaffene
Dinge, die eine Seele hatten: Segelboote, kleine Flugzeuge oder Hängegleiter. Motels gehörten nicht dazu.
Mir war noch nie ein Motel untergekommen, das etwas
anderes als ein toter Fleck auf diesem Planeten gewesen
wäre. Kein lebendiges Wesen blieb lang genug, um ihm
irgendeine Art von Seele einzuhauchen. Wir alle waren
nur Durchreisende, und unsere Seelen berührten nichts.
Die Stühle, Tische und Betten waren nur leere Hülsen,
Abbilder ihrer selbst, die nichts von dem verströmen,
das Dingen anhaftet, die tatsächlich Teil des Lebens
eines Menschen sind. Hier gab es keine Energie, um den
Geist aufzuladen, und meine Akkus waren fast leer. Was

würde wohl passieren, überlegte ich, wenn meine Akkus eines Tages unterwegs vollständig versagten und ich es nicht nach Hause zurückschaffte? Ich drehte langsam durch.

Am Morgen trat ich den langen Heimflug an. Ich hatte zu diesem Zeitpunkt nicht die leiseste Vorahnung, dass ich binnen vierundzwanzig Stunden Hals über Kopf wieder davonstürzen würde, und das nur wegen der Stimme eines Teenagers, der mich mitten in der Nacht anrief.

Kapitel 3

Der Stundenzeiger kroch gerade auf die Drei zu, als das Telefon läutete. Ich war so dankbar gewesen, wieder auf Blackbeard's Isle zu sein, dass ich in tiefen Schlaf gesunken war, wie meist nach einer Reise. Ich setzte mich langsam und zu benebelt für koordinierte Bewegungen auf und schlug das Telefon zu Boden. »Ja?«, sagte ich schließlich, nachdem ich auf allen vieren herumgekrabbelt und es wiedergefunden hatte. Ich war zu müde, um auch nur auf den Gedanken zu kommen, dass es sich um schlechte Nachrichten handeln musste. Was sonst kann ein Anruf um drei Uhr morgens schon bedeuten?

»Sind Sie eine Freundin von meiner Mutter?«, fragte die Stimme, und bei ihrem Klang explodierte vor meinem geistigen Auge eine hell-orangerote Sternengalaxie. Die Stimme war jugendlich und schrill und noch etwas anderes – wütend vielleicht oder einfach nur beunruhigt.

»Ob ich was bin?« Ich versuchte, meinen Kopf klar zu bekommen. Ich kannte diese Stimme nicht. Es musste ein Missverständnis sein. »Wer spricht da?«

»Sind Sie eine Freundin von meiner Mutter?«, wiederholte sie, diesmal ungeduldig und näher am Hörer, so als hätte sie Angst, belauscht zu werden. Ich schloss die Augen, um mich auf die Worte zu konzentrieren, weil die Farben mich ablenkten – viel stärker, als sie das tagsüber taten. Natürlich half das nichts. Die Farbe war in meinem Kopf, nicht außerhalb, und sie pulsierte dort weiter wie ein orangefarbener Stern kurz vor der Supernova.

»Wer ist deine Mutter, Schätzchen?«, fragte ich schließlich, während ich mich vom Boden hochrappelte.

»Jena.« Und ich hörte die Tränen. »Sie kennen Jena. Sie müssen sie kennen. Sie spricht von Ihnen. Andauernd. Zumindest hat sie das getan.«

»Jena?«, wiederholte ich ungläubig. »Jena Jensen? Aus Clark?«

»Wenn Sie eine Freundin von meiner Mutter sind« – die Sternengalaxie schien sich vor Zorn zu verdunkeln und anschließend zu implodieren – »warum … sind Sie dann … nicht hier?« Ich nahm ein Beben über den Worten wahr, das wie der Anfang von etwas klang – Tränen vielleicht, wenn nicht gar ein Wimmern. Ich wollte gerade etwas erwidern – was, das weiß ich nicht –, als ich im Hintergrund einen lauten Ruf hörte, und dann war die Verbindung weg.

Konnte das Jenas Tochter gewesen sein? Jena – die während der ganzen Kindheit meine beste Freundin gewesen war? Ich wusste noch nicht einmal, dass sie eine Tochter hatte. Aber wo war Jena selbst? Jena mit dem aschblonden, gleich einer Löwenmähne gesprenkelten Haar und den großen Augen und der prägnanten Nase und der Mutter, die mit zur Größe eines Zehncentstücks erweiterten Pupillen am Frühstückstisch einschlief?

Jena mit der hübschesten Stimme, die ich je gesehen hatte – eine Art von herumwirbelndem Wasser mit winzigen gelben Sprenkeln darin. Jena mit dem arbeitseifrigen Chirurgen-Vater, der nie da war, und, wenn doch, einfach an der schlafenden Mutter und der stillen Jena vorbeiging. Ich war bereits erwachsen, als mir endlich klar wurde, dass diese Drogen von irgendwoher kommen mussten und es unwahrscheinlich war, dass ihre Mutter sie einfach auf der Straße kaufte. Schon vor Jahren hatte ich den Kontakt zu Jena verloren. Jetzt kam die Erinnerung an sie in so lebhafter Deutlichkeit zurück, wie ich sie sonst nur bei Farben empfand.

Das, was mir in Bezug auf Jena am stärksten im Gedächtnis haften geblieben war, waren nicht die schlafende Mutter oder die schalen Frühstücksflocken im Küchenschrank: Es waren ihre Träume. Woche für Woche, von der fünften Klasse bis zur achten, erzählte sie mir ihre regelmäßig wiederkehrenden Träume über einen Geheimagenten, der spektakuläre, todesmutige Abenteuer bestand, die mit nichts zu vergleichen waren, was in Clark, North Carolina, wo wir beide aufwuchsen, passierte. Jedes Mal, bevor sie aufwachte, bekam er schnell noch einen Umschlag, der ihm seinen nächsten Einsatzort verriet. Wenn sie dann das nächste Mal von ihm träumte, würde er sich genau dorthin begeben.

Einmal hatte ich Jena unterstellt, die Geschichten zu erfinden, sie gar nicht zu träumen, und sie hatte mich daraufhin überrascht angesehen. »Sie erfinden?«, hatte sie gefragt. »Wie sollte ich das denn anstellen?«

Es war dumm von mir gewesen, das zu behaupten. Ich hätte besser als jeder andere wissen müssen, dass man etwas Ungewöhnliches an sich haben kann, ohne gleich ein Lügner zu sein. Jena war der erste und einzige Mensch in meiner Kindheit, dem ich von den Farben und meinen Handflächen erzählte. Ich hatte damals keinen Ausdruck dafür, deshalb beschrieb ich ihr einfach, was ich sah. Jena blinzelte noch nicht einmal. Ich hatte das vage Gefühl, dass in ihrem Kopf noch seltsamere Dinge vor sich gehen mussten.

Als der Highschool-Abschluss bevorstand und jeder von uns an nichts anderes mehr dachte als an Jobs oder das College oder eine Heirat oder aus Clark wegzugehen oder nicht aus Clark wegzugehen, verlor Jena weder zu mir noch zu sonst jemand ein Wort über ihre Pläne. Deshalb war ich sprachlos, als sie am Tag nach der Abschlussprüfung auf ihrem Fahrrad zu mir nach Hause kam, um mir mitzuteilen, dass sie auf dem Weg nach Kalifornien sei. Sie hatte das Ganze von langer Hand geplant. In ihren Satteltaschen hatte sie nur einen einzigen Satz Kleidung, dafür aber ein Sammelsurium an Ersatzreifen, Werkzeugen, Wartungszubehör und Straßenkarten. Sie wollte sich zunächst einer organisierten Radtour anschließen und die restliche Strecke dann allein bewältigen.

Ich war jetzt hellwach, deshalb ging ich hinaus auf den kleinen Balkon und versuchte nachzudenken. Aber das Einzige, was mir in den Kopf kam, waren Erinnerungen an Jena. Wie wir uns in der fünften Klasse Zettelchen zugeschoben hatten. Wie wir bei gegenseitigen Übernachtungen so lange gequatscht hatten, bis eine von uns mitten im Satz eingeschlafen war. Wie wir auf einer Sandbank Muscheln gesucht und sie anschließend alle verloren hatten, als mein dreieinhalb Meter langes Segelboot auf der Rückfahrt umkippte.

Der Anruf hatte mich aus der Fassung gebracht, und ich versuchte, mich zu beruhigen. Vielleicht war das einfach nur eine hysterische Jugendliche gewesen, und was auch immer sie mir hatte sagen wollen, war bei Weitem nicht so dramatisch, wie sie dachte. Vielleicht regte ich mich wegen nichts auf.

Ich glaubte nicht daran. Echte Angst oder Panik, wie auch immer man es nennen will, hat etwas an sich, das man nicht vortäuschen kann. Ich war schon zigmal in meinem Leben damit konfrontiert worden und kenne keine einzige Schauspielerin, die es richtig hinbekommt. Diese Stimme war echt gewesen. Und was immer der Auslöser für ihre Angst war, war ebenso echt.

Ich hatte keine Möglichkeit, den Anruf zurückzuverfolgen. Das Telefonsystem der Insel war nicht ausgefeilt genug, um auch nur den Service einer Anklopffunktion zu bieten. Wie sollte ich sie ausfindig machen? Ich ging wieder nach drinnen, da fiel mein Blick auf den kleinen Laptop auf meinem Schreibtisch. Es gab immer noch das Internet. Genau wie die restliche Welt hatten auch wir auf Blackbeard's Isle Internet, und das riesige neuronale Netzwerk, zu dem es Zugang gewährte, umspannte den Planeten wie ein Haarnetz mit feinen Maschen. Wir alle waren in diesem Netz gefangen. Teile von uns – Telefonnummern, Adressen, Kreditkartennummern, Führerscheinnummern, Führungszeugnisse, Immobilienbesitz, bezahlte oder unbezahlte Steuern, Kindesunterhalt – steckten irgendwo in diesem Netz. Die Suchmaschinen, die die Milliarden von Verbindungen durchforsteten, summten wie Laser, die durch Papier schnitten. Auch Jena steckte irgendwo in diesem Netz, und heutzutage konnte man mit sehr wenig Aufwand und praktisch kostenlos jedermann überall aufspüren.

Ich schaltete den Computer ein. Sich ins Internet einzuloggen war, als würde man mit einem Klick sämtliche Einkaufszentren der Welt gleichzeitig betreten. Anzeigen tauchten plötzlich auf, die mich dazu drängten, in die Karibik zu reisen, einen besseren WC-Reiniger zu kaufen oder meinen Penis verlängern zu lassen. Ich seufzte. Es war, als würde ich die Welt jenseits von Blackbeard's Isle direkt in mein Wohnzimmer lassen. Ich schauderte, stand abrupt auf und stellte die Stereoanlage an. Yo-Yo Ma ergoss sich in den Raum, und vor mir begannen goldene Kugeln wie vorübertreibende Heißluftballons zu tanzen. Was für eine Schande, dass er selbst sie niemals sehen könnte.

Ich brauchte nur zehn Minuten, um Jena zu finden. Es erforderte nicht mehr, als Google aufzurufen und »Personen finden« einzutippen. Ein Dutzend Seiten tauchten auf, durch die ich für lumpige Beträge so ziemlich jeden finden konnte. Ich wusste noch Jenas Geburtsdatum, weil es nur zwei Wochen nach meinem lag. Diese Information zusammen mit ihrem vollen Namen genügte, dass das Internet sie mit pinzettenartiger Genauigkeit aus den Millionen anderer herausfischte. Ich wusste nun, wo sie lebte. Ich wusste, dass und wann sie geheiratet hatte – vor exakt drei Jahren –, und kannte außerdem den Namen ihres Ehemanns. Ich wusste, dass es keine Zivilklagen gegen sie gab und sie nicht vorbestraft war.

Nur so zum Spaß überprüfte ich ihren Mann ebenfalls. Ich wusste seinen Geburtstag nicht, dafür aber, wo
er lebte, nämlich bei Jena. Ausgerüstet mit seinem Namen und seiner Adresse fand ich genug heraus, um zu
wissen, dass Jena mit ihrer Heirat ein ziemliches Wagnis
eingegangen war.

Ich starrte ein paar Minuten lang das Telefon an,
dann dachte ich: was soll's?, und griff danach. Es war
mitten in der Nacht, aber das war es auch bei dem Anruf ihrer Tochter gewesen, und ich wettete, dass er von
derselben Nummer gekommen war. Ging es hier wirklich um einen Notfall oder nicht? Es gab nur eine Möglichkeit, das herauszufinden. Meine Hände schienen
einigermaßen ruhig zu sein, aber ich fühlte mich leicht
benommen und atemlos. Das Telefon klingelte fünfmal,
bevor abgenommen wurde.

»Hallo?«, sagte Jena. Ich war so erleichtert, dass ich
eine Sekunde lang nicht sprechen konnte. »Hallo?«,
kam es noch einmal. »Wer ist da?« Die Erleichterung ver-
flüchtigte sich, als mir klar wurde, dass sich das von mir
früher so geliebte herumwirbelnde Wasser mit den gelben Tupfen verändert hatte. Ich konnte jetzt keine Wirbel mehr sehen, und die Tupfen wirkten eher länglich
und zerfranst. Die Farben waren nicht mehr lebhaft,
sondern ausgewaschen und ungleichmäßig.

»Jena«, sagte ich schließlich. »Hier ist Breeze.« Ich
wartete, dass sie etwas erwiderte, aber das tat sie nicht.
»Hier ist Breeze«, wiederholte ich. »Ist bei dir alles in
Ordnung?« Sie sagte noch immer nichts. »Sprich mit
mir, Jena«, bat ich sie sanft. Noch immer keine Antwort.
Es war gespenstisch. Obwohl ich nichts hörte, konnte

ich ihre Präsenz so stark spüren, als wäre sie bei mir im Zimmer. Dann ertönte ein Klicken, und sie war weg.

Ich hatte keine Haustiere, keinen Ehemann, keine Kinder. Ich musste weder eine Stechuhr drücken noch einem Chef Bescheid geben. Ich hatte noch nicht einmal einen Freund, dem ich eine Nachricht hinterlassen sollte. Ich überprüfte die Adresse im Internet ein letztes Mal, dann griff ich wieder zum Hörer und rief die Fluggesellschaften an. Jena war Familie. Auf keinen Fall würde ich das hier auf sich beruhen lassen.

Die erste Fähre ging zu einer gottlos frühen Stunde, und falls es etwas gab, das mich ein bisschen darüber hinwegtröstete, Blackbeard's Isle so bald nach meiner Rückkehr wieder verlassen zu müssen, dann war es der Sonnenaufgang, der hinter der Fähre erblühte, als sie in westlicher Richtung auf das Festland zusteuerte. Jeder Sonnenaufgang scheint seine eigene Persönlichkeit zu haben, und dieser hier verströmte eine bedächtige, ausgeglichene Ruhe, in die sich eine Art leise Heiterkeit mischte. Die Sonne schien schwerelos durch eine Komposition unaufdringlicher, subtiler Farben zu gleiten, wie ein Kind sie erschaffen könnte, das mit Pastelltönen spielt.

Es gab auch Tage, an denen die Sonne kreischend und blutrote Streifen hinter sich herziehend über den Morgenhimmel zu jagen schien, aber dabei handelte es sich um eine völlig andere Art von Tagen. Dieser Tag begann leise und friedlich, zumindest, soweit es die Natur betraf.

Ich befreite mein langes, rotes Haar aus seinem Zopf und ließ den Wind damit spielen. Nicht einmal die Sorge um Jena konnte meiner Freude, auf dem Wasser zu sein, wirklich etwas anhaben. Was ich daran am meisten liebte, war das Dazwischen, wenn nirgendwo eine Küste war, die mich begrenzte. Gleich einer Liebenden auf dem Weg in ein neues Schicksal beobachtete ich, wie Blackbeard's Isle zu einer dunstigen Linie schrumpfte, bevor ich – wie ich es jedes Mal tat – zum Bug der Fähre ging, nur um mich zu vergewissern, dass nichts vor mir lag. Aber da war nichts zwischen der letzten Küste und der nächsten, abgesehen von dem leisen Brummen der Motoren, die sich durch die Dünung arbeiteten, dem heiseren Kreischen der Möwen, die nach Leckerbissen tauchten, und dem Meer selbst, welches sich wie ein endloser, schützender Puffer zwischen mir und der Hektik an Land erstreckte. Ich liebte diese Überfahrten. Keine Straftäter, kein Papierkram, keine Gerichtstermine, keine Berichte, noch nicht einmal die unaufhörlichen Details des Einkaufens, Putzens und, ja, des Lebens. Hier draußen hatte ich keine Termine einzuhalten, keine Anrufe zu tätigen.

Pamlico Sound war heute gut in Form. Es zog gerade ein Wind auf, und auf den Wellen bildeten sich bereits Schaumkronen. Trotz des friedvollen Sonnenaufgangs lautete die Wetterprognose, dass mit einem Nordoststurm zu rechnen sei, und das war nie ein guter Zeitpunkt, um die Insel zu verlassen. Es gab einfach nichts Großartigeres, als am Ufer zu stehen und zuzusehen, wie ein Nordoststurm die Welt in Stücke riss: ohne Rücksicht auf Anstand oder Schicklichkeit, die Flaggen und Wetterfahnen peitschend, bis sie knatterten und trudelten, und keinerlei Respekt zeigend für Mr Donovans obsessiv gepflegten Garten. Jeder spricht immer von der Raserei solcher Stürme, aber ich habe nie einen ohne Sinn für Humor erlebt.

Doch an diesem Tag konnten nicht einmal der pastellfarbene Sonnenaufgang und der hypnotische Rhythmus der Dünung das Land ganz von mir fernhalten. Der Anruf von letzter Nacht spukte mir unaufhörlich im Kopf herum, so wie ein Zahnschmerz, der ständig wiederkommt. Das Problem an Sorgen ist, dass sie einen von den Farben ablenken. Sogar das Krächzen der Möwen wölbte sich nicht wie sonst über den Himmel.

Das Motel, wo mein Auto untergestellt war, befand sich nur einen Steinwurf vom Dock entfernt. Außer einem Motorroller und meinem alten, roten Jeep brauchte ich nichts auf Blackbeard's Isle. Der Morgen war frisch und klar, der Himmel ein strahlend heller Sonnenschirm, der sich über einen lichten Wald voller melodisch zwitschernder Vögel spannte. Aus Richtung der kleinen Häuser, die die Anlegestelle säumten, wehte der Duft von Magnolien heran. Ich begrüßte Josie, mein Auto, wie die alte Freundin, die sie war, dann machte ich mich auf den Weg zu Betsys Haus.

Betsy war mein Fels in der Brandung und der einzige Mensch, bei dem ich mich auf dem Weg von und nach Blackbeard's Isle meldete. Ich hatte sogar ein Zimmer bei ihr angemietet, in dem ich meine Arbeitskleidung aufbewahrte. Es mag verrückt klingen, aber ich war scheinbar unfähig, Dr. Copen auch nur in die Nähe von Blackbeard's Isle zu lassen. Wenn ich die Outer Banks verließ, weil die Arbeit mich rief – und das war für gewöhnlich der einzige Grund, warum ich wegfuhr –, zog

45

ich mich in Betsys Haus um, erledigte, was ich zu erledigen hatte, und kehrte dann nach Hause zurück. Alles, was mein arbeitendes Ich betraf, blieb vom Auto bis zu den Klamotten von der Insel weg. Einzig die Breeze ohne Titel und Nachname, die Strandguträuberin und Sammlerin von Treibholz und Austernschalen lebte auf Blackbeard's Isle.

Zu Betsys Haus führte eine alte, zweispurige Landstraße. Normalerweise huschten Schlangen, Stinktiere und verschiedene andere kleine Kreaturen darüber hinweg, aber heute war da nichts außer niedrigem, dichtem Gebüsch, das von Lebenseichen gesäumt wurde, von deren Ästen das Louisianamoos wie Hexenhaar herunterhing. Dieser Teil der Küste war Sumpfland, wofür die Wassermokassinschlangen und Grubenottern der lebende Beweis waren. Josie legte die fünfzehn Kilometer zu Betsys Haus in einem langsamen, gleichmäßigen Tempo zurück, das dem unbeschwerten Sonnenaufgang entsprach. Es war unmöglich, auf dieser Straße zu rasen, was Josie ohnehin nicht mochte. Gerüchten zufolge waren die Bauunternehmer damals, als die Straße gezogen worden war, pro Meter bezahlt worden, deshalb wand und schlängelte sie sich stetig auf ihrem Weg bei sämtlichen damaligen Anwohnern vorbei.

Ich parkte und trat durch Betsys Hintertür ein. Bei meiner letzten Reise hatte ich Betsy sowohl bei der Abreise als auch bei der Heimkehr verpasst, aber diesmal war ich früh dran, und ich hoffte – hoffte wirklich –, dass sie zu Hause sein würde. Ein Blick auf meine Armbanduhr verriet mir, dass Betsys Seifenoper noch nicht angefangen hatte. Betsy sah schon seit der Highschool jeden Tag dieselbe Seifenopfer, und soweit ich wusste, hatte nichts sie jemals davon abhalten können. Sie war nach dem Abschluss ihrer Ausbildung zur Krankenschwester an der UNC, der University of North Carolina, nach Hause zurückgekehrt, um den Jungen zu heiraten, mit dem sie seit der neunten Klasse ging. Sie hatte als Krankenschwester gearbeitet, bis die Klinik auf einer Rotation im Dienstplan bestanden hatte – was bedeutete, dass sie ihre Soap verpassen würde, also hatte sie gesagt: Scheiß drauf! Jimmy hatte eine Autowerkstatt eröffnet und verdiente ganz gut, deshalb beschloss sie, zu Hause zu bleiben und auf die Kinder zu warten. Sie kamen, ein Junge und ein Mädchen im Abstand von drei Jahren, und hatten den Anstand, Mamas Köpfchen und Daddys Arbeitsmoral zu erben. Im Herbst war die Jüngere ihrem Bruder an die UNC gefolgt. Seither war ich in ständiger Sorge um meine Freundin.

Ich rief Betsys Namen, und einen Moment später kam sie in die Küche, während ich gerade im Kühlschrank nach einer Limonade Ausschau hielt. »Hast du ein paar Minuten?«, fragte ich.

»Klar, jede Menge«, antwortete sie trocken. Sie hatte ihren Bademantel an und hielt eine Zigarette in der Hand. In letzter Zeit schien sie ihn manchmal den ganzen Tag zu tragen. Ihre Stimme hatte die Farbe von Rauch, mit blauen, spiralartigen Einfärbungen.

»Willst du auch eins?«, fragte ich und hielt eine Dose Dr. Pepper hoch.

»Gib mir ein Bier, Mädchen. Für Limo ist es noch zu früh am Tag.«

Kommentarlos reichte ich ihr das Bier, dann setzten

wir uns an den Küchentisch. Sie hatte während der letzten Jahre zwanzig Pfund zugenommen, das meiste davon, nachdem ihr zweites Kind, Mary Alice, aufs College gewechselt war. Sie rauchte auch mehr, und die Falten in ihrem Gesicht zeigten es. Aber dieses Biertrinken am Morgen war neu. Betsy hatte nie viel getrunken.

Ich war mir sicher, dass die Dinge mit Jimmy nicht gut liefen. Er war nie sehr gesprächig gewesen. Jetzt, da die Kinder fort waren, schien es ihr mehr zuzusetzen. Irgendetwas setzte ihr jedenfalls zu. Vielleicht einfach nur, keine Kinder mehr im Haus und zu wenig zu tun zu haben.

Ich überlegte, ob ich es ansprechen sollte. Ich überlegte derzeit jedes Mal, wenn ich sie sah, ob ich es ansprechen sollte, beschloss jedoch – dieses Mal wie jedes Mal –, dass heute nicht der richtige Zeitpunkt war. Irgendwo hinter Betsys Augen lauerte ein kleiner, harter Ball der Feindseligkeit. Bislang hatte dieser Blick sich noch nicht auf mich gerichtet, und ich wollte es dabei belassen.

»Jena Jensen«, sagte ich und legte meine Füße auf einen Stuhl.

»Jena Jensen?« Betsy öffnete die Dose vor sich und trank einen Schluck. »Den Namen hab ich schon seit einer Ewigkeit nicht mehr gehört. Ich habe nie verstanden, was du in dem Mädchen gesehen hast. Ziemlich graue Maus.«

»Oh, das denke ich nicht.«

»Ach, komm schon. Hat immer rechtzeitig ihre Hausaufgaben abgegeben. Ihre Strickjacke immer bis zum

Hals zugeknöpft. Unter der Woche jeden Abend in der Drogerie ausgeholfen. War auf keiner Party, von der ich wüsste, und ich hab oft genug einen draufgemacht, um es wissen zu müssen. Hat nie einen Freund gehabt. Was meinst du damit, das denkst du nicht?«

»Erinnerst du dich noch, als diese Hexe – wie war ihr Name? – Beecher gesagt hat, dass jeder Schüler, der irgend so einen bescheuerten Test vermasselt, nicht mit zur Klassenfahrt darf?«

»Klar«, sagte sie, und wir mussten beide darüber lächeln, wie das Ganze ausgegangen war. Wir wussten beide – die gesamte Klasse hatte es gewusst –, dass die Zielscheibe ein paar Schüler mit Entwicklungsdefiziten waren, die die Lehrerin nicht mitnehmen wollte. Bestimmt hatte sie befürchtet, dass sie sie in Washington blamieren oder schlicht zu anstrengend sein würden.

»Weißt du noch, wie alle bestanden hatten, als sie die Tests zurückgab? Die Kids haben gejubelt. Und sie hat geschrien, dass sie diese Noten nicht vergeben hätte.«

»Klar weiß ich das noch«, sagte Betsy.

»Ich bin mir ziemlich sicher, dass Jena dahintersteckte.«

»Unmöglich.«

»Ich denke schon. Zum einen, wer wäre sonst noch clever genug gewesen? Die Tests sämtlicher Schüler, die hätten durchfallen können, waren neu geschrieben worden und hatten die Noten verdient, die sie bekamen. Und die echten Arbeiten sind nie aufgetaucht. Abgesehen davon wurden sämtliche Handschriften gefälscht. Ziemlich gut gefälscht, übrigens. Keiner der üblichen Verdächtigen hätte so eine Nummer abziehen können oder es auch nur versucht. Und außerdem hat Jena nicht ein einziges Mal von ihrem Buch aufgesehen.«

Betsy zog die Brauen hoch.

»Jeder, der nicht mit so was gerechnet hat, hätte hochgesehen. Jena hat einfach weitergelesen.«

»Verborgene Tiefen«, sagte sie. »Kein Wunder, dass sie nie draufgekommen sind. Niemand hätte sie verdächtigt. Ich zieh den Hut vor dir, Mädchen.« Sie hob ihr Bier, um der Neuntklässlerin Jena zuzuprosten. »Aber warum fragst du überhaupt nach ihr? Wo ist sie jetzt?«

»Ich weiß es nicht. Aber ich mache mir Sorgen um sie. Ich fahre weg, um sie zu finden.« Ich erzählte ihr von dem Anruf und was geschehen war, als ich zurückgerufen hatte. »Ich habe gehofft, du wüsstest etwas von ihr.«

»Ein Mal ist sie zurückgekommen, vor etlichen Jahren«, meinte Betsy nachdenklich. »Bevor du wieder hierher gezogen bist. Sie hat nicht im Haus ihres Vaters gewohnt, das hat mich damals sehr gewundert. Sie hatte einen Rucksack dabei und wollte zelten. Ich hab sie gefragt, ob sie hier übernachten möchte, aber sie hat gesagt, dass sie gern zeltet. Hat behauptet, schon in ganz Südamerika mit dem Zelt unterwegs gewesen zu sein. Glaubst du, das stimmt?«

»Ganz sicher. Das passt zu ihr. Hast du später noch mal was von ihr gehört?«

»Ich persönlich nicht, aber ich werde rumfragen. Ein guter Grund, um in die Kirche zu gehen. Tatsächlich der einzige Grund. So bleibt man immer auf dem Laufenden.« Sie schnipste die Asche ab und zog lange an ihrem

Krebsstängel. Ich hasste den Gestank und den Qualm. Aber dies war Betsys Haus, und ich wollte es mir nicht mit ihr zu verderben.

»Ich bezweifle, dass irgendwer etwas weiß«, fuhr sie fort. »Ich glaube nicht, dass sie außer dir je Freunde hier hatte. Ihr zwei wart wie Pech und Schwefel.«

»Es war die Stimme. Ohne sie hätte ich Jena vermutlich genauso wenig beachtet. Sie sah außergewöhnlich aus. Ich hätte diese Stimme den ganzen Tag lang betrachten können.« Selbst heute noch war Betsy einer der ganz wenigen Menschen, die von meiner Synästhesie wussten. Ich habe es ihr erst auf dem College gesagt. Der Grund war nicht, dass ich mich schämte, sondern, dass ich es nicht mochte, wie eine Kuriosität behandelt zu werden – oder, schlimmer noch, wie eine Monstrosität.

»Du weißt doch, dass sie die Berge geliebt hat.« Ich überlegte, ob Jena wohl zum Klettern nach Südamerika gereist war.

Betsy sah mich fragend an. »An den Wänden in ihrem Zimmer hingen Bilder aus dem Himalaja: der K2, der Annapurna, der Everest«, erklärte ich. »Sie wusste mehr über diese Berge, als ich über unser Land weiß. Sie kannte jede Aufstiegsroute und wer sie wann genommen hatte. Ziemlich ungewöhnlich für ein Mädchen, das an der Küste aufwächst. Ich frage mich, ob sie wohl selbst mit dem Bergsteigen angefangen hat. Es gibt ein paar bedeutende Berge in Südamerika. Wann war das, als sie zurückgekommen ist?«

»Gott, ich weiß nicht. Die Kinder waren noch klein, das ist alles, woran ich mich erinnere. Vermutlich etwa fünf Jahre nach der Highschool. Sie hat damals nach dir gefragt. Ich hab gesagt, dass du gerade dieses Aufbaustudium machst. Hat sie nie Kontakt zu dir aufgenommen?«

Ich schüttelte den Kopf.

Betsy zuckte die Achseln und stand auf. »Wie auch immer.« Sie ging zum Kühlschrank. »Das ist zurzeit ein ständiges Kommen und Gehen bei dir«, sagte sie. »Warst du nicht gerade erst hier?«

»Rein und raus«, erwiderte ich.

Betsy verharrte mit der Hand an der Kühlschranktür. »Weißt du, ich kann euch wirklich nicht verstehen. Ich bin bereit, überall auf der Welt hinzugehen, solange ich nur bei Sonnuntergang wieder in Hyde County bin. Ich begreife nicht, wonach ihr da draußen sucht.«

»Diesmal ist es etwas anderes. Ich werde Jena aufspüren. Aber du weißt genau, warum ich da rausgehe – um meinen Lebensunterhalt zu verdienen. Es gibt einfach nicht genügend Vergewaltiger, Kinderschänder und Mörder auf Blackbeard's Isle, um mich beschäftigt zu halten. Heutzutage nicht mehr. Nicht, seit die Piraten weg sind.«

»Du Lügnerin«, sagte sie. »Wenn du die ganze Zeit hier bleiben müsstest, dann würdest du, na ja, wie ich enden.«

Es entstand eine Pause, dann fragte ich sanft: »Was wirst du tun, Betsy? Du musst irgendetwas tun.«

»Mir noch ein Bier holen«, sagte sie und öffnete die Kühlschranktür.

Kapitel 4

Jena justierte die Schwanenhalslampe, bis sich ihr Schreibtisch exakt im Zentrum eines perfekten Lichtkreises befand, der sich weiter auf den Boden ergoss. Sie schätzte, dass es möglich wäre, ein kleineres Licht zu bekommen, das nur auf ihren Schreibtisch fallen würde. Das wäre wesentlich präziser, aber sie wollte nur ungern von Leuten überrascht werden, die an ihrem Schreibtisch stehen blieben, und auf diese Weise konnte sie die Schuhe sehen. Schuhe, die einfach nur auf dem Weg zur Toilette vorbeigingen, traten nicht in den Lichtkreis, aber die, die an ihrem Schreibtisch stehen blieben, taten das schon.

Wie die Schuhe ihres Chefs zum Beispiel. Daran, wie sie sich bewegten, konnte sie zum Teil sogar ablesen, was Dave wollte. Wenn er fest auf beiden Füßen einfach neben ihrem Schreibtisch stand, ging es um die Arbeit, und die schnellste Art, ihn loszuwerden, war, so lange zu ihm hochzusehen, bis er fertig war. Sie musste den Blick nur ein einziges Mal heben, und manchmal konnte sie einfach ja sagen, und er würde ihr mitteilen, was er brauchte, und dann gehen.

Bei anderen Gelegenheiten trat er jedoch von einem Fuß auf den anderen, und das bedeutete, dass er wieder damit anfing: damit, wie sie sich verändert hatte, welche Sorgen er sich machte, ob sie Hilfe bräuchte, dass sie noch mal mit diesem Detective reden sollte, den er kannte. Allesamt idiotische Äußerungen, die irgendeine Frau von einem anderen Planeten betreffen mussten. Dann würde sie sich einfach in sich selbst verkriechen, sich zurückziehen an einen sehr stillen Ort, wo sie ihn fast nicht mehr hören konnte, so wie sie es letzte Nacht bei Breeze' Anruf getan hatte, aber darüber wollte sie nicht nachdenken.

Heute verlagerte Dave sein Gewicht, und sie wappnete sich innerlich, aber er reichte ihr nur ein paar Papiere und ging dann. Wie verwirrend. Das sollte er nicht tun. Sie musste sich einen anderen Job besorgen, irgendwo, wo man sie nicht »davor« gekannt hatte. Sich nur vorzustellen, wie viel Kraft das erfordern würde, erschöpfte sie bereits.

Sie machte sich an die Zahlen, die vor ihr lagen. Sie wusste, dass dies der Job eines Buchhalters war, dieses Überprüfen von Aufträgen, Versendungen und ihre anderen untergeordneten Verwaltungsaufgaben. Was genau der Grund war, weshalb sie darum gebeten hatte. Die Büroleitung war eine zu komplexe Aufgabe geworden. Es mussten zu viele Entscheidungen getroffen werden. Eines Tages hatte sie begriffen, dass es zu schwer war, zur Arbeit zu kommen und all diese Entscheidungen treffen und, noch schlimmer, mit Menschen reden zu müssen. Der Ausdruck auf ihren Gesichtern war unerträglich gewesen, fast so schlimm, wie in einen Spiegel zu schauen, was sie Gott sei Dank schon seit einem Jahr oder vielleicht länger nicht mehr getan hatte. Sie

54

konnte sich nicht mehr genau entsinnen, wann sie aufgehört hatte, in den Spiegel zu sehen.

Zahlen waren anders. Eine Art stiller Sicherheit überkam sie, wenn sie Zahlen addierte. Am Ende des Tages
musste exakt das Richtige herauskommen, andernfalls
konnte sie nicht heimgehen. Einmal war sie zwei Stunden länger geblieben und hatte zu Hause dafür bezahlt.
Zumindest hatten ihre Ergebnisse schließlich gestimmt,
sonst wäre sie die ganze Nacht hier gewesen.

In letzter Zeit hatte sie sich angewöhnt, die Auftrags-
formulare und anderen Papiere so anzuordnen, dass sie
genau mit der seitlichen und unteren Schreibtischkante
abschlossen. Nicht einen Millimeter darüber. Das half
ebenfalls. Außer an manchen Morgen, wenn sie fest-
stellte, dass sie leicht bewegt worden waren, was sie unheimlich fand. Sie versuchte, sich vorzustellen, dass es
die Putzfrau gewesen war, und nicht Jerry, der in ihren
Sachen herumschnüffelte, so wie er es zu Hause tat. Er
könnte es sein. Bei ihm wusste man nie. Einmal hatte
sie eine Liste gefunden, auf der er alles notiert hatte,
was sie besaß, einschließlich der Zahl ihrer Tampons. Er
beobachtete alles, schrieb alles auf.

Manchmal versuchte sie, sich ein Leben ohne ihn vorzustellen, aber diese Aussicht schien sie mit Leere zu erfüllen. Es war leicht, sich einzureden, dass alles in Ordnung sein würde, dabei würde er in Wirklichkeit eine
riesige Lücke hinterlassen. Sie fühlte sich schon seit Langem nicht mehr wie ein lebendiges Wesen, und er war,
wenn auch sonst nichts, zumindest real. Und dann waren da noch die Drogen. Wie sollte sie ohne ihn an sie
herankommen? Also durfte er nicht gehen. Dann wür-

de sie allein mit Lily zurückblieben, die ständig irgendetwas brauchte. Chauffeurdienste zu ihren Freunden. Unterschriften unter Zeugnisse. Einkaufen. Elternabende. Wie sollte sie diese Dinge an den schlechten Tagen bewerkstelligten? Sie hatte viele schlechte Tage.

Manchmal versuchte sie sich an ihr Leben vor Lily zu erinnern. An ihr Leben, bevor sie dafür Sorge tragen musste, dass Essen im Haus, saubere Kleidung im Schrank und an jedem Tag des Jahres jemand zu Hause war. An das Leben, als sie sich einfach ihren Rucksack schnappen und klettern gehen konnte. Sich zu erinnern, war keine gute Idee. Es brachte Lilys Vater zurück und den Morgen in den Bergen, als regennasse Flechten die Felsen spiegelglatt hatten werden lassen und er einen Schritt nach vorn machte, bevor er vollständig gesichert war …

Sie schloss die Augen, dann starrte sie wieder auf die Zahlen. Es war unsinnig, darüber nachzudenken, Jerry zu verlassen. Ihn zu verlassen war ausgeschlossen, denn Jerry wäre als ein Schatten, der vor ihrer Tür lauerte, noch furchteinflößender, als er es im Haus war. Konnte das die Wahrheit sein? Es stimmte, dass er noch gefährlicher wäre, aber furchteinflößender? Das setzte voraus, dass sie noch immer Furcht empfinden konnte, und sie glaubte nicht, dass das zutraf. Oder vielleicht fürchtete sie sich auch die ganze Zeit über, also war da kein Unterschied. Von welcher Warte man es auch betrachtete, war das, was sie empfand, stets dasselbe. Vielleicht würde jemand wie Dave es als Furcht bezeichnen. Es war eigentlich nicht von Bedeutung, in welche Worte man es verpackte. Eins jedoch war gewiss: Sie hatte vergessen, wie es war, sich sicher zu fühlen.

Sie sah wieder auf das Blatt vor sich, stellte fest, dass sie vor lauter Nachdenken den Überblick über die Zahlen verloren hatte, und geriet in Panik. Zumindest konnte sie noch Panik empfinden. Wegen falscher Berechnungen, wegen Schuhen, die – selbst im Schrank – nicht ordentlich in Reih und Glied standen, wegen Besteck, dass nicht perfekt auf dem Tisch angeordnet war. Was vermutlich verrückt war. Kein Zweifel, dass Breeze es so sehen würde. Sie wollte darüber nicht nachdenken. Es war unwahrscheinlich, dass Breeze sie auch nur erkennen würde, wenn sie sich begegneten. Gott sei Dank hatte sie nur angerufen. Man kann niemand durch das Telefon sehen.

Schon vor dem Anruf hatte sie manchmal an Breeze denken müssen. Wenn ihr Gefühl, ein echter Mensch zu sein, verblasste und sie keine Perspektive, keinen Standpunkt finden konnte, heuchelte sie sich selbst vor, Breeze zu sein. Sie hatte während ihrer Kindheit eine einzige Freundin gehabt, und die war noch immer real, während ihr restliches Leben zu einem Mythos verblasst war.

Sie hatte Breeze' Telefonnummer schon vor langer Zeit mit wasserfestem Filzstift auf der Innenseite ihrer Armbanduhr notiert. Es hatte sie einige Mühe gekostet, einen Stift mit so feiner Spitze zu finden. Sie hatte es jedoch geschafft, und jetzt war die Nummer Tag und Nacht da. Sie nahm die Uhr niemals ab. Sie duschte mit der Uhr. Immer wenn die Zahlen zu verblassen begannen, schrieb sie sie neu.

Was auch immer Jerry ihr antat, nie hatte er ihr dabei die Uhr abgenommen. Sie redete sich gern ein, die Nummer im Kopf zu haben, aber manchmal, wenn er ihr Schmerzen zufügte, konnte sie sich kaum an ihren eigenen Namen erinnern, deshalb vertraute sie nicht darauf, eine Telefonnummer auswendig zu kennen.

Seltsam, zu welcher Größe Breeze in ihrem Kopf angewachsen war. Nachdem sie aus Clark fortgegangen war, hatte sie daran gedacht, sich bei ihr zu melden, es aber dann doch nie getan. Sie war durch die Reisen und das Bergsteigen fast die ganze Zeit über auf Achse gewesen, und außerdem, nun ja, sie telefonierte einfach nicht besonders gern. Aber in Wahrheit wusste sie nicht, warum sie nie angerufen hatte. Vielleicht, weil sie Clark und den Süden hinter sich gelassen hatte und davor zurückgeschreckt war, diese Tür auch nur einen Spaltbreit wieder aufzumachen.

Breeze' Anruf – das war nicht Teil des Plans gewesen. Wenn sie mit ihr gesprochen hätte, wäre Breeze gekommen. Niemals hätte sie Breeze täuschen können … Und was dann? Was wäre dann geschehen? Sie würde keine Vorschläge machen wie Dave oder jammern wie Lily. Sie würde es nicht auf sich beruhen lassen und einfach weggehen. Wahrscheinlich würde Jerry sie beide töten. Und selbst falls nicht, war nicht mehr genug von ihr selbst übrig für einen Neuanfang.

Und trotzdem konnte sie diese Telefonnummer nicht aufgeben. Ich könnte fortgehen, besagte sie. Solange Jena sie hatte, gab es ein Hintertürchen. Da war noch ein winziger Raum in ihr, den Jerry bislang nicht erreicht hatte. Er wusste es ebenfalls, dass ihm ein Raum verschlossen blieb. Was er jedoch nicht wusste, war, wo sie den Schlüssel aufbewahrte: auf der Rückseite ihrer Armbanduhr.

Kapitel 5

Am späten Nachmittag kam ich endlich in Chicago an. Mir war nicht wohl bei dem Gedanken, abends zu Jenas Haus zu fahren, deshalb beschloss ich, bis zum Morgen zu warten, wenn die Gefahr, dass ihr Ehemann zu Hause sein würde, geringer schien. Ich hatte keinen Plan B für den Fall, dass Jena ebenfalls nicht da sein würde.

Ich schlief früh ein – in einem Motel am Stadtrand –, aber der Schlaf war nicht erholsam. Die ganze Nacht über erklommen Jena und ich den K2, der schwerer zu besteigen ist als der Everest und von dem die Profis sagen, dass er einfach anders sei. Der Everest hat seine Launen, aber den K2 umgibt eine heimtückische Aura – zumindest behaupten das die Bergsteiger –, als wäre er von Natur aus bösartig. Besonders gerne tötet er weibliche Bergsteiger und tut dies mit grausamer Regelmäßigkeit. Er tötet einen höheren Prozentsatz an Frauen, die versuchen, ihn zu bezwingen, als jeder andere Berg.

Jena und ich befanden uns in der Todeszone, jener Region oberhalb von siebentausendfünfhundert Höhenmetern, wo der Körper sich nicht mehr akklimatisieren kann und die Organe allmählich den Dienst versagen, wo die Luft so dünn ist, dass man nicht lange am Leben bleibt. Während der ganzen Zeit, die man in der

Todeszone verbringt, stirbt man langsam. Bleibt man zu lange, ist man am Ende tot – so einfach ist das.

Jena kletterte mir voraus einen messerscharfen Grat hinauf, der mit Eis und Schnee bedeckt war. Mit jedem einzelnen Schritt traten wir etwas davon los. Wir hatten keinen Flaschensauerstoff, und ich konnte nicht mehr denken. Immer wieder rief ich Jena zu, wir sollten umkehren, aber der Wind verschluckte meine Worte.

Ich schlief unruhig und wachte häufig auf. Jedes Mal beim Wiedereinschlafen glitt ich erbarmungslos mit Jena zurück in die Todeszone. Schließlich hatte ich genug und stand auf. Der Traum setzte mir zu, deshalb schlüpfte ich in ein Paar Jeans und ging nach draußen, um einen klaren Kopf zu bekommen. Es nieselte ein wenig – der Regen so leicht und flüchtig wie die Berührung von Fingerspitzen. Ich hob mein Gesicht nach oben, konnte die weichen Tropfen aber kaum spüren.

Eigenartig, dass ich so lebhaft von einem Ort träumen konnte, in dessen Nähe ich noch nicht einmal gelangt war. Das ist es, woran ich mich bei meinen Gesprächen mit Jena am besten erinnere: Sie konnte endlos über die Berge reden. Sie erzählte Geschichten von all den großen Expeditionen und ließ sie lebendig werden. So vollführte ich mit Hillary diese letzten entkräfteten Schritte zum Gipfel des Everest, begleitete Bonington bei seinem Aufstieg über die Südflanke des Annapurna und war zusammen mit Schoening auf dem K2, als fünf der Männer an seinem Seil abstürzten und er allein sie hielt. Beim Sprechen lehnte Jena sich immer nach vorn, ihre Hände flogen, und ein fernes Leuchten trat in ihre Augen.

Sobald der Morgen anbrach, stieg ich in meinen Mietwagen, um es mit dem Straßenlabyrinth Chicagos aufzunehmen. Als ich Jenas Haus schließlich fand, starrte ich es verblüfft an. Ich hätte mir Jena in einem Loft oder in einem Holzhäuschen oder fast in jeder anderen unkonventionellen Bleibe vorstellen können. Dieses fade Vorstadthaus passte hingegen gar nicht zu ihr.

Langsam stieg ich aus dem Auto und ging die Einfahrt hoch. Jetzt, wo ich hier war, wünschte ich mir insgeheim, es nicht zu sein. Ich hatte das Gefühl, mich einem Hornissennest zu nähern, und ein Teil von mir wollte lieber nicht hineinstochern. Das Haus war ruhig, und nichts wirkte ungewöhnlich. Trotzdem schwitzten meine Handflächen, und über allem lag ein bernsteinfarbener Nebel. Manchmal kamen mir meine Gefühle bei dem, was ich sah, in die Quere, und heute war einer dieser Tage. Ich war nervös, und das brachte immer eine farbliche Überlagerung mit sich.

Ich klopfte an die Tür, dann wartete ich, während mir durch den Kopf ging, dass das alles vermutlich umsonst war. Sehr wahrscheinlich arbeiteten sie beide. Stille war die Antwort auf mein Klopfen, deshalb hob ich die Hand, um es noch einmal zu versuchen, als dann so plötzlich die Tür aufgerissen wurde, dass ich einen Schritt zurücktaumelte. Der Mann, der vor mir stand, war blond und trug ein taubenblaues Hemd, das zu seinen Augen passte. Er war nicht besonders groß, vielleicht ein Meter fünfundsiebzig. Er wirkte so flink und kräftig wie ein Athlet, aber ohne die ausgeprägten Schultermuskeln. Bei seiner Größe war ich auf Augenhöhe mit ihm. Er sah so umwerfend gut aus, dass ich mich für eine Sekunde fragte, ob ich ihn schon einmal im Fernsehen oder so gesehen hatte.

Er sagte nichts, sondern starrte mich nur an, und es dauerte einen Moment, bis ich meine Sprache wiederfand, weil irgendetwas an ihm, vielleicht seine Sonnyboy-Attraktivität oder die flachen, prüfenden Augen mich aus dem Gleichgewicht brachten. Er taxierte mich mit dem abschätzenden Blick, der universell war in der guten alten Zeit der Playboy-Häschen und der Witze über dumme Blondinen, einem unverhüllt sexuellen Blick, dem jede Wärme oder Leichtigkeit, die ihn auch nur annähernd amüsant hätten machen können, fehlte. Er registrierte das rote, aus meinem Gesicht gestrichene Haar, die Eins-fünfundsiebziger-Läuferinnen-Statur und die grau-grünen Augen ohne ein Wort.

»Hallo«, sagte ich. »Mein Name ist Breeze Copen. Ich bin auf der Suche nach Jena Jensen, einer alten Freundin von mir.« In dem Moment, als ich ihm meinen Namen nannte, wusste ich bereits, dass der nächste Satz überflüssig war. Nach außen hin veränderte sich nichts, aber ich konnte die Veränderung in der Atmosphäre spüren. Es stellte sich nicht die Frage, ob das hier das richtige Haus war. Irgendwie hatte ich es gewusst, sobald ich ihn sah.

»Tut mir leid, dass ich nicht vorher angerufen habe. Ich bin auf der Durchreise, und mein Anschlussflug hat Verspätung. Ich dachte, ich nutze die Gelegenheit und fahr mal vorbei.«

»Wie haben Sie Jena gefunden?« Er sagte es barsch, ohne Entschuldigung. Die Stimme hatte die Farbe von Kupfer, in das sich ein tiefdunkler Ton mischte. Die Textur war seltsam, irgendwie kreppartig, fast wie Seersucker, dabei aber bauschiger. Die Stimme sah beinahe aufgedunsen aus und ließ mich an Wasserleichen denken,

62

an tote Körper, die zu lange der Feuchtigkeit ausgesetzt waren. Für meine Ohren klang die Stimme neutral, sogar gleichgültig. Aber so sah sie nicht aus.

Ich zog die Brauen hoch und bemühte mich, überrascht zu wirken. »Ich habe eine Anzeige gesehen«, erklärte ich. »Im Internet. Um alte Schulfreunde ausfindig zu machen. Ich hatte einen Gratisversuch, und da fiel mir Jena ein. Ich habe schon seit Jahren nicht mehr mit ihr gesprochen. Ich bekam die Adresse und wollte sie während meines Zwischenstopps in Chicago überraschen.« Es verblüffte mich immer wieder, wie gut ich log.

Er bedachte mich mit einem verspäteten Lächeln, das pure Herzlichkeit verströmte. Es schien, als verändere sich seine ganze Persönlichkeit, nachdem er entschieden hatte, dass mein Besuch kein Grund zur Sorge bot.

»Bitte entschuldigen Sie«, sagte er. »Ich bin Jerry Rowland, ihr Ehemann. Ich bin Schriftsteller, und wenn ich arbeite, fällt es mir schwer umzuschalten. Es dauert immer einen Moment, bis ich meinen Kopf aus der Geschichte befreit habe. Es tut mir leid, aber Jena ist geschäftlich verreist.«

»Oh nein«, erwiderte ich. »So ein Pech. Was macht sie denn beruflich?«

»Unternehmensberatung. Sie arbeitet mit verschiedenen Firmen zusammen.«

»Wirklich? Was ist ihr Spezialgebiet?«

»Organisationsentwicklung.« Er sagte es leichthin, wenngleich die Textur seiner Stimme rauer geworden war, doch das brauchte ich gar nicht, um zu wissen, dass er log. Er machte keine Anstalten, mich ins Haus zu bitten.

63

»Könnte ich ihre Handynummer haben?«, fragte ich. »Ich muss heute abreisen und würde sie gern irgendwann mal anrufen.«

»Sie hat keins. Sie hatte mal eins, aber es hat sie wahnsinnig gemacht. Sie hat es schließlich nicht mehr mitgenommen, weil sie meinte, dass sie gar nichts mehr erledigt bekommt. Tja, Sie kennen ja Jena. Sie hat nicht viel Sinn für Technik. Hören Sie, ich will Sie nicht entmutigen, aber Jena hat das Thema Clark ziemlich abgehakt. Sie hatte nie das Gefühl, dort angenommen zu werden. Ich weiß nicht …« Er ließ den Satz unvollendet.

»Ach so«, sagte ich. »Ich verstehe.«

»Sie wollte anrufen, sobald sie im Hotel angekommen ist. Ich kann ihr sagen, dass Sie vorbeigeschaut haben. Sie wird sich bei Ihnen melden, falls … na ja, Sie wissen schon.«

»Natürlich. Ich verstehe. Kann ich meine Nummer hinterlassen?«, fragte ich, obwohl ich wusste, dass es ohne Bedeutung war. So etwas würde ich sagen, wenn ich ihm glauben würde, und er sollte denken, dass das der Fall war.

»Einen Moment«, sagte er und machte mir die Tür vor der Nase zu. Er kam mit einem Notizblock zurück und schrieb pflichtschuldig meine Handynummer auf – so als würde er sie länger als eine Nanosekunde behalten, nachdem ich weg war. Er lächelte noch einmal dieses Lächeln, und das Einzige, woran ich denken konnte, war dieser Oldie von Rod Stewart, in dem es heißt: »Wenn ich dir nur lange genug zuhören würde, fände ich einen Weg, zu glauben, dass das alles wahr ist.«

Kapitel 6

Ich habe keinen Weg gefunden, zu glauben, dachte ich, als ich wegfuhr, oder vielleicht habe ich einfach nicht lange genug zugehört. Ich hätte gewettet, dass Jena irgendwo in Chicago bei der Arbeit war. Die Frage war nur, wo? Südstaatler sind halsstarrig; das kann eine Unart oder eine Tugend sein, je nachdem, was man vorhat. Heute hielt ich es für eine Tugend.

Um Jena aufzuspüren, musste ich mir wieder Zugang zum Internet verschaffen, und das nahm ein bisschen Zeit in Anspruch. Tatsächlich mehr als ein bisschen. Ich verbrachte eine geschlagene Stunde mit der vergeblichen Suche nach einer Telefonzelle, in der es ein waschechtes Telefonbuch gab. Schließlich gab ich auf und begann stattdessen, Tankwarte und Verkäufer zu fragen, wo ich ein Internetcafé finden könnte. Auch das brachte mich nicht weiter, und ich hatte gerade beschlossen, nur des Kommunikationscenters wegen in ein Hotel einzuchecken, als ich an einem Computergeschäft vorbeikam. Der Typ hinter der Ladentheke kannte ein Internetcafé, und eineinhalb Stunden, nachdem ich mit meiner Suche begonnen hatte, saß ich dann dort, trank guten äthiopischen Kaffee und fahndete wieder nach Jena.

Beim letzten Mal war es leicht gewesen, ihre Adresse herauszufinden. Ich hatte einfach auf eine Personensuchmaschine zurückgegriffen und die Informationen, die sie lieferte, durchforstet. Leider wurden nirgendwo Arbeitsadressen aufgeführt. In meiner Verzweiflung tippte ich schließlich nur ihren Namen und »Chicago« ein und war überrascht, als sie sofort auftauchte, integriert in die Mitarbeiterliste der Website einer Firma namens Horizons. Jena war dort Büroleiterin – falls ich die richtige Person hatte –, und die Firma hatte ihre Telefonnummer und Adresse angegeben.

Ich zog den Stadtplan hervor und kämpfte mich wieder durch Chicago. Ob er sie wohl angerufen hatte? Bestimmt nicht. Jede Wette würde er ihr nicht einmal sagen, dass ich da gewesen war. Ich verfranste mich, bog mehrmals falsch ab und verfluchte den Stadtverkehr – wobei ich mir die ganze Zeit über wünschte, wieder in meinem kleinen Dorf auf Blackbeard's Isle zu sein. Schließlich hielt ich vor einem weißen, zweistöckigen Stuckgebäude, das hübsch genug war, um aus dem gepflegten Gewerbegebiet hervorzustechen.

Die Dame hinter dem Empfangstresen war um die fünfzig, hatte ein kantiges Gesicht und die Haare im Joan-Crawford-Stil hinter die Ohren frisiert. Sie sprach gerade mit einem Mann mit dunklem, gelocktem Haar, der sich über ihre Schulter lehnte und Papiere mit ihr durchging. Während ich wartete, überlegte ich, wie ich vorgehen sollte. Ich hoffte, zumindest herausfinden zu können, ob Jena in der Stadt war und tatsächlich hier arbeitete, selbst wenn ich sie aus irgendeinem Grund nicht treffen könnte. Schließlich richtete der Mann sich auf und wandte sich zum Gehen.

»Kann ich Ihnen helfen?«, fragte die Rezeptionistin, und ihre Stimme sah aus wie ein limonengelber Luftballon – eine helle Farbe, wie man sie mit Kinderbüchern assoziiert. Die Stimme passte nicht zu den harten Linien ihres Gesichts und ließ mich hoffen, dass sie sich nicht zickig anstellen würde.

»Ich bin auf der Suche nach Jena Jensen«, erklärte ich, »soweit ich weiß, arbeitet sie hier?« Der Mann blieb abrupt stehen und drehte sich um. Er sah mich scharf an, was mich fast genauso alarmierte wie zuvor der nächtliche Anruf. Warum sollte nur die Erwähnung von Jenas Namen eine solche Reaktion bewirken? Zumindest wusste ich jetzt, dass ich am richtigen Ort war.

Die Rezeptionistin warf ihm einen Blick zu, dann fragte sie: »Und was soll ich sagen, wer hier ist?«

»Sagen Sie ihr, eine alte Freundin. Aus Clark.«

»Ich bringe Sie zu ihr«, sagte der Mann, bevor er die Tür hinter der Empfangsdame öffnete und sie für mich aufhielt. Ich folgte ihm in einen großen, von Büros gesäumten Raum, in dessen Mitte sich durch Raumteiler abgetrennte Arbeitsplätze befanden. Trotz seiner nüchternen Aufteilung war es ein ansprechendes Zimmer, mit rostfarbenen Teppichböden, cremeweißen Wänden und sauberen Kompaktleuchtstofflampen anstelle des harschen Neonlichts vergangener Tage. Er wandte sich nach rechts und ging an den Raumteilern vorbei zu einem Büro am hinteren Ende. An der Tür trat er wieder zur Seite, um mich in ein großes Eckbüro vorzulassen, das von einem gewaltigen, mittig platzierten Metallschreibtisch

67

dominiert wurde. Eindeutig war dies sein Büro, und ich fragte mich, warum ich hier war. Er folgte mir und schloss die Tür.

»Ich bin Dave McQuaid«, sagte er und reichte mir die Hand. »Jenas Vorgesetzter.« Seine Stimme war ein krümeliges, weiches Gelb, und er hatte freundliche Jagdhundaugen. Er hatte größer gewirkt, während er sich über den Empfangstisch gebeugt hatte, doch in aufrechter Haltung hatte er einen langen Oberkörper und kurze, stämmige Beine. Früher war er vermutlich wie ein Feuerhydrant gebaut gewesen, bevor ein Jahrzehnt oder mehr seine Statur in einen »Geschäftskörper« verwandelt hatte, was die typische Folge war von zu viel Arbeit, zu wenig Sport und fettem amerikanischen Essen. Er schleppte etwa fünfzehn Pfund zu viel mit sich herum und war etwas schwammig um die Hüften. Trotzdem wirkte er wie jemand, bei dem man sich wohlfühlte, die Art von Mann, bei dem Frauen sich gern anschmiegen.

»Breeze Copen«, erwiderte ich und wir tauschten einen knappen, geschäftsmäßigen Handschlag. Dann setzten wir uns. Ich wartete. Wir wussten beide, dass ich mich darüber wunderte, in seinem Büro statt in Jenas gelandet zu sein.

»Ich wollte nur kurz mit Ihnen sprechen. Wie gut kennen Sie Jena?«

»Vor zwanzig Jahren kannte ich sie sehr gut. Wir waren als Teenager beste Freundinnen.«

»Und jetzt?«

»Ich habe sie seitdem nicht mehr gesehen.«

»Was führt Sie nun so plötzlich her?« Er sah beim Sprechen nicht zu mir, sondern auf einen Füller hinunter, mit dem er auf dem Schreibtisch herumspielte. Seine Stimme war mit weißen Flecken gesprenkelt, was immer ein Zeichen von Sorge war. Es war irgendwie beunruhigend, diesen Mann nervös zu sehen. Es passte nicht. Er wirkte stabil und gelassen, überhaupt nicht wie jemand, der sich unnötig Sorgen macht.

Ich schwieg, bis er endlich hochsah. »Warum verraten Sie mir nicht, was los ist?«, sagte ich. »Warum stellen Sie mir all diese Fragen?«

Seufzend ließ er den Füller fallen und lehnte sich zurück. »Sie wissen gar nichts?«

»Ich habe einen Anruf bekommen. Eine Freundin macht sich Sorgen um sie, wollte aber nicht sagen, warum. Ich bin gekommen, um es herauszufinden.«

»Aber Sie sind nicht zu ihr nach Hause gefahren. Sie kamen hierher.«

»Na ja, ich bin zu ihr Hause gefahren. Ein Mann, der zu viel gelächelt hat, informierte mich, dass sie verreist sei.«

»Ach«, sagte er. »Und Sie haben ihm nicht geglaubt.«

»Ich mochte seine Augen nicht.« Was nicht die ganze Geschichte war. Ich hatte die Textur seiner Stimme schlichtweg gehasst, aber das sollte ich wohl besser für mich behalten.

»Wie haben Sie uns gefunden?«

»Übers Internet. Man kann da jeden finden.«

Er sah mich direkt an. »Na schön, ich habe zwar keine Ahnung, wer Sie sind, aber was soll's. Ich werde Ihnen alle Informationen geben, die ich habe, denn wer weiß? Vielleicht können Sie etwas erreichen. Wir haben nämlich verdammt noch mal gar nichts erreicht.

Vor zwei Jahren hat Jena sich hier für eine Stelle beworben. Meine Büroleiterin war in Mutterschutz und hat sich dann entschieden, zu Hause bei ihrem Baby zu bleiben. Wir hatten in der Annahme, dass sie zurückkommen würde, versucht, ohne sie klarzukommen, aber irgendwie ist dann allmählich das Chaos ausgebrochen. Ich weiß nicht, ob Sie das alles hören wollen, aber ich muss beim Anfang beginnen, um Ihnen die Geschichte zu erzählen.«

»Kein Problem. Was genau tun Sie hier?«

»Wir platzieren Firmenwerbung«, erklärte er. »Aber wir entwerfen die Anzeigen nicht selbst. Dies ist ein Marketingunternehmen. Wir erforschen, wo die Anzeigen untergebracht werden sollen, welche Kunden was lesen und all das, dann setzen wir die Anzeigen an die strategisch wichtigsten Stellen, um das meiste aus ihnen herauszuholen. Das ist nicht höhere Mathematik, aber es ist ein umkämpfter Markt, und um zu überleben, müssen wir bei dem, was wir tun, ziemlich effizient sein. Fast jeder hier ist im Außendienst tätig und dementsprechend häufig unterwegs, deshalb ist die Büroleitung eine wichtige Position. Sie ist praktisch der Kitt, der die Dinge zusammenhält.

Sie hatte eine seltsame Vita, jede Menge verschiedener Jobs, dann Zeiten ganz ohne Arbeit, und fast hätte ich sie noch nicht mal zum Bewerbungsgespräch gebeten. Als ich jedoch nicht fand, wonach ich suchte, habe ich sie mehr zum Spaß eingeladen. Sie hatte etwas an sich.« Er seufzte. »Ich schätze, Sie würden es Elan nennen. Wenn Sie sie damals im Vergleich zu heute sehen könnten, Sie könnten es nicht glauben. Verdammt, ich selbst kann es nicht glauben, und ich war die ganze Zeit über hier. Sie war damals aufmerksam und witzig, und sie erklärte mir, dass ein paar der Lücken in ihrem Lebenslauf mit dem Bergsteigen zu tun hätten. Dass sie immer eine Zeit lang gearbeitet und Geld gespart hätte und anschließend in verschiedenen Regionen geklettert wäre. Meistens in Südamerika, wenn ich mich recht erinnere.

Als dann ihre Tochter geboren wurde, blieb sie so viel wie möglich bei ihr zu Hause. Sie sparte Geld, bis sie aufhören konnte zu arbeiten, und fing erst wieder damit an, wenn es nötig wurde. Sie sagte, dass sie erst kürzlich hierher gezogen sei und jetzt, da ihre Tochter älter war, Vollzeit arbeiten wolle. Ich fragte sie, warum sie denn hergezogen sei, und sie antwortete, dass sie wieder geheiratet habe und ihr Ehemann hier an der Universität arbeite. Sie sagte, sie wolle nun endlich sesshaft werden.

Nun, was das betraf, hatte ich so meine Zweifel. Meiner Erfahrung nach bleiben Menschen mit einem solchen Lebenslauf auf Wanderschaft. Aber na wenn schon. Sie würde also nicht für immer bleiben. Ich dachte, dass sie uns zumindest dabei helfen konnte, die Dinge wieder in geordnete Bahnen zu bringen, und beim nächsten Mal würden wir vielleicht jemand für länger finden. Ich war eben verzweifelt. Aber das ist nicht alles. Um ehrlich zu sein, ich mochte sie – damals, meine ich.«

»Sie mögen sie jetzt nicht mehr?«

»Ich kenne sie jetzt noch nicht mal mehr«, sagte er verbittert. »Ich weiß nicht ...« Er schüttelte den Kopf. »Jedenfalls schien es zu funktionieren, zumindest anfangs. Sie war gut in ihrem Job und im Umgang mit

ihren Kollegen. Sie war beliebt. Sie konnte die Dinge erledigen, ohne jemand vor den Kopf zu stoßen, und sie
hatte wirklich Humor. Ich kann zwar nicht behaupten,
dass sie hier je enge Freunde gehabt hätte, aber das ist
in Ordnung für eine Büroleiterin. Und sie war kreativ.
Sie machte sogar Vorschläge für Änderungen an den Anzeigen, und die waren gut. Tatsächlich habe ich ernsthaft darüber nachgedacht, dass wir selbst Anzeigen entwerfen könnten, indem ich ein paar Leute anstellen und
Jena in diesem Bereich involvieren würde, als es mit ihr
auf einmal rapide bergab ging.«

Er starrte jetzt in die Ferne, und seine Pupillen bewegten sich hin und her, während er sich erinnerte. Als
er nicht weitersprach, fragte ich leise: »Was ist passiert?«

Er sah zu mir und kehrte in die Gegenwart zurück.
»Anfangs ist mir nichts aufgefallen, obwohl es das vielleicht hätte tun sollen. Ich bin ziemlich beschäftigt und
bestimmt auch nicht der aufmerksamste Beobachter.
Meine Frau hat sich mal die Haare gefärbt, und selbst
das habe ich nicht bemerkt. Sie macht mir deswegen immer noch die Hölle heiß. Jedenfalls ist irgendwann eine
unserer Außendienstmitarbeiterinnen zu mir gekommen und hat mich gefragt, was mit Jena los sei. Ich wusste nicht, wovon sie sprach. Sie wollte wissen, ob mir nicht
aufgefallen wäre, dass Jena plötzlich bei jedem Wetter
lange Ärmel trägt. Ich hielt sie für verrückt. Das Büro
war klimatisiert. Warum sollte Jena keine langen Ärmel
tragen, wenn sie wollte, aber die Mitarbeiterin meinte,
ich solle rausgehen und mir ihre Hände ansehen. Ich
fragte sie, wonach ich Ausschau halten solle, aber sie sagte: ›Sehen Sie sie sich einfach an.‹

Ich tat es, und ihre Hände waren vollkommen schwarz und blau. Jemand musste sie nach unten gedrückt und auf sie eingeschlagen haben. Gott allein weiß, was sie unter diesen langen Ärmeln verborgen hielt, aber Hände kann man nicht verstecken. Sie sagte, es wäre nichts, sie sei gestürzt. Ich bin kein Arzt, aber ich kann mir nicht vorstellen, wie man sich durch einen Sturz solche Verletzungen zuziehen könnte. Sie waren derart geschwollen, dass sie sie kaum bewegen konnte. Ich denke, ein paar Knochen waren gebrochen. Anschließend wurde es immer schlimmer.

Mehr Blutergüsse, mehr langärmelige Blusen, und dann hat sie eines Tages ihren Kopf zur Seite gedreht, und ich habe einen Abdruck um ihren Hals entdeckt. Es gab einfach keine Möglichkeit, wie das passiert sein könnte, außer dass ihr jemand etwas um den Hals geschlungen und zugezogen hatte. Da bin ich ausgerastet. Meine Frau arbeitet in einer Beratungseinrichtung für Missbrauchsopfer, und ich hatte sie schon vor einiger Zeit eingeweiht. Ich rief sie an, und sie kam ins Büro. Wir versuchten beide, mit Jena darüber zu sprechen, was überhaupt nichts brachte. Also informierte ich die Polizei. Ein Freund von mir ist Detective, und auch er hat versucht, mit ihr zu reden. Sie weigerte sich. Es kam nicht das Geringste dabei heraus, aber ich glaube, dass wir sie an diesem Tag fast verloren hätten. Ich glaube, dass sie kurz davorstand, zu kündigen. Ich glaube, dass sie es getan hätte, wenn sie ihm nicht anschließend von der Kündigung hätte erzählen müssen.

Also zogen wir uns zurück, größtenteils zumindest. Manchmal kann ich einfach nicht aus meiner Haut, und dann versuche ich wieder, mit ihr zu reden – ich weiß nicht, was ich sonst tun könnte –, aber sie stellt sich taub. Sie antwortet mir noch nicht mal mehr, sondern hält den Kopf nach unten und tut so, als hätte ich nichts gesagt.

Das Schlimmste daran ist – falls es etwas Schlimmeres gibt, als herauszufinden, dass jemand stranguliert wird –, das Schlimmste ist, was aus ihr geworden ist. Sie hat sich in eine Art Zombie verwandelt. Sie redet mit niemand, es sei denn, sie ist dazu gezwungen. Ihre Pupillen sind die meiste Zeit erweitert, und ich weiß, dass sie Drogen nimmt. Ich sollte sie deswegen und aufgrund der Tatsache, dass sie das ganze Büro kirre macht, rausschmeißen, aber ich bringe es nicht über mich. Was würde mit ihr passieren, wenn sie keinen Ort mehr hätte, an den sie sich jeden Tag flüchten könnte? Abgesehen davon wäre ich auch auf Drogen, wenn ich ihr Leben leben müsste.

Natürlich hat sie irgendwann den Punkt erreicht, an dem sie den Job nicht mehr bewältigte. Ich weiß nicht, was ich deshalb unternommen hätte, aber es blieb mir erspart, mich damit auseinanderzusetzen, weil sie von sich aus um eine Degradierung bat. Sie sagte, sie wolle sich lieber um die Bestellungen, Lieferungen und andere administrative Aufgaben kümmern. Hat mich angefleht, ihrem Mann zu sagen, dass wir Stellen abbauen würden, falls er fragt, und nicht, dass sie darum gebeten hat. Natürlich verdient sie jetzt weniger, und soweit ich weiß, ist er arbeitslos. Sie musste mich nicht zweimal bitten. Ich hätte ihm erzählt, dass ihr ein zweiter Kopf gewachsen ist, wenn ich damit verhindert hätte, dass er sie schlägt.

Sie werden nicht glauben können, was Sie gleich sehen. Sie sitzt jetzt in der Ecke wie eine Art ... wie etwas, das ich nicht beschreiben kann. Es kann nicht ewig so weitergehen. Er wird sie töten, oder sie tötet sich selbst, oder sie nimmt eine Überdosis, und wir werden nie erfahren, ob sie es wirklich selbst getan oder er sie ihr verabreicht hat. Ich werde dann das Gefühl haben, dass ich irgendwas hätte unternehmen müssen, aber ich weiß verdammt noch mal nicht was. Meine Frau sagt, dass mich das noch umbringen wird. Das Ganze bereitet mir solche Kopfschmerzen, dass ich nachts nicht mehr schlafen kann.«

Er verstummte und fuhr sich mit der Hand durch die Haare. Wie erstarrt hatte ich ihm zugehört. Ich hatte Schwierigkeiten, all das zu verdauen. Das sollte die Jena mit den verrückten Abenteuern des Geheimdienstagenten und den Himalaja-Geschichten sein? Jena sollte grün und blau geschlagen mit Würgemalen am Hals irgendwo in diesem Gebäude sitzen? Von all den Menschen, die ich kannte, war sie diejenige, der so etwas niemals passieren konnte. Irgendwem musste ein Fehler unterlaufen sein.

»Jena Jensen?«, fragte ich, »das kann einfach nicht ...«

Er sah mich nur an, und ich verstummte. »Ich weiß«, sagte er nach einem Moment. »Ich mache Ihnen keinen Vorwurf. Wenn man weiß, wie sie vorher war, ist es schwer zu glauben. Es tut mir leid, dass ich das alles auf Ihnen ablade, aber diese Sache kotzt mich wirklich an.«

»Lieber Himmel«, sagte ich leise. »Ich hätte ... einfach nie ...« Wieder verlor sich meine Stimme. Es wollte mir einfach nicht in den Kopf. Das Ganze klang so bizarr. Solche Dinge passierten anderen – einem Klienten, jemand in den Nachrichten, dem namenlosen Opfer einer der Straftäter, die ich befrage –, nicht jemand, den ich persönlich kannte.

»Was wissen Sie über ihren Ehemann?« Ich fragte das hauptsächlich, um Zeit zu gewinnen, während ich versuchte, das alles zu verarbeiten.

»Sehr wenig. Mysteriöser Typ. Ganz am Anfang kam er mal mit zu einer Büroparty. Er wirkte ganz nett. Mir ist nichts aufgefallen. Er sah sehr gut aus, und ich erinnere mich, dass ein paar der Frauen darüber sprachen, was für ein guter Fang er sei. Sicher. So als würde man sich Krebs einfangen. Wir haben ihn seitdem nicht mehr gesehen, was ein Glück ist, denn ich glaube nicht, dass irgendein Mitarbeiter höflich zu ihm sein könnte, und wer weiß, wie er sie dafür würde büßen lassen. Er hat ein paarmal unter verschiedenen Vorwänden angerufen, um sie zu kontrollieren und sicherzustellen, dass sie hier ist. Ich weiß nicht, was das soll. Sie hat noch nicht mal die Energie, um den Block zu gehen. Sie verlässt ihren Schreibtisch nicht zum Mittagessen, macht keine Pausen. Sitzt einfach nur da.«

Wir schwiegen beide für einen Moment, dann sagte ich: »Ich bin Ihnen dankbar, dass Sie mich eingeweiht haben. Ich glaube, ich hätte die Fassung verloren, wenn ich ohne Vorwarnung zu ihr gegangen wäre. Ich werde jetzt mit ihr sprechen«, sagte ich und dann mehr zu mir selbst als zu ihm: »Aber worüber? Ich kann sie nicht einfach mit dem Missbrauch überrumpeln.« Ich verstummte und versuchte mir darüber klar zu werden, was ich tun sollte.

»Na ja, Sie können es nicht schlechter machen als wir. Ganz egal, was Sie tun. Sie können sie übrigens gern hierher bringen. Ich werde für eine ganze Weile in einer Besprechung sein.« Als ich nichts erwiderte, fügte er sanft hinzu: »Ich weiß nicht, ob es eine Rettung gibt. Es ist, als würde man jemand in einem Auto ohne Bremsen beobachten, das immer schneller wird. Vielleicht lässt es sich nicht mehr stoppen. Das ist auch die Überzeugung meiner Frau. Manchmal glaube ich, dass das Ganze schon besiegelt war, als sie sich mit dem Kerl eingelassen hat.« Seufzend stand ich auf. Mir wollte einfach nichts einfallen. Aber vermutlich würde ich wissen, was ich sagen sollte, wenn ich erst einmal dort war.

Wir gingen durch den großen Hauptraum an Reihen von Menschen vorbei, die in ihren Nischen arbeiteten. Niemand schenkte uns weiter Beachtung – ich vermute, Besucher waren hier normal. Den ganzen Weg über nährte ich die verrückte Hoffnung, dass es nicht Jena sein würde, aber als wir um die letzte Trennwand herumkamen, war sie da: in der letzten Nische in der Ecke im hintersten Teil des Raums.

Ich blieb abrupt stehen, war für einen Moment fassungslos. Es war Jena, obwohl ich bezweifelte, dass ich sie auf der Straße erkannt hätte. Die Frau, die dort an ihrem Schreibtisch saß und zu Boden starrte, war zaundürr und trug ein formloses Kleid mit langen Ärmeln. Ihre Haare waren schon länger nicht mehr gewaschen worden und hingen ihr kraftlos auf die Schultern. Das traf mich am meisten. Als Kind war ihr Haar lohfarben und voll gewesen, und ich hatte immer gefunden, dass es wie eine Löwenmähne aussah. Jetzt war es matt und ungewaschen, und eine Seite wirkte länger als die andere, so als ob sie es achtlos selbst geschnitten hätte.

Sie trug kein Make-up. Nichts an ihr ließ erkennen, dass sie sich pflegte und auf sich achtete oder auch nur den geringsten Gedanken darauf verschwendete, wie sie auf andere wirkte. Sie hatte einen Punkt erreicht, an dem sie sich nicht mehr um eine Fassade bemühte. Dave wollte etwas sagen, aber ich schüttelte den Kopf und winkte ihn fort. Ich ging zu Jenas Schreibtisch, dann verharrte ich, unsicher, was ich als Nächstes tun sollte.

Obwohl ich direkt neben ihr stand, blickte Jena nicht auf. Ich kniete mich neben sie, und schließlich sah sie dann doch hoch, wenn auch mit einem alarmierten Ausdruck in den Augen. Das Gesicht hatte die Umrisse von Jenas, schien aber trotzdem nicht ihres zu sein. Die Augen waren größer als in meiner Erinnerung – oder vielleicht war das Gesicht einfach schmaler –, und anstelle von Pupillen schienen sie endlose, dunkle Zentren zu haben, ausgetrocknete Brunnen ohne Glanz oder Licht, die keine Hoffnung und keine Zuflucht kannten. Die Dunkelheit in ihnen war nicht von der Art, die mit schelmischem Übermut einhergeht, sondern wirkte abgestumpft und nach innen gekehrt, so wie man sie nur in den Gesichtern von Menschen findet, die mit brutalen Personen zusammengelebt haben.

Auch ohne dass sie sprach, fühlten meine Handflächen etwas Weiches und – ich weiß nicht – Mattes über sich hinwegstreifen. Ich konnte noch nicht einmal mehr genug Lebensenergie in dieser Frau spüren, um eine Kerze am Brennen zu halten. Dennoch schwamm Wiedererkennen in ihren Augen – und seltsamerweise ein

Hauch von Angst. Sie blickte sich um, als befürchtete sie, jemand könnte mich sehen.

»Hallo, Jena«, sagte ich sanft. »Lang nicht gesehen. Geht's dir gut?« Dann streckte ich ohne nachzudenken die Hand aus, um ihren Arm zu berühren.

Sie zuckte unwillkürlich und mit Panik in den Augen zurück, und ich begriff, dass tröstende Gesten sie längst nicht mehr erreichen konnten. Sie wollte auf keinen Fall angefasst werden.

»Okay«, sagte ich und zog meine Hand zurück. »Wir müssen reden. Dave hat uns sein Büro angeboten, oder wir könnten einen Spaziergang machen.«

Sie schüttelte wortlos den Kopf und sah wieder nach unten. »Warum nicht?«

»Ich kann nicht«, sagte sie sehr leise. Ihre Stimme war heiser und schwach, und ich konnte sie kaum sehen.

»Jena, ich habe mit Dave gesprochen, und er hat mir ein bisschen von dem erzählt, was mit dir passiert. Ich verspreche, dass ich dich nicht bearbeiten werde, Dinge zu tun, die du im Moment nicht tun kannst, deshalb darfst du bitte nicht glauben, dass es genauso sein wird wie mit ihm oder dem Detective. Aber ich werde dieses Büro nicht verlassen, solange wir nicht geredet haben. Falls Jerry anruft, wird Dave ihn genauso durchstellen, als ob du an deinem Arbeitsplatz wärst. Im Notfall werde ich dir nach Hause folgen und an deine Tür klopfen, wenn du nicht mit mir kommst.«

Es war brutal und unfair, aber ich wusste keinen anderen Weg.

Sie seufzte, dann legte sie ganz behutsam ihren Stift weg. Sie arrangierte ihn zweimal um, bevor sie zufrie-

den schien, dass er jetzt an der rechten Schreibtischkante am richtigen Platz war, dann stand sie steifbeinig
auf und sah mich abwartend an. Was Dave in Sachen
Zombie gesagt hatte, war kein Scherz gewesen. Zum
zweiten Mal war ich fassungslos. War dies wirklich ein
Mensch aus Fleisch und Blut? Ich drehte mich um und
marschierte zurück zu Daves Büro, während Jena mir gehorsam folgte.

Dort angekommen, zog ich für sie den großen Schreib-
tischsessel hervor, aber sie starrte ihn nur an und wich
zurück. Sie holte sich den einzigen anderen Stuhl im
Raum, einen kleineren für Kunden, und nahm sehr vorsichtig Platz. Sie strich ihren Rock glatt und saß ganz
still. Ich konnte mich nicht auf den großen Stuhl setzen
und über ihr thronen, deshalb hockte ich mich vor sie
auf den Boden. Ich achtete sorgsam darauf, sie nicht zu
berühren.

Ich überlegte, wo ich anfangen sollte, als Jena plötzlich sagte: »Ich wollte nicht, dass du mich so siehst.«
Ihre Stimme war noch immer heiser und schwach.

»Ich weiß.«

»Mir war klar, dass du kommen würdest«, fuhr sie fort.
Ich wunderte mich, dass sie mich nicht fragte, wie ich
sie gefunden oder was mich überhaupt hierher geführt
hatte. Wusste sie, dass ihre Tochter mich angerufen hatte? Irgendwie glaubte ich das nicht.

»Ich habe auf dem Weg hierher an Clark gedacht«,
sagte ich.

Sie erwiderte nichts, wartete einfach.

»Weißt du noch, wie wir an manchen Sommeraben-
den auf deinem Dach gesessen sind? Erinnerst du dich,

80

als dein Vater weg war und deine Mutter auf gewisse Weise auch und wir heimlich aus deinem Fenster und auf den Dachfirst geklettert sind, wo wir uns dann festgehalten haben? Ich hab mir vor Angst fast in die Hose gemacht. Ich habe mich immer gewundert, dass es dir überhaupt nichts auszumachen schien. Ich bin trotzdem mitgekommen, weil ich nicht zugeben wollte, wie viel Schiss ich hatte, und außerdem wollte ich die Geschichten hören. Erinnerst du dich? Wie du mir damals vom K2, vom Annapurna und den ganzen großen Expeditionen erzählt hast?«

Ich wusste nicht, warum ich davon sprach, nur, dass das die Jena war, die ich kannte, und wir uns, wenn sie sich daran erinnerte, wer sie gewesen war, vielleicht wieder annähern könnten. Ganz sicher wusste ich nicht, wer sie jetzt war, und ich fragte mich, ob sie es wohl wusste. Ein unbestimmtes Flackern huschte über ihr Gesicht. Gut möglich, dass ihr Gehirn inzwischen geschädigt war, aber es war noch nicht alles weg. Sie hatte mich wiedererkannt und war besorgt, wie sie auf mich wirkte, und auf jeden Fall funktionierte ihr Langzeitgedächtnis noch.

»Ich erinnere mich«, sagte sie sehr sanft.

»Ich habe es geliebt, wenn du vom Himalaja gesprochen hast. Sogar damals war es so, als ob du die Berge persönlich kennen würdest. So wie du die Geschichten erzählt hast, waren die Berge die wirklichen Stars, nicht die Bergsteiger. Weil sie für dich so real waren, kamen sie mir selbst realer vor als manche Menschen, die ich kannte. Bist du irgendwann mal dort gewesen?«

»Nicht zum Bergsteigen«, sagte sie wehmütig. »Ich

bin viel in Südamerika geklettert, aber ich hatte nie das Geld für eine Himalaja-Expedition.« Ich musste mich anstrengen, um sie zu verstehen, aber wenigstens redete sie.

»Bis auf welche Höhe bist du in Südamerika gekommen?«, fragte ich.

»Viertausendachthundert Meter.« Ein flüchtiger Ausdruck von Stolz huschte über ihr Gesicht, was mich erstaunte. Mich durchzuckte etwas, das sich stark wie Hoffnung anfühlte.

»Wie war es?«, fragte ich, »das Klettern?«

Sie hielt inne, und zuerst dachte ich, dass sie nicht antworten würde.

»Die Welt verschwindet«, sagte sie dann. »Nach ein paar hundert Metern. Selbst in diesem Land kannst du keine Autos oder Häuser oder irgendwas anderes mehr sehen. Sogar im Yosemite-Nationalpark, der unten nichts weiter ist als eine Touristenfalle. Aber ein paar hundert Meter weiter oben sieht es so aus, wie es vorher gewesen sein muss – vor den McDonalds und Souvenirläden und dem restlichen Mist. Und wenn man erst mal auf dem Gipfel steht, reicht der Blick unendlich weit. Man sieht den Himmel. Er ist größer als die Erde, und man lebt darin. Ich weiß nicht. Man denkt nur noch an das Wetter. Es fließt durch einen hindurch. Ich träume noch immer davon.«

Ich ebenfalls, aber das sagte ich nicht. Ich weiß nicht, ob sonst jemand verstanden hätte, was sie meinte, aber ich tat es. Das war der springende Punkt. Das war immer der springende Punkt gewesen.

»Was hat dir am besten gefallen?«

»Patagonien.« Sie sagte es mit solcher Wehmut, als ginge es um das Paradies oder das gelobte Land. »Es ist kein Berg; es ist eine Region. Die Berge sind nicht besonders hoch, aber es ist unglaublich abgeschieden dort und wirklich, wirklich schön. Die Stürme sind gewaltiger als alles, was man hier kennt. Es ist der beste Platz auf Erden.«

»Jena. Lass uns von hier verschwinden. Nur für diesen einen Nachmittag. Dave wird dich decken und mich notfalls auf dem Handy anrufen. Nur ein paar Stunden, um zu reden. Mehr nicht.«

Sie zögerte, dann fragte sie: »Wenn ich mitkomme, versprichst du dann, niemals zu mir nach Hause zu fahren?«

»In Ordnung«, sagte ich und wusste, dass ich log. Ich konnte mir mühelos Umstände vorstellen, unter denen ich dieses Versprechen brechen müsste.

»Es ist wirklich wichtig. Du darfst nicht zu mir nach Hause fahren«, wiederholte sie. »Du verstehst nicht.«

»Was?«

»Wenn du dich bei mir zu Hause blicken lässt, bin ich tot.«

Panik stieg in meiner Kehle hoch, und ich versuchte, sie herunterzuschlucken. Ich wusste nicht, ob ich ihr jetzt sagen sollte, dass ich bereits dort gewesen war. Ich beschloss, zu warten und es ihr später zu sagen. Sie musste es auf jeden Fall erfahren, bevor sie nach Hause ging.

Kapitel 7

Jena folgte mir aus dem Gebäude, nachdem Dave geschworen hatte, Jerry – für den unwahrscheinlichen Fall, dass er anrufen sollte – hinzuhalten. Er war persönlich zu der Empfangsdame gegangen, um das mit ihr zu besprechen, und hatte uns dann mit so hoffnungsvoller Miene dabei beobachtet, wie wir in den Aufzug stiegen, dass ich mich schuldig fühlte. Ich wusste, er hoffte auf etwas, das sehr wahrscheinlich nicht passieren würde.

Sobald wir das Gebäude verlassen hatten, wurde Jena nervös und hielt unaufhörlich nach Jerry Ausschau. Ich versuchte mir einzureden, dass sie durch die vielen Misshandlungen paranoid geworden war. Andererseits wusste ich nicht, wie oft er sie überrascht hatte, wenn sie ihn nicht erwartete. Wir fanden ein kleines, gut zu überschauendes Restaurant, und sie setzte sich mit dem Rücken zur Wand und dem Blick zur Tür. Sie schien sich jetzt ein wenig zu entspannen. Ich würde nicht behaupten, dass sie sich sicher fühlte, nur dass sie weniger ängstlich wirkte als zuvor auf der Straße.

Sie aß fast nichts, trank aber zwei Gläser Wein. Ich wusste nicht, ob das eine gute Idee war, und bestellte nichts Alkoholisches. Sie hatte mich an den Punkt gebracht, wo ich halb damit rechnete, ihn durch die Tür stürzen zu sehen, und ich vermutete, dass es nüchtern schon schwer genug sein würde, mit ihm fertig zu werden. Der Wein machte sie etwas lockerer, so dass sie offener redete als zuvor. Das bewies zumindest, dass sie es konnte.

Das Gespräch drehte sich hauptsächlich um Clark und unsere Familien. Ihre Mutter war im Schlaf gestorben. Jena glaubte an eine Überdosis, aber es hatte keine Autopsie gegeben. Ihr Vater war im Ruhestand. Er war älter gewesen als ihre Mutter, schon über vierzig, als Jena geboren wurde. Er litt mittlerweile unter Alzheimer und lebte in einem Heim für betreutes Wohnen – selbst in Clark gab es eins. Mir war klar, dass wir uns von Clark in die Gegenwart bewegen mussten, aber ich wusste nicht, wie ich das bewerkstelligen sollte, ohne sie zu verlieren.

»Wie lange warst du bergsteigen?«, fragte ich.

»Viele Jahre«, sagte sie wehmütig. »Bis meine Tochter zur Welt kam. Danach konnte ich nicht mehr bergsteigen gehen. Ihr Vater war ebenfalls Bergsteiger. Er ist bei einer Tour tödlich verunglückt, nicht lange, nachdem sie geboren wurde.«

»Das tut mir sehr leid.«

»Er war ein guter Mann«, fuhr sie fort. »Und er kletterte mit der Anmut einer Katze. Ich wünschte, er wäre nicht gestorben.«

Es klang so kindlich – »Ich wünschte, er wäre nicht gestorben.«

»Und dann hast du wieder geheiratet?«

Sie sah an mir vorbei zur Tür, als genüge es schon,

ihn zu erwähnen, um ihn leibhaftig auftauchen zu lassen. »Vor ein paar Jahren. Tatsächlich kannte ich ihn schon lange, hatte aber den Kontakt verloren. Er war ein Ass unter den Bergsteigern im Yosemite. Künstliches Klettern an großen Felswänden und all das, aber er wollte die spektakulären Sachen machen. Abgesehen davon glaubte er nicht, dass irgendjemand die Wetterbedingungen im Yosemite ernst nahm. Es kann an den Steilwänden glühend heiß sein im Sommer. Wenn die Menschen jedoch an extreme Wetterbedingungen denken, haben sie Bilder von frierenden Bergsteigern vor Augen. Aus diesem Grund nehmen sie auch künstliches Klettern nicht für voll. Er wollte beweisen, dass er ein echter Bergsteiger ist, und schloss sich einer Expedition an, an der auch ich teilnahm.« Sie sah weg, erinnerte sich. Nach einem Moment sagte sie: »Es ist nicht gut gelaufen.«

»Warum nicht?«

»So ist das mit dem Bergsteigen. Es ist hart und gefährlich, und jeder steht mächtig unter Druck, so dass oft schlechte Stimmung herrscht. Menschen passen zusammen oder nicht. Oft tun sie es nicht. Er kam nicht mit den Gruppenleitern zurecht. Bei den schwierigen Aufgaben drängte er sich vor. Ich vermute, er wollte damit beweisen, dass er es konnte. Die anderen sahen es nicht so. Sie hielten ihn für einen Angeber. Und einige beschwerten sich, dass er nicht seinen Teil der Last trug, als wir uns zum Basislager hochschleppten. Ich fand, dass sie zu hart mit ihm waren. Er tat mir leid …«

Ich erwiderte nichts, und einen Moment später fuhr sie fort: »Anschließend habe ich ihn jahrelang nicht gesehen, bin ihm erst nach Johns Tod wieder über den

Weg gelaufen. Er hielt einen Vortrag über die Bestei-
gung des Cerro Torre. Dort wollte ich immer schon mal
hin. Also bin ich anschließend zu ihm gegangen, um mit
ihm zu sprechen.«

»Willst du mit mir darüber reden?«, fragte ich. »Über
das, was da vor sich geht?«

»Nein.« Sie sah zu ihrem Glas hinunter.

»Deine Tochter hat mich angerufen.«

»Wirklich? Lily?« Sie wirkte so verblüfft, als begänne
sie sich erst jetzt zu fragen, wie ich sie gefunden hatte.
»Sie hasst mich. Ich mache ihr keinen Vorwurf.«

»Ich weiß nicht, was vor sich geht, aber ganz bestimmt
hasst sie dich nicht. Sie war wütend auf mich, weil ich
nicht hier war, um dir zu helfen.«

Sie sah mich einen Moment lang an, dann sagte sie:
»Ich bin schlimmer als meine Mutter.«

»Vielleicht im Moment. Aber nicht für immer.«

»Du weißt nicht, was für immer ist. Das hier ist für
immer.«

»Es könnte heute aufhören.«

Nach einer kurzen Pause sagte sie: »Er würde mich
finden. Du bist der erste Mensch, an den er denken würde. Ich habe von dir gesprochen. Er würde zuerst dich
finden, und das würde ihn dann zu mir führen.«

»Nun, er würde vielleicht mich finden, aber das heißt
noch lange nicht, dass er auch dich findet.«

Sie sah mich fragend an.

»Er würde nicht auf Betsy kommen. Er weiß noch
nicht mal von ihr. Ich bin sicher, dass du bei ihr bleiben
könntest, wenn du dir Sorgen machst, dass er mich auf-
spürt.«

»Ich kenne Betsy eigentlich gar nicht. Sie ist deine Freundin gewesen, nicht meine. Ich habe nur ein paar Fächer mit ihr zusammen gehabt.«

»Das ist genau der Punkt. Das heißt, er weiß nichts von ihr. Und glaub mir, Betsy kann im Moment Ablenkung gebrauchen. Sie hat außerdem eine Schusswaffe, ist unerschrocken und lebt am Ende der Welt.«

»Ich kann nicht«, sagte sie. »Du begreifst das nicht.«

Und das tat ich auch nicht, bis mir einfiel, was Dave über die Drogen gesagt hatte.

»Du nimmst Drogen«, sagte ich unverblümt. »Und er beschafft sie dir.«

Sie schwieg.

»Was glaubst du, wie das ausgehen wird?«, fragte ich. »Denkst du, du kannst für immer so weitermachen? Wie viel Zeit bleibt dir noch? Sechs Monate? Hast du noch ein Jahr in dir? Entschuldige. Ich habe versprochen, dich nicht zu bedrängen. Du brauchst keine Drogen mehr, wenn du ihn loswirst. Falls du das nicht tust, helfen auch die Drogen nicht für immer.« Ich spürte die Dringlichkeit wie einen sauren Geschmack in meiner Kehle hochsteigen. Ich wollte Jena nicht unter Druck setzen, aber die Worte strömten trotzdem aus meinem Mund.

»Was hat Lily gesagt?«, fragte sie plötzlich und ohne mir überhaupt zugehört zu haben. »Woher hat sie deine Nummer?«

»Ich weiß nicht. Ich dachte, du hättest sie ihr vielleicht gegeben. Welche Rolle spielt das?«

Statt einer Antwort zog sie ihre Armbanduhr aus und gab sie mir. Ich starrte sie verwirrt an. Jena sagte noch immer nichts. Ich drehte sie um und sah meine Telefonnummer auf der Rückseite. Für einen Moment blieb die Welt stehen, und ich schloss die Augen, mir wurde schwindlig. Lily hatte recht. Ich hätte da sein sollen. Jena war immer irgendwo in meinem Hinterkopf gewesen – sie gehörte zu den Menschen, bei denen man sich irgendwann wieder melden will, aber das hatte ich nie getan.

»Weiß Lily davon?«

»Nein, sie darf es nicht wissen.« Ich hörte Panik in ihrer Stimme.

»Warum nicht?«

»Wenn irgendwer davon weiß …«

»… könnte er es herausfinden?«, vollendete ich den Satz für sie.

Sie nickte.

»Sie würde es ihm aber nicht verraten, oder?«

Sie bedachte mich mit einem Blick, der deutlich machte, dass ich wohl überhaupt nichts verstand.

»Wie behandelt er sie? Wird sie auch …«

»Nein, er macht etwas, das fast genauso schlimm ist. Es ist wie Meiden.«

»Wie was?«

»Wie das, was die Amischen früher praktiziert haben. Er tut so, als würde sie nicht existieren. Er spricht sie nicht an. Er deckt nicht für sie mit. Er besorgt Essen für zwei. Ich muss für sie extra einkaufen. Meistens mache ich ihr das Essen, und sie nimmt es mit in ihr Zimmer. Sie glaubt, dass er sie hasst. Sie ist inzwischen nicht mehr oft zu Hause, sondern bleibt bei Freunden.«

»Warum sollte sie es ihm also verraten? Das würde sie nicht tun.«

89

Jena schüttelte nur den Kopf, und ich begriff, dass ich so nicht weiterkam.

»Sie könnte sie sich auf eigene Faust besorgt haben«, schlug ich vor. »Ich hatte überhaupt keine Probleme, dich ausfindig zu machen. Hat sie in der Schule Zugang zu einem Computer?«

»Ja«, bestätigte sie. »Ja, das ist die Erklärung.« Ich wusste nicht, ob es das war oder nicht. Vielleicht hatte Lily mich übers Internet gefunden, oder vielleicht wusste sie von der Nummer auf der Innenseite der Armbanduhr, aber es schien wichtiger, Jena zu beruhigen, als etwas zu ergründen, das sich nicht ergründen ließ.

»Jena, wir können jetzt aus diesem Restaurant gehen, Lily abholen und zum Flughafen fahren. Es kann heute noch ein Ende haben.«

Sie schwieg lange, den Blick starr auf ihr Weinglas gesenkt. Nach einer Weile schien es, als würde keine Antwort mehr kommen. Aber schließlich sagte sie: »Wir können Lily mitnehmen?«

»Natürlich. Wir werden doch deine Tochter nicht zurücklassen. Hat er sie adoptiert?«

»Nein.«

»Wo soll dann das Problem sein? Er hat rechtlich nicht über sie zu bestimmen, und ihr Vater ist tot. Du hast das alleinige Sorgerecht, oder?«

Sie nickte schwach. »Und was dann?«

»Was meinst du?«, fragte ich.

»Was passiert, nachdem wir aus dem Flugzeug gestiegen sind?«

»Dann fahren wir zu Betsy und verstecken euch beide, bis sich der Sturm verzogen hat. Hör zu, ich arbeite mit Typen wie ihm. Wenn er der ist, für den ich ihn halte, wird er sich jemand anderen suchen.«

»Du kennst ihn nicht.«

Was völlig okay für mich ist, dachte ich, sprach es jedoch nicht aus. »Er ist nicht so schlimm, wie du denkst«, fügte Jena hinzu. »Ein Teil davon ist meine Schuld. Ein großer Teil.«

»Schön, also bist du schlecht für ihn – was weiß ich. Es kann nicht gut für ihn sein, in eine Art Monster verwandelt zu werden. Aber selbst wenn du ihn dazu machst, muss es aufhören.«

»Er braucht mich.«

»Jena …«

»Man kappt niemand das Seil. Das tut man einfach nicht.«

»Was ist mit Lily?«, fragte ich. »Es ist nicht okay, ihm das Seil zu kappen, aber Lily schon. Wie ist es für sie, mit jemand unter einem Dach zu leben, der sie behandelt, als würde sie nicht existieren?«

Jena antwortete nicht. »Sieh mal«, fuhr ich fort. »Ich beurteile in meinem Job ständig Menschen wie ihn. Er kann witzig und charmant sein – wann immer er das will. Wenn er dieses umwerfende Lächeln aufsetzt und sich seine blauen Augen in deine bohren, sieht er aus, als würde er streunende Katzen mit nach Hause nehmen. Er hat aber noch eine zweite Seite, nicht wahr, und man weiß nie, wann man sie zu sehen bekommt. Du erinnerst ihn daran, dass er mit dir ins Kino gehen oder ein Zimmer streichen oder den Müll rausbringen oder irgendeine andere alltägliche Sache machen wollte, und plötzlich schmettert er dein Gesicht gegen die Wand. Wenn er erst mal angefangen hat, schlägt er einfach weiter zu und hört nicht auf, egal, was man tut.«

Jena sah mich nun scharf an. »Woher weißt du, dass er blaue Augen hat?«, fragte sie leise. »Was hast du getan? Bist du dort gewesen?«

Ich konnte es nicht abstreiten. »Ich bin heute Morgen auf der Suche nach dir hingefahren.«

»Oh mein Gott. Du hast mich belogen.«

»Nein.«

»Du hast mir ins Gesicht gelogen.«

»Nein, das habe ich nicht. Du hast nicht danach gefragt. Ich versprach, zukünftig nicht zu dir nach Hause zu kommen. Du hast mich nie danach gefragt. Ich hätte es dir noch gesagt.«

Sie schloss die Augen und ließ den Kopf nach hinten gegen das Polster sinken. Okay, auf gewisse Weise war es schon eine Lüge gewesen. Ich hätte es ihr früher sagen können, hätte es aber auf jeden Fall noch getan.

»Es tut mir leid. Ich konnte nicht ahnen, dass er zu Hause ist. Ich bin davon ausgegangen, dass er in der Arbeit sein würde, und wenn jemand da wäre, dann du.«

Sie gab keine Antwort. »Schaff wenigstens Lily von ihm fort. Tu es für sie, wenn du es schon nicht für dich selbst tun kannst.«

Sie sah nun hoch, schien es sich durch den Kopf gehen zu lassen. »In Ordnung«, sagte sie dann. Ihre Stimme klang flach und erschöpft, mehr resigniert als alles andere. Falls das die Freiheit sein sollte, waren die Vorteile für sie noch nicht erkennbar. Was würde geschehen, wenn sie aus dieser Benommenheit erwachte? Würde es wie bei einer Erfrierung sein, wo alles taub ist, bis man es auftaut? Und der Schmerz dann so schlimm wird, dass man nicht mehr denken kann? Würde sie anfangen zu weinen und nie wieder aufhören?

»Meinst du das ernst?«, fragte ich. »Können wir Lily holen und abhauen?«

»Ich meine es ernst«, sagte sie, aber ihre Stimme klang nicht danach. Ihr Gesicht war leer und ausdruckslos, so als wäre dies bloß eine weitere Tortur, die sie durchstehen musste. Ich bemühte mich, nicht zu viel hineinzudeuten. Es war eine zu große Sache, um die ich sie bat, als dass ich in diesem Moment eine normale Reaktion erwarten durfte. Sie würde rein mechanisch tun, was man ihr sagte.

»Okay«, sagte ich. »Wo ist Lily?«

»In der Schule.«

»Wann hat sie aus?«

Sie sagte es mir. Ich sah auf die Uhr. Uns blieben zwanzig Minuten, um dorthin zu gelangen, bevor sie sich auf den Heimweg machen würde.

Während wir zur Schule fuhren, rief ich Dave an. Er versprach, dafür zu sorgen, dass am Flugschalter zwei Tickets auf uns warten würden, drei, falls er sie nicht auf die Maschine bekam, auf die ich bereits gebucht war. Ich bot ihm meine Kreditkarte an, aber er sagte, wir würden später abrechnen, und ich hatte das Gefühl, dass ich nie eine Rechnung bekommen würde. Er klang überglücklich und viel zu zuversichtlich für mein Empfinden – ich selbst wartete noch immer darauf, dass Jena ihre Meinung ändern würde. Allerdings strahlte sie etwas Entschiedenes aus, als wäre ihr Entschluss unumstößlich.

93

Wir erreichten die Schule kurz bevor die Schulglocke klingelte. Wir warteten, bis Lily herauskam, eine hoch aufgeschossene, dunkelhaarige Jugendliche mit Jenas Mund und Augen und dem Körperbau von jemand anders. Lily war größer als ihre Mutter und hatte einen breiteren Knochenbau. Sie hatte die Schultern einer Schwimmerin, jedoch eine pummelige Taille, was darauf schließen ließ, dass sie weder schwamm noch sonst irgendwelchen Sport trieb. Sie hatte grüne Strähnen in ihrem kurz geschnittenen, dunklen Haar, und einen Arm zierten von oben bis unten runde Metallbänder. Der Blick, mit dem sie ihre Mutter bedachte, war komplex: feindlich und besorgt und verächtlich gleichzeitig. Alles andere als froh, sie zu sehen. Als ich mich vorstellte, weiteten sich ihre Augen, und sie sah zu ihrer Mutter, um festzustellen, ob sie von dem Anruf wusste. Ich wollte jetzt keine Erklärungen abgeben, deshalb schob ich sie schnell ins Auto und fuhr los.

»Wohin fahren wir?«, fragte Lily.

Ich wartete, aber Jena sagte nichts. Seit Lily im Auto saß, wirkte sie, als ob sie ihr letztes Quäntchen Energie verbraucht hätte und wieder zu der Frau verblasst wäre, die ich an dem Schreibtisch vorgefunden hatte. Sie starrte aus dem Fenster, als wäre Lily gar nicht da.

»Wir verreisen«, erklärte ich. »Wir sind auf dem Weg zum Flughafen.«

»Wir verreisen? Für wie lange?«

»Ich weiß es nicht«, sagte ich vorsichtig. »Ihr müsst im Moment von Jerry weg. Er tut euch beiden nicht gut. Ich weiß nicht, wann ihr zurückkehren könnt.« Wahrscheinlich nie, dachte ich.

»Was ist mit meinen Klamotten?«, fragte sie. »Was ist mit meinen Freunden?«

»Wir werden dir neue Sachen kaufen.«

»Und was ist mit meinen Freunden?«, wiederholte sie. »Ich kann nicht weg von meinen Freunden. Mit wem soll ich reden?«

Ihre Reaktion überraschte mich. Hatte sie auch nur die leiseste Ahnung, was hier auf dem Spiel stand? Eine Woge des Zorns rollte über mich hinweg wie ein Nachmittagsgewitter. Konnte dies die Tochter sein, die so besorgt um ihre Mutter war, dass sie mich mitten in der Nacht angerufen und am Telefon geweint hatte? Ich versuchte, den Zorn abzuschütteln. War ich wegen dieser Sache so angespannt, dass ich meine Wut jetzt an dieser verwirrten Jugendlichen ausließ? Und wen hatte sie schon außer ihren Freunden?

»Wir finden eine Lösung. Du kannst jederzeit E-Mails schreiben oder chatten. Und natürlich telefonieren. Aber Lily, du darfst unter keinen Umständen jemand erzählen, wo du bist. Zumindest für eine Weile. Verstehst du das?«

Sie lehnte sich zurück. »Das ist schon okay«, sagte sie. »Meine Freunde würden es nie verraten.«

Ich fühlte wieder den Zorn in mir hochsteigen. Na toll, ich kannte dieses Mädchen jetzt seit fünf Minuten und verspürte schon Mordgelüste. Welch weise Entscheidung, nie Kinder bekommen zu haben. Aber wie auch immer. Wir waren im Auto und auf dem Weg zum Flughafen, der Rest würde sich finden.

Er konnte es nicht wissen. Obwohl ich davon überzeugt war, war ich die ganze Zeit über nervös. Das Einparken schien ewig zu dauern, und die Schlange vor dem Schalter war zwar kurz, aber langsam. Ich sah mich unentwegt um. Überraschenderweise schien Jena kein einziges Mal den Blick zu heben. Sie hielt die Augen auf den Boden gerichtet, als könnte sie damit alle Blicke und Geräusche, den Lärm und den Trubel ausblenden. Sie wirkte so anders als im Restaurant, dass es mich erstaunte. Warum war sie nicht beunruhigt? Aber er konnte nicht wissen, wo wir waren, und vielleicht war ihr das klar.

Oder konnte er? Falls ja, wie? Ein Positionsmelder in ihrem Auto würde ihm nicht helfen – wir hatten es bei ihrer Arbeitstätte stehen lassen. Einer in ihrer Handtasche schon. Aber wenn er einen solchen hätte, wieso sollte er sie dann mit einem Anruf kontrollieren, wie er es laut Dave getan hatte? War er mir gefolgt? Oh ja, das würde funktionieren. Ich hatte rein gar keine Erfahrung mit Verfolgern und noch nicht einmal daran gedacht, nach jemand Ausschau zu halten. Aber ich konnte mir nicht vorstellen, dass er uns so weit hätte kommen lassen, wenn er uns gefolgt wäre.

Ganz gleich, wie logisch ich es auch durchdachte, sah ich mich auf der Suche nach ihm weiterhin ständig nach allen Seiten um. Man sagt, am schlimmsten ist das Warten im Wasser, wenn die Rettungsboote unterwegs sind. Dann fürchten die Menschen die Haie. Das Flugzeug und die Freiheit waren quälend nah, und wir hatten nur den einen Versuch. Ich behielt Lily im Auge. Es war ihr zuzutrauen, dass sie sich aus dem Staub machte, und das wäre dann das Ende. Nachdem sie den anfänglichen Schock überwunden hatte, schien sie nun jedoch ganz guter Dinge zu sein, beinahe so, als würden wir in Urlaub fahren. Sie und ihre Mutter sprachen nicht miteinander, und ich hätte nicht sagen können, ob sie eine Bindung hatten oder nicht. Ich machte mir eindeutig mehr Sorgen um Lily als Jena. Sie schien sie überhaupt nicht zu beachten, und als Lily eine Zeitschrift kaufen ging, war ich diejenige, die beiläufig aufstand, um sie zu begleiten.

Als Lily und ich zurückkamen, begann gerade das Boarding, aber Jena war nicht da. Ich verspürte einen Moment lang Angst, dann sah ich die Notiz auf ihrem Sitz, die besagte: »Toilette.«

Ich blieb stehen, und Lily blätterte in ihrer Zeitschrift, während die Passagiere der ersten Klasse aufgerufen wurden. Auf der Suche nach Jena starrte ich ununterbrochen den Gang hinunter. Dann begannen die Fluggäste der Touristenklasse mit dem Einsteigen. Mir drehte sich der Magen um. Ich habe keine Ahnung, wann ich es begriff, aber als sie schließlich unsere Sitzreihe aufriefen, wusste ich es. Nur war es da verdammt noch mal zu spät, um irgendetwas zu unternehmen. Ich hatte die falsche Person im Blick behalten. Das Einzige, was ich jetzt noch tun konnte, war, Lily in das Flugzeug zu befördern.

»Lily, lass uns einsteigen«, sagte ich. Ich hatte ihr Ticket. Ich hatte alle Tickets, einschließlich Jenas, auch wenn ich mir ziemlich sicher war, dass sie es nicht brauchen würde.

»Wo ist meine Mutter?« Stirnrunzelnd schlug sie die Zeitschrift zu.

»Sie wird gleich kommen. Lass uns jetzt an Bord gehen.« Lily stand auf, drehte sich um und blickte den

Gang hinunter. Als sie sich wieder zu mir umwandte, war ihr Blick vorwurfsvoll. »Wo ist sie? Sie ist weg, stimmt's? Und mich hat sie zurückgelassen.«

»Lily«, sagte ich. »Sie wird nie kommen, wenn du nicht in dieses Flugzeug steigst. Wenn du aber in dieses Flugzeug steigst, glaube ich, dass sie irgendwann kommen wird. Doch das wird nicht heute sein. Wenn du nicht in dieses Flugzeug steigst, wird ihm wahrscheinlich keine von euch beiden jemals entkommen. Und wenn sie tot ist, macht er bei dir weiter.«

Sie starrte erst mich an, dann wieder den Gang hinunter. »Ich hasse sie«, sagte sie. »Es ist mir scheißegal, was mit ihr passiert. Ganz gleich, was er ihr antut, sie hat es verdient.« Dann schnappte sie sich zu meiner Erleichterung ihre Zeitschrift und ging in Richtung Flugzeug.

Ich rief Dave an, während die Maschine noch am Boden war, und informierte ihn, was geschehen war und was ich noch von Jena bräuchte, falls er es von ihr bekommen könnte. Er versprach, die Dinge zu beschaffen, falls sie zur Arbeit zurückkäme. Keiner von uns konnte einschätzen, ob Jerry sie wieder zur Arbeit gehen lassen würde. Ich konnte sehen, wie sich die Dunkelheit an den unteren Rand seiner Stimme senkte.

Was mich betraf, senkte sich die Hoffnungslosigkeit auf mich wie ein schweres Gewicht.

Ich hatte es nicht geschafft, sie zu überreden, ihn zu verlassen, und zwingen konnte ich sie nicht. Ihre Bindung zu Jerry war stärker als ihr Bedürfnis zu überleben. Ohne Lily hatte sie nun gar keinen Grund mehr zu kämpfen und sich gegen ihn zu wehren. Es war, als würde sie vor ein fahrendes Auto fallen, ohne ihren Sturz abbremsen zu können. Aber Lily hatte sie noch mit letzter Energie beiseitegeschubst. Das zumindest musste man ihr zubilligen.

Jerry würde natürlich wissen, wo Lily war. Ich bezweifelte, dass er es aus Jena herausprügeln musste, auch wenn er es vermutlich versuchen würde. Es würde keine Rolle spielen. Ich war am selben Tag aufgetaucht, an dem Lily verschwand, und die blauen Augen, die ich an Jenas Türschwelle gesehen hatte, waren wachsam gewesen.

Irgendwie glaubte ich nicht, dass es wichtig war, ob er es wusste. Solange Jena bei ihm war, würde er Lily vermutlich in Frieden lassen. Zum einen ging es mit Jena rapide bergab, und er legte bestimmt keinen Wert auf Zeugen, wenn es zum Ende kam. Zum anderen hatte er Lily nie geschlagen, sondern sie einfach ignoriert, deshalb störte es ihn womöglich gar nicht, dass sie fort war.

Ich lehnte mich in den Sitz zurück und sah hinüber zu dem dunklen Schopf, der unverwandt auf Britney Spears hinunterstarrte. Ich schloss die Augen und spürte die scharfe, zornige Energie neben mir wie eine elektrische Bassgitarre vibrieren. Weit, weit davon entfernt nahm ich am Rand des Bewusstseins noch etwas anderes wahr – eine Art einsamer Totenklage –, aber ob es Jena war oder Lily oder das Mädchen mit den gelben Gänseblümchen auf dem Kleid vermochte ich nicht zu sagen.

Kapitel 8

Lily sprach kaum im Flugzeug und hängte sich vor die Glotze, sobald wir das Motelzimmer in Raleigh betreten hatten. Sie sah nonstop fern und wollte noch nicht einmal zum Essen das Zimmer verlassen. Ich ließ Pizza kommen und hatte die ganze Zeit über das Gefühl, als wäre Lily gar nicht da. Ich versuchte, mir zu sagen, dass sie wegen der Trennung von ihrer Mutter einfach durcheinander war. Sie würde aufleben, sobald sie die Schönheit der Küste sah.

Ich wurde eines Besseren belehrt. Das Mädchen war alles andere als ein Naturfreak. Als wir am nächsten Morgen mit heruntergekurbelten Scheiben durch das ländliche North Carolina fuhren, beobachtete ich, wie der rote Lehm des Piedmont in die sandige Erde der Küste überging. Niedrige Sträucher und hohe, schlanke Pinien säumten die Straße, und während wir uns der Küste näherten, sahen wir immer mehr windgebeugte Lebenseichen, die ich so sehr liebe. Ich hatte mein Haus hauptsächlich wegen eines Baums – eine riesige Lebenseiche im Vorgarten, die ich Großmutter nannte – gekauft. Die Flora machte keinen Eindruck auf Lily. Sie sah kaum von ihrer Zeitschrift hoch, es sei denn, um zu fragen, ob wir bei irgendwelchen Einkaufscentern halten würden.

Mach dir nichts draus, dachte ich. Warte, bis sie das Meer sieht. Das Küstenland bildet lediglich die Kulisse für das Meer, und man kann kein Mensch sein, ohne dass die See nach jedem Molekül deiner DNA greift und dein Innerstes aufwühlt. Wir entstammen dem Meer. Wir bestehen noch immer hauptsächlich aus Wasser. Unsere Atemzüge geben das Muster der Wellen wieder, die auf den Strand gespült werden, so als könnten wir nicht fortgehen, ohne ihren Rhythmus mit uns zu nehmen. Ich hatte keinen Zweifel, dass Lily trotz ihrer jugendlichen Überheblichkeit auf das Meer reagieren würde.

Falls sie es tat, verbarg sie es gut. Ich chauffierte sie durch Beaufort mit seinen historischen Häusern aus dem siebzehnten Jahrhundert und machte sie auf die sogenannten Witwengänge im dritten Stock aufmerksam, wo einst die Frauen gewacht und nach den Schiffen ihrer Männer Ausschau gehalten haben sollen. Ich fuhr die Hauptstraße hinunter, und wir beobachteten die Wildpferde auf Carrot Island, das kaum mehr als einen Steinwurf vom Hafendock entfernt ist. Beaufort war heute in Bestform – pulsierende Lichtpunkte tanzten auf dem »Kanal«, jener schmalen Wasserstraße, die zwischen Beaufort und seiner vorgelagerten Insel dahinströmt.

Eine Vielzahl von Segelbooten jeder Größe und Form lag in dem Kanal vor Anker. Ich kann nicht behaupten, dass Lilys Reaktion überwältigend gewesen wäre, aber wenigstens sah sie aus dem Fenster, was wahrscheinlich schon etwas war.

Wir traten den Heimweg an, indem wir in östlicher Richtung hinunter zur Cedar-Island-Fähre fuhren, die uns nach Blackbeard's Isle bringen würde. Ich machte dabei einen Umweg, um ein Stück weit an der Binnenwasserstraße entlangzufahren. Riesige, mit bis zum Boden reichendem Louisianamoos behangene Eichen spannten sich darüber. Wären wir eine Weile geblieben, hätten wir durchaus ein paar Wasserschlangen zu Gesicht bekommen können, die hier beheimatet waren. Warum auch nicht? Sogar Alligatoren durchstreiften noch immer die versteckt gelegenen Buchten. Ich bot an, anzuhalten und auf Erkundungstour zu gehen. Lily sagte, sie würde im Auto bleiben, wenn ich das täte.

Sie guckte mittlerweile schon so lange in ihre Zeitschrift, dass sie sie auswendig kennen musste, und ihr ständiges Gefummel am Radio ging mir langsam auf die Nerven. Wir diskutierten ständig wegen der Lautstärke. Country war die Nummer eins im Südstaaten-Radio, was Lily zu überraschen schien. In ihrer Welt existierte Countrymusic nur als Gerücht – wenn man von Faith Hill absah. Anscheinend war sie eine Ausnahme, wobei ich nicht wusste, warum.

Enttäuscht stellte ich fest, dass Betsy nicht zu Hause war. Ich musste mit jemand über vierzehn reden. Aber da ließ sich nichts machen, deshalb schlüpfte ich in meine abgeschnittenen Jeans, und wir machten uns auf den Weg zur Fähre. Lily wirkte kein bisschen neugierig hinsichtlich Betsys Haus oder meines Kleiderwechsel-Rituals. Sie hatte mich um mein Handy gebeten, um ihre Freunde anzurufen. Ich wusste nicht, was sie sagen würde, und wollte zuerst mit ihr darüber sprechen. Lily meinte, das ginge mich nichts an, also behielt ich das Handy. Ich spürte, dass eine Art Machtkampf zwischen uns entbrannte, schien jedoch nichts dagegen tun zu können.

Lily blieb drinnen, während die Fähre übersetzte. Da die Fenster von der Gischt mit Salz überzogen waren und man kaum hinaussehen konnte, bekam sie nichts von Pamlico Sound mit. Ich stand am Heck der Fähre, beobachtete die Möwen, wie sie nach Futter tauchten, und grübelte darüber nach, worauf ich mich eingelassen hatte.

Nachdem wir Blackbeard's Isle erreicht hatten, ließ ich sie hinter mir auf meinen Roller Platz nehmen, und wir fuhren zu mir nach Hause. Es schien, als würde Lily in dem Roller einen Pluspunkt sehen, allerdings wollte sie selbst fahren, was, wie ich ihr erklärte, genau genommen nicht legal war.

Ich lebe in einem alten, verwitterten Häuschen, das ich peu à peu umgestalte. Es hat Zederschindeln und eine weiße Holzfassade, und es passt auf die Insel. Welche Rolle spielt es schon, dass sich die Böden ein bisschen neigen und die Küche noch die originale sein könnte? Für mich hat es Charakter, und es ist gemütlich, außerdem thront davor Großmutter, die Lebenseiche, so breit wie ein bequemer Sessel. Lily würdigte den Baum keines Blickes, und ich konnte meine Kränkung nicht verbergen, als sie mein Haus musterte wie irgendeine schäbige Absteige. Sie verdrehte die Augen.

»Das ist es?«

»Was meinst du?«

»Es ist ziemlich klapprig.«

»Eigentlich nicht. Es wurde in den Zwanzigern gebaut, und drinnen ist manches noch original erhalten.«

»In den Zwanzigern.« Wieder rollte sie mit den Augen. »Wie kann man bloß hier leben?«

Mir tat der Kopf weh, und ich begann mir selbst leidzutun. Ich war nach Chicago geflogen, um nach einer alten Freundin zu sehen, und jetzt war ich hier mit einem Alien in meinem Haus: einem klugscheißerischen, Junkfood liebenden, shoppingsüchtigen, mürrischen Teenager, der noch nicht mal den gottgegebenen Sinn für das Meer hatte. Ich mochte dieses Mädchen nicht, weshalb ich wiederum mich nicht mochte. Sie war schließlich Jenas Tochter und hatte mit ansehen müssen, wie ihre Mutter langsam zu Tode geprügelt wurde. Sie hatte in ihrem kurzen Leben schon mehr Gewalt gesehen als ich in meinem. Aber wann hat man das Recht, sauer zu werden? Wie unausstehlich muss ein Kind sein, bevor man sich wünschen darf, es würde auf einem anderen Planeten leben?

Ich sagte nichts mehr, sondern ging hinein, und Lily folgte mir. Als ich mich umdrehte, hielt sie eine Zigarette in der Hand und fummelte in ihrer Tasche nach einem Feuerzeug.

»Wow, Lily.«

»Was?«

»Wie alt bist du, vierzehn?«

»Fast«, sagte sie schulterzuckend. »Und?«

»Also darfst du nicht rauchen. Es ist noch nicht mal legal, sie zu kaufen.«

»Du bist nicht meine Mutter.«

»Betrachte mich als deine Betreuerin im Ferienlager«, erwiderte ich. »Es gibt noch immer Regeln.«

»Es geht dich einen Scheiß an, was ich tue.«

»Komm schon, Mädchen. Es ist mein Haus.«

»Und du willst mich davon abhalten – du und wessen Armee?«

Ich ließ mich langsam auf einen Stuhl sinken und schloss die Augen. »Warum willst du rauchen?« Ich fragte das nur, um sie zum Reden zu bringen.

Sie zögerte. »Weshalb interessiert dich das? Ich mag es einfach.«

Ich hätte schon viel früher innehalten und mir die Stimme ansehen müssen, aber ich war zu abgelenkt gewesen. Ich wusste durch den Anruf, dass sie ein pulsierendes Orange war, hatte sie jedoch kein einziges Mal genauer betrachtet, seit ich mit Lily zusammen war. Das Orange war jetzt heller und fast durchscheinend. Ich sah Sorgenlinien darin. Aber hauptsächlich erkannte ich die Art von Durchsichtigkeit, die mit Furcht einhergeht.

»Du hast Angst«, sagte ich.

»Was?«

»Du hast Angst – um deine Mutter? Davor, was er tun wird, falls er dich findet? Angst, weil du von deinen Freunden getrennt bist? Ich kenne den Grund nicht, aber du hast Angst.«

»Du weißt überhaupt nichts.«

»Ich weiß, dass du Angst hast. Ich kann es *sehen.*«

»Du kannst was?«

»Ich meine, ich kann erkennen, dass du Angst hast. Ich verstehe …«

»Ich habe keine Angst«, brüllte sie. »Du hast mich hier runtergeschleift, weil meine Mutter ein gottverdammter Feigling ist. Es ist nicht meine Schuld, dass sie ein verfluchter Fußabtreter ist und sich von dem Arschloch grün und blau schlagen lässt. Tja, ich habe nicht darum gebeten, in diesem beschissenen Haus hier zu sein. Und ich werde rauchen, wann es mit passt.«

Ich war jetzt ruhiger. Ihre Stimme war hell und fleckig, was auf Weinen oder bevorstehende Tränen hindeutete. Ich öffnete die Augen. »Es tut mir leid, aber du kannst in diesem Haus nicht rauchen – ich kann weder den Geruch noch die gelben Flecken an den Wänden ertragen. Und auch nicht in meiner Gegenwart. Falls du bei dem Versuch, Zigaretten zu kaufen, erwischt wirst, musst du die Konsequenzen selbst tragen – ich werde dir nicht aus der Patsche helfen. Ich weiß, dass ich dich nicht daran hindern kann, es hinter meinem Rücken zu tun, und ich werde dir nicht hinterherschnüffeln. Ich habe jedoch ein paar Regeln, wenn du hier bist. Im Haus oder irgendwo in meiner Nähe wird nicht geraucht. Lass mich dir jetzt dein Zimmer zeigen, anschließend werde ich mich ums Abendessen kümmern.«

Sie verdrehte die Augen, steckte die Zigarette jedoch weg. Ich brachte sie zu ihrem Zimmer und war nicht überrascht, als sie es zu klein fand.

Dann ging sie ins Wohnzimmer und blieb wie angewurzelt stehen, als sie nicht entdeckte, wonach sie suchte.

»Wo ist der Fernseher?«

»Ich habe keinen.«

»Im ganzen Haus? Du meinst, du hast nur einen in deinem Zimmer, oder?«

»Ich habe keinen.«

»Du hast keinen Fernseher?«

»Das habe ich eben gesagt.«

»Wie kannst du erwarten, dass ich hier ohne Fernseher lebe?«

»Bitte entschuldige mich.« Ich ging in mein Zimmer und schloss die Tür.

Zum Glück war Betsy jetzt zu Hause. »Betsy, was weißt du über Dreizehnjährige?«

»Na ja, Schätzchen, ich hatte selbst zwei.«

»Nein, ich meine die Sorte Teenager, die völlig unausstehlich ist und die man am liebsten umbringen würde, während man sich gleichzeitig wie ein Idiot fühlt, weil das die völlig falsche Reaktion ist.«

»Süße, es gibt keine andere Sorte. Wo ist dir einer begegnet?«

»In meinem Wohnzimmer, vor etwa dreißig Sekunden.« Ich gab ihr eine knappe Zusammenfassung von Jena und dem Flughafen und der Heimreise.

»Ach, Jena«, sagte Betsy kummervoll. »Gott schütze dieses Kind. Kein Wunder, dass es den Boden unter den Füßen verloren hat. In Ordnung. Ich komme morgen rüber. Ich muss vormittags noch ein paar Sachen erledigen, aber die Mittagsfähre sollte ich schaffen. In der Zwischenzeit hörst du auf, das arme Mädchen zu schikanieren, und lässt es einfach in Frieden. Und lass sie um Himmels willen ihre Freunde anrufen, sonst läuft sie weg, noch bevor ich rüberkommen und sie retten kann.«

»Ich glaube, du hast da irgendwas missverstanden, Betsy. Ich bin diejenige, die gerettet werden muss.«

»Hm«, sagte Betsy, »Hol mich nicht ab. Ich bringe mein eigenes Transportmittel mit.«

»Du brauchst das Auto nicht«, widersprach ich. »Und es macht mir nichts aus, schnell runterzufahren.«

»Ich meine nicht das Auto«, sagte sie und legte auf.

Ich gebe gern zu, dass ich nicht das Geringste über mütterliche Fürsorge weiß. Vielleicht liegt es daran, dass ich selbst nie welche erfahren habe. Meine Mutter, Elsie, lebt noch, aber viel hatte ich nie von ihr. Sie ist ein Hippie – ein paar sind immer noch übrig – und lebt irgendwo in der Wüste außerhalb von Phoenix.

Dad war früher ebenfalls ein Hippie – oder vielleicht auch nur ein Möchtegern-Hippie. Desillusioniert von Vietnam, der Rassenpolitik und was auch immer sonst noch Tausende junger Menschen dazu bewogen hatte, die bürgerliche Welt zu verlassen, waren sie damals in den Sechzigern beide von der Schule abgegangen. Aber Dad stattete der Hippie-Welt nur einen Besuch ab, während meine Mutter immigrierte.

Ich brauchte lange, um meinen Dad dazu zu bringen, über all das zu sprechen. Schließlich, ich war zwölf, rastete ich eines Abends völlig aus und schrie ihn an, dass meine Mutter mich nicht lieben würde und was mit mir nicht stimmte, und da erzählte er mir von ihr.

Er sagte, meine Mutter sei der freundlichste Mensch, den er je gekannt hatte, und der vertrauensseligste. Sie habe sich mit Leib und Seele auf die Hippie-Welt eingelassen, und selbst als sie schwanger war, konnte er sie nicht dazu bringen, die Finger von den Drogen zu lassen. Sie behauptete, sie wären natürlich, weil sie von Pflanzen kämen. Erst als Erwachsene fing ich an, mich zu fragen, ob meine Synästhesie genetisch bedingt oder die Folge des Drogenkonsums meiner Mutter war.

Er sagte, dass sie nach meiner Geburt nicht in der Lage gewesen war, zu der Art von Pflichtbewusstsein umzuschalten, die ein Kind erfordert. Er versuchte es eine Zeit lang, aber die Dinge wurden immer schlimmer. Sie übernahm keine echte Verantwortung für mich und war meistens zu zugedröhnt, um mich zu füttern oder meine Windeln zu wechseln. Es beunruhigte ihn zunehmend, mich auch nur für kurze Zeit mit ihr allein zu lassen.

Dann kam er eines Tages heim, und ich stand weinend in der Küche, bekleidet nur mit einer Windel, die schwer von Urin und Kot war. Mein Gesicht war mit Katzenfutter verschmiert, weil ich nichts anderes zu essen hatte finden können. Katzendreck quoll zwischen meinen Zehen hervor. Als er meine Windel wechselte, war mein Hinterteil bereits wund, und ich weinte vor Bauchweh – vermutlich wegen des Katzenfutters.

Er packte seine und meine Sachen, stieg in das verbeulte Auto, das ihnen beiden gehörte, schrieb ihr eine Nachricht und fuhr davon. Elsie kam währenddessen nicht einmal aus dem Zimmer, in dem sie meditierte. Er fuhr den weiten Weg bis nach Clark, weil er wusste, dass seine Eltern sich um mich kümmern könnten, während er zur Arbeit ging. Das Einzige, weshalb er sich schlecht fühlte, war, das Auto mitgenommen zu haben. Sie lebte draußen auf dem Land und brauchte einen fahrbaren Untersatz. Als er in Clark ankam, lieh er sich als Erstes Geld von seinen Eltern – genug für eine alte Rostlaube – und schickte es ihr zusammen mit unserer Adresse und Telefonnummer.

Es vergingen fünf Jahre, ehe wir wieder etwas von ihr hörten. In einem kurzen Brief schrieb sie, dass mein Geist sich für North Carolina anstelle von Arizona entschieden habe und dass sie dies verstünde. Wir seien Kinder des Universums, meinte sie, und unsere Seelen sollten die Freiheit haben, ihre Heimat selbst zu wählen. Ein Schutzengel namens Rada wache über mich. Sie habe ihn beim Meditieren gesehen, und er habe ihr gesagt, dass es mir gut gehe.

Ich habe nie jemand von meiner Mutter erzählt außer Jena. Es war ein weiteres Band zwischen uns. Alle anderen in Clark hatten normale Mütter. Sie arbeiteten oder blieben zu Hause. Sie brüllten ihre Kinder an, und die meisten schlugen sie. Einige waren netter als andere, aber alle gingen zu Elternabenden und unterschrieben Zeugnisse. Außer unseren. Manchmal dachte ich, dass Jenas Mutter das war, was aus meiner geworden wäre, wenn sie mit uns nach Clark gezogen wäre. Natürlich war das Unsinn. Jenas Mutter war eine Südstaaten-Hausfrau, die in Clark als normal durchgehen konnte, wenn es darauf ankam. Das einzige Foto, das ich von Elsie hatte, zeigte eine Frau mit einem langen, roten Zopf auf dem Rücken, die ein selbst gesponnenes, formloses Hemd und Sandalen trug. Sie wäre in Clark aufgefallen wie ein Weihnachtsbaum bei einem Chanukka-Fest.

Im Lauf der Jahre hörte ich hin und wieder von ihr. Meistens war es eine Botschaft von den Geistern, die sie an mich weitergeben sollte. Sie wurde ein wenig reifer oder passte sich einfach an, auf jeden Fall schien sie in der Welt zurechtzukommen. Sie webte und schickte mir einmal einen Schal, den sie gemacht hatte und der wirklich wunderschön war. Als ich ihn berührte, wurden meine Handflächen warm und schmerzten. Mein Kopf sagte mir, dass da nichts zwischen uns war, trotzdem konnte ich mich nie von dem Schal trennen. Ich besitze ihn noch immer – dieses traurige Alles, was Elsie mir zu geben hatte.

Dennoch war es nach all den Straftätern, die ich beurteilt hatte, schwierig, auf jemand zornig zu sein, der keinen einzigen bösen Zug an sich hatte. Elsie tat niemand etwas zuleide, sondern vertraute der Welt nur viel zu sehr. Nachts fragte ich mich manchmal, wie ihre Stimme aussehen und ob ich wohl jemals den Mut finden mochte, nach Arizona zu fahren, um es herauszufinden. Genau wie meine Mutter trug ich mein Haar in einem langen Zopf auf dem Rücken, auch wenn ich mir immer wieder einredete, dass es nichts mit ihr zu tun hätte.

Eines ist ganz sicher. Meine Erfahrungen mit Elsie haben mir keinerlei Anhaltspunkt gegeben, wie ich mit Lily umgehen sollte. So liebenswert mein Vater auch war, war er trotzdem keine Mutter. Und er beschaffte mir auch keine. Er heiratete nicht wieder – tatsächlich ließ er sich nie scheiden –, und er hatte auch nie eine Freundin, die bei uns wohnte. Von meiner Großmutter heißt es, sie sei ein mütterlicher Typ gewesen, doch sie starb kurz nach unserer Heimkehr. Meine Informationen über die Menstruation bekam ich von einer Lehrerin, der ich vertraute, und als dann Tampons in unserem Badezimmer auftauchten, erwähnte mein Vater sie mit keinem Wort. Er tat, was er konnte, und ignorierte den Rest, vermutlich darauf vertrauend, dass ich es schon selbst herausfinden würde. Ich hatte keine Geschwister, deshalb wusste ich über Kinder etwa so viel wie über Gürteltiere. Ich war zwar selbst mal eins, aber keins wie Lily. Ich war ein Wildfang, der praktisch im Freien lebte, und Lily beleidigte so ziemlich alles, was mir wichtig war.

Aber was konnte ich dagegen tun? Lily wohnte bei mir – so viel stand fest. Sie wohnte bei mir, weil Jena sie mir anvertraut hatte. Es gibt auf dieser Welt Dinge, die man tut, und solche, die man nicht tut. Man musste schon ein Kotzbrocken allererster Güte sein, um ein Kind in ein Pflegeheim zu schicken oder, noch schlimmer, zurück zu einer Mutter, die als Kind deine beste Freundin war und jetzt zu Tode geprügelt wurde. Jena musste nicht erst fragen, und ich musste nicht antworten. Es war ein stillschweigendes Abkommen. Lily gehörte zu mir, bis Jena sie wieder zu sich holte, falls das je geschehen würde.

Kapitel 9

Am frühen Morgen, als das Haus still war und Lily noch schlief, war die beste Zeit zum Arbeiten. Ich setzte mich an meinen Schreibtisch, während der Morgenhimmel gerade erst erblühte, und holte sämtliche Akten im Fall Collins hervor. Früher war mein Büro ein Esszimmer gewesen. Die einzige Umbaumaßnahme, die ich an dem Häuschen vorgenommen hatte, war der Einbau eines Panoramafensters, so dass ich das Meer in der Ferne sehen konnte, während ich arbeitete. Der Blick mochte mich ablenken, gleichzeitig sorgte er dafür, dass ich gern an meinem Schreibtisch saß.

Ich begann die Papiere durchzusehen. Vor mir lagen die Details eines vergeudeten, schmerzlichen Lebens. Die einzige Frage, die sich bei einem Mann wie Collins stellt, ist nicht die, was er für diese Welt tun wird, sondern, was er ihr antun wird. Was Collins betraf, war er bereit, eine Menge verschiedenster Dinge zu tun – nicht nur sexuelle Straftaten zu begehen, was jedoch das Einzige war, das für das Sicherungsverwahrungsgesetz zählte. Collins war ein Zufallsverbrecher, die Sorte Täter, die dich um deine ganzen Ersparnisse prellt, dich auf offener Straße überfällt oder, wenn ihn die Stimmung überkommt, vergewaltigt. Er war nicht wegen des sexuellen

Übergriffs ins Gefängnis gekommen. Das war erst passiert, nachdem er bereits wegen bewaffneten Raubüberfalls einsaß. Es war schwer vorherzusagen, was er als Nächstes tun würde. Vermutlich wusste er es selbst nicht.

Ich zog die Geschichte von der »Schlampenjagd« nicht in Zweifel, aber er war damals nicht erwischt worden, und ich konnte es nicht beweisen. Darüber hinaus gab es bei ihm keine früheren Anklagen oder Verurteilungen wegen einer Sexualstraftat. Was bedeutete, dass er auf dem RRASOR, dem einfachsten Instrument für Risikoeinschätzungen, gar nicht so schlecht abschnitt. Das RRASOR wertet lediglich vier Faktoren aus, und die Hälfte der Punkte ergibt sich aus früheren Anklagen und Verurteilungen aufgrund von Sexualdelikten. Hinsichtlich der anderen drei Faktoren bekam er einen Punkt dafür, keine Beziehung zu seinen Opfern gehabt zu haben, aber das war es dann auch schon. Er erzielte keine Punkte für jugendliches Alter – er war über fünfundzwanzig – und auch keine für männliche Opfer – sein einziges aktenkundiges Vergewaltigungsopfer war weiblich. Straftäter mit männlichen Opfern werden öfter rückfällig – weiß der Himmel, warum. Von den möglichen sechs Punkten erzielte er nur einen einzigen. Männer mit einer eins auf dem RRASOR haben eine durchschnittliche Rückfallquote von elf Prozent auf zehn Jahre gerechnet.

Das war jedoch nicht das Ende. Ich hatte noch andere Instrumente zu berücksichtigen. Ich schaltete das Static99 ein, den derzeitigen Favoriten in der Welt der Risikoeinschätzung von Sexualstraftätern. Das Static99 bezieht neben den RRASOR-Faktoren noch ein paar andere mit ein. Das Hinzufügen der neuen Faktoren erbrachte keine Veränderung seiner Gefährlichkeitsprognose. Seine Punktzahl lag bei vier, und sechs war die Untergrenze für hohes Risiko. Mit einer vier zählte er zu der Gruppe, deren Rückfallrisiko für ein weiteres Sexualdelikt bei sechsunddreißig Prozent in fünfzehn Jahren lag, womit er die gesetzlichen Kriterien für eine hohe Wahrscheinlichkeit nicht erfüllte. Somit erfüllte er auch nicht die gesetzlichen Kriterien für eine Sicherungsverwahrung.

Es gab noch zwei weitere Instrumente, die ich hinzuziehen konnte. Sein Ergebnis auf dem Minnesota-Instrument, dem MnSOST-R, unterschied sich nicht von den anderen: Auch hier wurde kein hohes Rückfallrisiko ermittelt. Abschließend überprüfte ich ihn auf Psychopathie. Er erzielte weit über dreißig Punkte, was bedeutete, dass er ein Psychopath war, einer dieser seltsamen Menschen ohne Gewissen. Allerdings war das bereits durch die Befragung und seinen Lebenslauf klar ersichtlich gewesen. Nichts von alldem besagte, dass er nicht gefährlich wäre. Es besagte lediglich, dass nicht bewiesen werden konnte, dass er eine weitere *sexuelle* Straftat begehen würde.

Ich sah mir die Ergebnisse noch ein letztes Mal an, dann stand ich auf und trug meinen Kaffee nach oben auf den kleinen Balkon vor meinem Schlafzimmer. Ich zog den Schaukelstuhl nach draußen, setzte mich hinein und schloss die Augen, um nachzudenken. Es hatte während der Nacht geregnet, und jedes Raunen der Morgenbrise ließ das Wasser auf den Blättern nach unten strömen. Ein dünner Zweig klopfte unablässig auf das

Geländer und zeigte mit jedem Klopfen die Zeit des Waldes an. Bäume tragen keine Armbanduhren: sie klopfen und rascheln und erzittern und biegen sich und flattern manchmal. Sie markieren die Zeit, indem sie ständig den Rhythmus wechseln, anstatt sie in identische Bruchstücke zu zersplittern, wie es die Menschen tun. Meine Arbeit verrichte ich unten, mein Nachdenken jedoch hier oben, wo kein Glas ist zwischen mir, dem gedeckten, silbrigen Olivgrün der Zedern und dem Rascheln der Bäume, die mit der Brise den Texas Tow-Step tanzen.

Vielleicht waren die Ergebnisse richtig, überlegte ich. Tatsächlich war Collins ein Psychopath und ein Gangster. Er war ein gewalttätiger Krimineller. Er war nicht auf Sexualdelikte spezialisiert. Ehrlich gesagt war es wahrscheinlicher, dass man ihn wegen eines Banküberfalls als wegen einer Vergewaltigung verhaften würde, und genau das wurde über diese Tests ermittelt – wer wofür erwischt werden würde. Die Wahrheit sah so aus, dass er die gesetzlichen Kriterien nicht erfüllte. Gefährlich oder nicht, man würde ihn freilassen müssen. Vermutlich würde das auch geschehen. Trotzdem hatte der Gefängnisleiter recht: Er würde ganz sicher jemand Schaden zufügen, wenn er rauskam. Ich dachte eine Weile darüber nach, dann entschied ich, dass es noch eine letzte Möglichkeit gab.

Wenn ich Jena über das Internet hatte finden können, warum sollte mir das nicht auch mit der Therapeutin gelingen, die er im Gefängnis vergewaltigt hatte? Ich ging wieder hinein und schaltete den Computer ein. Es schien so ein vielversprechender Ansatzpunkt zu sein, doch ich konnte keine aktuellen Informationen über sie finden.

Ich kannte natürlich ihren Namen, Sarah Reasons, und fand Einträge über sie, aber die waren schon mindestens zehn Jahre alt. Bis zu dem Übergriff hatte sie im Cyberspace existiert, seitdem nicht mehr.

Ich rief den Gefängnisdirektor an, und er brachte mich in Kontakt mit ein paar ihrer Freunde, die mich aufklärten. Sie hatte ihren Namen geändert – das zerstoßene Glas arbeitete weiter – und war nach Osten gezogen, und zwar so weit von Collins weg, wie sie konnte, ohne dabei das Land zu verlassen. All das fand ich natürlich nicht sofort heraus. Zuerst musste der Direktor ihre Freunde anrufen und für mich bürgen, dann riefen ihre Freunde sie an, um die Erlaubnis einzuholen, es mir zu sagen. Sie hatte sie alle zur Geheimhaltung verpflichtet, und sie hatten sich alle daran gehalten.

Am Ende des Vormittags kannte ich ihren neuen Namen noch immer nicht, aber ihre Freunde hatten ihr meine Nummer gegeben, und Direktor Stephens war zuversichtlich, dass sie mich anrufen würde. Ich war mir da nicht so sicher.

Am Nachmittag wartete ich noch immer auf ihren Anruf, als ich plötzlich ein Getöse hörte, das so laut war, als ob ein Flugzeug in meinem Garten gelandet wäre. Einen Moment lang konnte ich nicht denken, aber der Lärm heulte auf und ab, und ich war mir ziemlich sicher, dass Flugzeuge ihre Motoren nicht hochjagen. Zum Glück produzieren mechanische Geräusche keine Farben oder Muster, weiß der Himmel, was ich sonst zu sehen bekommen hätte. Ich rannte nach draußen und entdeckte Betsy, die in Jeans, Tanktop und Lederjacke auf einer großen, silber-blauen Harley saß. Lily hatte fast

117

den ganzen Tag verschlafen, und ich wusste noch nicht einmal, dass sie wach war, bis sie hinter mir hinausgerannt kam.

»Lieber Himmel, Betsy. Woher hast du die Harley?«, schrie ich über den Lärm hinweg.

»Ich hab sie gekauft. Gott, diese Mütter sind teuer, aber jeden Cent wert.« Sie tätschelte liebvoll das Chassis und ließ wieder den Motor aufheulen.

Ich war perplex. »Du hast eine Harley gekauft?«, brüllte ich, um den Motor zu übertönen. »Warum?«

»Ich hatte Lust dazu.« Sie jagte ihn noch ein letztes Mal hoch, dann schaltete sie ihn ab. Es trat Stille ein, und in dieser Stille konnte ich meine Ohren klingeln hören.

Sie wandte sich Lily zu. »Du musst Lily sein. Ich bin Betsy. Ich bin eine Freundin von Breeze und mit deiner Mutter aufgewachsen. Lauf und zieh dir was an, dann machen wir eine Spritztour.«

»Betsy, ich weiß nicht, ob das …«

»Beruhig dich, ich hab einen zweiten Helm dabei.« Lily rannte bereits nach drinnen, um sich anzuziehen.

»Was soll's«, sagte ich seufzend. Keine zehn Pferde hätten Lily an diesem Punkt noch von dem Motorrad fernhalten können. »Hast du schon was gegessen?«

»Nicht seit dem Frühstück«, antwortete Betsy. »Ich nehme alles, was du hast. Geht's dir so weit gut?«

»Nein.«

»Du gewöhnst dich dran.«

Ja, so wie an Schuppenflechte, dachte ich, sprach es aber nicht aus. Wir unterhielten uns ein paar Minuten lang in gedämpftem Ton über das Zusammenleben mit Teenagern, dann kam Lily in abgeschnittenen Jeans und einem kurzen Top, das ihren Bauchnabel freiließ, aus dem Haus gerannt. Sie musste es unter dem langärmligen Hemd getragen haben, das sie am Vortag angehabt hatte. Selbst Betsy fand das übertrieben und bat sie, sich zum Schutz etwas überzuziehen. Lily lief zurück, um ihr Hemd zu holen, und mir fiel auf, dass sie keine Probleme zu haben schien, zu tun, was Betsy ihr sagte. Als sie wieder auftauchte, fragte ich sie, was sie essen wollte, wenn sie zurückkam. Soweit ich wusste, hatte sie seit dem Vorabend nichts mehr gegessen.

Sie schüttelte den Kopf. »Ich esse tagsüber nicht.«

Ich setzte zu einer Widerrede an, doch Betsy warf mir einen Blick zu und runzelte die Stirn. Sie ließ den Motor an, und dieses Mal legte ich die Hände rechtzeitig über die Ohren. Ich sah zu, wie die Harley Staub aufwirbelte, als Betsy sie wendete. Mit dem Bild von Lily hinten auf dem Motorrad vor meinem geistigen Auge ging ich zurück ins Haus. Es war das erste Mal, dass ich sie hatte lächeln sehen.

*

Als Betsy zurückkam, brachte sie ein anderes Mädchen mit, oder zumindest wirkte es so. Lilys Augen strahlten, und sie redete, sprach tatsächlich in ganzen Sätzen. Ihre Wangen waren rot, und ihr stacheliges Haar lag flach an ihrem Kopf. Ihre Gesichtsmuskeln wirkten entspannter, und in ihren Augen blitzte kindliche Aufregung. Sie redete ununterbrochen von dem Motorrad und gestikulierte wild, während sie beschrieb, was sie auf Blackbeard's Isle gesehen und gekauft hatte. Mir fiel auf, dass ich sie nie zuvor mit den Händen hatte reden sehen, und fragte mich, warum das so war. Sie musste wirklich Schreckliches durchgemacht haben.

Betsy hatte sie auf eine Inseltour mitgenommen, mit dem Schwerpunkt Shopping. Sie hatten jedoch nur ein Geschäft gefunden, das geöffnet hatte, ein Kleinkaufhaus, welches neben Lebensmitteln auch Kleidung und Drogerieartikel verkaufte. Die Sachen, die sie erstanden hatten, würden Lily durch die nächsten paar Tage bringen, trotzdem informierte sie mich, dass Betsy gesagt habe, ich solle zum Zwecke einer echten Shopping-Tour sofort mit ihr aufs Festland fahren, also wie wär's gleich heute Nachmittag? Mir dämmerte, dass ich diesen Satz noch öfter hören würde: Betsy hat dies gesagt; Betsy hat jenes gesagt. Lily aß sogar mit uns zu Mittag und schaffte trotz ihrer Behauptung, tagsüber nicht zu essen, zwei ganze Sandwichs. Anschließend schnappte sie sich den Stapel Zeitschriften, die sie gekauft hatte, und verschwand in ihrem Zimmer.

»Meldest du sie in der Schule an?«, fragte Betsy.

»Sobald die nötigen Papiere von Jena da sind«, erwiderte ich. »Ich habe Jenas Chef bereits gebeten, sie für mich zu besorgen. Ich brauche Lilys Geburtsurkunde und eine Übertragung der Vormundschaft. Dave hat versprochen, sich darum zu kümmern – vorausgesetzt, Jena kommt zur Arbeit zurück. Wer weiß, ob Jerry sie lassen wird. Ich will gar nicht daran denken, welchen Preis sie hierfür zahlt.«

Betsy schüttelte den Kopf. »Wie kann sich ein Mensch nur so verlieren?«

Ich antwortete nicht, weil ich es selbst nicht wusste. »Was hast du mit Lily gemacht?«, fragte ich. »Du hast ein beinahe menschliches Wesen zurückgebracht.« Ich fing an, die Teller abzuräumen. Es war Frühling, und die Fenster standen offen, und irgendwie keimte in mir plötzlich die Hoffnung auf, dass ich das hier überleben könnte.

»Ich will dich nicht kurz abfertigen, Mädchen«, sagte Betsy, »aber man muss einfach ein Händchen dafür haben.« Ich lachte. Es war genau das, was mein Großvater gesagt hatte, als ich wissen wollte, wie er die Segel an seinen Modellschiffen schnitzte, so dass sie aussahen, als wären sie aus Stoff.

Wir überließen das Geschirr sich selbst und setzten uns draußen unter Großmutter, damit Betsy rauchen konnte. »Betsy, ich muss mir immer wieder sagen, dass sie Jenas Tochter ist.«

»Ich weiß. Aber das, was du jetzt siehst, ist nicht alles.«

»Woher willst du das wissen?«

»Sie hat dich angerufen. Warum sollte sie das tun, wenn sie der knallharte, neunmalkluge Teenager wäre, für den du sie hältst?«

Ich erwiderte nichts. Es stimmte, dass ich das Shoppinghäschen, das seine Mutter hasste, nicht mit der Stimme am Telefon in Einklang bringen konnte.

»Breeze, alles, was du siehst, ist die typische Maske, die sich die Jugendlichen überstülpen. Du bist Lily noch gar nicht begegnet. Es ist wie eine Art Altersschablone. Sie haben alle diese Frisuren, die CD-Player und die Klugscheißer-Sprache. Es dauert Jahre, bis der wahre Mensch dahinter hervorblinzelt.«

»Und es ist wirklich immer jemand hinter der Maske?«

»Nicht immer. Mehr als nur ein paar von ihnen sind tatsächlich nichts als leere Hüllen. In diesem Fall glaube ich das allerdings nicht.«

»Warum nicht?«

»Ich wiederhole: Sie hat dich angerufen. So etwas kostet Überwindung.« Sie seufzte. »Betrachte es mal von ihrer Warte aus. Ihre Rettungsleine ist eine Frau, von der sie glaubt, dass sie ihrer Mutter hätte helfen können, es aber nicht getan hat«, sagte sie unverblümt. »Wenn diese Freundin dann endlich auftaucht, lässt sie ihre Mutter wieder im Stich und sorgt auch noch dafür, dass die mit ihr dasselbe tut.«

»Das habe ich nicht …«, widersprach ich mit erhobener Stimme.

»Bemüh dich nicht«, sagte Betsy. »Es geht nicht um Logik. Wie könnte das mit ihrer Mutter jemals Sinn für sie ergeben? Ein Teil von Lily muss wissen, dass Jena so sicher sterben wird, als hätte sie Krebs. Verdammt, sie hat ja auch eine Art von Krebs. Hier ist also Lily, die weder eine Mutter hat noch die Möglichkeit, für sich selbst zu sorgen. Glaub nicht für eine Sekunde, dass sie sich keine Gedanken darüber macht, was passiert, wenn du sie rauswirfst. Wach endlich auf.«

»Aber sie bemüht sich nicht mal ansatzweise«, protestierte ich.

»So läuft das nicht.«

Ich versuchte zu verdauen, was Betsy gesagt hatte, und so saßen wir einfach da, während Betsy rauchte und ich nachdachte. Dann richtete ich mich abrupt auf. Jena und Lily hatten das aus meinem Kopf verdrängt, worüber ich eigentlich mit Betsy sprechen wollte.

»Betsy«, begann ich, nachdem ich mich vergewissert hatte, dass Lily außer Hörweite war. Ich wusste nicht, wie ich es formulieren sollte, und ganz sicher wollte ich nicht, dass Lily es hörte.

»Was?«, fragte sie geistesabwesend. Als ich nichts sagte, fragte sie noch einmal: »Was?«

»Du erzählst Jimmy doch nicht alles, oder?«

»Hmpf«, schnaubte sie. »Himmelweit davon entfernt.«

»Du musst versprechen, mich nicht für verrückt zu halten und es Jimmy nicht zu sagen, weil der mich ganz sicher für verrückt halten würde.«

»Du bist nicht verrückt. Und im Übrigen interessiert Jimmy sich auch nicht übermäßig für meine Freunde. Oder für mein Leben«, fügte sie hinzu.

»Du hast noch nicht mal gehört, worum es geht«, protestierte ich.

»Du bist nicht verrückt.«

»Vielleicht nicht verrückt. Vielleicht bin ich nur hysterisch.«

»Hörst du wohl auf damit? Ich kann solches Psycho-Gefasel nicht ab. Jetzt raus mit der Sprache.«

»Ich hab etwas gesehen, das nicht real war.«

»Sag bloß.«

»Das meine ich nicht«, erwiderte ich. »Etwas anderes.«

»Wie zum Beispiel?«

Ich überlegte einen Moment, wie ich es ausdrücken sollte.

»Jetzt spuck es einfach aus«, sagte sie. »Was erwartest du, dass ich tue? Dich erschieße, weil du ein paar Schnörkel siehst?«

123

»Eigentlich waren es keine Schnörkel. Ich habe diesen Kriminellen oben in Washington State befragt, und gegen Ende des Gesprächs sah ich plötzlich so etwas wie einen Geist in dem Zimmer – ein kleines Mädchen, aus dem Augenwinkel, am äußeren Rand meines Sichtfelds. Sie hat mich einfach nur angestarrt. Natürlich hat niemand sonst sie gesehen. Sie war so real für mich, dass ich die Details ihres Kleides sehen konnte.«

Ich hielt inne, aber Betsy gab keinen Kommentar ab.

»Okay, ich weiß, dass es Einbildung war, deshalb versuche ich gar nicht erst, das Gegenteil zu behaupten. Aber mein Gefühl sagt mir, dass es sich um eins seiner Opfer handelt.«

»Welche Art von Opfer?«, fragte Betsy.

»Ein totes, glaube ich.«

»Ich hatte befürchtet, dass du das sagen würdest.« Betsy zog an ihrer Zigarette.

»Aber ich weiß es nicht sicher, Betsy. Und es gibt keine Möglichkeit, Gewissheit zu erlangen. In den Akten steht nichts über ein Kind. Natürlich könnte mein Kopf sich das auch einfach ausgedacht haben. Ich sehe Formen und Farben, wenn Menschen sprechen, und sie sind nicht real. Vielleicht ist an dieser Sache auch einfach eine falsche Vernetzung meiner Neuronen schuld, genau wie bei der Synästhesie.«

»Mhm.« Betsy klang nicht überzeugt.

»Das einzig Gute daran ist, dass sie nicht mit mir gesprochen hat.«

»Warum ist das gut?«

»Bei Schizophrenie sind die Halluzinationen fast immer akustisch«, erklärte ich. »In dem Film *A Beautiful*

Mind haben sie gelogen. In Wirklichkeit hatte er akustische Halluzinationen. Sie haben sie visuell dargestellt, damit die Geschichte als Film funktioniert.«

»Jetzt hör schon auf«, sagte Betsy. »Du bist nicht schizophren.«

»Du hast leicht reden. Schließlich warst nicht du es, die mitten in einer Straftäterbefragung plötzlich von einem Kind im Vorschulalter angestarrt wurde. Ich konnte meine Neugier nicht bezähmen – also habe ich ihn darauf angesprochen.«

»Wie bitte?«

»Na ja, ich habe ihm nicht gesagt, dass ich ein kleines Mädchen sehen, falls du das meinst. Aber ich habe ihn nach dem Vorschulkind gefragt.«

»Und?«

Ich sah ihr nicht in die Augen. »Er reagierte, als wäre er angeschossen worden. Vielleicht war es Zufall, jedenfalls gefiel ihm die Frage nicht. Und seine Stimme veränderte sich. Anfangs war sie messingfarben mit einem olivgrünen Schimmer. Dann wurde sie heller und sah kratziger aus.«

»Du hast ihm nicht gesagt, dass seine Stimme heller und kratziger aussieht, oder?«

»Jetzt komm schon, Betsy.«

»Also, was denkt er, woher du die Info hast? Du hast gesagt, dass darüber nichts in den Akten stand.«

»Nicht ein Wort.«

»Also?«

Ich zögerte. »Keine Ahnung. Er könnte alles denken. Er könnte denken, dass da doch etwas in den Akten ist, wovon er nichts weiß. Er könnte denken, dass die Polizei mir von einem früheren Verdacht gegen ihn erzählt hat. Er könnte denken, dass ich mit einem Kumpel von ihm gesprochen habe.«

»Werden sie ihn rauslassen?«, fragte Betsy.

»Vermutlich. Er ist ein heißer Anwärter.«

»Breeze«, sagte sie, »ich liebe dich wirklich, aber manchmal bist du dümmer als ein Sack Bohnen.« Sie rauchte weiter und sagte nichts mehr.

Ich dachte über das nach, was Betsy nicht aussprach. Sie hatte nicht ganz unrecht. Kriminelle fürchteten nichts mehr als eine Mordanklage. Sie war das Einzige, das die Tür für immer zuschlagen konnte. Im Normalfall sagten sie: »Zehn Jahre, das pack ich«, oder sogar: »Zwanzig Jahre, das pack ich.« Aber niemand sagte: »Lebenslänglich, das pack ich.« Ganz abgesehen davon, dass Mord im Staat Washington ein Kapitalverbrechen war und er von Glück reden konnte, wenn er lebenslänglich bekam, falls es wirklich ein Opfer im Vorschulalter gab. Er interessierte sich vermutlich sehr dafür, woher ich die Information hatte.

Plötzlich fiel mir wieder ein, wie er über den Tisch auf mich zugeschnellt war. Es waren die Augen gewesen, die mich beunruhigt hatten, viel mehr noch als die seidige Bösartigkeit seiner Stimme. Früher hatte ich mal einen Freund mit einem Pitbull, der mir nie irgendwelche Probleme bereitet und vor dem ich mich nie gefürchtet hatte. Dann, eines Tages, als ich nach unten fasste, um ihn zu streicheln, schnappte er nach meiner Kehle. In dem Sekundenbruchteil, bevor er hochsprang, hatte ich sehen können, wie sich seine Augen veränderten. Sie waren von normalen Hundeaugen zu etwas geworden, das sonst nur ein Zebra sieht, kurz bevor es gerissen wird. Sobald ich die Augen sah, wusste ich, dass er angreifen würde. Die Attacke erfolgte nur zu schnell, als dass ich mich bewegen oder auch nur sprechen hätte können. Zum Glück hat mein Freund ihn rechtzeitig zurückgepfiffen.

Betsy und ich blieben schweigend sitzen. Sie rauchte weiter, ihre Augen sorgenvoll. Ich hielt den Blick auf Großmutter gerichtet und dachte nach. Ich weiß nicht, was ich von Betsy wollte. Was auch immer es war, ich bekam es nicht. Alles, was ich bekam, war das miese Gefühl, einen Fehler gemacht zu haben. Und dann fiel mir ein altes Zitat aus dem Bürgerkrieg ein: »Fehler sind viel schlimmer als Sünden, denn Sünden können bereut und oftmals vergeben werden. Fehler hingegen lachen über die Reue und ernten eifrig die Konsequenzen.«

Kapitel 10

»Was wollen Sie?«, fragte die Stimme, und für einen Moment war ich mir nicht sicher, zu wem sie gehörte. Es war spät am zweiten Tag meiner Suche nach Sarah Reasons, und ich hatte die Hoffnung, dass sie sich melden würde, schon fast aufgegeben.

Die Stimme war ein dunkles Moosgrün mit noch etwas anderem darin, das ich nicht genau benennen konnte. Es war irgendwie fleckig, voll von Stellen, wo das Grün ausfaserte. Ich wusste nicht, was es war. Diese Stellen waren nicht wirklich schwarz; sie waren wie ein großes Nichts. Auch konnte ich nicht behaupten, dass ihre Stimme sehr warm geklungen hätte. Das Nachdenken und Sprechen über Collins stand auf ihrer Wunschliste vermutlich ein Stück unter einer Wurzelbehandlung ohne Betäubung.

»Verzeihung, aber wer ist da …«

»Sarah … ähm, Reasons, obwohl ich den Namen nicht mehr benutze. Man hat mir gesagt, dass Sie versucht haben, mich zu erreichen.«

»Ja, das stimmt. Ich arbeite an einem Gutachten über Daryl Collins …«

»Er wird doch nicht entlassen?«

Ich zögerte. »Er hat seine Strafe verbüßt«, sagte ich

vorsichtig. »Man wird ihn entlassen, es sei denn, er wird als Sexualstraftäter mit hohem Rückfallrisiko eingestuft. Wie ich Ihren Freunden schon erklärt habe, ist das der Grund, weshalb ich eine Beurteilung vornehme – um festzustellen, ob er die Kriterien für eine Sicherungsverwahrung erfüllt.«

»Kein geistig gesunder Mensch würde diesen Mann auf freien Fuß setzen.«

»Vermutlich gibt es keine Alternative«, erwiderte ich. »Es ist fraglich, ob sich das einzige Gesetz, durch das er in Haft bleiben würde, auf ihn anwenden lässt.«

Am anderen Ende herrschte Stille, aber ob die Frau nun darum kämpfte, nicht zu explodieren oder nicht aufzulegen, wusste ich nicht.

»Ich habe mich gefragt«, fuhr ich fort, »ob Ihnen irgendetwas über ihn bekannt ist, das nicht in den Akten steht. Etwas, das er gesagt oder getan hat, wovon ich wissen sollte. Irgendetwas, das mir bei meinem Bericht helfen könnte.«

»Es steht alles in den Akten. Jedes einzelne schmutzige, kranke, widerwärtige Detail.«

»Das mag sein, aber die Protokolle spiegeln nicht wider, wie es wirklich war. Ich möchte in meinem Bericht ein möglichst anschauliches Bild wiedergeben.« Ich hielt inne und beschloss, ihr die Wahrheit zu sagen. »Weil ich ansonsten nicht viel habe«, gab ich zu. »Die Schwere der Straftat sollte eigentlich nicht ins Gewicht fallen, aber manchmal tut sie es dennoch. Manchmal ist dieser Faktor letztendlich entscheidend.«

»Nein«, sagte sie. »Ich werde das nicht noch mal durchmachen. Sie können mich nicht zwingen.«

»Nein, nein«, beruhigte ich sie. »Ich will Sie zu gar nichts zwingen. Ich versuche nur … Na schön, ich muss wissen, ob Sie in der Lage sein werden auszusagen. Falls das hier weitergeht, wird der Staatsanwalt wollen, dass Sie es tun, und …«

»Aussagen?« Die Tonlage ihrer Stimme wurde so hoch, als hätte sie Helium inhaliert. »Sind Sie wahnsinnig? Mit ihm in einem Gerichtssaal sitzen? Warum sollte ich das tun?«

»Um ihn im Gefängnis zu halten«, sagte ich schlicht.

»Als wäre er je wirklich im Gefängnis gewesen«, antwortete sie verbittert. »Für Sie vielleicht, aber nicht für mich.«

»Was meinen Sie …«

»Wollen Sie wissen, wie es ist? Wollen Sie es wirklich wissen? In den letzten paar Minuten, bevor ich einschlafe, ist er da, und wenn ich aufwache, ist er während der ersten paar Minuten ebenfalls da. So ist es all die Jahre gewesen. Es ist nicht anders als an jenem ersten Morgen. Er ist nie von mir weggegangen. Es ist ein Witz, dass er angeblich im Gefängnis sein soll. Für mich war er das nie. Wenn ich sterbe, wird er in den letzten paar Minuten noch immer da sein.«

Darauf wusste ich nicht das Geringste zu sagen.

»Ich wache morgens auf«, sagte sie, »und spüre diese leere Stelle in meiner Brust. Und ich denke, dass ich buchstäblich auseinanderfallen werde, wenn ich aufstehe. Ich muss mir dann immer im Geist vorstellen, wie ich Bandagen um meinen Brustkorb wickle, um ihn zusammenzuhalten, bevor ich aus dem Bett steigen kann. Ich trage dieses Bild den ganzen Tag

mit mir herum – die Bandagen, die mich zusammen-
halten.«

»Ich weiß, dass das …«

»Sie wissen gar nichts«, schnappte sie. »Meine Therapeutin hat mir geraten, mir einen sicheren Ort vorzustellen. Ein Bild, das ich benutzen kann, um mich zu
beruhigen, wenn ich die Fassung verliere. Wissen Sie,
was das Einzige ist, das mir einfällt? Ein Boot weit draußen im Meer. Ein kleines Boot in einem riesigen Ozean,
so klein, dass nicht mal ein Flugzeug es finden könnte.
Und das Wasser auf Hunderte von Kilometern in alle
Richtungen ganz ruhig, so dass ich sehen kann, wenn
jemand kommt. Und jede Menge leistungsstarke Ge-
wehre, nur für den Fall.«

Ich atmete tief durch und schloss die Augen, während
ich mir überlegte, wie ich hiermit umgehen sollte. Aus
diesem Grund hasste ich es, mit Opfern zu tun zu haben. Ein Teil von mir kroch mit ihr in dieses kleine Versteck, in dem sie lebte. Der Schmerz in ihrer Stimme
schien in meine Handflächen zu sickern und meine Arme hinaufzuströmen, bis sich auch meine Brust leer anfühlte. Als ich sie mir mit geschlossenen Augen in meinem Geist vorstellte, sah ich nichts als kleine Stücke und
Fragmente zerbrochenen Glases.

»An dem Tag, an dem dieser Mann über mich her-
fiel«, fuhr sie fort, »hörte das Leben auf, ein Geschenk
zu sein, und wurde zur Strafe.«

Ich öffnete die Augen und wappnete mich für das, was
ich sagen musste. Ich war nicht ihre Therapeutin. Ich
war nicht ihre Freundin. Alles, was ich für sie tun konnte, war, ihr die Wahrheit zu sagen. »Das ist schrecklich«,

begann ich. »Es ist schrecklich, sich so zu fürchten. Der einzige Trost ist der, dass Ihre derzeitige Angst in Ihrem Kopf ist und Sie sich wenigstens das immer wieder sagen können. Dass er nicht wirklich da ist, sondern abgeschottet in einem Gefängnis, viertausend Kilometer entfernt. Falls er freikommt, wird sich das alles ändern. Jedes Mal, wenn Sie vor Ihrem Fenster ein Eichhörnchen hören, werden Sie denken, dass er es ist. Und Sie werden sich dann nicht irgendetwas Beruhigendes sagen können, denn er könnte es tatsächlich sein.« Es war nicht nett, und es war nicht hübsch, aber es war die Wahrheit.

Sie schwieg einen Moment, dann sagte sie: »Was wollen Sie? Ich kann nicht aussagen. Wollen Sie sonst noch irgendetwas?«

»Als Erstes – hat er je ein kleines Mädchen erwähnt, etwa im Vorschulalter?«

»Ich glaube nicht, dass er Kinder hatte, zumindest keine, von denen er wusste.«

»Müsste nicht sein eigenes gewesen sein, war es vermutlich auch nicht. Hatte er sexuelles Interesse an Kindern?«

»Nicht im Besonderen, aber das hätte für ihn keinen Unterschied gemacht. Er sagte einmal, dass Mädchen alt genug für Sex wären, sobald sie alt genug seien, die Beine zu spreizen.«

Ich zuckte zusammen. »Lieber Himmel.«

»Was soll ich sagen? Er ist ein Stück Dreck. Diese Bemerkung war einer der Gründe, weshalb er aus meiner Therapiegruppe geflogen ist. Er weigerte sich, sie zurückzunehmen. Warum fragen Sie nach einem kleinen Mädchen?«

132

»Ich habe einen Hinweis auf eines in den Akten entdeckt«, log ich. »Aber jetzt finde ich ihn nicht mehr.«

»Um was ging es genau?«

»Um ein totes kleines Mädchen.«

»Ich habe in den Akten nichts Derartiges gesehen, es müsste also in den vergangenen zehn Jahren, seit ich weg bin, passiert sein.«

»Wir bekommen alle möglichen Unterlagen«, fügte ich hinzu. »Dokumente der Staatsanwaltschaft, Polizeiberichte, Aussagen von Opfern. Es muss nicht zwingend in den Gefängnisakten gestanden haben.«

»Nun, ich weiß nichts darüber, würde es ihm aber jederzeit zutrauen. Sonst noch was?«

»Ja, sein persönlicher Lebensbericht ist nicht bei den Unterlagen. Bei den meisten Therapieprogrammen ist das jedoch Vorraussetzung. Hat er einen geschrieben?«

Sie dachte nach. »Ja, ich glaube schon. Ich bin mir sogar ziemlich sicher. Ich erinnere mich, dass er recht ausführlich war. Er hat, soweit ich weiß, alles geleugnet bis auf den bewaffneten Raubüberfall. Und den hat er auf die Drogen geschoben.«

»Wissen Sie noch, wo er gelebt hat?«

»Wo er gelebt hat?«

»Ich versuche, eine Liste sämtlicher Wohnorte zu erstellen, an denen er als älterer Jugendlicher beziehungsweise Erwachsener gelebt hat.«

»Dallas-Fort Worth. Irgendwo da. Das ist alles, woran ich mich erinnere. Vor dem Raubüberfall war er noch nicht lange in Seattle. Ich weiß nicht, ob er noch irgendwo anders gelebt hat. War's das?«

»Nun, ich würde gern die Möglichkeit haben, Sie anzurufen und Dinge mit Ihnen durchzusprechen, wie zum Beispiel das mit dem Mädchen. Und ich möchte, dass Sie mich anrufen, falls Ihnen noch etwas einfällt. Ich schätze, das wäre alles«, schloss ich lahm.

»In Ordnung. Das kann ich tun. Meinen Sie, er kommt wirklich frei?«

»Wahrscheinlich«, sagte ich ehrlich. »Ich arbeite daran, aber es sieht nicht gut aus.«

»Er wird hinter mir her sein, falls er rauskommt.«

»Wieso glauben Sie das?«

»Weil er das jetzt schon ist. Er hält Kontakt«, sagte sie verbittert.

»Das verstehe ich nicht. Sie sind untergetaucht. Ich selbst konnte Sie kaum ausfindig machen. Was meinen Sie damit, dass er Kontakt hält?«

»Er schickt Karten, jedes Jahr zum Jahrestag der Vergewaltigung. Er sendet sie an meine Mutter, aber an mich adressiert.«

»Ihre Mutter? Woher weiß er, wo Ihre Mutter wohnt?«

»Keine Ahnung. Na ja, das stimmt nicht ganz. Ich hätte da schon ein paar Ideen. Er könnte jemand draußen beauftragt haben, sie aufzuspüren, aber wahrscheinlicher ist, dass er die Adresse von einem Mitgefangenen im Bürodienst hat. Ich hatte meine Mutter als Kontaktperson für Notfälle angegeben, die Adresse stand also in meinen Akten. Im Verwaltungsbüro arbeiten Häftlinge. Die Postkarten kommen nicht aus dem Gefängnis. Es sind keine Fingerabdrücke darauf. Ich habe schon versucht zu beweisen, dass sie von ihm sind, aber ich kann es nicht.«

»Aber Sie wissen, dass sie von ihm stammen? Was steht darauf?«

»Nichts. Nur: ›Alles Gute zum Jahrestag‹, oder: ›Ich denke an Dich‹, oder: ›Ich werde unsere schöne Zeit nie vergessen‹. Einfach nur vorgedruckte Karten. Warum, glauben Sie, verstecke ich mich immer noch? Obwohl er im Gefängnis ist, habe ich mich nie sicher gefühlt. Er hätte immer jemand auf mich ansetzen können. Offensichtlich hat er Hilfe, sonst würde ich die Karten nicht bekommen. Inzwischen glaube ich, dass er abwartet und dann persönlich kommt. Er hat gedroht, dass er das tun würde, falls ich gegen ihn aussage, aber ich habe es trotzdem getan. Ich weiß, dass Gefangene jede Menge leerer Drohungen ausstoßen, aber Collins ist anders. Wenn er jemand bedroht, meint er es ernst.«

Der Einsatz war gerade erhöht worden. Ich hatte angenommen, dass das Trauma sie paranoid gemacht hatte und sie deshalb im Verborgenen lebte. Wenn er ihr jedoch Karten schickte, hatte sie vermutlich recht damit, dass er nach ihr suchen würde, falls er freikam.

»Wenn Sie schon früher gegen ihn ausgesagt haben, warum dann jetzt nicht?«

»Ich kann nicht«, erwiderte sie. »Ich stand damals unter Schock und habe einfach getan, was man mir sagte. Wenn ich jetzt daran denke, ihm noch mal zu begegnen – es würde mich wieder genau dorthin zurückbringen, zurück in dieses Zimmer. Ob Sie es glauben oder nicht, mir geht es allmählich besser. Ich kann nicht zurück.«

»Ich werde tun, was ich kann«, versprach ich. »Rufen Sie mich an, wenn Ihnen noch etwas einfällt oder Sie in irgendeiner Weise von ihm hören.«

»Bitte, Sie müssen sich etwas einfallen lassen, damit er drinnen bleibt. Ich will nicht melodramatisch klingen, aber wenn Sie das nicht tun, bin ich tot.« Und ohne ein weiteres Wort legte sie auf.

Gott schütze sie, dachte ich. Es war für sie noch nicht vorbei. »Das Vergangene ist nicht tot«, hatte Faulkner gesagt, »es ist noch nicht einmal vergangen.« Ganz sicher war es das nicht für traumatisierte Opfer. Sarah Reasons baumelte noch immer in der Luft und wartete auf den Aufprall. Selbst wenn er nicht käme, würde sie für immer auf ihn warten. Es war eine besonders grausame Art der Rache. Sie hatte nichts weiter getan, als ihm so weit zu vertrauen, dass sie allein mit ihm in einem Zimmer blieb.

Ich glaubte nicht, dass ich je versucht sein würde, ihm zu vertrauen, gleichzeitig ermahnte ich mich, seine Intelligenz niemals zu unterschätzen. Er hatte das unschöne Talent, seine Rache speziell auf den jeweiligen Menschen zuzuschneiden.

Ich dachte noch einige Zeit darüber nach und kam zu dem Schluss, dass, so bösartig er auch war, ich nichts am Resultat seiner Tests ändern konnte, deshalb griff ich zum Telefon und rief Robert an.

Robert Giles war der stellvertretende Staatsanwalt in King County, Washington, der Collins anklagen würde, falls es dazu kommen sollte. Er überprüfte seine Anrufe immer zuerst, deshalb war ich nicht überrascht, als sich der Anrufbeantworter einschaltete. Ich nannte meinen Namen, und wie üblich stellte sich trotz der Ansage, die mir verkündet hatte, dass er nicht da sei, heraus, dass er es doch war.

»Hallo, Inselmädchen«, sagte er. »Du und Tom Hanks. Redest du auch schon mit einem Volleyball? Ich habe nie verstanden, wie man ohne die Errungenschaften der modernen Zivilisation leben kann – Starbucks meine ich damit. Brauchst du ein Carepaket?«

»Hallo, Stadtjunge. Schick mir ein Video vom Berufsverkehr. Erinnere mich, was ich versäume.« Robert war wirklich ein Stadtjunge. Er würde sich eher in die gefährlichsten Gegenden Seattles vorwagen als irgendeinem Baum entgegenzutreten, der nicht von Mulch umgeben war. Die wahren Piraten waren jetzt in den Städten, auch wenn Robert das nicht so sah. »Weißt du, man denkt darüber nach, Verkehrssucht als Krankheit zu diagnostizieren«, fügte ich hinzu. »Hilfe ist im Anmarsch.«

Robert lachte. »Gib mir Bescheid, wenn das Selbsthilfevideo rauskommt. Also, was gibt's?« Ich war nicht erstaunt über den Themenwechsel. Robert schaffte es immer, gesellig zu wirken, doch binnen einer Minute, nachdem man ihn an der Strippe hatte, sprach man bereits über die Arbeit.

»Nun, es geht um einen Häftling namens Daryl Collins, über dessen Entlassung in ein paar Monaten entschieden wird und der – wie man mir sagte – dein Fall wäre, falls über eine Sicherungsverwahrung verhandelt werden sollte. Die letzte und einzige Verurteilung aufgrund einer Sexualstraftat bekam er, nachdem er eine Therapeutin allein in einen Raum gelockt, die Tür verbarrikadiert und die Frau stundenlang vergewaltigt hatte. Stand der Dinge davor war ein bewaffneter Raubüberfall. Er ist der geborene Kriminelle. Lange Vorgeschichte mit einer Vielzahl von Anklagen wegen unerlaubten Waffenbesitzes, Drogenhandels, Einbruchs und Körperverletzung. Der Gefängnisdirektor sagt, dass er sich mit der Vergewaltigung von Zwölfjährigen gebrüstet habe. Bezeichnete es als Schlampenjagd, aber sie haben ihn dafür nie drangekriegt.«

»Charmant«, sagte Robert.

»Nun, ich habe mit ihm gesprochen, und er ist zweifellos sehr bemüht – wenn er nicht gerade nach einer Möglichkeit sucht, seine Einschüchterungstaktiken anzubringen. Gegenwärtig hat er zu Gott gefunden. Ich klinge nicht gern skeptisch, aber du kennst ja die Redensart: Man findet mehr Bekehrte auf den Rücksitzen von Streifenwagen als in der Kirche. Es gibt jedoch ein Problem.«

»Er erzielt nicht genügend Punkte bei der statistischen Kriminalprognose«, folgerte Robert.

»In seinem Fall ist das leider so. Ich bin immer froh, wenn die Leute mit geringer Punktezahl abschneiden – je weniger Straftäter mit hohem Rückfallrisiko wir haben, desto besser –, aber er ist einer dieser besonders brutalen Typen, und ich hasse die Vorstellung, dass man solche Kerle wieder auf die Straße lässt. Er ist ein Psychopath und ein Verbrecher. Er hat sich halt nur nicht auf Sexualstraftaten spezialisiert. Die sind bloß ein Teil seiner Leckt-mich-am Arsch-Einstellung gegenüber der Welt.«

»Hmm«, meinte Robert.

»Ich habe die Zahlen verglichen und jeden Stein umgedreht, der mir einfiel. Ich habe sogar mit dem Opfer gesprochen – das übrigens seinen Namen geändert hat und untergetaucht ist. Ich kann dir versichern, dass sie nicht aussagen wird. Es ist jetzt zehn Jahre her, und sie hat noch immer mit jedem einzelnen Tag zu kämpfen. Er hilft ihr, das Ganze lebendig zu halten. Er schickt ihr Karten zum Jahrestag der Vergewaltigung, nur um sie zu erinnern.«

»Wie aufmerksam.«

»So könnte man es auch ausdrücken. Das hier ist nur ein Höflichkeitsanruf, um dich zu informieren, dass er ein gefährlicher Krimineller ist. Die Frau glaubt, dass er versuchen wird, sie aufzuspüren, aber ich fürchte, uns sind die Hände gebunden.«

»Sei nicht so voreilig«, sagte Robert.

Ich war so verdattert, dass mir keine Erwiderung einfiel. Robert hatte noch bei keinem meiner Anrufe meine Einschätzung angezweifelt. Er wusste, dass ich ziemlich vorsichtig war bei dem, was ich tat, deshalb hatte er nie versucht, mir auf meinem Fachgebiet zu widersprechen.

»Robert, ich bin nicht voreilig«, sagte ich langsam. »Ich bin frustriert. Es ist mein Ernst. Ich habe rein gar nichts. Das Opfer hat seinen Namen geändert und ist untergetaucht. Falls du sie wegen einer Aussage bedrängst, wird sie höchstwahrscheinlich einfach wieder von der Bildfläche verschwinden. Es hat mir im Herzen wehgetan, auch nur mit ihr zu sprechen. Ich weiß nicht, worauf du hinauswillst. Es sieht dir gar nicht ähnlich, mich oder die Risikoberechnungen anzuzweifeln.«

»Ganz ehrlich? Ich will darauf hinaus, dass Tommy in diesem Herbst als Gouverneur kandidieren wird.« Tommy war Generalbundesanwalt des Staates Washington, ein charismatischer Workaholic, der nicht davor zurückschreckte jederzeit jedermanns Karrierepläne zu durchkreuzen. Die Geschichten über Tommy waren legendär: Seine Mitarbeiter machten keinen Urlaub, ganz gleich, was das Gesetz besagte; Frauen, die schwanger wurden, mussten feststellen, dass sie keine Stelle mehr hatten, zu der sie zurückkehren konnten. Tommy begann seinen Arbeitstag um vier Uhr morgens und dachte sich nichts dabei, um diese Zeit Besprechungen anzuberaumen. Wochenenden? Was war das? Niemand wagte es, zu protestieren – geschweige denn, zu klagen –, denn falls man es tat, würde man nirgendwo in Washington je wieder eine Anstellung bei der Justiz finden. Tommy hatte ein weit zurückreichendes Gedächtnis und einen noch größeren Einflussbereich.

Robert war Junggeselle und ebenfalls ein Workaholic, allerdings nicht auf Tommys Niveau. Niemand war auf Tommys Niveau. Ich glaube jedoch nicht, dass jemand im Büro des Generalbundesanwalts arbeiten könnte, wenn es keine enge Verbundenheit gäbe.

»Und was heißt das?«

»Die Losung wurde bereits ausgegeben. Keine Wellen. Er will nicht, dass irgendwelche Sexualstraftäter freigelassen werden, die anschließend etwas tun könnten, das die Justizbehörden schlecht aussehen lassen würde. Denk an Willy Horton. Du würdest nicht glauben, wen wir heutzutage alles strafrechtlich verfolgen. Fass irgendjemand an den Hintern, und wir kriegen dich dran.«

»Ich werde versuchen, daran zu denken«, erwiderte ich. »Robert, den Fall hier kannst du nicht gewinnen.

Er ist der Traum jedes Verteidigers. All diese Risikoberechnungen, über die wir gesprochen haben, helfen der
Gegenseite.«

»Und wenn schon«, sagte er. »Besser, es versucht zu
haben, bevor wir verlieren. Dann können wir jemand anderem die Schuld geben, falls er rückfällig wird.«

»Ich arbeite nicht für Tommy«, bemerkte ich, was allerdings nur halb der Wahrheit entsprach. Ich arbeitete nicht direkt für ihn, aber falls es ihm einfiel, konnte
er zweifellos weit genug die Nahrungskette hinunter-
langen, um jemand zu zwingen, mich zu feuern. Ich war
eine externe Expertin ohne den Schutz eines Staatsdie-
ners. Er müsste noch nicht einmal einen Grund ange-
ben. »Es tut mir leid, aber das ist verrückt. Ich will, dass
dieser Typ in Haft bleibt, weil ich glaube, dass er gefährlich ist. Trotzdem bin ich nicht bereit, eine Schara-
de mitzuspielen, die zu nichts führen wird, nur damit es
sich besser in der Zeitung liest.«

»Das ist es, was ich an dir liebe, Rotschopf«, sagte Robert. Er war der einzige Mensch, der mich Rotschopf
nannte, und irgendwie mochte ich es bei ihm. »Aber
jetzt mal langsam. Hast du denn nichts – wirklich gar
nichts –, womit wir etwas anfangen könnten?«

»Na ja.« Ich zögerte und beschrieb dann das kleine
Mädchen, auf das ich »in den Akten« gestoßen war.

»Was stand da genau?«

»Genau weiß ich es nicht mehr«, log ich. »Irgendetwas darüber, dass er als Verdächtiger im Todesfall eines
kleinen Mädchens galt. Die Sache beunruhigt mich. Ich
kann nicht aufhören, mich zu fragen, ob da noch mehr
ist, von dem wir nichts wissen.«

»Wann war das?«

»Ich bin mir nicht sicher. Es muss vor seiner Gefängnisstrafe gewesen sein, und er war erst seit ein paar Monaten in Seattle, als er den bewaffneten Raubüberfall beging. Also vermutlich Dallas-Fort Worth. Dort hat er vor Seattle gelebt.«

»Ich kenne jemand im Büro des Generalstaatsanwalts von Dallas-Fort Worth. Ich werde dort anrufen. Feststellen, wer ihn kennt und ob wir irgendwas über den Mord an einem kleinen Mädchen herausfinden können. Ganz gleich, wie groß die Stadt ist, an die Ermordung eines kleinen Kindes erinnern sich die Menschen immer. Reich deinen Bericht noch nicht ein. Lass mir etwas Zeit. Wie du gesagt hast: Wer weiß, was es da noch gibt, wovon wir nichts wissen. Und sieh nach, ob du diese Erwähnung in den Akten wiederfinden kannst.«

Aber da war keine Erwähnung in den Akten. Ich fühlte mich ein wenig schuldig, weil ich ihn angelogen hatte. Was, wenn das kleine Mädchen außerhalb meiner überaktiven Fantasie gar nicht existierte? Einige wohlmeinende Menschen würden dann auf der Suche nach ihm einem Phantom nachjagen. Außerdem würde, wenn Robert ihn für einen Kindesmörder hielt, der Druck, Collins in Haft zu behalten, noch steigen, und da das vermutlich nicht zu erreichen war, hatte ich damit völlig umsonst auch den Druck auf mich selbst erhöht.

Trotzdem konnte ich schlecht sagen, na ja, ich halte ihn tatsächlich für einen Kindesmörder, aber ich gebe dir nicht die Zeit, das zu überprüfen. »Ruf mich an, falls sie irgendwelche Informationen haben«, sagte ich. »Zufällig muss ich nächste Woche sowieso nach Dallas, um in einem Heilsarmee-Prozess auszusagen. Ich könnte mit den Leuten des Generalstaatsanwalts sprechen und mir ansehen, was sie bis dahin haben.«

»Interessante Sache?«

»Ich sage nur als Sachverständige aus. Kein besonders aufregender Fall. Mal wieder so ein Heilsarmeeoffizier, der eine Jugendgruppe leitet und die meisten der Jungs sexuell belästigt. Ich sage natürlich für die Kinder aus.«

»Es ist eine kranke Welt, Rotschopf. Ich werde sehen, was ich herausfinden kann. Besuch mich doch irgendwann mal. Ich besitze eine großartige Bob-Dylan-Sammlung, und ich habe einen tollen neuen Weißwein entdeckt, den du lieben würdest. Vor meinem Kaminfeuer lässt sich Geborgenheit finden, weißt du? Du nimmst das nur nicht annähernd so oft in Anspruch, wie du solltest.«

Ich legte auf und seufzte tief. Auch in seinem Bett ließ sich Geborgenheit finden, so viel war sicher. Ich dachte daran, wie Roberts Finger sanft meine Wirbelsäule nachgezeichnet hatten, und musste lächeln. Trotzdem hatte ich nie das Gefühl gehabt, dort hinzugehören. Robert war bei der körperlichen Liebe ebenso leistungsfähig wie bei allem anderen. Er gestaltete das Liebesspiel ebenso gewissenhaft, wie er vor Gericht einen Fall präsentierte. Aber der Sex wirkte gleichgültig und mechanisch, Robert selbst irgendwie weit weg. Ich bezweifelte nicht, dass er ein gutes Herz hatte – er arbeitete härter an Fällen von Kindesmissbrauch als jeder andere, den ich kannte. Ich bezweifelte lediglich, dass es für mich schlug oder für irgendjemand sonst, mit dem ich ihn je zusammen gesehen hatte. Er war einfach einer dieser

Männer, mit denen man zwanzig Jahre lang schlafen kann, ohne je das Gefühl zu haben, ihn zu berühren.

Abgesehen davon musste ich mich um Daryl Collins kümmern. Und auch wenn Robert davon gesprochen hatte, Generalsstaatsanwälte anrufen und Hinweisen nachgehen zu wollen, wurde ich das Gefühl nicht los, dass Collins bereits aus der Tür war und wir nur noch mit den Fingerspitzen seinen Mantel streiften, während er uns entwischte.

Kapitel 11

Lily und ich warteten. Warteten, dass Jena kam. Warteten auf den Anruf, dass sie tot sei. Warteten auf die Unterlagen, die ich brauchte, um Lily in der Schule anzumelden – ihre Geburtsurkunde, Zeugnisse, Jenas Vollmacht. Lilys Leben befand sich im Pausemodus, und sie wartete darauf, dass es in die eine oder die andere Richtung weitergehen würde. Was mich betraf, sah ich in meinen Träumen Jenas Hinterkopf hoch oben in den Bergen. Ich rief nach ihr, aber sie drehte sich nicht einmal um. Wann immer ich an sie dachte, schien eine Welle der Hilflosigkeit über mich hinwegzuspülen, und meine Handflächen schmerzten.

Trotzdem setzte mir das Warten weniger zu als Lily. Sie benahm sich, als säße sie in der Falle, nicht nur des Wartens wegen, sondern auch wegen der Insel und vielleicht auch der Unausweichlichkeit des langsamen Untergangs ihrer Mutter. In der Falle, weil es nicht genügend Jugendliche, keine Einkaufszentren, kein Kino, kein Fernsehen und vielleicht auch keine echte Hoffnung gab, dass sie jemals nach Hause zurückkehren würde. Sie hatte einen Knastkoller und trieb mich an den Rand des Wahnsinns, aber ich begriff schnell, dass es keine Lösung war, sie sich selbst zu überlassen. Ich hatte eine Menge Arbeit zu erledigen, kam jedoch nicht dazu, was Lily überhaupt nicht zu interessieren schien.

Ich fuhr mit ihr ans andere Ende der Insel, und wir legten per Fähre die kurze Entfernung zum gegenüberliegenden Teil der Outer Banks zurück. Mit Klamotten, Kosmetika, einem CD-Player samt Kopfhörern und genügend CDs für Lily zum Überwintern beladen, standen wir in der Schlange vor der Kasse. Ich sah das gierige Funkeln in ihren Augen, während sie die Dinge berührte, die wir kaufen würden. Sie wollte die CDs öffnen, noch bevor wir sie bezahlt hatten. Sie fummelte unentwegt an den Kleidungsstücken herum. Jede Faser ihres Körpers schien vor Angst zu vibrieren, dass irgendjemand ihr all dies wieder wegnehmen könnte, bevor wir es zur Kasse geschafft hätten. In diesem Moment wollte ich zum allerersten Mal die Arme um sie legen, um sie zu trösten. Es war wirklich traurig. Sie hatte eine Mutter, deren Vorstellung vom Paradies der entlegendste Punkt dieser Erde war, während sie selbst ihr Seelenheil in Konsumgütern suchte. Ohne Frage waren sie für Lily eine zuverlässigere Trostquelle, als es die Menschen je gewesen waren.

Einkaufen schien das Einzige zu sein, das Lily aufheiterte. Sie befand den Strand für langweilig und weigerte sich hinzugehen. Kajakfahren mochte sie nicht – anstrengend und wozu überhaupt. Sie wollte weder angeln noch segeln oder schwimmen. Sie hatte kein Interesse an Spaziergängen, und mit der Zeit begann ihre Gegenwart das Einzige zu zerfressen, was ich unbedingt brauchte – meine Einsamkeit. Ich erwachte noch immer vom Zwitschern der Vögel jenseits des kleinen

Balkons, saß noch immer frühmorgens im Schaukelstuhl und schmeckte das Salz des Meeres, dessen entferntes Rauschen die Basslinie meines Lebens war. Doch sobald Lily wach wurde, schienen die Farben der Bäume und des Himmels zu verblassen. Ich blieb inzwischen nicht mehr stehen, um den Sand im Garten durch meine Finger rinnen zu lassen.

Lily bemerkte das nicht. Tatsächlich schien sie kaum zu bemerken, dass noch jemand mit ihr im Haus war. Sie stampfte herum und sang grässliche Lieder, und das auch noch falsch. Sie jammerte und verlangte zu wissen, was wir an diesem oder jenem Tag machen würden. Sie drehte das Radio viel zu laut auf. Sie beförderte meine Telefonrechnungen durch die Gespräche mit ihren Freunden in die Stratosphäre und beschwerte sich dann darüber, keinen eigenen Anschluss zu haben. Sie hasste jeden Moment der Stille. Sie wirkte wie jemand auf Entzug – was sie vermutlich auch war. Daheim in Chicago hätte sie jetzt eine Reizüberflutung durch Fernsehshows, Werbung und Musik gehabt. Hier gab es nur das Zirpen einer Grille vor dem Fenster. Lily kam damit nicht zurecht. Sie stand unter Strom, als wäre sie eine Speedsüchtige auf kaltem Entzug.

Ich konnte nicht viel für sie tun. Ich konnte weder ihr Leben wieder in Gang bringen noch ihre sensorische Entgiftung beschleunigen. Die Reizüberflutung, an die sie gewöhnt war, würde langsam aus ihr heraussickern müssen, so wie ein Organismus einen Giftstoff ausscheidet.

Ich bekam ja noch nicht einmal meine eigenen Gefühle auf die Reihe. Es gab Momente wie in dem Geschäft, in denen ich sie ganz deutlich sah und instinktiv ihren Mangel an Bosheit und ihre Verwirrung spürte. Dann erlebte ich Momente zu Hause, in denen ich ihre Gegenwart als Strafe Gottes für irgendeine mir unbekannte Sünde empfand. Ich musste, zumindest für einen Tag, meine eigene Seele retten, deshalb schickte ich Lily mit der Fähre auf einen Übernachtungsbesuch zu Betsy. Diese hatte ihr eine weitere Tour mit der Harley plus Einkaufsbummel und Fernsehgucken versprochen. Es kümmerte mich nicht, ob sie sich nonstop zusammen Werbung ansehen würden, solange dabei für mich nur dieser eine friedliche Tag heraussprang.

Der Wind frischte auf, als sie auf die Fähre ging, und Wellen klatschten gegen die Seite des Schiffs. Der Geruch von Dieselöl hing schwer in der Luft. Stoisch wirkende Pelikane beobachteten von den Pfählen aus die Geschehnisse. Lily hatte Brot mitgebracht, um die Möwen zu füttern, was mich überraschte. Auf unserer ersten Überfahrt hatte sie sie scheinbar keines Blickes gewürdigt. Ich hatte nicht geahnt, dass sie überhaupt wusste, dass sie dem Schiff folgen würden.

Ich sah zu, wie die Fähre ablegte. Lily hatte während der Fahrt hierher glücklich gewirkt, aber jetzt ging sie zum Heck, umklammerte die Reling mit beiden Händen und starrte mich an. Ihr Gesicht hatte sein Strahlen verloren und zeigte nun eine Starre, wie ich sie nie zuvor bei ihr gesehen hatte. Sie wirkte älter, aber nicht erwachsener. Mir kam in den Sinn, dass ihr Gesicht in diesem Moment die Essenz ihres Lebens widerspiegelte, die traurige Wahrheit einer gewalttätigen Kindheit ohne den jugendlichen Übermut, vor dem Betsy mich ohnehin gewarnt hatte, dass er nur eine Maske sei. Ich hatte plötzlich das Gefühl, dass sie sich fragte, ob ich da sein würde, wenn sie zurückkam. Anscheinend spontan hob sie die Hand in die Luft, als wollte sie mir zuwinken, doch dann hielt sie sie einfach nur oben. Ich hob meine ebenfalls. Irgendwie wusste ich, dass ich sie in diesem Moment hätte fragen können, warum sie mich angerufen hatte, und sie hätte es mir gesagt. Aber das war nicht möglich. Sechs Meter trennten uns inzwischen, und die Entfernung wurde mit jeder Sekunde größer.

Ich beobachtete, wie die Fähre den Silver Lake überquerte und über den Kanal auf Pamlico Sound zuhielt, bevor ich mich zum Gehen wandte. Wer war das überhaupt? Das Mädchen mit dem starren Gesicht, das zum Abschied seine Hand gehoben hatte, schien jemand ganz anderes zu sein als dieses unausstehliche Biest, das in meinem Haus lebte.

Ich kletterte in meinen zerbeulten Jeep und fuhr zur städtischen Slipstelle, um meinen kleinen Bootsanhänger ins Wasser zu setzen. Ich besaß ein kleines Ruderboot mit einem angemessen leistungsfähigen Außenbordmotor. Es war groß genug, dass ich damit hin und wieder fischen gehen konnte, und mehr als groß genug, um mich über den Kanal nach Portsmouth Island und wieder zurück zu bringen. Im Moment zog es mich so sehr nach Portsmouth, dass meine Handflächen juckten. Die Insel war das Äquivalent zu dem Baumhaus meiner Kindheit. Als ich den Meeresarm überquerte, schlugen Wellen gegen den Rumpf, und mir war klar, dass ich zu schnell war, aber es war mir egal. Ich würde die Stöße in Kauf nehmen, nur um möglichst bald anzukommen.

Es gibt tatsächlich magische Orte auf der Welt. Ich bin über ein paar gestolpert, und sie waren unverkennbar. Ich entdeckte einen in Colorado, als ich auf einem Pferd über Wiesen ritt, die sich kaskadenartig und von Fingern des Lichts gestreichelt entlang verwitterter Zäune nach unten ergossen. Ich erkannte welche beim Felsklettern in Wyoming, Stellen, an denen der Stein steil abfällt, sich neigt und krümmt, sich warm und lebendig anfühlt, wenn man ihn berührt. Zweifellos hatte Jena solch einen Ort in Patagonien gefunden. Immer wieder stieß ich hier und da auf Orte, an denen die Dinge mit einer gewissen Anmut angeordnet waren, so als wäre bei ihrem Entwurf ein besserer Architekt am Werk gewesen. Sie erzeugten eine seltsame Ehrfurcht in mir, die wie eine Blase in meiner Brust schwebte. Und ganz zweifellos war Portsmouth Island ein magischer Ort. Im Unterschied zu allen anderen fühlte er sich wie Zuhause an.

Meine Familie hatte früher dort gelebt, vor langer Zeit, als Portsmouth noch sechshundert Einwohner gezählt hatte, genauso viele, wie heute ganzjährig auf Blackbeard's Isle lebten. Wie viele andere waren sie weggezogen, als in der Mitte der 1840er Jahre ein heftiger Hurrikan Untiefen im Meeresarm hinterlassen und damit den Menschen die Lebensgrundlage entzogen hatte, das Lotsen und Entladen von Schiffen, die zu schwer waren, um es hindurchzuschaffen. Der Bürgerkrieg forderte ebenfalls seinen Tribut, und die Bevölkerung war auch danach noch stetig weitergeschrumpft. Der letzte Vollzeiteinwohner war 1970 gestorben. Nun war es eine Geisterstadt mit ein paar vom National Park Service restaurierten Häusern, die über die sandigen Ausläufer verstreut lagen und das um sich greifende Sumpfland beharrlich im Zaum hielten. Auf der Meeresseite türmten sich Muscheln, ohne von gierigen menschlichen Fingern aufgeklaubt zu werden, und die Brandung wälzte sich ungehört über den Strand.

Dennoch haftet Orten, an denen Menschen gelebt haben, eine eigenartige Atmosphäre an, als klängen die Erinnerungen noch nach oder als hätten die Menschen einen Rest von Leben zurückgelassen. Durch Portsmouth zu gehen war ganz anders als in Teilen von Alaska herumzuwandern, wo noch nie ein Mensch gewesen war. Ich hatte weder das Gefühl, fremd zu sein, noch, eine andere Welt zu betreten. Portsmouth Island war eine Insel der Menschen, ehemals sechshundert davon, und irgendwie war die Erinnerung an Kleider, die an Wäscheleinen trocknen und im Wind flattern, an Holzfeuer, die Rauchfahnen den Kamin hochschicken, an einen Briefträger, der die tägliche Post bringt, an Jung und Alt, die gemeinsam in der Abendbrise auf der Veranda sitzen und Moskitos fortwedeln –, all das war auf eine Weise, die ich nicht zu erklären vermochte, noch immer da. Ich konnte es spüren.

Der Meeresarm zwischen Blackbeard's Isle und Portsmouth Island, den ich überquert hatte, war einst die wichtigste Handelswasserstraße an der Küste North Carolinas gewesen. Sie hat allerdings nicht nur friedvollen Handel erlebt. Der Name Blackbeard's Isle war mehr als nur eine originelle Bezeichnung für die Touristen. Die Insel war früher eine Piratenhochburg, sozusagen der Zugang zu Blackbeards Schlupfwinkel. Anfang des achtzehnten Jahrhundert war dieser berüchtigte Pirat jenseits der Wasserstraße in einer Bucht vor Anker gegangen, wo sich die Küste wie eine Tasse nach innen wölbt. Er hatte sich ein Versteck errichtet, von dem aus er die Dünen überblicken und Schiffe ausspionieren konnte, die entlang der Küste segelten. Wenn er ein Schiff entdeckte, das reiche Beute versprach, machte er sich auf, um es zu kapern, dann kehrte er nach Hause zurück, um zu feiern, bis die nächste fette Beute vorbeikam.

Aus irgendeinem Grund war es immer Blackbeard's Isle gewesen, das die Piraten anzog, und nicht seine ruhigere Schwester jenseits der Wasserstraße. Ich glaube, Portsmouth Island liebt die Einsamkeit genauso sehr wie ich, und als sie dann endlich den letzten Vollzeitbewohner hat scheiden sehen, muss sie vor Freude mit all ihren Büschen gewedelt haben.

Ich befestigte das Boot an dem Dock, das der National Seashore Park für die kleine Gruppe Besucher gebaut hatte, die regelmäßig auf die Insel kamen, dann ging ich zügig zu der Ansammlung verlassener Häuser hinauf. Aus der Entfernung wirkte es, als stünden sie im Sumpf selbst, tatsächlich aber befanden sich darunter Streifen soliden Untergrunds, verwoben mit ausgedehnten Sumpfflächen. Ich wandte mich nach links und folgte dem Pfad, der mich an der Kirche, der Rettungsstation und dem einzigen bewohnten Gebäude vorbeiführte, einem kleinen Haus ganz am Ende, wo zeitweise freiwillige Helfer wohnten, um die Besucher zu betreuen.

Ich lief die geschätzten eineinhalb Kilometer hinunter zum Strand und hatte dabei wie immer das Gefühl, irgendwie zu Hause zu sein. Zuhause ist nicht der Ort, wo man hingeht und sie einen aufnehmen müssen. Robert Frost, der das behauptet hat, kann sich nirgendwo freundlich genug zu Hause aufgenommen gefühlt haben. Zuhause ist in meinen Augen vielmehr der Ort, wo sich der straffe Knoten in einem plötzlich lockert, bis man ihn schließlich nicht mehr spüren kann; der Ort, wo sich der Atem verlangsamt und beruhigt; der Ort, wo man aufhört, auf die Uhr zu sehen. Zuhause ist der Ort, an dem zu sein man das Recht hat, an dem man sich weder entschuldigen noch um Erlaubnis bitten muss. Es spielt keine Rolle, ob dieser Ort einem gehört; man gehört zu ihm. Ich überlegte, ob es wohl Menschen gibt, die keine Bindung zu dieser Art von Ort haben, die nirgendwo hingehören. Vielleicht ist das der Grund, warum manche Leute so oft umziehen und nie zurückzublicken scheinen. Aber möglicherweise hat jeder irgendwo einen Platz, an den er gehört, nur findet ihn mancher nicht.

Die Seebrise spielte mit meinen Haaren, als ich an der letzten Düne vorbeispazierte, die das Landesinnere der Insel vom Meer trennt. Es war ein stetiger Passatwind, dem jener intensive Geruch anhing, den nur das Meer hervorbringt. Wohin auch immer ich gerade auf dem Festland unterwegs war, es war stets nur eine Frage der Zeit, bis ich in der Luft schnupperte und mich fragte, was falsch an ihr war, bis es mir schließlich dämmerte. Die Luft wirkt fernab des Meeres tot; es ist wie der Unterschied, ob man sich in einem geschlossenen Raum aufhält oder im Freien. Selbst Binnengewässern fehlt etwas. Seen sind oft still und träge, durchwuchert von Algen und Sumpfgas, doch das Meer ist immer in Bewegung.

Ich blieb kurz stehen, um meine Schuhe auszuziehen und meine Zehen in den trockenen, leichten Sand am Rand der Dünen zu bohren. Behutsam bahnte ich mir meinen Weg um die Muschel- und Austernschalen und die Meeresschnecken aller Arten und Größen herum, während ich quer über den Strand zum Meer hinunterlief. Obwohl ich meinen Kopf auf der Suche nach Muschelschalen gesenkt hielt, erkannte ich am lauter werdenden Tosen, dass ich näher zum Wasser kam.

Als ich schließlich aufsah, peitschte der Wind die Brandung hoch, und die Wellen sahen aus wie Delfine beim Gang auf den Flossen, bevor sie schließlich mit einem Platschen wieder zurücksanken. Manche Menschen behaupten, die Brandung wirke spielerisch. Ich empfinde das nie so. Dies ist der Maschinenraum des Planeten, die Hauptader, das Schlagmal, der Ort, an dem alles begann, und der stetige Wind und die endlosen Wellen sind wie das tiefe, gleichmäßige Schlagen eines Herzens. Alle Straßen der Zeit führen zurück an diesen Ort. Das Meer hat uns ebenso ans Ufer gespült wie die Muschelschalen unter meinen Füßen. Vielleicht war es unvernünftig von uns gewesen, weiterzugehen, und wir hätten stattdessen besser umdrehen und wieder hineinkrabbeln sollen. Ich habe noch nie einen Delfin gesehen, der depressiv wirkte.

Ich lief den Strand hinunter, während die Zeit stehen blieb und sich in dem Sand auflöste, der unter meinen Zehen knirschte. Der Wind glitt gleich einer Strömung über mein Gesicht. Ich stapfte an runden Dünen vorbei, die Büschel hohen Grases wie Irokesenschnitte trugen, und über Muschelschalen – ein Friedhof kleiner

Tierchen, markiert nur durch ihre winzigen, dahindriftenden Grabsteine. Ich spürte, wie die Akkus tief in meinem Inneren das alles aufsaugten, sich neu aufluden für eine Welt der Einkaufszentren und McDonalds, die sich für mich stets fremdartig angefühlt hatte.

Befreit von den unaufhörlichen Pflichten des Alltags begannen meine Gedanken zu kreisen wie ein Vogel, der sich auf den Strömungen des Windes dahintreiben lässt. Meine Mutter glitt an mir vorbei, und ich überlegte, ob ihr die Wüste dasselbe bedeutete wie mir das Meer. Auch sie hatte sich nicht gut in der Welt außerhalb zurechtgefunden und sich deshalb nach innen gewandt. Vielleicht fand sie ihr eigenes Meer in den drogendurchtränkten Farben. Oder vielleicht hatten wir alle einen Ozean in uns, einen, in den ich nicht hineinwaten konnte, sie aber schon. Vielleicht hatte sie zuerst diesen Ozean gefunden und nahm die Drogen nur, um dort zu bleiben.

Meine Gedanken drifteten weiter, und ich dachte an all die verschiedenen Ebenen, auf denen wir existieren. An die 1356 Lebewesen in jedem fingerbreiten Quadratmeter Erde. An die Moleküle und Atome und Quarks, aus denen alles besteht. Dann an die unendliche Größe unseres Sonnensystems und des Universums dahinter. Wir müssen vor- und zurückspringen, um überhaupt über diese verschiedenen Ebenen nachdenken zu können, denn die Gabe des Bewusstseins geht mit einer einzigen, seltsamen Einschränkung einher: Wir können jeweils nur über eine einzige Sache nachdenken. Die Fähigkeit, sich auf all diese Ebenen gleichzeitig zu konzentrieren, ihnen zeitgleich Aufmerksamkeit zu schenken, sich simultan jeder einzelnen Sache bewusst zu sein – das würde nur Gott beherrschen, falls es einen gibt. Gott wäre ein unermesslich großes Bewusstsein und in der Lage, sich auf alles gleichzeitig zu konzentrieren. Zumindest für mich wäre das eine eindeutig göttliche Fähigkeit. Wie immer versuchte ich, mir all diese Ebenen gleichzeitig vorzustellen, und wie immer scheiterte ich. Da war also nichts Göttliches an mir.

Ich weiß nicht, ob der Nachmittag vorüberzog oder ob ich es tat. Die Zeit ist schließlich nichts als Bewegung, das ist es doch, was die Physiker uns ständig zu sagen versuchen. Ich konnte da nicht widersprechen. Wann immer ich über die Zeit nachdachte, sah ich lediglich einen großen, ausgebreiteten Quilt und jemand, der sich mit einem Vergrößerungsglas methodisch von einer Seite zur anderen arbeitet. Es war alles da, jedes einzelne Detail, und das Vergrößerungsglas vermittelte bloß die Illusion von Veränderung – diese »hartnäckige Illusion« der Zeit, über die Einstein sich so geärgert hatte.

Ich weiß nur, dass ich den Tag damit verbracht haben muss, um die Insel zu laufen, meist am Strand entlang, obwohl ich auch einigen der Pfade zurück in die Wälder folgte. Mein Kopf brauchte Auszeiten wie diese, Momente, in denen mein verschrobener Geist aus seiner Verankerung befreit wurde und sich nach Belieben forttreiben lassen konnte – Treibgut auf einer Welle diffusen Bewusstseins. Aber die Welt drehte sich unaufhaltsam von der Sonne weg, und bald schon senkte sich die Dämmerung über Portsmouth herab.

Es störte mich nicht. Das Einzige, was besser war als ein Tag am Strand, war ein Abend am Strand. Meine Akkus luden noch immer auf, und ich war noch nicht bereit, nach Hause zu fahren.

Ich spazierte gerade am Kanal zwischen Blackbeard's Isle und Portsmouth entlang, als ich am Strand vor mir einen Mann entdeckte. Ein blasser Mond stieg langsam nach oben, während die Insel in die weiche, verhüllende Dunkelheit glitt. Obwohl der Mond beinahe voll war, war der Himmel so bedeckt, dass ich kaum etwas sehen konnte. Ein Gefühl der Unruhe überkam mich. Das letzte Touristenboot hatte Stunden zuvor abgelegt, und es gab weder Fähren noch Brücken nach Portsmouth, deshalb waren er und ich so ziemlich die einzigen Menschen auf der Insel.

In meiner Berufssparte hört man zu viele schlimme Geschichten, um sich darüber zu freuen, nachts an einem abgelegenen Ort einem Fremden zu begegnen. Doch wenn er ein eigenes Boot hatte, war es vermutlich jemand, den ich kannte. Er saß auf einem Stein und starrte hinaus auf den Kanal zwischen Portsmouth und Blackbeard's Isle. Er beobachtete die Wasserstraße sehr aufmerksam, und selbst als ich näher kam, erkannte ich ihn einen Moment lang nicht.

»Charlie«, sagte ich erleichtert, als ich ihn schließlich erreicht hatte. Charlie hatte »einen leichten Stich«, wie es früher hieß; den Lehrbüchern zufolge war er schizophren. Wie auch immer man es nennen wollte, ich kannte ihn seit Jahren, und er war harmlos. Manchmal nahm er seine Medikamente, manchmal nicht. Ich dachte immer, dass das Leben schöner für ihn war, wenn er es nicht tat. Wenn er sie nahm, schien sein Gesicht zu implodieren, und er wirkte emotional weggetreten, so als könnte er sich nur noch auf die chemische Lawine in seinem Inneren konzentrieren.

Wenn er die Medikamente nicht nahm, nun, dann war sein Leben gar nicht so schlecht. Dann hielt er sich lediglich für jemand, der er nicht war: Israel Hands, Blackbeards Erster Offizier. Für solch eine Wahnvorstellung schien sie überdurchschnittlich einfallsreich zu sein. Die meisten Schizophrenen entscheiden sich für Christus.

Charlie lebte in einer kleinen Hütte auf Blackbeard's Isle, und meist hing er an dem vorgelagerten Strand herum. Aber er besaß ein kleines Ruderboot, und ich war ihm schon früher auf Portsmouth Island begegnet.

Charlie kam ganz gut zurecht. Die Menschen brachten ihm mit erstaunlicher Regelmäßigkeit Lebensmittel vorbei, und – schizophren oder nicht – er war ein verteufelt guter Fischer. Er war zwar nicht gesund genug, um zu arbeiten, trotzdem hatte ich ihn nie hungrig erlebt. Heute Abend jedoch sah ich keine Angelrute.

Er starrte aufs Meer hinaus und schien mich anfangs gar nicht zu bemerken. Er war barfuß und trug eine auf Wadenhöhe abgeschnittene Hose und ein rotes T-Shirt. Die Sachen waren alt, zerrissen und ziemlich dreckig.

Ich überlegte gerade, ob er wohl seine Medikamente genommen hatte oder nicht, als er mir den Kopf zuwandte und sagte: »Aye, das muss der Käpt'n sein da draußen. Hab nie vorher einen wie ihn gekannt. Bin mit ihm den ganzen Weg von der Karibik nach Boston und zurück gesegelt.«

»Guten Abend, Charlie«, sagte ich.

Er sah wieder hinaus aufs Meer und fuhr fort: »Ich

komm aus ner anständigen Familie, wissen Sie? War nicht immer ein Seeräuber. Die haben mich von der *Mary Jane* geschnappt, und das war's dann. Wenn man erst mal bei den Piraten gelandet ist, hängen dich die Briten auf, wenn sie dich erwischen, und die Piraten erschießen dich, wenn du abhaust. Drum hab ich das Beste draus gemacht.

War kein schlechtes Leben. Sekt oder Selters. Nicht dass es nicht genug Schiffe zu kapern gegeben hätte. Aber der Käpt'n, der war mal hü, mal hott. Manchmal war er ne ganze Woche lang blau wie ne Haubitze, und die Schiffe fuhren vorbei, ganz wie es ihnen gefiel. Dann hat er sie wieder in die Mache genommen und alles angegriffen, was vorbeikam. Hat mich mal ins Knie geschossen, war aber bloß n Versehen. Wollte nen anderen Mann erschießen, war nur zu blau zum Zielen. Ich hab ihn gefragt, warum er das gemacht hat – wir saßen einfach nur da und haben Karten gespielt –, und da hat er gesagt, dass er hin und wieder jemand erschießen muss, damit die Mannschaft nicht vergisst, wer er ist.«

Ich hörte Charlie gerne zu. Er hatte Köpfchen, und er wusste mehr über Blackbeard als ich. Die Dinge, von denen er erzählte, waren immer wahr. Ich folgte seinem Blick zum Meer und meinte, Lichtblitze auf dem Wasser zu sehen. Es musste sich um Wetterleuchten handeln. Vielleicht hatte ihn das beunruhigt. Vermutlich hielt er es für das Geschützfeuer von Blackbeards letzter Schlacht. Ich sinnierte, ob es wohl überall auf der Welt Menschen wie ihn gab. Kein Wunder, dass manche Männer in Gettysburg und Shiloh umherwanderten, überzeugt davon, noch immer im Bürgerkrieg zu sein.

»Ich war nicht an Bord, als sie gesunken ist«, sagte Charlie gerade. »Sie haben mich rauf nach Bath gebracht, um mein Knie angucken zu lassen. War aber rechtzeitig zurück, um es vom Ufer aus mitzukriegen. Hab nix in der Art je zuvor gesehen. Der Käpt'n hat sich's nicht leicht gemacht, das muss ich schon sagen. Wollte auch nicht unten bleiben.«

Wir saßen für einen Moment schweigend da. »Tja, Charlie«, sagte ich dann. »Es ist eine schöne Nacht. Falls das Wetter hält, bekommen wir vielleicht ein ganz anständiges Wochenende. Ist bei Ihnen alles okay?«

Er sah zu mir rüber. »Ich hab nichts gegen die Piratenjäger«, sagte er. »Wären die Dinge anders gelaufen, wär ich vielleicht auf einem von ihren Schiffen gewesen. Aber die Piraten verfolgen die Piratenjäger genau wie die Piratenjäger die Piraten verfolgen.« Er brach ab und starrte wieder aufs Meer. »Passen Sie auf sich auf, kleine Lady«, sagte er einen Moment später. »Da hat es ein ziemlicher Schweinehund auf Sie abgesehen. Sie müssen sich in Acht nehmen. Er hat Sie schon nach Lee gedrängt, und die Piraten haben in diesem Teil des Landes schon immer die Nase vorn gehabt.«

»Charlie, wovon reden Sie?«

»Tja, man trifft seine Wahl, nicht wahr. Aber der hier ist eher eine Korallenotter als eine Klapperschlange. Hab solche schon in der Karibik gesehen. Nicht länger als ein Finger, verstecken sich im Sand, schlagen zu ohne Warnung. Mit ner Klapperschlange nehm ich's jederzeit auf. Die wollen nicht gestört werden und lassen einen wissen, wenn man auf ihrem Territorium ist. Dick wie n Arm, manche von ihnen. Der Käpt'n, der war ne

Klapperschlange, wie sie noch keiner gesehn hat. Aber der nicht, der hinter Ihnen her ist.«

»Charlie …«

»Ich kann nicht viel für Sie tun, kleine Lady. Hab meine Wahl schon vor langer Zeit getroffen. Oder sie wurde für mich getroffen. Gibt nix, was ich tun kann für nen Piratenjäger. Falls Sie die Chance kriegen, bringen Sie Ihre Schlange runter zum Wasser. Die Dinge sind hier anders. Man kann nie wissen, aus welcher Richtung der Wind weht oder wer dem Käpt'n zusagt.«

Ich starrte ihn an, aber mir fiel nichts ein, was ich hätte sagen können. Er schien keine Antwort zu erwarten. Verwirrt stand ich auf und machte mich langsam auf den Rückweg. Aus irgendeinem Grund zog es mich plötzlich nach Hause.

Kapitel 12

Ich stand entgeistert da, während Lily mich anbrüllte. Ihre Pupillen waren winzige Nadelstiche des Zorns, und ihre Schultern bebten. Etwas Speichel war aus ihrem Mund gespritzt und klebte nun an ihrem keuchenden Brustkorb.

»Du hast mich angelogen«, schrie sie. »Du blödes Miststück hast mich angelogen.«

»Ich habe dich nicht angelogen. Ich habe dir gesagt, dass die Schule klein ist.« Lily hatte ihren ersten Schultag absolviert – die Genehmigungen waren endlich eingetroffen –, und offensichtlich war es nicht gut gelaufen. Während ich Verärgerung oder sogar Wut verstanden hätte, machte mich dieser beinahe tollwütige Zorn fassungslos.

»Klein? Klein bedeutet drei oder vier *Klassen* für Schüler meines Alters. Das wäre klein. Das wäre winzig. Weißt du, wie viele Schüler es an meiner Highschool gibt? Zweitausend. Weißt du, wie viele Schüler es in meiner Klasse in diesem schäbigen Drecksloch von einer Schule gibt? Vier. Das ist nicht klein. Das ist nicht winzig. Das ist schwachsinnig. Das ist keine Schule; es ist ein Babysitter mit einer Handvoll Kinder. Was soll ich deiner Meinung nach in einer Klasse mit vier Schülern anfangen?«

»Na ja, das Schlimmste, das passieren kann, ist, dass du die Viertbeste in der Klasse wirst.« Mir war klar, dass sich mein Ärger über Lilys Verhalten auf völlig falsche Weise entlud.

Lily hielt die Luft an und starrte mich finster an. »Das ist das Dümmste, was ich je gehört habe. Soll das ein Witz sein? Findest du das lustig? Du meinst, es ist lustig, wie eine Aussätzige behandelt zu werden? Aber warum sollte es dich überhaupt interessieren? Du willst mich einfach nur loswerden, genau wie meine Mutter. Deshalb konntest du es gar nicht erwarten, mich in diese blöde Schule zu stecken.«

Ich sah sie an. Ganz klar ging es hier um mehr als um die Schule, aber jetzt mit ihrer Mutter anzufangen, würde es nur noch schlimmer machen. Ich versuchte, mich auf das gegenwärtige Problem zu konzentrieren. Sie trug noch immer die vielen Armbänder, die grellen Ohrringe und das dunkle Gothic-Make-up, von dem ich gewusst hatte, dass sie damit auffallen würde wie ein bunter Hund. Ich war mir ziemlich sicher, dass ihre bauchfreie Aufmachung ihr ebenfalls nicht geholfen hatte. Ganz gleich, wie viele Touristen hierher kamen, war Blackbeard's Isle noch immer eine kleine Insel im ländlichen Süden. Hätte ich an diesem Morgen darauf bestehen sollen, dass sie sich umzieht? Sollte ich jetzt mit ihr darüber sprechen?

Ich hatte am Morgen nicht gewusst, was ich sagen könnte, und tat es noch immer nicht. Lily schien sich über jede Anleitung und jeden Rat zu ärgern, deshalb war ich unschlüssig gewesen. Ich hatte mich gefragt, was Betsy tun würde, und entschieden, dass sie mir raten würde, Lily in Ruhe zu lassen, also hatte ich das getan. Jetzt überkam mich das Gefühl, sie im Stich gelassen zu haben.

»Lily, Schätzchen, es tut mir leid, wenn es nicht so gut gelaufen ist …«

»Es tut dir nicht leid. Es kümmert dich einen Scheiß. Du schließt mich aus allem aus. Ich bin dir völlig gleichgültig. Ich bin nichts als eine Belastung für dich. Ich bin hier lebendig begraben, in diesem blöden Provinznest mitten im Nichts, aber dir ist das ganz egal. Die meiste Zeit über bemerkst du mich noch nicht mal. Du sitzt da oben in deinem bescheuerten Schaukelstuhl und redest kaum mit mir. Du wünschst dir, ich wäre nie geboren worden«, schrie sie nun.

»Komm, Lily«, sagte ich sanft. »Beruhig dich, Schätzchen. Ich wünsche mir nicht, du wärst nie geboren worden – niemand tut das. Hör zu, wegen der Schule, vielleicht gibt es da ein paar Dinge, die wir tun könnten …«

»Ich weiß, was ich tun kann«, brüllte sie. »Ich werde diese dämliche Schule nie wieder betreten.«

»Lily, du musst zur Schule gehen.«

»Ich muss gar nichts. Du kannst mich nicht zwingen. Ich such mir einen Job. Ich geh da nicht wieder hin.«

»Du bist dreizehn. Du musst zur Schule gehen.«

»Sagt wer?«

»Nun, Lily, das Gesetz zum Beispiel«, sagte ich leise. Das hier wurde langsam absurd.

»Es gibt doch auch ein Gesetz gegen das Verprügeln von Menschen, oder?«

»Ja«, bestätigte ich langsam.

»Tja, so viel also zu den Gesetzen«, höhnte sie.

»Lily, ich werde darüber nicht diskutieren. Du wirst zur Schule gehen. Du musst. Vielleicht …«

»Sag mir nicht, was ich zu tun habe«, kreischte sie. »Du bist nicht meine Mutter. Du bist noch nicht mal ihre Freundin. Du hättest sie nie bei diesem Arschloch gelassen, wenn du ihre Freundin wärst. Keine Freundin würde so was tun. Du weißt nicht, was er mit ihr macht. Und es ist meine Schuld. Du kapierst es einfach nicht, oder? Das alles ist meine Schuld.«

»Lily«, sagte ich, alarmiert, als ich merkte, welche Richtung ihre Gedanken nahmen. Ich trat zu ihr und legte ihr die Hände auf die Schultern. »Es ist nicht deine …« Sie zuckte zusammen und taumelte nach hinten. Ihre Pupillen waren so stark geweitet, dass ich das Weiße um sie herum sehen konnte, und sie schien zu hyperventilieren. Sie anzufassen war das Schlimmste, was ich hatte tun können; ich hatte vergessen, wie viel Gewalt sie ausgesetzt gewesen war. Ich trat schnell einen Schritt zurück.

»Es ist okay«, sagte ich. »Es ist okay. Niemand wird dir wehtun. Hab keine Angst, Lily. Wir werden eine Lösung finden.« Lilys Gesicht war völlig leer, und ich erkannte den Ausdruck. Ich hatte genügend Flashbacks bei Opfern gesehen, um zu wissen, wann jemand sich loslöste und nicht mehr wusste, wo er war.

»Du bist auf der Insel, Lily«, sagte ich. »Auf Blackbeard's Isle. Nicht zu Hause in Chicago. Jerry ist nicht hier«, fügte ich hinzu. »Niemand ist hier, außer dir und mir. Komm, wir setzen uns hin. Lass mich dir etwas zu trinken bringen, eine heiße Schokolade oder was auch immer du willst. Es ist alles gut.«

Das Erkennen kehrte in Lilys Augen zurück, und gleichzeitig verschwanden die Angst und die Wut. Eine Art Traurigkeit schwamm in ihnen, die ich nicht ausloten konnte. Ganz offensichtlich war dies ein Mensch, der in Regionen des Schmerzes gelebt hatte, die ich nur von der Durchreise her kannte.

»Ich will keine heiße Schokolade«, sagte sie, bevor sie sich mit stiller Würde umdrehte und langsam zu ihrem Zimmer ging.

Ich blieb noch einen Moment im Wohnzimmer stehen. Ich wollte es nicht einfach dabei belassen. Es war nicht ihre Schuld. Wie konnte sie das denken? Ich ging zu ihrer Tür und hob die Hand, um zu klopfen, hielt dann jedoch inne. Was konnte ich tun, um ihr zu helfen? Nichts. Sie hatte völlig die Fassung verloren und brauchte jetzt Zeit, um sich zu erholen. Was sie nicht brauchte, war eine Fortsetzung des Streitgesprächs oder den Tröstungsversuch von jemand, dem sie nicht vertraute und den sie, wie es schien, noch nicht einmal mochte. Ich ließ die Hand wieder sinken.

Ich ging in die Küche und kochte mir eine Tasse Tee, dann lief ich nach oben auf den Balkon und setzte mich in meinen Schaukelstuhl. Überrascht stellte ich fest, dass meine Hände zitterten. Ich war an so etwas nicht gewöhnt. Die Arbeitswelt, in der ich lebte, war voll von am Boden zerstörten Opfern und zornigen, manchmal bösartigen Tätern. Anwälte hatten auf mich eingehämmert. Kriminelle hatten versucht, mich zu manipulieren, und mich gelegentlich bedroht. Es war schon vorgekommen, dass Opfer versucht hatten, mich zu vereinnahmen. Aber mein Zuhause war immer mein Zufluchtsort gewesen, ein Hafen, wo man das Boot vertäuen und zum leisen Klatschen der Fallleinen einschlafen konnte. Jetzt hatte ich meinen Zufluchtsort an ein Mädchen verloren, das nie zuvor einen gekannt hatte. Lily und ich waren beide auf See.

Sie ging am nächsten Tag nicht zur Schule, und ich brachte es nicht über mich, sie zu drängen. Ich stattete der Rektorin einen Besuch ab und erklärte ihr, dass wir ein paar Anpassungsprobleme hätten. Sie schien unbeeindruckt. Sie hatte zwanzig Jahre lang in Durham unterrichtet, bevor sie sich nach Blackbeard's Isle zurückgezogen hatte, und hatte wohl eine ganz gute Vorstellung davon, was für eine große Veränderung das Ganze für Lily war. Lassen Sie ihr Zeit, sagte sie. Die Zeit wird es schon richten.

Ich kehrte nach Hause zurück und versuchte zu entscheiden, was ich als Nächstes tun sollte. In Wahrheit hatte ich keine große Wahl. Ich musste am nächsten Morgen nach Dallas fliegen, und Betsy würde herkommen, um bei Lily zu bleiben. Vielleicht war das eine gute Sache. Lily schien mich und ihre Mutter völlig miteinander verquirlt zu haben, abgesehen davon reagierte sie auf Betsy sowieso viel besser. Vielleicht war es meine eigene Feigheit, ganz bestimmt aber Verunsicherung, jedenfalls beschloss ich, einfach nach Dallas zu fliegen. Sollte Betsy sich darum kümmern. Es war ganz klar nicht der richtige Moment für Amateurversuche im Muttersein. Zeit, einen Profi hinzuzuziehen.

Das Flugzeug glitt durch die Wolken und setzte schwerfällig auf der Landebahn auf, so als ob das Fliegen mühevoll und der Boden sein wahres Zuhause wäre. Wahrscheinlich waren Flugzeuge wie Menschen: Flieg, wohin andere es dir befehlen, und schon ist der ganze Spaß vorbei.

Wenn ich selbst irgendwo hinmusste, dann am liebsten nach Texas. Ich blickte durch das Fenster auf die flache, trockene Landschaft und bekam dieses seltsame Gefühl der Nähe, das mich immer erfasste, wenn ich in Texas war. Es war nicht Zuhause, aber doch ein naher Verwandter.

Ich hatte mir während des ganzen Flugs wegen Lily den Kopf zerbrochen. Ich konnte mich nicht erinnern, in meinem Leben jemals so wütend auf jemand gewesen zu sein, wie Lily es auf mich war – auf mich, ihre Mutter, ihr Leben, scheinbar auf die ganze Welt, soweit ich das beurteilen konnte.

Noch immer vor mich hingrübelnd ging ich durch die Sicherheitskontrolle, als ich plötzlich ein Schild mit meinem Namen darauf entdeckte. Die stämmige Frau, die es hielt, hatte einen hellblonden Bürstenschnitt. Sie trug einen blauen Blazer und dunkle Hosen. Lily hätte die Frisur gefallen, wenn auch nicht die Klamotten. Sie stand gegen die Wand gelehnt, hielt das Schild locker vor sich und überflog die Menge mit geschultem Auge. Sie entdeckte mich im selben Moment, als ich das Schild sah.

Überrascht ging ich zu ihr. »Ich bin Breeze Copen«, sagte ich.

»Hallo.« Sie entsorgte das Schild im nächsten Mülleimer und reichte mir die Hand. »Mandy Johnson.« Die Stimme war gewitterwolkengrau mit einer weichen, me-

168

tallischen Textur. Der Arm, den sie mir entgegenstreckte, war fest und muskulös, und ich sah sofort, dass ihre Stämmigkeit nicht von zu vielen Doughnuts kam. Sie hatte in ihrem Leben schon ein paar Gewichte gestemmt, was für gewöhnlich auf einen Cop hindeutete und nicht auf einen Staatsanwalt, es sei denn, in Texas lagen die Dinge anders.

»Ich habe gehört, dass Sie herkommen würden. Ich schätze, das Büro des Generalbundesanwalts hat einen Anruf aus Seattle bekommen«, sagte sie und bestätigte damit meine Vermutung, dass sie keine Staatsanwältin war. »Es hieß, dass Sie heute Abend ankommen würden und wir möglicherweise einen gemeinsamen Fall hätten. Da dachte ich mir, ich hole Sie einfach ab.«

»Ich wusste nicht, dass jemand zum Flughafen kommen würde. Vielen Dank.«

»Ich musste sowieso in die Richtung, warum also nicht? Dadurch haben wir die Möglichkeit, uns auszutauschen, bevor Sie sich in die Sache vertiefen.« Wir steuerten auf die Tür zu. »Haben Sie Gepäck?«

»Nur das hier.« Ich zeigte auf den Trolley, den ich hinter mir herzog. Sie sah mich nicht an, während wir schweigend nebeneinander hergingen. Ich fragte mich, warum sie hier war. Cops hatten wichtigere Dinge zu tun, als Besucher vom Flughafen abzuholen.

»Sie sind wegen eines Falls hier, oder? Irgendeine Art von Zivilklage?«, fragte sie beiläufig und sah weiterhin geradeaus.

»Heilsarmee. Ein Jugendgruppenleiter, der Kinder missbraucht. Mal ganz was Neues. Ich sage übrigens zugunsten der Kinder aus«, fügte ich hinzu. Ich kannte die

Meinung der meisten Cops, was Psychologen betraf. Wir waren gedungene Söldner, die tonnenweise Geld damit scheffelten, dass sie Vergewaltiger, Pädophile und Kindermörder zurück auf die Straße schickten. Um die Wahrheit zu sagen, gab es genug, die genau das taten. Aber wenn sie mich für eine Gerichtshure hielt, erklärte das erst recht nicht, warum sie mich abgeholt hatte, was das erste Rätsel war.

»Meistens sage ich in Fällen aus, in denen über eine mögliche Sicherungsverwahrung verhandelt wird«, erklärte ich. »Ich weiß nicht, ob Sie hier unten dasselbe Gesetz haben. Bei uns gibt es eins, auf dessen Grundlage wir Triebtäter auf unbestimmte Zeit in einer sicheren Einrichtung unterbringen und therapieren können. Manchmal sage ich allerdings auch für Opfer in anderen Arten von zivil- oder strafrechtlichen Prozessen aus. Ich sage nie«, betonte ich, »auf Seiten der Täter aus. Und Sie arbeiten bei …«

»Oh, tut mir leid«, sagte sie, ohne entschuldigend zu klingen. »Dallas Police Department. Sind Sie hungrig?« Was, wie ich annahm, bedeutete, dass ich ihren Anforderungen genügte. Entweder das, oder aber sie wollte aus irgendeinem Grund außerhalb des Büros mit mir sprechen.

»Sehr.«

»Ich kenne ein Restaurant auf dem Weg in die Stadt.«

Ich beobachtete, wie die Häuser an mir vorüberzogen, während wir nach Dallas hineinfuhren, und wunderte mich wieder einmal, wie Menschen so dicht gedrängt in einer Stadt leben konnten. Trotzdem musste ich zugeben, dass Dallas sich von den meisten anderen Großstädten unterschied. Natürlich drängten sich die Menschen hier ebenso wie in jeder anderen Stadt, aber in Dallas war es nicht so augenscheinlich. Da war etwas Ausladendes, etwas Großartiges an dieser Metropole – sie vermittelte trotz all der Wolkenkratzer die Atmosphäre von freiem Raum. Es war, als würde sich die Weite des Landes außerhalb der Stadt quer durch Dallas wälzen und das Gefühl der Übervölkerung abschwächen. Die Stadt hatte lange, breite, leere Flächen in ihrer Seele, die nicht zu verschwinden schienen, ganz gleich, wie viele Hochhäuser gebaut wurden.

Mandy schien keine Lust zum Reden zu haben, was mich an sich nicht weiter störte. Ich hatte kein Problem mit Schweigsamkeit, aber die Stille, die von ihr ausging, verströmte auf Dauer etwas Unbehagliches. Sie wirkte abgelenkt, so als ob sie über etwas nachdächte oder versuchte, zu einem Entschluss zu gelangen.

»Nun«, sagte sie, sobald wir in einem kleinen mexikanischen Restaurant saßen. »Wie ich gehört habe, beschäftigen Sie sich mit einem unserer denkwürdigeren Dreckskerle.«

»Ach«, sagte ich. »Daryl Collins ist Ihnen also ein Begriff? Ich schätze, ich bin bloß überrascht, weil es so lange her ist. Seit wann ist er nicht mehr hier? Zehn oder zwölf Jahre?«

»Ja, aber er hat seinen Bruder Leroy nicht mitgenommen. Der ist ein echtes Brechmittel und eine ständige Erinnerung.«

»Was ist mit diesem Bruder?«

»Leroy ist ein Hurensohn. Er ist tatsächlich weitaus schlimmer, als Daryl es je war. Daryl war ein Kleinkrimineller. Der typische Ganove. Leroy spielt in einer ganz anderen Liga. Er hat mittlerweile ein wesentlich größeres Drogennetz aufgebaut, als er und Daryl je zusammen hatten, und wesentlich mehr Gewalttaten in seiner Vita. Einmal hat er auf einen Klempner geschossen, weil der nicht angeklopft hatte.«

»Wie bitte?«

»Er bestellte einen Klempner, und als der eintraf, sah er Leroy auf der Veranda und sprach ihn an. Leroy befahl ihm, an der Haustür zu klopfen. Der Klempner hielt das für ziemlich idiotisch, weil Leroy ja direkt vor ihm stand. Als er sich weigerte, hat Leroy seine .357 geholt und auf ihn geschossen.«

»Wow. Wie lange hat er dafür bekommen?«

»Keinen einzigen Tag. Der Klempner hat seine Zeugenaussage zurückgezogen. Sie alle scheinen ihre Meinung zu ändern, wenn es darum geht, auszusagen. Ich schätze, wenn man bereit ist, jemand zu erschießen, weil er nicht anklopft, ist es nicht schwer, die Leute davon zu überzeugen, dass man noch etwas viel Schlimmeres tun wird, wenn sie gegen einen aussagen.«

»Kaum zu glauben, dass ich schon von Daryl beeindruckt war.«

»Nur ein kleiner Fisch«, sagte sie. »Übrigens nennt sich Leroy gar nicht Leroy. Wir tun das bloß, um ihn zu ärgern. Er nennt sich Trash.«

»Trash? Woher kommt das?«

»Ich weiß nicht genau. Mir sind verschiedene Versionen untergekommen. Einer zufolge hat er sich den Namen verdient, weil er so ein großer Müllredner ist, aber mein Partner schwört, dass eine andere Geschichte dahintersteckt. Er sagt, dass es da mal einen Jungen gab, der ihn Trash genannt hat, als Leroy noch ein Teenager war. Der Junge wurde – so heißt es – von einem Dach gestoßen, und Leroy nennt sich seitdem nur noch Trash. Es sollte wohl so eine Leg-dich-nicht-mit-mir-an-Nummer sein. Wer weiß, welche Version wahr ist. Bei diesen Typen kann man das nie sagen. Wie auch immer … Was wissen Sie über die Vierjährige, die ermordet wurde?«

»»Nichts«, gestand ich. »Ich bekomme dreitausend oder mehr Seiten an Berichten, die ich durchsehen muss, wenn ich diese Gutachten erstelle. Ich bekomme Polizeiberichte von jedem Verbrechen, das sie begangen haben. Ich bekomme sämtliche Gefängnisunterlagen. Ich bekomme frühere Beurteilungen und psychologische Tests, soweit vorhanden. Ich bekomme die Aussagen der Opfer. Es ist eine Tonne an Material. Irgendwo da drinnen war ein Verweis auf ein kleines Mädchen, das ermordet wurde. Ich kann ihn im Moment noch nicht mal mehr finden. Ich wäre dieser Fährte eigentlich auch gar nicht gefolgt – schließlich wurde er nicht wegen des Mordes an einem kleinen Kind angeklagt –, aber als ich Daryl spontan darauf ansprach, ist er erstarrt. Er ist buchstäblich zur Salzsäule erstarrt, und das hat mein Interesse geweckt.« Zumindest dieser Teil entsprach der Wahrheit.

»Das ist alles?«, fragte sie, und Enttäuschung mischte sich in das Gewitterwolkengrau.

»Tut mir leid. Also gibt es da ein kleines Mädchen?«

»Es gab eins. Eine Vierjährige namens Sissy Harper, auch wenn wir nie einen echten Beweis hatten, dass Daryl mit drinsteckte.« Sie machte eine Pause und beugte sich nach vorn. Ihre Stimme klang in meinen Ohren gelassen, aber für meine Augen sah sie nicht so aus. Die Grautöne wurden dunkler und trüber, so als wäre sie zornig oder beunruhigt. Ihre Schultern waren angespannt und nach vorn gekrampft und entsprachen dem Aussehen ihrer Stimme, wenn auch nicht dem Klang.

»Vor etwa zwölf Jahren hat das Gaswerk einen Anruf von einem Briefträger bekommen, der Gas gerochen hat, als er auf einer Veranda Post ablegen wollte. Zusätzlich beunruhigte ihn, dass auch die Briefe vom Vortag noch da lagen, weil das Auto nämlich in der Einfahrt stand. Das Gaswerk schickte jemand, der vor der Tür eine Messung durchführte. Der Gasmann war so erschrocken über die Gaskonzentration vor dem Haus, dass er die Cops rief. Wir haben die Tür dann aufgebrochen.«

»Wir?«, fragte ich, nicht sicher, ob sie wortwörtlich sich selbst meinte oder nur »wir, die Cops.«

»Mein Partner Mac und ich bekamen den Fall. Ein Streifenpolizist hat die Tür aufgebrochen und uns verständigt. Was wir vorfanden waren ein aufgedrehter Herd, eine offene Ofentür und einen toten Mann namens Roosevelt Harper, der mit einer Kugel in der Brust und einer anderen mitten in seinem Gesicht auf dem Küchenboden lag. Dann gingen wir durch das Haus und fanden eine zweite Leiche, Sissy, in einem Wandschrank im Obergeschoss. Sie war Roosevelts Tochter. Sie war vergewaltigt und geschlagen worden, und ihre Oberschenkel waren mit getrocknetem Blut überzogen. Ich schätze, sie ist nach dem Übergriff in den Schrank gekrochen, um sich zu verstecken. Das ist aber nur eine Mutma-

174

ßung. Vielleicht hat er sie auch reingeworfen. Jedenfalls waren die Türen verschlossen, deshalb wäre sie nicht aus dem Haus herausgekommen. Sie ist durch das Gas gestorben.«

Mein Magen verkrampfte sich, und ich fragte mich, ob es in irgendwelchen Akten wohl ein Foto von Sissy gab.

»Und wie ist Daryl Collins in die Sache verstrickt?«

»Na ja, er könnte dabei gewesen sein. Wir haben nie irgendwelche Beweise dafür oder dagegen gefunden. Daryl und Leroy waren die Cousins des Toten mütterlicherseits, und auf der Straße ging das Gerücht um, dass sie zusammen mit Drogen handelten. Aber das war bedeutungslos. Wir hatten keine objektiven Beweise – Ende vom Lied. Niemand hat irgendwen in jener Nacht das Haus betreten oder verlassen sehen. Es war nicht die Art von Gegend, wo es sich auszahlte, genau hinzusehen, wer irgendwo ein- und ausgeht.« Sie zuckte die Achseln.

»Diese ganze Familie besteht nur aus Arschlöchern. Das Oberhaupt ist eine Art Ma-Barker-Verschnitt, und fast alle ihre Kinder sind schon mal eingesessen – tatsächlich ist Leroy die einzige Ausnahme. Er hat lediglich irgendwann mal eine Jugendstrafe abgebrummt. Als Erwachsener hat er Mittel und Wege gefunden, auf freiem Fuß zu bleiben.

Jedenfalls hatten wir nie irgendetwas, wo wir ansetzen konnten. Die Waffe ist nie aufgetaucht. Wir konnten auf der Straße nichts in Erfahrung bringen, obwohl wir auf jeden Busch geklopft haben.«

»DNA?«

»Bei Sissy? Tja, wir dachten, dass wir möglicherweise

etwas hätten, aber es gab damals ein kleines Problem mit unserem Labor. Vielleicht haben Sie darüber gelesen. Wie sich herausstellte, haben die dort Beweise fabriziert. Das Ganze wurde aufgedeckt, direkt nachdem wir unsere DNA hingeschickt hatten. Wir haben anschließend noch nicht mal mehr nach dem Ergebnis gefragt. Uns war klar, dass wir es weder benutzen noch ihm trauen konnten, und ich habe keine Ahnung, was mit der Probe passiert ist. Wir haben sie nie zurückbekommen. Es hätte auch nichts gebracht. Die Beweiskette war in dem Moment unterbrochen, als sich das Labor als unglaubwürdig erwiesen hatte.

Es hätte wirklich alles sein können: ein geplatzter Drogenhandel, oder vielleicht hat ihn ein konkurrierender Dealer umgebracht. Aber das Kind? Das ist eine sehr persönliche Form von Rache, es sei denn, der Täter wäre auf Crystal Speed gewesen. Alles war denkbar. Es gab viel zu viele Möglichkeiten. Bis jetzt. Bis Sie mit einer Frage zu Daryl und einem kleinen Mädchen aufgetaucht sind. Wir haben uns immer gefragt, ob Daryl wohl irgendwann auf seinem Weg zu plaudern anfangen würde. Ich kann mir nicht vorstellen, wie Sie sonst auf etwas über Daryl und eine Vierjährige in den Akten eines Gefängnisses oben in Washington State gestoßen sein könnten.«

Ich gab darauf keine Antwort. Sie wusste es nicht, aber sie hatte jetzt nicht mehr als zuvor. »Sagen Sie mir, was sie angehabt hat«, bat ich. »Erinnern Sie sich daran?«

»Ein schmutziges blaues Kleid mit kleinen Gänseblümchen«, sagte sie ohne zu zögern.

»Das wissen Sie noch?«

Sie zuckte mit den Schultern und sah zur Seite.

Ich dachte an das Mädchen am Rande meines Sichtfelds, als ich mit Collins gesprochen hatte, und an das Kleid, das sie trug. Plötzlich stellte mein Magen sein Knurren ein, und mein Hunger war weg. Was auch immer ich da gesehen hatte, es existierte nicht bloß in meinem Kopf.

»Haben Sie Unterlagen, die ich mir ansehen könnte?«, fragte ich schließlich. »Polizeiberichte und so?«

»Sicher. Ich bin derzeit nicht in die Sache involviert, deshalb weiß ich nicht, was man genau für Sie geplant hat. Aber Sie werden vermutlich heute Abend eine Nachricht in Ihr Hotel bekommen mit den Informationen, wo Sie sie sich ansehen können. Sie wird wahrscheinlich von Pat Humphrey kommen. Sie ist eine Staatsanwältin mit einem besonderen Interesse an Leroy. Ich weiß, dass Sie in erster Linie wegen Daryl hier sind, aber ich weiß auch, dass das eigentliche Interesse hier unten Leroy gehört. Daryl ist schon seit Langem nicht mehr unser Problem. Aber wenn Daryl in die Sache verwickelt war, gilt das auch für Leroy. Damals hat keiner auch nur einen Furz ohne den anderen gemacht. Wissen Sie, ich glaube nicht, dass es Leroy gefallen wird, wenn er hört, dass jemand aus Seattle hierher gekommen ist, um diesen Mordfall zu untersuchen. Denn das bedeutet, dass etwas über die Sache aus dem Gefängnis dringt, was wiederum heißt, dass Daryl geplaudert hat.«

»Ich glaube nicht, dass er viel Kontakt zu Daryl gehabt hat«, widersprach ich. »Was Briefe anbelangt, kann ich mir nicht sicher sein, aber ich habe sämtliche Besucherlisten in den Akten studiert, und er ist nirgends aufgeführt. Aber natürlich könnte er theoretisch anrufen.«

»Theoretisch«, sagte sie. »Aber ich bezweifle es. Er scheint einfach nicht der Typ zu sein, der in Kontakt bleibt. Wird spannend, ob er sich wegen dem hier mit Daryl in die Haare kriegt.«

»Man kann nie wissen. Morgen muss ich in dieser Heilsarmee-Sache aussagen. Ich werde den halben Tag im Zeugenstand sein, vielleicht auch den ganzen. Aber übermorgen könnte ich vorbeikommen und mich einen Tag lang dem hier widmen, wenn nötig auch länger.«

Mandy Johnson nickte nur und starrte auf ihren Teller. Irgendetwas stimmt hier nicht, dachte ich. Die Energie neben mir war angespannt und zusammengeballt und irgendwie nicht ganz stimmig. Ihre Worte sahen anders aus, als sie klangen. Ich dachte, dass es für mich okay wäre, ihr in einer dunklen Gasse zu begegnen, aber ich war mir ziemlich sicher, dass es da jemand gab, für den das nicht galt. Vielleicht jemand aus ihrer Vergangenheit, vermutlich vor sehr langer Zeit. Das ist das Problem mit Menschen, die mit ihrer Vergangenheit nicht im Reinen sind. Manchmal begegnen sie in der Gegenwart einer Person, die sie an jemand von früher erinnert, und dann sollte man auf der Hut sein. Zumindest belog sie mich nicht: ihre Stimme hatte sich kein Mal verändert.

Sie griff nach ihrem Weinglas und ließ es zwischen den Fingern kreisen. »Tun Sie mir einen Gefallen«, bat sie.

»Welchen?«

»Wenn Sie sich die Unterlagen vornehmen, werden Sie auf die anfänglichen Polizeiberichte über die Morde stoßen. Sagen Sie ihnen, dass Sie mit den Cops sprechen wollen, die die Erstermittlungen durchgeführt haben, um herauszufinden, woran sie sich erinnern. Es ist hinlänglich bekannt, dass nicht alles es in einen Polizeibericht schafft.« Sie sah kurz auf und dann wieder nach unten. »Sie werden es vermutlich darauf anlegen, dass Sie mit Mac sprechen. Fallen Sie nicht drauf rein. Ich kenne den Fall besser als er.«

»Okay«, sagte ich, aber ich hob meine Augenbrauen, und Mandy fuhr schnell fort.

»Ich interessiere mich noch immer für den Fall und hätte gern einen Grund, mir die Akten noch mal vorzunehmen, Sie vielleicht ein wenig bei dieser Sache zu unterstützen.«

»Klar«, sagte ich. Es war einerseits nicht überraschend, dass hier interne Machtspiele mit von der Partie waren. Ohne interne Machtspiele ging es nirgends. Ob bei der Polizei, ob im Büro der Staatsanwaltschaft, um welche Einrichtung der Menschen es sich auch handeln mochte – immer gab es interne Machtspiele. Aber ich kannte hier weder die Spieler noch die Regeln und konnte nur darauf hoffen, nicht in irgendetwas hineingezogen zu werden.

»Sie brauchen nicht zu erwähnen, dass wir uns getroffen haben«, sagte sie, was nicht das Geringste dazu beitrug, mich zu beruhigen.

Kapitel 13

Erst am Nachmittag des zweiten Tages schaffte ich es ins Polizeirevier, um die Akten durchzusehen. Der Anwalt der Heilsarmee hatte mich eineinhalb Tage lang ins Kreuzverhör genommen, bevor er mich schließlich widerwillig gehen ließ. Er hatte versucht, mir irgendetwas zu entlocken, das rechtfertigen würde, warum ein Offizier der Heilsarmee sich mit armen Kindern anfreundet, um Sex mit ihnen zu haben. Ich hatte keine Ahnung, was er glaubte, dass ich sagen könnte, um es irgendwie besser zu machen. Und ganz sicher versuchte ich nicht, mir irgendetwas einfallen zu lassen.

Jetzt betrat ich ein niedriges, modernes Gebäude und fragte mich, wo die alten Polizeireviere hingekommen waren, die, aus den Kriminalromanen, mit den alten, schäbigen Räumen und den schmuddeligen Beamten. Das Gebäude stand an einem Hang, mit dem Haupteingang zur Vorderseite und dem Zugang zum Gefängnis auf einem Zwischengeschoss an der Rückseite. Es war ein frei stehendes, neues Haus mit einem gepflegten Rasen und fachmännisch angeordneten Büschen unter den Fenstern. Ohne das Schild hätte man eher auf eine Versicherung oder Bank getippt.

Der Eingangsbereich war ein Wartezimmer, an dessen hinterem Ende sich eine schwere Metalltür befand, die entweder den diensthabenden Wachmann erforderte, damit er den Summer bediente, oder aber einen Zugangscode. Der Wachmann stand vor dem kugelsicheren Fenster der Metalltür Posten. Er besah sich aufmerksam meinen Ausweis, zog eine Liste zurate, dann griff er nach dem Hörer und rief jemand im rückwärtigen Teil an. Ein paar Minuten später trat eine zierliche Frau in einem eleganten rosaroten Hosenanzug und Stöckelschuhen durch die Tür.

»Hallo«, sagte sie. »Ich bin Pat Humphrey. Ich hielt es für einfacher, wenn wir uns hier treffen.« Sie wartete nicht, sondern trat den Rückweg an und sprach dabei über ihre Schulter weiter. »Leider haben wir nicht viele der Akten im Büro der Staatsanwaltschaft. Die Collins-Brüder scheinen es nie bis vor ein Gericht geschafft zu haben – ich nenne sie deshalb die Teflon-Typen –, aber ich schätze, Sie haben Daryl wegen irgendwas in Seattle drangekriegt. Mit Leroy hatten wir bisher kein solches Glück.«

Sie führte mich einen Gang hinunter, und ich entdeckte zu meiner Linken ein großes Büro, in dem Detectives in Sportsakkos und Krawatten vor schicken, grauen Schreibtischen saßen und an Computern arbeiteten. Ich sah nirgends eine nackte Glühbirne oder einen angeschlagenen Tisch. Es folgten ein paar Einzelbüros, denen gegenüber sich eine Küche befand, offensichtlich der Aufenthaltsraum für die Mitarbeiter. Schließlich betraten wir ein kleines Konferenzzimmer mit einem großen Tisch und zehn Stühlen. Eine Unmenge von Akten bedeckte den Tisch.

»Ich bin mir nicht sicher, ob Sie streng genommen dazu berechtigt sind«, sagte sie. »Ich weiß, dass Sie eine Psychologin sind, die nur auf Vertragsbasis arbeitet, aber wie wir es verstanden haben, arbeiten Sie bei dieser Sache mit der Polizei zusammen?«

»Nicht mit der Polizei«, korrigierte ich. »Mit dem Büro des Generalbundesanwalts.«

»Wie auch immer«, sagte sie und winkte ab. »Sie werden feststellen, dass wir hier unten versuchen, das Richtige zu tun, ohne uns zu sehr im Kleingedruckten zu verheddern.«

Sie zog sich einen Stuhl hervor und setzte sich. »Also, was haben Sie, den Mord an Sissy Harper betreffend?«

»Sie meinen das vierjährige Mädchen?«

Sie nickte. »Nichts«, sagte ich wahrheitsgemäß und erzählte ihr dann meine dürftige kleine Geschichte über den nicht wieder aufzufindenden Hinweis in den Akten.

Sie legte den Kopf schräg, während sie zuhörte. Sie hatte ein hübsches Gesicht, das zu ihrer zierlichen Figur passte, und trug ihr braunes Haar hinter die Ohren geklemmt. Ihre Augen waren klein und hell, und mir kam der Gedanke, dass wenn die Menschen von den Vögeln abstammen würden, wir alle aussähen wie Pat Humphrey – zumindest diejenigen von uns, die von kleinen, zähen Vögeln abstammten. Ihre Stimme passte zu ihr. Sie war ein helles Lippenstiftrot, hart und gläsern, und ich musste lächeln. Manchmal entsprachen die Stimmen von Menschen genau ihrem Aussehen; manchmal taten sie es nicht. Diese hier passte wie die Faust aufs Auge.

Falls sie von dem, was ich sagte, enttäuscht war, zeigte

sie es nicht. Sie hätte mit diesem Gesicht Poker spielen können, und ich hatte das vage Gefühl, dass Gefangene, die auf ein geringeres Strafmaß mittels Schuldbekenntnis hofften, sich wünschten, einen anderen Staatsanwalt zugelost bekommen zu haben.

»Das war's«, sagte sie. Es war eine Feststellung, keine Frage. Sie saß eine Minute lang einfach da, betrachtete etwas, das ich nicht sehen konnte, und dachte nach.

»Haben Sie einen Fall gegen Daryl Collins, um eine Sicherungsverwahrung zu erzielen?«

»Nein. Das glaube ich nicht. Es gibt einigen Druck, die Sache voranzutreiben, aber im Moment würden wir verlieren. Im Staat Washington wird eine Sicherungsverwahrung nur dann verhängt, wenn wir beweisen können, dass es eher wahrscheinlich ist als nicht, dass er weitere *Sexualverbrechen* begehen wird. Dieses spezielle Gesetz kümmert sich nicht darum, ob er irgendjemand ermorden wird.

Das Problem ist, dass Daryl nur eine einzige Vergewaltigung in seiner Strafakte hat. Er ist noch nicht einmal wegen Vergewaltigung ins Gefängnis gekommen. Die Wahrheit sieht so aus, dass er einfach jede Art von Verbrechen begeht. Nun, Sie kennen ihn. Wir können nicht beweisen, dass er eher jemand vergewaltigen als ausrauben oder ihm Drogen verkaufen wird. Das Sicherungsverwahrungsgesetz ist einfach nicht für Leute wie Daryl gemacht; es gilt in erster Linie für reine Sexualstraftäter.«

Ich dachte nicht, dass das besonders erfreuliche Neuigkeiten waren, aber Pat Humphrey schienen sie zu gefallen. »Gut«, sagte sie. Ich schätze, ich bin einfach keine so ausgebuffte Pokerspielerin wie sie, denn sie sah mir ins Gesicht und fügte hinzu: »Verzeihung. Um ehrlich zu sein, interessieren wir uns nicht allzu sehr für Daryl Collins. Er ist ein geringfügiges Ärgernis verglichen mit seinem Bruder Leroy. Für ihn« – und an dieser Stelle nahm ich die erste Gefühlsregung bei ihr wahr, während das Rot ihrer Stimme sich auszubreiten und Wirbel zu bilden schien – »interessieren wir uns hingegen sehr. Leroy Collins hat uns öfter vorgeführt, als wir zählen können. Es ist nicht ganz richtig zu sagen, dass wir keine Akten über Leroy im Büro der Staatsanwaltschaft hätten. Wir haben Akten über Anklagen – *fallen gelassene Anklagen* – noch und nöcher. Es ist schade, dass man Opfer nicht zur Aussage zwingen kann«, sagte sie, als wünschte sie sich, es zu können. »Andererseits sind die Einzigen, die dazu bereit waren, spurlos verschwunden – keine gute Werbung für eine Zusammenarbeit mit der Polizei.« Das helle Rot war bei dieser letzten Bemerkung dunkler geworden, wenngleich die Stimme für das Ohr noch immer gelassen klang.

»Ich werde nicht um den heißen Brei herumreden. Die Lösung ist simpel. Schlagen Sie Daryl Collins einen Deal vor – keine Sicherungsverwahrung, wenn er uns Leroy für die Morde an ihrem Cousin und Sissy Harper ans Messer liefert. Im Moment haben wir nicht das Geringste in der Hand, um Daryl zum Sprechen zu bringen. Aber Sicherungsverwahrung kann lebenslängliche Haft bedeuten. Das ist eine sehr glaubhafte Drohung für Daryl.«

Ich sah sie prüfend an. »Jetzt warten Sie mal eine Sekunde. Wissen Sie denn sicher, dass Leroy Roosevelt Harper oder Sissy getötet hat?«

»Ich weiß, dass er dazu fähig ist, und ich weiß, dass er andere getötet hat.«

»Kümmert es Sie überhaupt, ob er sie tatsächlich getötet hat?«

Jetzt hielt sie inne, schien mich zum ersten Mal einzuschätzen und zu beurteilen. »Nein«, sagte sie schließlich.

»Warum picken Sie sich dann ausgerechnet diesen Fall heraus? Sie haben keinerlei Beweise, dass Leroy oder Daryl darin verwickelt waren, und abgesehen davon ist er schon mehr als zehn Jahre alt.«

»Weil Daryl danach von hier verschwunden ist. Er dürfte kaum irgendwelche Beweise für jüngere Morde haben. Und abgesehen davon hassen Jurys Kriminelle, die Kinder umbringen.«

»Sie glauben, eine Jury würde Daryl seine nicht erhärteten Behauptungen abkaufen?«

»Erstens hat er es vermutlich getan. Er war sein Cousin. Wir wissen, dass Roosevelt und Leroy zusammen mit Drogen gehandelt haben. Wenn Leroy nicht der Mörder wäre, hätte er versucht, den Täter aufzuspüren, aber das hat er nicht getan. Verdammt, wenn wir Daryl zum Reden bringen könnten, würden wir vielleicht auf einen Beweis stoßen, dass Leroy ihn umgebracht hat. Zweitens, selbst wenn uns das nicht gelingen sollte, bekommen wir vielleicht trotzdem einen Teil von Leroys Strafakte vor die Jury, und ich glaube nicht, dass es sie kümmert, dass es nur Daryls Behauptung ist. Texanische Jurys sind in der Regel nicht sehr pingelig, welchen Verbrechens man angeklagt ist, wenn sie wissen, dass man ein kaltblütiger Mörder ist.«

»Das ist zwar nicht der entscheidende Punkt, aber ich verstehe nicht, wie Sie vor Gericht Bezug auf seine Strafakte nehmen könnten. Andere Verbrechen würden als Beeinflussung und als irrelevant betrachtet werden, richtig? Ich kann mir nicht vorstellen, dass irgendein Richter auch nur die Erwähnung anderer Straftaten vor einer Jury zulassen würde.«

»Oh«, sagte sie. »Wie ich sehe, kennen Sie sich in Gerichtssälen gut aus. Wir werden geltend machen, dass er gemeinsam mit dem Opfer Drogenhandel betrieben hat und sie unserer Theorie zufolge eine Auseinandersetzung wegen ihrer geschäftlichen Abmachungen hatten. Frühere kriminelle Aktivitäten wären also durchaus relevant, denn sie wären die Bausteine von Leroys Drogenimperiums, und ich werde argumentieren, dass er auf dem Weg dorthin buchstäblich über Leichen gegangen ist.«

»Aber falls Daryl sie ermordet hat, und nicht Leroy, lassen Sie ihn ungeschoren mit dem Mord an einer Vierjährigen davonkommen?«

»Haben Sie wegen der Vierjährigen im Moment irgendwas gegen Daryl in der Hand? Vielleicht haben Sie es nicht bemerkt, aber ich würde sagen, er ist bereits ungeschoren davongekommen.«

Ich setzte zu einer Erwiderung an. Pat hob die Hand. »Nehmen wir – natürlich nur hypothetisch gesprochen – mal an, Leroy hätte diesen speziellen Mord tatsächlich nicht begangen, sondern Daryl oder jemand anders. Nehmen wir weiter an, dass die Jury ihn freilässt, dann wäre die mindeste Konsequenz, dass Daryl und Leroy sich nicht wieder zusammentun können. Das wäre doch schon ein Erfolg an sich.«

»Nachdem Leroy offenbar weiterhin Zeugen ermordet, warum sollte er nicht versuchen, Daryl umbringen zu lassen, wenn er glauben müsste, dass er tatsächlich gegen ihn aussagt?«

»Schwer zu bewerkstelligen, solange Daryl im Gefängnis ist.«

»Aber nicht unmöglich.«

Als sie nichts erwiderte, fügte ich hinzu: »Das klingt, als wären Sie nicht gerade traurig, wenn er es täte.«

Sie zuckte die Schultern. »Nein. Offen gesagt, wäre ich das nicht. Denn jeder, der gegen Leroy Collins aussagt, begibt sich in Gefahr. Der Mann wird nicht aufhören, gewalttätig zu sein, und ich sehe einer Zukunft entgegen, in der ich möglicherweise eine ganze Reihe unschuldiger Menschen vor sein Zielfernrohr befördere. Falls Leroy jemand zur Strecke bringen muss, dann kann ich Ihnen absolut versichern, dass es mir lieber wäre, es trifft Daryl als irgendjemand sonst. Es würde mich nicht stören, endlich einmal einen Zeugen zu haben, wegen dem ich nicht nachts vor Sorge aus dem Schlaf hochschrecke. Der letzte Zeuge gegen Leroy war ein fünfundfünfzigjähriger Lebensmittelhändler, der eine körperbehinderte Frau hinterließ. Er war ein netter Mann, der ausgesagt hat, weil er glaubte, das Richtige zu tun.«

»Okay«, sagte ich. »Auf gewisse Weise kann ich das nachvollziehen, trotzdem denke ich nicht, dass über eine Sicherungsverwahrung verhandelt werden kann. Ich weiß, dass Sie hier unten nicht dieselbe Art von Gesetz haben, deshalb hatten Sie noch nie damit zu tun. Ich sage schon seit Jahren in solchen Fällen aus, aber von so einer Abmachung habe ich noch nie gehört.

Und abgesehen davon bin ich der falsche Ansprechpartner. Sie sollten sich an das Büro des Generalbundesanwalts in Seattle wenden. Falls so etwas nicht legal ist, kann ich Ihnen versichern, dass sich der zuständige Staatsanwalt, Robert Giles, nicht darauf einlassen wird. Er hat in seinem ganzen Leben noch keinen krummen Pfeil abgeschossen.«

»Sie sind nicht der falsche Ansprechpartner«, sagte sie. »Auch wenn wir hier nicht Ihre Art von Sicherungsverwahrungsgesetz haben – bei uns gibt es nur so eine kümmerliche Regelung, die Täter innerhalb der Gemeinschaft zu beaufsichtigen –, weiß ich so viel aber doch: Wenn der beurteilende Psychologe sagt, dass der Fall vom Tisch ist, geht es nicht weiter, und wir haben nichts, um einen Handel anzubieten. Wenn Sie die Sache vorantreiben und der Staatsanwalt einwilligt, Klage zu erheben, liegt die Entscheidung bei der Jury. Sie behaupten, ein solcher Handel sei nicht legal. Ich behaupte, dass, wenn man gewisse Übereinkünfte darüber trifft, welche Klagen eingereicht werden und welche nicht – nun, man kann nie wissen. Lassen Sie uns einfach den ersten Schritt machen, damit es eine glaubwürdige Drohung für Daryl wird, um Robert kümmere ich mich dann anschließend.«

»Sie kennen Robert?«

»Ich kenne Robert«, sagte sie mit dem Anflug eines Lächelns. Ich schätze, sie kannte Robert *wirklich* gut.

»Ich will Sie nicht enttäuschen«, erwiderte ich, »aber auch ich verschieße nicht oft krumme Pfeile.«

»Stellen Sie sich vor, Sie sind siebenundachtzig Jahre alt und liegen im Sterben«, sagte sie. »Was wird Ihnen mehr leidtun, wenn Sie zurückblicken – ein Auge zugedrückt und mir die Chance gegeben zu haben, Leroy Collins ins Gefängnis zu bringen, oder die nächste Vierjährige, die er umbringt? Oder der nächste fünfundfünfzigjährige Lebensmittelhändler? Oder die nächste Freundin, die versucht, ihn zu verlassen? Sie finden die Details in den Akten. Da ist noch jede Menge mehr. Genug, um mich bei Gott schwören zu lassen, dass, sollten Sie mir nicht helfen, ich Ihnen die Zeitungsausschnitte sämtlicher Morde zuschicken werde, die er in den nächsten zehn Jahren begeht.« Sie hatte sich beim Sprechen nach vorn gebeugt, und ihre Pupillen waren klein und hart. Jetzt lehnte sie sich zurück und sagte leise: »Stellen Sie sich auf eine Postlawine ein.«

Ich seufzte. »Lassen Sie mich die Akten lesen.«

Ich hatte nur um die Berichte über den Mord an Sissy Harper und über Daryl Collins gebeten, aber Pat hatte mir die Akten über Leroy ebenfalls dagelassen. Neugierig vertiefte ich mich zuerst in sie. Am Nachmittag hatte ich sie noch nicht einmal zur Hälfte durch. Ich rief Betsy an und warnte sie, dass ich wahrscheinlich noch einen Tag länger weg sein würde. Leroy war tatsächlich ein übler Mistkerl. Genauso abgebrüht wie Daryl, nur schlauer und ehrgeiziger. Er dachte mehr voraus. Hätte Leroy im Gefängnis seine Therapeutin vergewaltigt, hätte er vermutlich eine multiple Persönlichkeit vorgetäuscht und wäre damit durchgekommen. Daryl hatte eine sehr direkte Herangehensweise, aber Leroy flüsterte dir über die Schulter, wenn du deine Tür aufsperrtest. »Vom Haus zum Auto. Vom Auto zum Haus«, hatte er zu einer potenziellen Zeugin gesagt. »Du hast keine Ahnung, wie verletzlich du bist.« Für sie ging die Sache glimpflich aus – sie zog ihre Aussage zurück und lebte weiter. Trotzdem fragte ich mich, über wie viele Jahre sie wohl jedes Mal, wenn sie aus dem Auto stieg, an diesen Satz gedacht hatte.

Wenn also nie jemand gegen die beiden ausgesagt hatte, wieso war Daryl dann aus Dallas weggegangen? Möglicherweise wehte wegen des Sissy-Harper-Falls ein scharfer Wind, aber schließlich waren er und Leroy jedes andere Mal durch die Maschen geschlüpft. Worüber machte er sich also Sorgen? Wusste irgendjemand etwas, jemand, an den Daryl nicht herankam? Selbst wenn das stimmte, wo war dann die Verbindung zu Seattle?

Gerade, als ich die Unterlagen weglegte, kam Pat Humphrey wieder herein. Ich sah automatisch auf meine Uhr. Ich hatte so lange gelesen, dass ich dachte, der Tag müsste längst vorüber sein, aber es war erst vier. »Wir haben Mr Collins hier«, sagte sie. »Wir haben ihn herbestellt, um über Sissy zu sprechen. Ich dachte, vielleicht möchten Sie sich die Vernehmung ansehen.«

»Er ist freiwillig zum Verhör gekommen?«, fragte ich überrascht. »Er wird mit Ihnen reden?«

»Aber ja«, erwiderte sie. »Er redet immer mit uns. Ich glaube, er genießt es, Spielchen mit uns zu spielen. Und ehrlich gesagt, warum auch nicht? Es hat ihm noch nie geschadet. Er verliert weder die Fassung noch sagt er etwas, das er nicht sagen will.«

Ich folgte ihr den Gang entlang und die Treppe ins

darunterliegende Stockwerk im rückwärtigen Teil des Gebäudes hinunter, wo die Räume zur Befragung Verdächtiger lagen. Wenigstens hatten sich die Vernehmungszimmer über die Jahre nicht verändert. In diesem hier gab es einen Tisch, zwei Stühle und sonst nichts. Entlang einer Wand befand sich ein Einwegspiegel, und ich wusste, dass es ein unsichtbares Videosystem gab, um die Gespräche aufzuzeichnen. Der Stuhl, auf dem der Verdächtige saß, war vorn etwas niedriger. Es gehört zu den klassischen Polizeitechniken, die vorderen Stuhlbeine ein wenig abzusägen, damit der Verdächtige sich nicht entspannen kann und immer leicht nach vorn gebeugt sitzt.

Ich sah durch das Fenster. »Er ist schwarz«, stellte ich überrascht fest.

»Und?«, fragte sie.

»Daryl ist weiß – sie sind Brüder?«

»Halbbrüder«, erklärte sie. »Die Mutter hat sich nie dafür interessiert, welcher Rasse oder Religion ihre Liebhaber angehörten. Hauptsache, sie hatten etwas Bösartiges. Daryls Vater ist tot, angeblich an einer Überdosis gestorben. Aber auf der Straße ging das Gerücht, dass die Mutter etwas damit zu tun hatte. Ich schätze, er war ihr nicht bösartig genug. Leroys Vater ist nicht geblieben. Keine Ahnung, wo er ist, aber Leroy nach zu urteilen, hat er ihre Kriterien für Boshaftigkeit erfüllt.«

Der Mann, der auf dem Stuhl lümmelte, war klein und drahtig. Daryl war ein stämmiger Typ, deshalb hatte ich erwartet, dass Leroy eine ähnliche Statur haben würde. Die Stimmen waren zu leise, als dass man sie hätte verstehen können, bis Pat den Arm ausstreckte und einen Knopf an der Wand drehte. Anschließend waren sie so klar, als wäre man mit ihnen im selben Raum.

Ein Detective mittleren Alters sprach gerade. Er war auf diese gewisse Weise muskulös, die die Vermutung nahelegte, dass er professionell Basketball gespielt hatte, oder zumindest halbprofessionell. Er saß über einen Notizblock gebeugt und hielt seinen Stift wie eine Bärentatze einen Zweig. »Sie haben das Recht …«

»Ja, schon gut«, sagte Leroy spöttisch. Seine Stimme hatte die Farbe einer nassen Papiertüte mit einer knittrigen Oberfläche, die stellenweise glänzt.

»Wollen Sie einen Anwalt?«, erkundigte sich der Detective.

»Harry, Harry«, sagte Leroy. »Scheint, als hätte Ihre Mama nicht gerade ein Genie großgezogen. Jedes Mal, wenn Sie mich herzitieren, sagen Sie mir denselben Spruch, und ich sage Ihnen denselben Spruch. Hol dir einen Anwalt, und genauso gut kannst du dein Geld zusammenrollen und es rauchen. Der Letzte von diesen Pissern hat mir zwanzigtausend Dollar für einen Fall abgeknöpft, der nie vor Gericht gelandet ist, was nicht ihm zu verdanken war. Nein, ich will keinen Anwalt. Solange Sie nichts haben, wofür es sich lohnt, einen zu bezahlen, werde ich nie einen Anwalt wollen.«

»Na ja, ich hätte eine Lösung für dieses Problem, Leroy. Sie könnten sich eine Menge Geld sparen, indem Sie sich hin und wieder schuldig bekennen.«

»Sie sparen sich eine Menge Zeit und Geld, wenn Sie mich einfach in Frieden lassen. Ich schlage Ihnen einen Deal vor. Ich komme nicht aufs Polizeirevier und belästige Sie, und Sie bleiben aus meinem Viertel weg und belästigen mich nicht mehr. Erspart Ihnen, sich weiter zum Affen zu machen, wegen all diesen Beschuldigungen, mit denen Sie nichts anfangen können.« Er sah auf seine Rolex. »Sie sind nicht halb so hübsch wie meine Verabredung heute Abend. Jetzt sagen Sie endlich, was Sie zu sagen haben.«

»In Ordnung. Lassen Sie uns über Roosevelt und Sissy Harper reden.«

»Wen?«

»Ihr Cousin Roosevelt und seine vierjährige Tochter Sissy. Haben Sie Ihren Cousin schon vergessen? Haben Sie vergessen, dass Sie die beiden umgebracht haben?«

»Mann, das ist vor so langer Zeit gewesen. Deshalb haben Sie mich herkommen lassen? Was ist das hier? Die Woche der kalten Fälle?«

»Bei Mord gibt es keine Verjährung«, sagte der Detective, »und bei solchen Fällen geben wir nie auf. Abgesehen davon haben wir durchaus Grund, ihn wieder aufzugreifen. Man kann heutzutage wirklich nie wissen, aus welcher Richtung plötzlich Hilfe kommt.«

Leroy schnaubte verächtlich. »Sie brauchen alle Hilfe, die Sie kriegen können. Was für ne Art von Hilfe soll das schon sein?«

»Wie lange haben Sie Daryl nicht mehr gesehen?«

»Daryl? Daryl ist mein Mann. Sie haben nicht mit Daryl geredet.«

»Daryl ist in einem Staat, wo sie ihn für den Rest seines Lebens wegsperren können, Leroy. Man nennt es Sicherungsverwahrung. Glauben Sie wirklich, dass er Lust hat, lebenslänglich zu sitzen, nur um Ihnen Ihren knochigen Arsch zu retten?«

»Was tut er da?« Ich drehte mich zu Pat um. »Was tun Sie da?«

»Psch …«, sagte sie. »Sie werden Sie hören.«

Leroy saß einen Moment lang reglos da. »Träum weiter, Kumpel«, sagte er dann. »Das, was Sie da rauchen, ist mit irgendwas verschnitten. Wenn Sie an das echte Zeug ranwollen, brauchen Sie eine zuverlässigere Quelle.«

»Warum sollte ich so etwas erfinden?«, entgegnete Harry. »Wissen Sie, Leroy, wenn er erst mal zu reden anfängt, wer weiß, was er ausplaudern wird? Tatsächlich wäre es möglich, dass er, wenn er erst mal über irgendwas redet, genauso gut über alles reden könnte. Je mehr, desto besser, weil er Sie an diesem Punkt nämlich definitiv für hundertfünfzig Jahre im Gefängnis wissen will. Immunität für ihn; lebenslänglich für Sie. Klingt nach einer Abmachung, mit der Daryl leben könnte. Klingt nach einer Abmachung, mit der wir leben könnten. Sie hingegen werden bis zum Hals in der Scheiße stecken.«

Leroy antwortete nicht, es sei denn, die Antwort lag in seinem Schweigen. Dann sagte er: »Sie hoffen also, dass Sie ihn zum Sprechen bringen, aber Sie hoffen und wünschen sich jetzt schon seit zwanzig Jahren, mir etwas anhängen zu können. Ich schätze, Ihr Hoffen und Wünschen wird mir nicht wehtun.«

»Wenn wir nur hoffen, Leroy, wenn wir nur wünschen und träumen und auf allen vieren kriechen und nichts in der Hand haben als unsere Schwänze, wie kommt es dann, dass genau in diesem Moment jemand aus Washington hier ist und Nachforschungen anstellt? Jemand, der mit Daryl im Gefängnis gesprochen hat. Wie kommt das dann, Leroy?«

»Und warum genau erzählen Sie mir das? Aus reiner Herzensgüte?«

Der Detective lehnte sich zurück und verschränkte die Arme. »Die Tür steht noch offen, Leroy. Es ist bisher nichts unterschrieben. Sie wollen uns Daryl ans Messer liefern? Wir nehmen das beste Angebot, das wir kriegen.«

Ich hatte genug gehört. Ich stolzierte aus dem Zimmer, und Pat Humphrey folgte mir. Mir klopfte das Herz bis zum Hals. Ich wurde weder langsamer noch sprach ich, bis ich den kleinen Konferenzraum erreichte, wo ich die Akten zurückgelassen hatte.

»Sie haben die Sache also schon anlaufen lassen«, fuhr ich Pat Humphrey an. »Sie wissen noch nicht einmal, ob ein Handel überhaupt möglich ist, und ganz sicher haben Sie Daryls Zustimmung nicht eingeholt. Sie haben noch nicht mal meine oder Roberts Zustimmung eingeholt.«

»In Roberts Fall wissen Sie das nicht«, konterte sie.

»In meinem Fall weiß ich es aber. Ich weiß, dass ich in nichts eingewilligt habe. Sie haben einfach beschlossen, Leroy um jeden Preis nervös zu machen, stimmt's? Ihn vielleicht dazu zu bringen, Daryl gegenüber misstrauisch zu werden, und so einen Keil zwischen die beiden zu treiben? Haben Sie sich vorgestellt, dass, wenn Leroy es Ihnen abkaufen und Daryl ins Visier nehmen würde, dieser aus Rache aussagen würde, ob nun mit oder ohne Absprache?« Pat stand mit verschränkten Armen gegen die Wand gelehnt. Keiner von uns sprach, während ich die Unterlagen wegräumte, die ich mir angesehen hatte. Schließlich bekam ich meine Wut unter Kontrolle.

»Wenn Sie meine Hilfe bei irgendetwas wollen, dann will ich sämtliche Informationen zu diesem Fall, und das beinhaltet, dass ich mit den Beamten spreche, die die Erstermittlung durchgeführt haben. Es waren zwei, ein Mann und eine Frau.«

»Ich sehe keinen Grund, warum Sie mit ihnen sprechen sollten. Das Ganze ist zwölf Jahre her. Es steht alles in den Akten.«

»Es steht nie alles in den Akten, das wissen Sie. Haben Sie irgendein Problem damit, dass ich mit ihnen spreche?«

»Mac Robinson ist noch immer im Polizeidienst. Sie können mit ihm reden.«

»Und die weibliche Beamtin nicht?«

»Das habe ich nicht gesagt. Mandy Johnson ist noch dabei, aber Mac ist derjenige, mit dem Sie sprechen sollten.«

»Und aus welchem Grund?«

»Er wird bessere Informationen liefern.«

»Warum genau kann ich mich nicht mit beiden unterhalten und mir meine eigene Meinung bilden?«, fragte ich.

»Mir wäre es lieber, Sie würden sie da raushalten.«

»Weil …?«

Sie zuckte die Achseln, als gäbe es keinen echten Grund. Ich hatte das starke Gefühl, dass das nicht stimmte. Mandy Johnson war Persona non grata bei diesem Fall. Ich wünschte, ich würde wissen, warum. Es war klar, dass Pat es mir nicht verraten würde.

Als ich auf dem Weg nach draußen den Gang entlangging, bemerkte ich den Mann, der sich über den

Wasserspender beugte, erst, als er sich aufrichtete. Es war Leroy Collins. Die Vernehmung musste vorbei sein, und er war ebenfalls im Aufbruch. Er warf mir einen kurzen Blick zu, dann einen zweiten, und schließlich starrte er mich unverhohlen an, während ich auf ihn zuging. Als ich an ihm vorbeiwollte, stellte er sich mir in den Weg.

»Groß, dünn, rote Haare, Zopf auf dem Rücken. Oh ja, Sie sind diejenige.«

Ich blieb wie angewurzelt stehen. »Wie bitte?«, sagte ich.

»Sie sind diejenige, die Daryl einen Besuch abgestattet hat. Er hat mir von Ihnen erzählt. Also Sie sind es, die diesen ganzen Wirbel hier veranstaltet. Daryl hat recht gehabt in Bezug auf Sie.«

»Ich weiß nicht, was Daryl gesagt hat, Mr Collins«, erwiderte ich, »aber ich bin eine Psychologin, die vom Staat Washington damit beauftragt wurde, ein Gutachten über Ihren Bruder zu erstellen, weiter nichts.«

»Na klar doch, und was soll das mit Sissy Harper zu tun haben?«

Ich öffnete den Mund, um ihm eine Antwort zu geben, dann schloss ich ihn wieder, weil ich keine hatte.

»Es gibt Leute, die müssen sich in alles einmischen. Sie geben keine Ruhe, bis sie alle gegeneinander aufgehetzt haben. Kennen Sie so jemand vielleicht?« Seine Stimme war leise, so wie das Schnurren einer Katze, und sie schien buchstäblich auf mich zuzugleiten. Sie klang so unheimlich wie Daryls, als er sich über den Tisch gelehnt hatte. »Jetzt haben Sie die ganzen netten Leute hier aufgemischt wegen etwas, das seit langer Zeit passé ist.«

»Mr Collins«, sagte ich. »Ich bin sicher, Sie blockieren meinen Weg nicht absichtlich. Bitte treten Sie zur Seite.«

Leroy ließ mich vorbei, dann sagte er sanft, während ich den Gang hinunterging und die Worte hinter mir herwehten, sich um meinen Hals legten und über mein Gesicht glitten: »Diesmal hast du dich mit Trash angelegt. Wir sehen uns wieder.«

Kapitel 14

An diesem Abend zog ich mit leichten, rhythmischen Schlägen meine Bahnen durch den Hotel-Swimmingpool. Auf Blackbeard's Isle gab es keine Schwimmbäder, und obwohl bereits der Frühling anbrach, war das Meer noch zu kalt zum Schwimmen. Im Winter fehlte mir das Schwimmen sehr. Sommer bedeutete für mich, dass ich in die Brandung hinauswaten, an den Brechern vorbeipaddeln und mich dann im sanften Rhythmus der Dünung treiben lassen konnte. Träge würde ich parallel zum Strand dahinschwimmen, so lange ich Lust dazu hatte, und anschließend wieder nach Hause spazieren.

Verglichen damit war ein Hotelpool nicht viel, aber immer noch genug, um ruhiger zu werden. Durch das Wasser zu gleiten schien mehr als alles andere meiner Seele eine gewisse Ordnung, meinen überreizten Sinnen eine Art von Frieden wiederzugeben.

Ich vollzog gerade eine Wende am Ende des Beckens, als ich ein Geräusch hörte, aufsah und zehn Zentimeter hohe Stöckelabsätze am Schwimmbeckenrand erblickte. Einen Moment lang wollte ich meinen Kopf zurück ins Wasser ziehen und einfach weiterschwimmen. Es hätte nicht funktioniert. Ich war Pat Humphrey nur kurz begegnet, war mir aber ziemlich sicher, dass sie in der Regel ihren Willen durchsetzte.

Das Ganze erschien mir nicht fair. Der Tag war vorüber, und was geschehen war, war geschehen. Ich wollte nicht darüber reden. Ich wollte es nicht analysieren, mich nicht dafür entschuldigen oder eine Entschuldigung entgegennehmen, mich nicht damit herumquälen oder auch nur darüber nachdenken. Ich wollte einfach nur schwimmen.

Ich kletterte aus dem Pool und nahm Schwimmbrille und Badekappe ab. »Wie halten Sie das bloß aus?«, fragte Pat. »Ich hasse schwimmen. Mir ist dabei kalt, ich bin blind und nass.« Ich sah sehnsüchtig nach hinten zum Wasser.

»Na ja«, sagte ich, während ich mich widerwillig wieder zu ihr umdrehte. »Ich schätze, dann ist es gut, dass Sie nicht drinnen sind.« Ich schnappte mir mein Handtuch, ging zu einem Tisch mit Stühlen und setzte mich.

»Was gibt's?«, fragte ich.

Sie nahm mir gegenüber Platz und lehnte sich bequem zurück. »Ich hätte Sie damit nicht überrumpeln dürfen. Ich weiß nicht, warum ich es Ihnen nicht vorher gesagt habe. Ich habe einfach nicht nachgedacht.«

»Okay.«

Es trat Schweigen ein. »Das ist alles?«, fragte sie dann. »Einfach nur ›okay‹?«

Wie viele Berufe mag es wohl geben, überlegte ich, in denen man sich so benehmen kann, ohne umgebracht zu werden? Zum Glück gab es den Berufsstand der Juristen. Zeigt euer aggressives, euer feindseliges, diplomatieunfähiges Verlangen, es ganz an die Spitze zu schaffen. Aber ob ihre Kinder wohl noch mit ihr sprachen?

»Pat, ich bin nicht froh über das, was Sie getan haben, und ich nicht froh, deshalb explodiert zu sein. Aber der Tag ist zu Ende, und ich bin müde. Warum sind Sie hier? Sind Sie wirklich nur gekommen, um mir zu sagen, dass es Ihnen leidtut, oder haben Sie noch etwas anderes auf dem Herzen?«

Sie ließ den Blick über den verlassenen Pool gleiten.

»In Ordnung. Ziehen Sie Mandy Johnson in nichts rein, das mit diesem Fall zu tun hat – ihr zuliebe. Glauben Sie mir, Sie würden ihr damit keinen Gefallen tun. Hier …« Sie griff in ihre Handtasche, zog einen Zettel heraus und reichte ihn mir. »Das ist Mac Robinsons Büronummer. Sprechen Sie mit ihm. Er war ihr Partner. Wenn er Ihnen mehr über sie erzählen will, ist das seine Sache.«

Am nächsten Morgen hinterließ ich eine telefonische Nachricht für Mac Robinson, bevor ich wieder ins Büro ging und weiter die Akten durchsah. Gnädigerweise ließ sich Pat Humphrey nicht blicken, und ich verbrachte den Vormittag damit, mich durch die Unmengen an Material zu arbeiten. Ich fand nichts Neues heraus und begann mich allmählich zu fragen, was ich hier eigentlich tat. Nichts davon schien irgendetwas damit zu tun zu haben, ob Daryl Collins die erforderlichen Kriterien für eine Sicherungsverwahrung erfüllte oder nicht. Die Mittagszeit rückte näher, und ich überlegte gerade, ob ich einfach packen und zum Flughafen fahren sollte, als Robinson zurückrief.

»Pat Humphrey hat mir Ihre Nummer gegeben«, erklärte ich. »Ich komme aus Washington, wo wir gerade überprüfen, ob Daryl Collins die gesetzlichen Voraussetzungen für eine Sicherungsverwahrung erfüllt. Ich weiß nicht, ob Sie das Gesetz kennen ...«

»Ich bin damit vertraut«, sagte er. Seine Stimme war lachsfarben, vielleicht etwas sämiger als Lachs, mit einer sehr glatten, warmen Oberfläche.

»Er hat während seiner Haftstrafe eine Therapeutin vergewaltigt, wodurch er also ein potenzieller Kandidat wäre.«

»Weshalb wollen Sie dann mit mir sprechen?«

»Wegen des Sissy-Harper-Falls.«

»Wir haben es Daryl nie nachweisen können.«

»Ich weiß, und wahrscheinlich ist es im Moment auch eine Sackgasse, aber ich habe in den Akten etwas darüber gelesen, und da ich ohnehin hier zu tun hatte, dachte ich, ich ziehe mal ein paar Erkundigungen ein. Würde es Ihnen etwas ausmachen, mit mir darüber zu sprechen?«

Er hatte den ganzen Nachmittag über Termine, wollte jedoch während der Mittagspause auf dem Sportplatz Basketball spielen, und falls ich dorthin kommen könnte, würde er früher Schluss machen und mit mir sprechen.

Ich ging zu Fuß. Der Frühling war in Dallas schon weiter fortgeschritten als in North Carolina, und überall auf meinem Weg standen die Blumen bereits in voller Blüte. Es war so warm, dass man spüren konnte, wie die Hitze des bevorstehenden Sommers Kraft sammelte. Der Sommer in Dallas ist gnadenlos – die Hitze pulsiert in

Schockwellen von den Gehsteigen und schlägt einem wie mit Fäusten ins Gesicht.

Die Dame am Empfang dirigierte mich zu dem Sportplatz, wo die Polizisten mittags Basketball spielten. Die Partie war noch in vollem Gang, deshalb setzte ich mich und sah zu. Ein paar Ersatzspieler saßen ebenfalls auf der überdachten Tribüne, von ihnen ließ ich mir Mac Robinson zeigen.

Er war knapp einen Meter achtzig groß und kräftig, mit einem Körperbau, der mich an Mandys erinnerte. Er trug kein Hemd, und obwohl er über vierzig zu sein schien, waren seine Bauchmuskeln hart wie ein Waschbrett. Er trug eine Bandage am Knie, was seine Spielweise erahnen ließ.

Er war weder der größte Spieler auf dem Platz noch der beste. Seine Würfe sahen eher nach Pausenhof als nach echtem Training aus, und die meisten verfehlten ihr Ziel. Trotzdem war er die Art von Spieler, wie ich sie liebe, er stach jeden anderen auf dem Platz aus. Er spielte wie eine Bulldogge, indem er nach jedem Abpraller hechtete, den Gegner über den Platz jagte und seinem Gegenspieler hartnäckig folgte. Er triefte vor Schweiß, als er das Spielfeld verließ.

»Ms Copen?«, fragte er, während er auf mich zukam.

Ich streckte ihm die Hand entgegen. »Breeze. Danke, dass Sie eingewilligt haben, mit mir zu sprechen.«

Er setzte sich. »Lassen Sie mich kurz verschnaufen. Ich bin zu alt für diesen Mist.«

»Ich fand, Sie sahen ziemlich gut aus. Was ist mit Ihrem Knie passiert?«

»Kreuzbandriss letztes Jahr. Mann, waren das Schmerzen. Hat sechs Monate gebraucht. Ist immer noch nicht hundertprozentig. Also, was kann ich für Sie tun?«

»Wie ich schon sagte, arbeite ich an einem Gutachten über Daryl Collins. Er hat keine nennenswerte Vorgeschichte als Sexualstraftäter, wodurch er die Kriterien für Sicherungsverwahrung knapp nicht erfüllt, aber trotzdem liegt niemand wirklich daran, ihn zu entlassen.

Deshalb würde ich gern wissen, ob Sie damals irgendetwas hatten, das Daryl Collins mit dem Mord an Sissy Harper in Verbindung brachte. Es war nicht nur Mord, sondern auch Vergewaltigung, dementsprechend wäre die Tat relevant für eine mögliche Sicherungsverwahrung.«

Er bedachte mich mit einem langen, abschätzenden Blick, und ich fragte mich, warum. Er brauchte zu lange, um zu antworten.

»Ich habe Mandy Johnson angerufen, bevor ich herkam. Sie sagt, sie hat mit Ihnen geredet«, meinte er schließlich.

»Ein wenig«, erwiderte ich. »Pat Humphrey scheint sie bei dem Fall nicht dabeihaben zu wollen.«

»Bestimmt nicht. Haben Sie ihr gesagt, dass Sie mit Mandy gesprochen haben?«

»Nein. Mandy bat mich, es nicht zu tun.«

»Mandy und ich waren fünf Jahre lang Partner. Wir sind noch immer Freunde. Ich möchte nicht, dass sie in irgendwelche Schwierigkeiten gerät.« Ich wusste nicht, wie irgendetwas, das er mir über den Fall sagen könnte, sie in Schwierigkeiten bringen sollte.

»Ich habe keine Ahnung, worum es bei all dem geht«,

sagte ich. »Ganz offensichtlich handelt es sich hier um irgendwelche Interna, über die ich nichts weiß. Ich habe keine Veranlassung, irgendwen in Schwierigkeiten zu bringen, trotzdem würde ich gern erfahren, was hier vor sich geht, denn dann wäre es leichter, abzuschätzen, was ich sagen kann und was nicht. Ehrlich gesagt hatten Pat und ich keinen wirklich guten Start, und ich bin mir nicht sicher, ob ich von ihr irgendwelche wahrheitsgemäßen Antworten erwarten darf.«

Er schnaubte. »Pat wird nicht oft als Lügnerin bezichtigt.«

»Ich meinte nicht …«

»Machen Sie sich keine Gedanken. Ich wollte damit nur sagen, dass sie dazu neigt, ein bisschen zu ehrlich zu sein.«

»Diese Sache ist nicht einfach nur ein persönlicher Konflikt zwischen den beiden, oder?«

»Nein«, sagte er. »Das hat damit nichts zu tun.«

»Also …«

»Alles, was ich dazu sagen kann, ist, dass wir etwas hatten und gleichzeitig nichts hatten, das Daryl mit den Morden in Verbindung brachte. Wir hatten keinerlei Beweise, aber wir hatten guten Grund zur Annahme«, fuhr er vorsichtig fort, »dass Daryl ein Motiv hatte, Roosevelts Tod zu wollen. Ein sehr stichhaltiges Motiv.«

Ich dachte darüber nach. Niemand hatte mir bisher einen speziellen Grund genannt, warum Daryl Roosevelts Tod gewollt haben könnte. Ich wusste nur, dass sie zusammen gedealt hatten.

»Sie meinen den Drogenhandel?«

»Mehr als das. Stichhaltiger als das. Aber es spielt keine Rolle. Wie ich schon sagte, haben wir nie irgendwelche echten Beweise zu Tage gefördert.«

»Hat diese Sache, dieser Grund, warum Daryl wollte, dass Roosevelt stirbt, hat das irgendetwas mit Mandy zu tun?«, fragte ich.

Er drehte sich um und starrte mich einen Moment lang an. Ich wusste nicht, warum. Ich fischte lediglich im Trüben, versuchte, einen Sinn in dem Ganzen zu erkennen.

»Das könnte man so sagen«, antwortete er schließlich.

»Also, warum will sie Mandy aus dem Fall raushalten?«

»Mandy hat sich damals ein bisschen verrannt«, erklärte er und drehte sich wieder weg, um auf das Spielfeld zu starren. Sein Gesichtsausdruck verriet mir, dass er nicht mehr sagen würde.

Als ich am nächsten Morgen gepackt hatte und gerade in die Lobby aufbrechen wollte, klingelte das Telefon. »Dr. Copen«, sagte der Rezeptionist, »Ihr Fahrer ist hier.«

»Was für ein Fahrer? Ich habe kein Taxi bestellt.«

»Es ist kein Taxi. Es ist eine Limousine. Einen Moment«, sagte er ein Stück vom Hörer weg. »Eine Aufmerksamkeit vom Büro des Generalbundesanwalts.«

Also tat es Pat leid. Vermutlich hatte sie beschlossen, die Scharte auszuwetzen, weil sie etwas von mir wollte. Ich hoffte nur, dass sie nicht in dem Wagen saß, um mich zum Flughafen zu begleiten. Ich packte meine Sachen und ging nach unten. Ein dunkelhäutiger Mann mit ungewöhnlich breiten Schultern und schmalen Hüften erwartete mich. Er nahm meine Tasche und ging nach draußen zum Wagen. »Welche Fluggesellschaft?«, fragte er.

»Northwest.« Er hielt mir beim Einsteigen die Tür auf. Ich fühlte mich plötzlich unbehaglich und suchte nach dem Grund, während er um den Wagen herumging. Als er auf den Fahrersitz kletterte, entdeckte ich eine lange, gebogene Narbe in seinem Nacken, und plötzlich fiel es mir wie Schuppen von den Augen. Pat konnte keine Limousine geschickt haben. Regierungsvertreter würden Dinge nie auf eine solche Weise regeln. Und echte Chauffeure waren nicht gebaut wie dieser hier, und sie hatten auch keine sichelförmigen Narben am Hals, die laut und deutlich Messerstecherei schrien. Ich versuchte auszusteigen, aber die Tür war automatisch verriegelt worden. Wie erstarrt überlegte ich einen Moment lang, was ich tun sollte, als der Wagen losfuhr.

Ich fühlte, wie mir das Blut in den Kopf stieg. Mir blieb nicht viel Zeit. Tatsächlich überhaupt keine. Er beschleunigte das Tempo, um mich weiß Gott wohin zu bringen. Mir war mehr als den meisten Menschen bewusst, dass ich nicht das Geringste würde tun können, wenn wir unser Ziel erst erreicht hatten. Ich sagte zu dem Fahrer: »Entschuldigung. Mir ist schlecht. Könnten Sie bitte anhalten?«

Er sah nach hinten. »Schlimmer Verkehr heute. Wenn ich jetzt halte, schaffen wir es nicht rechtzeitig. Lehnen Sie sich einfach zurück, und entspannen Sie sich. Wir sind bald am Flughafen.«

Ich beugte mich nach vorn, so dass mein Kopf hinter dem Sitz war, und steckte mir den Finger in den Hals.

Ich begann zu würgen, dann zu erbrechen. Ich drehte den Kopf, damit alles auf die Sitze ging. Zum Glück hatte ich gefrühstückt. Als der Fahrer mich würgen hörte, trat er auf die Bremse, hielt an und sprang aus dem Wagen. Er riss die Hintertür auf und rief: »Scheiße, sehen Sie nur, was Sie mit meinem Auto gemacht haben.« Ich kletterte hinaus und beugte mich vornüber, meine Handtasche noch immer über meiner Schulter, der Reisetrolley im Kofferraum. Er trat zur Seite, um mich vorbeizulassen, und ich rannte an den Bordstein, so als ob ich mich noch einmal übergeben müsste. Als er sich umdrehte, um wieder das Erbrochene auf dem Rücksitz anzustarren, rannte ich los. Zum Glück reise ich in Jeans und Turnschuhen.

Er fuhr herum, stieß einen Schrei aus und begann mir nachzulaufen. Das Geräusch von Schritten folgte mir jedoch nur ein paar Meter weit. Wir waren mitten in der Innenstadt von Dallas, und ich schätze, er wollte keine Szene machen. Ich wurde weder langsamer noch sah ich zurück. Ich rannte einen Block weit, bog in eine Seitenstraße ab, lief in ein Gebäude, das groß genug war, um mehrere Ausgänge zu haben, gelangte durch einen von ihnen auf eine andere Straße, hetzte weitere Straßen und weitere Blocks hinunter. Schließlich blieb ich stehen und drehte mich um. Von dem Fahrer oder dem Wagen war nichts zu sehen. Meine Hände zitterten, und mir war jetzt tatsächlich schlecht. Ich zog mein Handy heraus und rief Pat Humphrey an.

Sie hatte keinen Wagen geschickt.

»Warum?«, fragte ich. Pat hatte mich von einem Streifenwagen abholen lassen, und jetzt befand ich mich,
noch immer zitternd, in ihrem Büro im zehnten Stock.
Pat saß hinter einem massiven Schreibtisch, der dem Ge-
neraldirektor von Coca-Cola zur Ehre gereicht hätte.
»Selbst in Leroys kranker Wahrnehmung kann ich ihn
nicht derart in Rage versetzt haben, dass er mich aus Rache umbringen will. Und ihm muss bewusst sein, dass er
das Sicherungsverwahrungsverfahren nicht aufhalten
kann, indem er mich tötet. Man würde einfach jemand
anderen einsetzen.«

Pat tippte nervös mit einem Bleistift auf ihrem
Schreibtisch herum. Sie hatte Sorgenfalten auf der Stirn,
und ihr Gesicht wirkte schmaler und blasser als am Vortag. »Ich verstehe das einfach nicht«, sagte sie. »Er hat
noch nie jemand aus der Strafgerichtsbarkeit nachge-
stellt. Was zum Teufel tut er da? Beschreiben Sie diese
Narbe noch mal.«

Das tat ich. Sie schüttelte den Kopf, griff nach dem
Hörer, wählte eine Nummer und wartete. Sie sprach ein
paar Minuten mit einem Detective namens Roger, dann
legte sie auf. »Armor«, sagte sie anschließend.

»Was?«

»Ein Typ namens Armor hat eine solche Narbe. Sie
ist genau das, wonach sie aussieht, nämlich ein Anden-
ken an eine Messerstecherei. Und ja, er ist einer von Leroys Jungs. Ich kenne ihn nicht, aber Roger sagt, dass er
seit ein paar Jahren für Leroy arbeitet.«

»Ich suche noch immer nach dem Warum«, sagte ich.

»Weil es ihm Spaß macht?«, schlug Pat vor. »Weil er
immer verrückter wird? Weil wir ihm nichts anhaben

können, ganz egal, was er tut? Woher zur Hölle soll ich das wissen?«

Sie wirkte angeschlagen und bestürzt. Ich hatte sie am Vortag nicht ein einziges Mal fluchen gehört und fand es nun leicht beunruhigend. Sie holte tief Luft. »Es hat mit dem Mord an Sissy Harper zu tun. Das sagt mir mein Gefühl. Indem Sie hier runterkamen und wir anfingen, Fragen über Sissy zu stellen, haben wir Leroy aus der Reserve gelockt.« Nach einer Weile fügte sie nachdenklich hinzu: »Vielleicht bedeutet es, dass wir auf etwas gestoßen sind. Vielleicht weiß er, dass es da etwas gibt, und das bereitet ihm Sorgen. Vielleicht will er einfach nur herausfinden, was Sie darüber wissen.«

Ich verdrehte die Augen. Mir wollte nicht einleuchten, wie Leroys Versuch, mich zu kidnappen und weiß der Himmel was noch, eine gute Sache sein sollte, ganz gleich, wie sehr es Pat half. Sie bemerkte meine Reaktion. »Gehen Sie nach Hause, Breeze. Ich lasse Sie von einem Beamten zum Flughafen fahren, der bei Ihnen bleibt, bis die nächste Maschine geht. Danach sollten Sie in Sicherheit sein. Hier sind Sie eine Bürde für uns, und Sie selbst gehen ein hohes Risiko ein.«

»Überlegen Sie mal«, erwiderte ich, »wenn er mich ermorden würde und Sie ihn dafür drankriegen könnten. Wäre das nicht großartig?«

»Hinterlassen Sie uns ein paar brauchbare Beweise, okay?«, sagte sie trocken. »Gute, solide Beweise. Das wüssten wir wirklich zu schätzen.« Sie lächelte nicht.

Kapitel 15

Das Flugzeug hob ab und stieg in einen harten, blauen Lackhimmel empor, der mit einer dünnen, weißen Baumwollschicht überzogen war. Die Wolken wirkten wie zerschreddert vor diesem erbarmungslosen, viel zu selbstsicheren Himmel.

Was hatte Pat mir eingebrockt, indem sie Leroy hinters Licht führte?

In gewisser Hinsicht verstand ich sie. Pat wusste etwas, das die Öffentlichkeit nicht wusste, nämlich, dass sie Leroy nicht erwischen würde, wenn sie nach den Regeln spielte. Dann hätte sie am Ende noch mehr tote Lebensmittelhändler mit behinderten Frauen. Also versuchte sie, kreativ zu sein. Das Einzige, was ich Pat wirklich vorwarf, war, dass sie Leroys Gewaltbereitschaft unterschätzt hatte. Nach allem, was sie im Laufe der Jahre über ihn gesammelt hatte, war das unverzeihlich.

Ich verbrachte die lange Fahrt von Raleigh nach Cedar damit, die Sache mit der Limousine wieder und wieder Revue passieren zu lassen. Ich hätte mir gern dafür auf die Schulter geklopft, entwischt zu sein, tatsächlich fühlte ich mich aber wie eine komplette Idiotin, weil ich überhaupt erst eingestiegen war. Und was würde ich tun, wenn so etwas noch einmal passierte? Nächstes Mal würde es gewaltsamer und reibungsloser ablaufen. Leroy würde seine Lektion gelernt haben und auf fantasievolle Tricks verzichten. Ich sagte mir, dass es nicht passieren würde. Ich war zum Zufallsopfer geworden, weil ich mich gerade in Dallas aufgehalten hatte. Wenn ich mich bedeckt hielt und nicht ins Leroys Blickfeld geriet, sollte sich die ganze Aufregung legen, und es würde kein nächstes Mal geben.

Das Haus war still, als ich eintrat, und ich fühlte mich so erleichtert, wieder in meiner eigenen Welt zu sein, dass mir fast die Tränen kamen. Betsy war ein willkommener Anblick, wie sie da in Trägertop und Hüftjeans auf dem Sofa im Wohnzimmer saß und mit auf ein Kissen gestützten, rot lackierten Zehennägeln still in einer Zeitschrift las.

»Hallo«, begrüßte ich sie. »Wo ist Lily?«

»Fräulein Lily ist in ihrem Zimmer und hört Musik. Sie hat ihre Kopfhörer auf. Hattest du eine gute Reise?« Betsy sah bemerkenswert unbeschadet aus.

»Eine ziemlich bizarre«, erwiderte ich. »Wie ist es hier gelaufen?«

»Okay.«

»Nur okay?«

»Na ja, das ist so eine Art Durchschnittsergebnis. Mir ging's prima.«

»Und Lily?«

»Nun, diese ganze Sache zieht sie halt völlig runter, das ist alles.«

»Ich weiß, dass die Schule ein Schock war. Sie ist zu klein.«

»Ach, Breeze, Schätzchen. Das hat nicht mit der Größe zu tun. Sie passt in diese Schule etwa so gut wie ein Vampir. All diese Kinder kennen sich schon seit dem Kindergarten. Ihre Familien sind miteinander bekannt. Außerdem hat sie grüne Haare, sie ist gepierct, und es gibt hier sonst weit und breit niemand, der so aussieht. Aber es ist nicht nur ihre Aufmachung. Ich weiß, dass du das glaubst, aber es ist alles an ihr. Die anderen Schüler in ihrer Klasse behandeln sie wie eine Aussätzige. Und das ist noch nicht mal das Schlimmste.«

»Lieber Himmel. Was meinst du damit? Was ist das Schlimmste?«

»Ist dir irgendwelche Post von ihrer Mutter aufgefallen?«

»Post? Sie erwartet Post?«

»Menschenskinder, Breeze. Ja, Post. Sie hat bisher kein Sterbenswörtchen von ihrer Mutter gehört.«

»Na ja, ihre Mutter …«

»Geht jeden Tag zur Arbeit, wo sie eine Postkarte schreiben und sie ihrer Tochter schicken könnte.«

»Kapiert sie es denn einfach nicht? Ihre Mutter ist total abgedreht und kaputt. Ich bezweifle, dass sie ihr Auto auf einem Parkplatz finden könnte. Sie kann sich wahrscheinlich nicht mal mehr daran erinnern, wie es aussieht. Sie ist nicht funktionsfähig. Vermutlich ist ihr Gehirn geschädigt. Das ist die Wirklichkeit.«

»Sie ist ihre Mutter«, sagte Betsy mit Nachdruck. »Und Lily vermisst sie.«

Ich ließ mir das durch den Kopf gehen. »Betsy …«, setzte ich dann an. »Ich weiß nicht, wie ich das machen soll. Ich bin keine Mutter. Ich werde nie eine sein. Du verstehst dieses Mädchen wesentlich besser als ich. Ich habe das Gefühl, dich als Übersetzerin hier im Haus zu brauchen, wenn ich sie nur frage, was sie zum Frühstück möchte. Meinst du …?«

»Leider nein«, schnaubte Betsy. »Das würde nicht funktionieren.«

»Warum nicht?« beharrte ich. »Ich könnte meinen Kram aus dem Zimmer in deinem Haus schaffen, falls es darum geht. Sie könnte auf dem Festland zur Schule gehen. Ihr habt da eine echte regionale Highschool. Ganz zu schweigen davon, dass du dich zu Tode langweilst …«

»Schätzchen«, sagte sie. »Du bist ihre einzige Verbindung zu ihrer Mutter. Sie wird auf keinen Fall von hier weggehen.«

»Und was für eine tolle Verbindung ich bin«, erwiderte ich. »Ich habe Jena ein Mal in zwanzig Jahren gesehen.«

»Ich weiß nicht, was die beiden besprochen haben, aber ich habe den Eindruck, sie glaubt, dass ihre Mutter sich früher oder später bei dir melden wird – nicht bei ihr, sondern bei dir. Und sie will da sein, wenn es so weit ist.«

Ich war verblüfft. »Bei mir? Was ist mit Lily? Sie wird sich um einiges früher bei Lily melden als bei mir.«

»Vielleicht«, sagte sie. »Aber Lily denkt anders, und wir müssen einfach abwarten.«

»Was abwarten?«

»Wer Jena besser kennt – du oder Lily.«

Am nächsten Morgen erhielt ich einen Anruf von Robert Giles. Leroy hatte keine Zeit verloren, mit Daryl Kontakt aufzunehmen.

»Texas war interessant, wie ich höre«, sagte Robert.

»Falls du das Erbrechen auf den Rücksitz einer Limousine interessant nennen willst.«

»Es hat funktioniert«, meinte er. »Was hältst du von Pat?«

»Ich schätze, dass sie ihr zwischen ihren Fällen einen Maulkorb anlegen müssen.«

»Pat will Richterin werden«, erklärte er.

»Die Todesurteile werden sich verdoppeln. Wie heißt das noch mal: ›Macht keine Gefangenen‹? Wie wär's mit: ›Erschießt die Verletzten und die Angehörigen gleich mit‹?«

»Jetzt mal langsam. Sie ist eine sehr fähige Anklägerin. Soweit ich weiß, gehören die Leroy-Collins-Fälle zu den wenigen, die sie je verloren hat. Sie hat eine bemerkenswerte Erfolgsgeschichte vorzuweisen.«

»Basierend auf was? Indem sie für Verkehrsdelikte die Todesstrafe fordert?«

»Wir könnten gern weiterplauschen, wenn ich da nicht etwas hätte, das ein bisschen dringlicher ist.« Er machte eine Pause, als wäre er sich nicht sicher, wie er formulieren sollte, was er zu sagen hatte, oder vielleicht weil er es einfach nicht sagen wollte.

»Was?«, fragte ich, plötzlich beunruhigt. »Was ist passiert?«

»Nichts ist passiert. Noch nicht.«

»Robert …«

»Leroy hat Daryl heute Morgen angerufen. Pat hatte mich zuvor wegen der kleinen Nummer, die sie abgezogen hat, gewarnt, und wir waren einer Meinung, dass Leroy Daryl kontaktieren könnte, deshalb ließen wir

Daryls Anrufe überwachen. Wir dachten, dass vielleicht einer der beiden etwas Belastendes sagen würde. Die Hoffnung stirbt bekanntermaßen zuletzt …

Jedenfalls hat Leroy Daryl angerufen, und er war dabei sehr vorsichtig. Er sagte nichts, das vor Gericht verwertbar wäre, auch wenn es nicht schwer war, den Sinn zu verstehen. Ich habe eine Abschrift, die ich dir schicken kann, aber das Wesentliche sage ich dir jetzt schon. Leroy hat Daryl gefragt, ob er sich entschlossen hätte, da oben eine linke Nummer abzuziehen, und vielleicht mit ein paar Leuten im Gefängnis reden würde.

Daryl erwiderte, dass er überhaupt keine linke Nummer abziehen würde. Leroy meinte, das würde er gern glauben, aber er sei in die Mangel genommen worden, und da wäre etwas wegen ihrem Cousin am Kochen. Er wollte wissen, wie die Leute in Washington auch nur die leiseste Ahnung davon haben konnten, wenn er keine linke Nummer abzöge.

Daryl sagte, das Einzige, das er wüsste, wäre das, was er ihm bereits erzählt hätte, nämlich, dass eine Psychologin gekommen sei und ihn nach Sissy gefragt hätte. Er behauptete, das wäre alles. Er hat geschworen, dass er nicht die Quelle sei, auf gar keinen Fall; er höre zum ersten Mal davon. Er meinte, dass möglicherweise jemand aufgetaucht sein könnte.«

»Jemand könnte aufgetaucht sein?«, wiederholte ich.

»Das waren seine Worte.«

»Was meint er damit?«

»Ich hatte gehofft, dass du das wüsstest«, sagte Robert und fuhr dann fort: »Auf jeden Fall meinte Leroy, das wäre möglich, wenn auch überraschend, und er müsste herausfinden, was da vor sich geht. Er sagte, man hätte sich schon vor langer Zeit um diese Sache kümmern müssen, dann wäre sie jetzt kein Problem mehr.

Daryl erwiderte, das sei nicht seine Schuld. Er könne nichts dafür, dass man ihm diese idiotische Anklage angehängt hätte. Leroy fing wieder damit an, dass ›man sich um die Sache hätte kümmern müssen‹, dann sagte er, dass er eine Freundin von Daryl in Dallas getroffen habe, jedoch nicht dazu gekommen sei, sich mit ihr zu unterhalten. Er meinte, das nächste Mal würde er mehr Glück haben.«

»Das nächste Mal?«

»Das waren seine Worte.«

»Und weiter?«

»Daryl entgegnete, das sollte besser schnell passieren, weil diese Entscheidung über eine Sicherungsverwahrung anstehe. Woraufhin Leroy sagte, er brauche sich keine Sorgen zu machen.«

»Das war's?«

»Das war's.«

»Was meint er damit?«

»Pat weiß es nicht, doch es passt zu der Sache mit der Limousine. Aber jetzt mal im Ernst, Breeze, warum hast du mich nicht angerufen? Das war ziemlich knapp.«

»Was hättest du tun können?«, fragte ich. Mir sank das Herz, als ich noch mal rekapitulierte, was Robert gesagt hatte. »Junge, Junge, da bin ich vielleicht in was reingeraten, oder?«

»Breeze, ich denke, na ja, ich bin der Meinung, du solltest vielleicht Urlaub machen. Ich würde keinen Verwandten besuchen. Ich finde, du solltest irgendwo hinfahren, wo du sonst nicht hinfährst. Am besten mit dem Auto. Ich würde an deiner Stelle nicht fliegen. Ich würde selbst fahren und Bargeld mitnehmen und keine Kreditkarten benutzen. Zumindest für eine Weile.«

»Robert, ich will ja nicht respektlos klingen, aber wir sprechen hier von einem Gangster. Wir schlau kann er schon sein?«

»Er hat Anwälte, Leute, die für ihn arbeiten, denen es nicht an Schläue mangelt«, erwiderte Robert. »Er kann genau wie jeder andere Privatdetektive anheuern. Ich würde mich an deiner Stelle nicht darauf verlassen, dass er abwartet, bis du nach Dallas zurückkommst. Er weiß, dass das vermutlich nicht passieren wird. Er hat eine Menge Geld, das er darauf verwenden kann, dich zu finden, und die Sache könnte es ihm wert sein. Er hält dich für die Schlüsselfigur bei was auch immer da vor sich geht.«

»Robert, ich lebe am Arsch der Welt. Das hast du selbst gesagt. Wo könnte ich denn noch hingehen?«

»Na ja, mir schwebt da Afrika oder Asien vor. Ich würde an deiner Stelle kein Risiko eingehen.«

»Schwierig, dort mit dem Auto hinzugelangen.«

»Dann halt Alaska.«

»Du meinst das wirklich ernst?«

»Ich hatte heute Morgen ein langes Gespräch mit Pat. Sie wirkte erschüttert darüber, welche Richtung das Ganze genommen hat, und sie wollte sicherstellen, dass ich Leroy Collins' zerstörerische Kräfte richtig einzuschätzen weiß. Sie sagte, dass jeder einzelne Zeuge, der sich bereiterklärt hatte, gegen ihn auszusagen, verschwunden sei. Ganz zu schweigen davon, dass er außerdem Prostituierte, die für ihn arbeiten, eine Freundin, die versucht hat, ihn zu verlassen, und natürlich jeden, der ein Rivale sein könnte, ermordet hat. Sie könnte sich selbst dafür ohrfeigen, nicht daran gedacht zu haben, dass er sich an dich heranmachen würde, aber er hat nie zuvor versucht, einen Polizisten oder einen Richter oder sonst jemand im Justizsystem zu töten.«

»Was ist mit dieser Idee von ihr, über die Sicherungsverwahrung zu verhandeln?«

»Das geht nicht. Es ist nicht legal; abgesehen davon ist der Zeitpunkt völlig falsch. Wir müssen Collins spätestens neunzig Tage vor seiner Entlassung diesbezüglich anklagen. Selbst wenn er einverstanden wäre auszusagen, würde der Prozess erst in ein paar Jahren stattfinden. Wenn wir also keine Klage erheben, um Sicherungsverwahrung zu erwirken, und er freigelassen wird, was würde ihn anschließend noch an sein Wort binden auszusagen? Sobald er entlassen ist, können wir nicht mehr zurück und ihn anklagen.«

»Du hast das wirklich in Betracht gezogen?«

»Nur als geistige Übung. Wie ich schon sagte, es ist nicht legal. Was logischerweise bedeutet, dass wir es nicht in Schriftform bringen können, und da wären wir wieder – was würde ihn an sein Wort binden, wenn wir es nicht schriftlich haben?«

Ich fragte nicht noch einmal nach, es war offensichtlich, dass er es tatsächlich in Betracht gezogen hatte.

»Dann lass mich mal zusammenfassen, wo wir stehen«, sagte ich. »Du hast da eine Bekannte, die zufälligerweise eine sehr kampfeslustige Staatsanwältin ist, mit dem Hang, sich von Zeit zu Zeit hinreißen zu lassen – richtig oder falsch?«

»Richtig.«

»Und sie hatte die Idee, Daryls potenzielle Sicherungsverwahrung in Washington einzutauschen gegen seine Zeugenaussage im Fall Sissy Harper in Texas, eine Idee, die ihr kam, nachdem sie erfahren hatte, dass da etwas in den Akten steht über Daryl und das Mädchen. Richtig?«

»Richtig.«

»Was für sie nach einer Idee klang, die funktionieren könnte, weil Sicherungsverwahrung für ihn lebenslänglich bedeuten könnte, und sie glaubt, dass er seine Mutter verkaufen würde, ganz zu schweigen von seinem Bruder, um das zu umgehen.

Allerdings stellt sich dann heraus, dass an dieser Idee einfach alles hinkt, was jedoch keine Rolle mehr spielt, weil sie Leroy mit etwas gedroht hat, das sich durch nichts stützen lässt, in der Hoffnung, dass entweder du oder ich mitziehen würden oder dass sie zumindest einen Zwist unter Gangstern provozieren könnte. Sie hat das Feuer geschürt, um zu sehen, was passieren würde, richtig? Sie hoffte darauf, dass Leroy sie ernst nehmen und sich in irgendeiner Weise an Daryl heranmachen oder sich zumindest so weit in dessen Fall einmischen würde, dass Daryl sich bedroht fühlen und zur Selbstverteidigung aussagen würde.«

»Wahrscheinlich.«

»Aber stattdessen hat er sich an mich rangemacht. Vermutlich, um Informationen darüber zu bekommen, was vor sich geht.«

»Es hat ganz den Anschein.«

»Er und Daryl sind jetzt also immer noch ein Team

und betrachten mich als diejenige, die ihnen verraten kann, was die Polizei über Sissy Harper herausgefunden hat. Und dann ist da noch diese Bemerkung über jemand, der auftaucht – ich denke nicht, dass ich gemeint war –, und wir haben nicht die leiseste Ahnung, was das alles bedeutet.«

Ich war auf dem Sofa gelegen und hatte gelesen, als der Anruf kam, und jetzt starrte ich zur Decke und versuchte herauszufinden, was ich wegen dieser Sache unternehmen sollte. Lily war unterwegs, das Haus war still, und die Zeit schien stehenzubleiben wie ein absterbender Motor. Ich fühlte mich müde, und dieses ganze Gespräch wirkte sinnlos. Die Decke war ein gebrochenes Weiß mit einer strukturierten Oberfläche, und ich hatte das Gefühl, mich in ihr zu verlieren. Ich konnte nicht das Geringste unternehmen. Die Dinge waren, wie sie waren.

»Breeze?«, fragte Robert.

»Ich denke nach«, behauptete ich, doch ich tat es nicht. Ich tat gar nichts, außer an die Decke zu starren.

»Ich kann nicht wegfahren, Robert. Es geht einfach nicht.«

Und das war die Wahrheit. Ich hatte Lily bereits aus ihrer Schule gerissen und sie der Unterstützung ihrer Freunde beraubt, wie auch immer diese beschaffen gewesen sein mochte. Sie hatte kaum begonnen, sich hier einzuleben. Ich konnte ihr das nicht schon wieder antun.

Abgesehen davon würde sie, falls Betsy recht hatte, nicht mitkommen. Sie verbrachte ihre Tage damit, auf eine Nachricht von ihrer Mutter zu warten, aber wenn wir die Flucht antraten, könnte ihre Mutter uns nicht finden. Und mir ging es nicht anders. Irgendwo in meinem Hinterkopf hegte ich die unwahrscheinliche Hoffnung, dass Jena an irgendeinem Punkt beschließen würde wegzugehen. Ich hatte Lily. Wenn sie wegging, wäre dies der Ort, an den sie kommen würde, aber nicht, wenn wir fort wären.

»Es ist kompliziert. Die Tochter einer Freundin lebt im Moment bei mit, weil ihre Mutter eine … eine schlimme Phase durchmacht. Ich muss da sein, wo sie uns finden kann.«

»Breeze, worum auch immer es da geht«, sagte er, »das hier ist …«

»Sowieso wäre es beängstigender, auf der Flucht zu sein, als hier auf der Insel«, unterbrach ich ihn. »Unterwegs hätte ich gar keine Hilfe. Ich würde niemand bei der Polizei kennen. Ich hätte keine Nachbarn, die die Augen offenhalten könnten. Nichts wäre vertraut. Hier kenne ich zumindest jeden. Ich kenne mich auf der Insel besser aus als Leroy. Es wäre, als würde ich meinen Heimvorteil aufgeben.« Ich erwähnte nicht, dass wir uns auf die Urlaubssaison zu bewegten und mehr als zwanzigtausend Menschen, die ich nicht kannte, auftauchen würden. Trotzdem war es die Wahrheit, ich fühlte mich sicherer zu Hause.

Robert stieß einen Seufzer aus, dann sagte er sehr langsam und sehr deutlich: »Das ist ein Fehler, Breeze. Du kannst nicht einfach zu Hause sitzen und warten, bis Leroy Collins auftaucht. Du magst dich sicherer fühlen, aber du bist es nicht. Pat zufolge ist er äußerst aggressiv und jemand, der die Initiative ergreift. Und seine Methoden, Menschen Informationen zu entlocken, sind schrecklich. Dann komm wenigstens zu mir. Zusammen mit dem Mädchen.«

Etwas in mir griff nach diesem Angebot. Ich schloss die Augen und sah ein dickes, gewebtes Seil, das Robert und mich verband. Ich hatte es nie zuvor gesehen und deshalb nicht gewusst, dass es existierte.

»Vielleicht für einen kurzen Besuch, wenn es vorbei ist, Robert. Was für einen Sinn sollte es haben, dich ebenfalls in Gefahr zu bringen?«

»Dieses Gespräch läuft nicht gut«, sagte Robert. »Ich werde das Gefühl nicht los, dass ich mich später an dieses Telefonat erinnern und mir vorstellen werde, dass da noch etwas anderes gewesen sein muss, dass ich hätte sagen oder tun können.«

»Ich wüsste nicht, was. Es hat nichts mit dir zu tun, Robert. Ich verstehe dich. Trotzdem glaube ich einfach nicht, dass ich auf der Flucht sicherer wäre.«

In Wahrheit klang mein Argument selbst in meinen Ohren schwach. Ich weiß nicht, warum nicht mehr Menschen von zu Hause geflohen sind, als sie wussten, dass die Nazis kamen. Logisch betrachtet, ergab es keinen Sinn. Dennoch wollte ich in diesem Moment nichts weniger, als in Motels zu wohnen, in Restaurants zu essen und dabei argwöhnisch jeden Fremden zu beäugen. Das Reisen brachte ohnehin seine eigenen Ängste mit sich, und ich konnte mir nicht vorstellen, sie durch die Paranoia, verfolgt zu werden, noch zu verschlimmern. Mein Bauchgefühl riet mir, hierzubleiben, mich zu verschanzen und geschehen zu lassen, was geschehen würde.

Robert mochte dem nicht zustimmen, aber er hörte

die Endgültigkeit in meiner Stimme. Nach einer kurzen Pause sagte er: »Pass auf dich auf, Rotschopf«, dann legte er auf.

Während Lily ihre Hausaufgaben machte, ging ich am Abend hinunter zum Meer, und zwar an den Strand in der Nähe von Charlies Hütte. Dort hing Charlie am häufigsten herum, und ich wollte ihn treffen, wenngleich ich nicht wusste, warum. Ich entdeckte ihn auf einem angeschwemmten Baumstamm sitzend, wo er etwas schnitzte, das wie ein kleines Boot aussah. Dieses Mal gab es keine Lichter auf dem Wasser, und der Himmel war klar. Die See war still, und mich überkam ein innerer Friede, als ich da im Mondschein am Strand stand. Das Licht war hell genug, dass ich die Schwielen an Charlies Hand sehen konnte, während er arbeitete, und ich sah ihm für ein paar Minuten einfach beim Schnitzen zu. Er sprach nicht und sah mich auch nicht an.

»Tja, Charlie«, sagte ich mehr zu mir selbst als zu ihm. »Sie hatten recht. Eine Schlange ist hinter mir her.«

Charlie sah noch immer nicht hoch.

»Wie wird das Ganze ausgehen, frage ich mich?« Charlie antwortete nicht. Ich hatte es eigentlich auch nicht erwartet. Mit Charlie zu sprechen war eher wie laut zu denken als sich zu unterhalten.

Seufzend setzte ich mich auf den Strand.

Einen Moment lang schnitzte er noch weiter, dann blickte er hinaus aufs Meer und sagte: »War damals nicht groß anders als heute. Da waren die Jagd und der erste Schuss, und dann war alles nur noch Feuer und Blei, und das Blut unter deinen Füßen, das war so dick, dass du drin ausgerutscht bist. Man hat den Käpt'n in dem Durcheinander brüllen gehört, und um sein Gesicht rum war lauter Rauch, so wie beim Teufel höchstpersönlich. Er hat sich Zündschnüre unter seinen Hut gesteckt, und die Enden sind zusammen mit seinen Bartzöpfen nach unten gebaumelt. Er hat die Lunten immer in Brand gesteckt, wissen Sie, damit die anderen ihn fürchten wie den Teufel. Hab gesehen, wie erwachsene Männer beim Anblick von dem Rauch, der sich um sein Gesicht gekringelt hat, und von diesen durchbohrenden Augen ihre Schwerter haben fallen lassen. Er hat den Männern so ne höllische Angst eingejagt, dass sie nicht sprechen und sich nicht rühren konnten.

Aber ihm selber hat nichts Angst gemacht. Nichts und niemand. Ich glaub nicht, dass er überhaupt gewusst hat, was Angst ist. Wie sie sich anfühlt, meine ich. Oh, er hat gewusst, wie sie aussieht – hat sie schließlich oft genug gesehen. Und er hat gewusst, wie mächtig sie ist. Der Käpt'n hat immer gesagt, es wär ihm hundert Männer wert, wenn der Feind sich bei seinem Anblick in die Hosen pisst.«

»Ich glaube, ich bin schon mal jemand wie ihm begegnet«, sagte ich.

Er richtete den Blick zurück auf sein Boot und schnitzte weiter. »Sie hab'n nie einen wie den Käpt'n getroffen«, widersprach er. »Man kann keinen Mann besiegen, der die Angst nicht kennt. Ihre Schlange ist eine von der üblen Sorte, aber sie kennt die Angst.«

»Darauf wäre ich nie gekommen«, meinte ich.

Charlie sagte kein Wort, und so saßen wir einfach da, während er schnitzte und ich das Meer betrachtete.

Kapitel 16

Das Haus fühlte sich leer an, seit Breeze zum Strand gegangen war. Gott sei Dank gab es den Computer. Lily glaubte, dass sie durchgedreht wäre, ohne Fernseher allein hier mit Breeze, die normalerweise oben auf dem Balkon in ihrem Schaukelstuhl saß oder draußen unter einem Baum. Was tat sie dabei? Meistens hatte sie noch nicht mal ein Buch dabei. Breeze redete auch nicht viel mehr als ihre Mutter, aber ihr Schweigen war anders. Breeze hatte ein Leuchten·in den Augen, das ihre Mutter nicht hatte, und sie lebte nicht mit einem kompletten Arschloch wie Jerry zusammen. Trotzdem verstand sie, warum Breeze und ihre Mutter Freundinnen gewesen sein konnten. Sie beide hatten etwas, das Lily an die jeweils andere erinnerte.

Ein Gong verriet ihr, dass sie eine neue Nachricht bekommen hatte, und sie schloss die, die sie gerade las, um nachzusehen, von wem die neue stammte. Als sie die Adresse des Absenders sah, wurde ihr die Brust so eng, dass sie kaum noch atmen konnte. Jena24@hotmail.com. Hatte ihre Mutter wirklich eine E-Mail-Adresse? Darauf wäre sie nie gekommen. Sie hatte ihre Mutter zu Hause nicht ein einziges Mal am Computer gesehen. Aber vielleicht benutzte sie ja einen in der Arbeit.

Lily konnte sich nicht überwinden, die Nachricht zu öffnen. Warum war das so schwer? Es war bescheuert, dass sie es nicht konnte. Sie öffnete stattdessen zwei Mails von ihren Freundinnen. Sie musste die erste dreimal lesen, bevor sie kapierte, was drinstand, und sobald sie sie zumachte, hatte sie es auch schon wieder vergessen. Irgendein Schwachsinn über einen Jungen an ihrer Schule.

Warum konnte sie die E-Mail nicht öffnen? Was dachte sie, was ihre Mutter sagen würde? Es war vermutlich derselbe alte Mist wie immer. Vielleicht wollte sie auch nur Breeze' E-Mail-Adresse. Wie war sie überhaupt an Lilys gekommen? Vermutlich über ihre Freunde. Sie griff nach der Maus.

Die Zeilen schienen ihr beinahe ins Gesicht zu springen.

Hallo, ich überlege gerade, wie es Dir wohl geht. Ich vermisse Dich. Gehst Du zur Schule? Ist alles in Ordnung? Ich hab Dich lieb, Mom.

 PS: Sag niemand, dass ich Dir schreibe. Ich will, dass das unter uns bleibt.

Und dann las Lily sie noch einmal. Sie las die E-Mail so oft, dass sie sich blöd vorkam, obwohl niemand da war, der es mitbekam.

Schließlich schloss sie die Nachricht und stand auf. Sie stellte fest, dass sie ohne nachzudenken in ihr Zimmer gegangen war. Sie legte sich auf das Bett, befürchtete plötzlich, die E-Mail nicht richtig gelesen zu haben, stand wieder auf und ging mit einem Gefühl von Panik zurück zum Computer. Sie sollte sich das besser nicht nur eingebildet haben. Aber die Nachricht war unverändert.

Durchströmt von einer wilden, rastlosen Energie kehrte sie in ihr Zimmer zurück. Sie schlug eine Zeitschrift auf, dann dachte sie: Was für ein absoluter Schwachsinn. Es stand nur dummes Zeug darin, und sie entdeckte nichts, das sie lesen wollte. Sie hielt sie noch eine Weile, dann legte sie sie weg, ohne es zu bemerken. Sie stand auf und ging zum Computer zurück. Plötzlich sah sie sich selbst, wie jemand anders sie sehen würde, und anstatt die E-Mail erneut zu öffnen, starrte sie einfach nur den Bildschirm an. Diese ganze Sache war total hirnrissig. Sie war zu einer Irren mutiert. Sie hatte das Ding schon ein Dutzend Mal gelesen. Sie benahm sich wie ein Kleinkind, wanderte im Haus herum wie eine Idiotin. Bloß weil ihre Mutter ihr so eine bescheuerte E-Mail geschrieben hatte. Sie versuchte, tief Luft zu holen, aber ihre Brust war wie zugeschnürt und tat weh wie bei einer Grippe. Als sie Breeze' Auto in die Einfahrt biegen hörte, machte sie die E-Mail zu und hastete zurück in ihr Zimmer.

Auf keinen Fall würde sie heute Abend mit Breeze reden. Breeze hatte zwar keinen Durchblick, aber sie war nicht dumm. Sie würde ihr an der Nasenspitze ansehen, dass etwas passiert war. Außerdem musste Lily sich eine Antwort auf die E-Mail einfallen lassen. Wieder fühlte sie Panik in sich hochsteigen. Was, wenn ihre Mutter erwartet hatte, dass sie sofort zurückschrieb, und sie hatte es vermasselt? Das war unmöglich. Ihre Mutter konnte nicht wissen, dass sie sie überhaupt schon gelesen hatte.

Was sollte sie bloß antworten? Sie fing an, im Kopf E-Mails zu formulieren. »Hallo, Mom. Mir geht's gut. Die Schule ist Mist …« Aber was dann? Moment mal – sollte sie überhaupt sagen, dass es ihr gut ging? Denn das stimmte nicht. Es war schrecklich hier. Sie hatte das Gefühl, auf einer einsamen Insel festzusitzen. Und abgesehen davon würde ihre Mutter vielleicht denken, dass sie sie besser hierlassen sollte, wenn sie sagte, dass es ihr gut gehe. Sollte sie schreiben, dass sie nach Hause kommen wollte? Aber das wollte sie gar nicht, solange Jerry noch da war. Gleichzeitig konnte sie ihre Mutter unmöglich bitten, Jerry in den Wind zu schießen. Sie würde es nicht tun und sich wegen dieser Bitte nur schuldig fühlen.

Lilys Gedanken wanderten zurück zu dem Tag, an dem ihre Mutter gesagt hatte, dass sie fortgehen würden, und sie ihre ganzen Sachen gepackt hatten. Anschließend waren sie einfach im Wohnzimmer sitzen geblieben, während es später und später wurde und der Zeitpunkt, zu dem er nach Hause kommen würde, immer näher rückte. Sie hatte angefangen zu weinen und ihre Mutter angefleht, endlich aufzubrechen, aber Jena war einfach dagesessen, bis er schließlich nach Hause gekommen war. Lily schloss die Augen und zwängte die Erinnerung zurück in die kleine Schachtel, in der sie die schlimmsten von ihnen aufbewahrte. So wie die, als er ihre Mutter mit brennenden Zigaretten versengt und ihre Mom diese entsetzlichen Laute ausgestoßen hatte – es war die Nacht gewesen, in der Lily bei Breeze angerufen hatte. Sie stopfte auch diese Erinnerung zurück in die Schachtel. Manchmal kostete es sie viel Kraft, alles in dieser Schachtel verschlossen zu halten. Über die E-Mail nachzudenken war wesentlich besser.

Sie entschied, dass sie nicht schreiben konnte, die Schule sei Mist – es würde zu wehleidig klingen. Das wäre der schnellste Weg, ihre Mutter zu vergraulen. Sie hasste es, wenn Lily herumjammerte. Also konnte sie weder sagen, dass alles super, noch, dass alles Mist war. Was blieb damit noch?

Vielleicht würde über E-Mail alles anders sein. Viele Jugendliche sagten Dinge in E-Mails, die sie Auge in Auge nicht über die Lippen brachten. Vielleicht würde das mit ihrer Mutter auch so sein. Lily begann, sich in ihrem Kopf Szenarien auszumalen. Sie und ihre Mutter würden sich über die E-Mails nahekommen, bevor ihre Mutter dann eines Tages auftauchen und sie abholen würde. Sie würde diesen Versager verlassen haben und … was dann?

Na ja, sie könnten auf dem Festland leben, wo es eine größere Schule gab, und wären immer noch nah genug, um Breeze und Betsy zu besuchen. Sie stellte sich das Haus vor, ein cooles Haus und wirklich groß, mit genügend Zimmern, dass ihre Freunde sie besuchen konnten. Und Betsy würde kommen, um sie zu Spritztouren auf der Harley abzuholen, und sie könnte Breeze besuchen, wann immer sie wollte. Lily versuchte sich vorzustellen, wie es sein würde, so was wie, na ja, zwei Tanten und eine Mutter zu haben, aber es gelang ihr nicht. Sie könnte von Glück reden, wenn sie ihre Mutter je wiedersah. Sie würde vermutlich nie mehr mit ihr zusammenleben.

Wie wäre es wohl gewesen, wenn sie Betsy als Mutter

gehabt hätte? Oder besser noch, wenn ihre Mutter ein bisschen was von Betsy gehabt hätte, genug, um sich von niemand irgendwelchen Mist gefallen zu lassen. Betsy würde niemand erlauben, sie zu schlagen. Sie hätte diesen Dreckskerl längst rausgeschmissen. Breeze ebenso. Trotzdem wollte sie Betsy nicht als Mutter, und auch nicht Breeze. Sie dachte nicht an sie, wenn sie abends schlafen ging, und sie weinte auch nicht wie ein Baby, weil sie sie vermisste.

Sie fragte sich, was Breeze denken würde, wenn sie wüsste, dass es ihre, Lilys, Schuld war, dass ihre Mutter dieses Arschloch geheiratet hatte. Das war definitiv nichts, worüber sie nachdenken sollte. Sie schob den Gedanken weg, so wie sie die Erinnerungen wegzuschieben gelernt hatte – ganz tief nach unten in diese Schachtel, bis sie so weit weg waren, dass sie nicht einmal mehr wusste, was sie eigentlich darstellten.

Sie sollte sich besser etwas einfallen lassen, was sie ihrer Mom schreiben konnte. Sie durfte sich mit ihrer Antwort nicht ewig Zeit lassen. Sie wollte nicht, dass ihre Mutter glaubte, sie würde nicht von ihr hören wollen. Sie musste Worte finden, die ihre Mom nicht aufregen, sondern sie weiterschreiben lassen würden. Es war schwer, den richtigen Ton zu treffen. Fröhlich, aber nicht zu fröhlich. Sie musste rüberbringen, dass sie sich freute, von ihr zu hören, und vielleicht sollte sie so tun, als wäre ihr Aufenthalt hier nur von begrenzter Dauer, sozusagen als Zaunpfahl für ihre Mom.

Lily überlegte, dass Breeze sich darüber wundern musste, dass sie nicht aus ihrem Zimmer kam. Also steckte sie ihren Kopf zur Tür hinaus, um ihr mitzuteilen, dass sie müde sei und schlafen gehen würde. Aber sie ging nicht schlafen. Sie setzte sich an den kleinen Schreibtisch und formulierte Antworten. Sie kamen ihr alle dumm vor, und sie strich eine nach der anderen durch.

Sie ging zu Bett, konnte aber nicht einschlafen. Sie dachte weiter über die E-Mail nach, und schließlich stand sie, nachdem Breeze sich zurückgezogen hatte, wieder auf und schlich sich ins Esszimmer, wo der Computer stand. Sie schaltete ihn an und zuckte wegen des Geräuschs, das er beim Hochfahren machte, zusammen. Am Tag war es ihr nicht so laut erschienen. Sie las die E-Mail wieder, dann noch einmal. Sie hatte nicht die richtigen Worte, um auszudrücken, was sie empfand. Es fühlte sich an, als hätte sie nun plötzlich etwas. Noch ein paar Stunden zuvor hatte sie nichts gehabt. Sie war einfach nur ein weggeworfenes Mädchen gewesen, das keiner wollte, ein Mädchen, das im Haus von jemand campierte, der sie eigentlich nicht dahaben wollte. Jetzt hatte sie etwas. Vielleicht war es nicht viel. Vielleicht würde es sich am Ende als gar nichts entpuppen, aber im Moment war es zumindest etwas.

*

Mac klopfte an die Tür von Mandys Eigentumswohnung. Er drehte sich um, während er wartete, und sah hinunter zu dem Pool in der Mitte des Gartens. Er mochte diesen Wohnkomplex, und das nicht zuletzt wegen des nahe gelegenen Waldes. Beau, seinem Hund, hatte es zweifellos gefallen, wenn sie an den Wochenenden, an denen sie beide hier übernachtet hatten, dort joggen gegangen waren. Der Pool war ebenfalls nicht schlecht, und Mac dachte zurück an die Sonntagmorgen, an denen er zusammen mit Mandy dort gelegen hatte. Was hatte dieser Dichter noch mal gesagt – Kaffee, Orangen und die grüne Freiheit eines Kakadus? Auf den Kakadu konnte er verzichten, aber der Kaffee und die Orangen klangen genau richtig.

Als hinter ihm geöffnet wurde, drehte er sich um und sah Mandy, die in Shorts und Trägertop in der Tür stand. Sie war klein und kompakt und hatte vermutlich etwas mehr Gewicht auf den Rippen, als einige Männer bevorzugten. Aber was wussten die schon? Sie war im Bett ausgelassen, unbefangen und voller Übermut gewesen, und sie hatte es geliebt, ihn zu reizen, bis er nicht mehr wusste, ob er sie lieber ficken oder erwürgen wollte. Sie schien genau zu wissen, wie weit sie gehen konnte, bevor sie in solch süßer, freudiger Kapitulation unter ihm dahinschmolz, dass ihm jetzt die Hitze ins Gesicht stieg, als er auch nur daran dachte. Wie lange war das her? Zwei Jahre schon?

»Hallo«, sagte er.

Sie sah ihn einen Moment lang ruhig an, dann fragte sie: »Willst du reinkommen?«

»Nein, ich stehe lieber im Flur rum.«

Sie drehte sich um und ging nach drinnen. »Sei nicht so«, sagte sie.

Er sah den offenen Koffer durch die Schlafzimmertür. »Fährst du irgendwo hin?«

»Mmhm, an einen Strand.«

»Allein?« Kaum hatte er das ausgesprochen, wünsch-

233

te er sich, es nicht getan zu haben. Mandy blieb stehen und drehte sich um. »Nein. Ich nehme ein ganzes Ensemble männlicher Chippendale-Stripper mit.«

»Tut mir leid.« Sie entgegnete nichts.

Er setzte sich. »Nein, wirklich, ich bin nicht hier, um zu streiten. Ich wollte mit dir über diese Psychologin aus Washington reden, wie war noch mal ihr Name?« Er verstummte, um nach einem Weg zu suchen, ihr zu sagen, was er ihr sagen wollte, ohne sie zu verärgern. Er fand keinen. »Du fängst nicht wieder mit dieser Sache an, oder?«

»Du hättest anrufen können, um mich das zu fragen«, erwiderte sie.

»Ich wollte nicht telefonieren. Hör zu, wenn du mich nicht hier haben willst ...«

Seufzend ließ sie sich auf einen Stuhl sinken und schloss die Augen. »Jetzt bin ich an der Reihe, mich zu entschuldigen«, sagte sie. »Es ist schön, dich zu sehen. Du siehst gut aus. Du brauchst jetzt nicht gleich gefühlsduselig zu werden, aber ich vermisse dich.« Er hatte keine Ahnung, was er darauf antworten sollte, aber er wusste, dass er endlos darüber nachdenken würde.

»Na schön, du kannst es ebenso gut wissen – Pat hat mal wieder Mist gebaut. Sie hat Trash weisgemacht, dass diese Psychologin etwas gegen ihn in der Hand hat. Er hat tatsächlich versucht, sie zu kidnappen, als sie hier war, kannst du das fassen? Sie ist jetzt wieder zu Hause in North Carolina, aber Gerüchten zufolge plant er, sie sich zu krallen.«

»Woher bekommst du all diese Informationen?«, fragte er.

»Pats Sekretärin und ich machen zusammen Sport.«

Dann zählte er eins und eins zusammen und sagte: »Du wirst doch nicht …«

Sie lächelte trocken. »Doch, das tue ich. Kann einfach nicht widerstehen.«

»Um Himmels willen, Mandy«, explodierte er. »Sie werden dich feuern. Es war letztes Mal so knapp davor.« Er hielt seinen Zeigefinger gegen seinen Daumen, ohne messbaren Abstand dazwischen.

»Wirst du es ihnen sagen?«

»Bestimmt. Warum tust du das? Dieser Fall ist abgehakt. Nichts wird mehr passieren. Es ist vorbei.«

»Es ist nicht vorbei. Es wird nie vorbei sein, solange wir Sissys Mörder nicht geschnappt haben. Übrigens werde ich nach Washington fliegen, um die Psychologin im Auge zu behalten. Ich will nicht, dass er wegen der Sache noch jemand umbringt.«

In diesem Moment wünschte er sich, er würde rauchen oder trinken oder etwas in der Art. Er wünschte sich, die Art von Mann zu sein, der ihr eine schallende Ohrfeige verpassen und dann einfach gehen könnte, während er vor sich hinmurmelte, dass sie es verdient hatte, und sich dabei leicht und mit der Welt im Reinen fühlte. Stattdessen begann sein Bauch zu schmerzen. Mandy zu lieben hatte ihm vor Sorge ein Magengeschwür eingebracht.

Mandy schien nicht aufzufallen, wie sehr ihm die Sache zusetzte. »Weißt du«, sagte sie, »Man macht einen einzigen Fehler. Einen einzigen beschissenen Fehler, der dann kein Ende mehr nimmt, so als wäre es eine verfluchte nukleare Kettenreaktion. Zuerst war es Roosevelt, dann Sissy und Crystal vermutlich ebenfalls.«

»Wer?«, fragte er.

Sie sah ihn ungläubig an. Die Beteiligten waren ihr selbst auch zwölf Jahre danach noch so vertraut, dass sie nicht begreifen konnte, wie jemand anders vergessen haben sollte, wer sie waren. »Roosevelts Freundin«, sagte sie. »Die verschwunden ist, als er ermordet wurde. Und jetzt macht Leroy wieder Jagd auf einen Menschen. Es ist eine einzige, endlos lange Verkettung.«

Er wusste, dass was auch immer er nun sagen würde, das Falsche wäre. Er würde wieder anfangen sie zu belehren, zu beurteilen und unter Druck zu setzen, also genau das, was damals zur Trennung geführt hatte. Er saß still da und wünschte sich, nicht hergekommen zu sein.

Mandy seufzte und rieb sich die Augen, dann sah sie ihn mit einem Hauch von Sehnsucht im Blick an. »Wir haben schon lange nicht mehr geredet.«

»Ich versuche, Abstand zu halten.«

»Es tut mir leid, wie es zu Ende gegangen ist.« Er zuckte mit den Schultern. Zweifellos sprach sie von der Nacht, in der sie zusammen getrunken und sich am Ende angebrüllt hatten, wobei jeder den anderen beschuldigt hatte, derjenige zu sein, der alles vermasselte. Aber das war nicht das Ende gewesen. Das Ende war in jener Nacht gewesen, als jemand das Gas aufgedreht und Sissy Harper zusammengekauert in einem Wandschrank im ersten Stock zurückgelassen hatte. Er hatte es damals nur noch nicht gewusst.

»Ich würde eine weitere Runde riskieren«, sagte er sanft. »Jederzeit.«

Sie schüttelte den Kopf. »Ich kann nicht. Ich kann

noch nicht mal darüber nachdenken, solange ich diesen Fall nicht abgeschlossen habe.«

Aber der Fall würde nicht abgeschlossen werden. Er war zwölf Jahre lang nicht abgeschlossen worden, und es würde auch nie geschehen. Mac zuckte die Achseln. Es gab nichts mehr zu sagen. Er konnte sie nicht daran hindern zu gehen, und er konnte den Gedanken an das, was mit ihr passieren würde, wenn sie es tat, nicht ertragen. Dieses Mal würden sie sie ganz sicher feuern – gesetzt den Fall, dass Leroy ihr keine Kugel verpasste –, und was wäre dann?

Er konnte draußen im Pool Kinder plantschen hören und fühlte sich plötzlich alt und müde. Sein Magen schmerzte. Sein Knie war seit dem Spiel am Vortag steif. Alles erschien ihm sinnlos und festgefahren – seine Beziehung zu Mandy, der Fall; sogar sein Körper fiel auseinander. Er war gekommen, um Mandy zu warnen, die Finger von dem Fall zu lassen, aber sie war ihm weit voraus. Koffer gepackt. Wieder bis zum Hals drin in der Sache. Und wenn sie erst einmal gefeuert war, wer weiß, ob sie überhaupt in Dallas bleiben würde. Und was dann? Wohin würde sie gehen? Was würde sie tun? Mandy war mit Leib und Seele Cop. Sie würde sich hundeelend fühlen, wenn sie etwas anderes tun müsste als Polizeiarbeit. Er sah das Ganze wie ein Theaterstück vor seinem inneren Auge ablaufen. Hier war er nun und beobachtete, wie sich der Vorhang hob, ohne dass er irgendwie hätte eingreifen können.

»Tja, ich schätze, ich sollte jetzt besser gehen«, sagte er. »Beau ist im Haus eingesperrt.« Er stand auf und ging zur Tür, dann blieb er noch einmal stehen, bevor er sie öffnete. Er hatte ihr das schon einmal gesagt. Vermutlich würde er es wieder sagen.

»Roosevelt war der geborene Spitzel, Mandy. Wenn er nicht für dich spioniert hätte, hätte er es für jemand anderen getan.«

Kapitel 17

Ein paar Tage nach Roberts Anruf ging ich abends meine Einfahrt hoch und fand Mandy Johnson auf meiner Türschwelle vor. Zuerst erkannte ich sie nicht. Eine Baseball-Kappe verdeckte ihr kurzes, blondes Haar, außerdem saß sie in den Schatten der hereinbrechenden Dämmerung, so dass ich ihr Gesicht nicht klar sehen konnte. Im ersten Moment erschrak ich, obwohl ihre Haltung zu offen und gelassen war, als dass sie bedrohlich gewirkt hätte. Mandy stand nicht auf, während ich näher kam, sondern wartete einfach. In der Stille konnte ich im nahen Wald die Zikaden hören.

»Mandy?«, fragte ich. »Was machen Sie denn hier?« In Anbetracht ihrer abgeschnittenen Jeans, der Turnschuhe und des T-Shirts sagte mir mein Gefühl, dass dies kein offizieller Besuch war.

»Ich habe mich schon bei Ihrer Tochter gemeldet«, sagte sie, meine Frage ignorierend. »Aber ich wollte lieber hier draußen auf Sie warten. Es ist einfach zu schön, um drinnen zu sein. So etwas habe ich noch nie gesehen.« Mit einer Handbewegung wies sie zum nächtlichen Himmel hinauf.

»Sie ist nicht meine Tochter. Sie ist nur zu Besuch hier.« Ich setzte mich neben sie. »Man kann in der Stadt keine Sterne wie diese hier sehen. Dort gibt es zu viel künstliches Licht.«

»Sind sie immer so hell?«

»Meistens. Ich schätze, ich habe mich daran gewöhnt.« Das war die Wahrheit. In der Stadt sah man nur die hellsten Sterne, kleine Lichttupfer, die endlos weiter Raum voneinander trennte. Hier hingegen füllte eine dichte Glitzerwolke den Himmel von einem Horizont zum anderen, gleich einem funkelnden Teppich, der sich über das Firmament spannt.

Ich sagte nichts mehr. Ich hatte meine Frage bereits gestellt.

Einen Moment später erklärte sie: »Eigentlich hatte ich vor, Ihnen nicht zu sagen, dass ich hier bin, sondern die Dinge einfach nur im Auge zu behalten. Dann wurde mir klar, dass Sie mich früher oder später entdecken würden und Sie, falls Sie dann eine undeutliche Gestalt auf einer Düne sähen, mich für Leroy oder jemand, den er geschickt hat, halten könnten. Sie hätten mich dann vielleicht erschossen oder die Polizei gerufen. Ich an Ihrer Stelle würde vermutlich schießen, aber Sie, Sie würden vermutlich die Polizei rufen. Dann würden die mich in die Zange nehmen, und es gäbe ein Riesentheater.«

»Weil niemand weiß, dass Sie hier sind«, folgerte ich.

Sie nickte. »Deshalb beschloss ich, herzukommen und Ihnen reinen Wein einzuschenken. Ich wohne in einem kleinen Haus, nur ein paar Türen weiter.«

»Sie sind wegen Leroy hier?«

»Ich hatte den Eindruck, als könnten Sie einen Leibwächter brauchen.« Aber ihre Stimme klang plötzlich verändert. Sie hatte etwas von ihrer metallischen, gewitterwolkengrauen Textur verloren und sah jetzt blecherner und zerkratzter aus.

»Das mag sein«, sagte ich. »Aber ich denke, es ist nicht der Hauptgrund. Zumindest nicht der einzige Grund. Ich bin sicher, eine Menge Menschen bräuchten einen Leibwächter, trotzdem nehmen Sie sich nicht frei und fliegen durch das halbe Land, um sie zu beschützen.«

Sie sah mich direkt an. »Möglicherweise suche ich also einfach nur nach einer Ausrede, Leroy Collins erschießen zu können.« Sie lachte. »Vielleicht ist dies Teil eines ausgeklügelten Plans, den ich seit Jahren hege, um die Erde von diesem Dreckskerl zu befreien.« Ihre Stimme hatte ihre blecherne Struktur verloren und war wieder normal.

»Denken die Menschen manchmal, dass Sie lügen, wenn Sie die Wahrheit sagen, und dass Sie die Wahrheit sagen, wenn Sie lügen?«, fragte ich sanft.

»Manchmal«, erwiderte sie, dann verstummte sie.

»Ich frage mich, ob es wirklich ein Vorteil für mich ist, wenn Sie hier sind. Ich sage Ihnen das nicht gerne so unverblümt, Mandy, aber ich weiß nicht, ob Sie tatsächlich eine Hilfe wären.«

»Warum nicht? Im Moment scheinen Sie das Ganze auf die leichte Schulter zu nehmen. Ihre Sicherheitsvorkehrungen sind miserabel. Dieses Mädchen – wer auch immer sie ist – ist allein da drinnen, wo jeder an sie rankommen könnte. Die Tür ist unverschlossen. Niemand behält das Haus von außen im Auge. Ich wette, Sie machen sich darüber noch nicht mal Gedanken. Ich glaube nicht, dass Sie auch nur ahnen, mit wem Sie es da zu tun haben.«

Die Bemerkung über Lily tat weh. Ich hatte tatsächlich nicht daran gedacht, dass sie in Gefahr sein könnte. »Sie ist die Tochter einer Freundin und wohnt vorübergehend bei mir. Ich verstehe nicht, welche Gefahr ihr drohen sollte. Sie weiß überhaupt nichts.«

»Sie könnte allzu vorübergehend hier wohnen«, erwiderte Mandy, »wenn Sie sich nicht zusammenreißen. Ich denke, sie sollte eine andere Freundin finden, bei der sie für eine Weile wohnen kann.«

»Er hat nicht den geringsten Grund, sich für sie zu interessieren.«

»Sie brauchen dringend einen Crashkurs in Sachen Sicherheit«, sagte sie, »oder vielleicht in Psychologie. Kennen Sie irgendeinen schnelleren Weg, an einen Erwachsenen heranzukommen, als sich sein Kind zu schnappen? Wenn ich das Mädchen für Ihre Tochter gehalten habe, warum sollte es ihm anders ergehen?«

Ich dachte darüber nach. Sie hatte recht. Ich musste Lily zu Betsy schicken. Am besten gleich morgen. Aber Mandy hatte mich abgelenkt, und ich wollte zum Kernthema zurückkommen.

»Sie werden möglicherweise keine Hilfe sein, weil Sie – offen gesagt – mehr daran interessiert sind, Leroy zu töten, als mich zu beschützen. Verraten Sie mir, Mandy, wenn Sie die Wahl hätten, ihn davon abzuhalten, mich anzugreifen, oder es bis zu dem Punkt kommen zu lassen, an dem Sie eine Rechtfertigung hätten, ihn umzubringen, was würden Sie tun?«

Sie antwortete nicht. »Nun«, sagte ich. »Ich will keine Kugeln an meinen Ohren vorbeizischen hören. Selbst Scharfschützen verfehlen manchmal ihr Ziel.«

»Ich werde es nicht verfehlen.«

»Warum wollen die Sie nicht bei dem Fall dabei-haben?«

»Warum sollte Sie das was angehen?«

»Weil Sie hier sind. Weil ich einschätzen muss, ob das eine gute oder eine schlechte Sache ist. Weil, wenn Sie es mir nicht sagen, ich Pat Humphrey anrufen und ihr dieselbe Frage stellen muss. Ich denke, sie würde mir davon erzählen, wenn ich ihr sage, dass Sie hier sind.«

Mandy rieb sich mit den Fingerspitzen die Schläfen. Nach einem kurzen Moment sagte sie: »In Ordnung. Ich will nicht groß ins Detail gehen, aber ich nenne Ihnen die wichtigsten Punkte. Ich war im Kinderschutz tätig, bevor ich Polizeibeamtin wurde. Hatten Sie schon mal mit dem Kinderschutz zu tun?«

»Leider ja. Ich habe früher Opfer therapiert.«

»Dann wissen Sie ja, was das für ein Schlamassel ist.« Ich nickte.

»Die Gesetze sind dafür gemacht, die Eltern zu be-schützen, nicht die Kinder«, sagte sie verbittert. »Es ist beinahe unmöglich, ein Kind aus einem gewalttätigen Umfeld herauszuholen, und wenn es einem doch ge-lingt, dauert es etwa zwei Wochen, bevor die Eltern Bes-serung geloben und der Richter das Kind heimschickt. Sie nennen das ›Familienerhaltung‹. Ich nenne es ›Straf-täterschutz‹, aber so ist nun mal das Gesetz. Die obers-te Pflicht lautet, die Familie zu erhalten. Ich habe mit angesehen, wie ein Baby nach Hause geschickt wurde, das am ganzen Körper Bisswunden hatte, Himmel noch mal. Ein anderer Richter hat ein Mädchen heimge-schickt, das von seiner Familie in einem Käfig gehalten worden war. ›Damit der Heilungsprozess einsetzen kann‹, war die Begründung des Verteidigers gewesen, und der Richter hat es ihm abgekauft. Die einzige Art, wie eine Heilung hätte einsetzen können, wäre gewesen, indem man die Eltern erschießt.«

Ich erwiderte nichts. Was sie da sagte, war die Wahrheit und gleichzeitig einer der Gründe, warum ich nicht mehr mit Opfern arbeitete. Was die Täter den Opfern antaten, war schwer genug zu ertragen. Was das System ihnen antat, war unfassbar.

»Ich kannte Sissy«, sagte sie. »Ich habe ihren Fall während meiner Zeit beim Kinderschutz bearbeitet, bevor ich dann zur Polizei wechselte. Sie hätte niemals in diesem Haus sein dürfen. Ihr Vater hatte schon vor ihrer Geburt mit Drogen gehandelt – er dealte von dem Haus aus, in dem sie sich die meiste Zeit aufhielt. Ihre wertlose Mutter hatte sich aus dem Staub gemacht, als Sissy noch ein Baby war. Roosevelt war für gewöhnlich zu zugedröhnt, um sie auch nur anständig zu füttern. Sie war immer untergewichtig. So nennen sie das, untergewichtig. Unterernährt. In Wahrheit war sie die meiste Zeit über halb am Verhungern. Sie hat Farbe gegessen, Müll, alles. Man bezeichnet es als Pica-Syndrom, wenn ein Kind alles isst. Niemand will zugeben, dass sie in Wirklichkeit verhungern.

Wir hatten zahllose Berichte über sie wegen Vernachlässigung. Die Gesetze zum Schutz vor Vernachlässigung sind noch schlimmer als die Kindesmissbrauchsgesetze, und wir konnten keinen einzigen Richter dazu bringen, sie dauerhaft dort rauszuholen. Roosevelt räumte ordentlich auf, wenn es drauf ankam, dann nahm er sich einen Anwalt, warf sich in Schale, und im Handumdrehen war Sissy zurück.

Ich habe schließlich beim Kinderschutz aufgehört, weil ich mit all dem nicht mehr fertig wurde. Ich beschloss, Cop zu werden, weil die zumindest nicht versuchen, gewalttätige Familien zu erhalten; sie befördern die Schweine ins Gefängnis. Ich ging auf die Polizeiakademie und trat dann in den Dienst ein. Auf der Akademie lief es wirklich gut, aber danach …« Ihre Stimme verlor sich. »Wie es scheint, hatte ich etwas übersehen. Ich hatte übersehen, dass die Polizei erst ins Spiel kommt, nachdem der Schaden angerichtet ist. Sie verhindert nicht. Sie bestraft nur hinterher die Täter.

Jedenfalls versuchte ich, nachdem ich in den Dienst eingetreten war, alles über Sissy und die anderen Kinder, mit denen ich beim Kinderschutz zu tun gehabt hatte, zu vergessen. Um Ihnen die Wahrheit zu sagen, war das mit Sissy am schlimmsten. Vielleicht, weil sie eine Kämpferin war. Sie wusste schon mit drei, wie man Dosen öffnet, damit sie an etwas zu essen gelangen konnte. Sie hatten einen Hund, und einmal kam ich dazu, wie sie gerade Trockenfutter direkt aus der Tüte aß. Aber es hat sie am Leben erhalten. Sie kam tagelang allein zurecht, wenn es sein musste. Sie war definitiv eine Kämpferin.

Jedenfalls hatte ich Roosevelt schließlich am Haken. Wir konnten ihn wegen Erpressung verhaften. Ich weiß nicht, warum ich Ihnen das alles erzähle. Noch nicht mal Pat Humphrey weiß alles darüber.« Sie holte tief Luft, und ich dachte, sie würde abbrechen, aber das tat sie nicht.

»Er erpresste Geld von einem Lokalpolitiker, der Drogen nahm. Dieser Politiker war bei der schwarzen Gemeinde sehr beliebt und spielte ernsthaft mit dem Gedanken, für den Kongress zu kandidieren. Ich weiß nicht, ob seine Gefolgsleute sich für die Drogen interessiert hätten oder nicht, aber die sentimentalen weißen Liberalen, die das Geld zur Verfügung stellten, taten das schon. Roosevelt war zwar dumm, aber nicht dumm genug, um das nicht zu wissen.

Wir hatten ihn am Haken, und wir machten ihn zum Spitzel. Er war verkabelt, wenn er sich mit Leroy traf. Wir wussten bereits, wo die Methamphetamin-Labore waren. Wir würden eine Tonne an Beweisen kriegen.

Niemand wusste davon. Zumindest dachten wir das. Wir weihten Pat nicht ein und auch sonst niemand – nicht einmal das Erpressungsopfer wusste, dass wir Roosevelt hatten. Roosevelt war kein zäher Bursche wie Leroy oder Daryl. Er war eine Niete. Es war nicht sehr schwer, ihn umzudrehen. Ich glaube, er machte sich nicht mal wirklich Gedanken darüber, was Leroy mit ihm anstellen würde, falls er es herausfand. Das Einzige, woran ich denken konnte, war, dass ich diejenige sein würde, die den großen, bösen Leroy in die Knie zwang. Trash würde untergehen.

Ich wusste, dass er Roosevelt töten würde, wenn er es herausfand, aber es war mir nie in den Sinn gekommen, dass er Sissy etwas antun könnte. Falls ich irgendetwas dachte, dann, dass Leroy Sissy einen Gefallen tun würde, indem er Roosevelt umbringt. Wissen Sie, das Seltsame ist, dass ich vielleicht in der Lage gewesen wäre, damit umzugehen. Vielleicht. Aber diese verdammte Puppe brachte das Fass zum Überlaufen.«

Sie hatte diesen letzten Teil so leise gesagt, dass ich nicht sicher war, ob ich sie richtig verstanden hatte. »Entschuldigung«, sagte ich. »Eine Puppe?«

»Eine Puppe. Eine verdammte Puppe. Als wir Sissy fanden, hat sie diese Puppe umklammert. Ich weiß nicht, ob sie sie die ganze Zeit bei sich hatte oder ob sie zu ihr gekrochen ist, nachdem sie vergewaltigt worden war. Sie lag in Embryonalstellung um diese Puppe herumgekauert. Sie hielt sie so fest, dass der Gerichtsmediziner Schwierigkeiten hatte, sie aus ihrer Hand zu befreien. Und das verfluchte Ding war wirklich ein armseliges Exemplar von einem Spielzeug. Ein Auge fehlte, der Kopf war gebrochen, und sie starrte vor Schmutz. Sie war ein reines Nichts, aber dann durchsuchten wir das ganze Haus und stellten fest, dass sie das einzige Spielzeug war. Das einzige Spielzeug, und es war so scheußlich, man würde nicht wollen, dass das eigene Kind es auch nur berührt. Man konnte an der Art, wie Sissy diese Puppe umklammerte, erkennen, was sie ihr bedeutete. Es war alles, was sie hatte. Ich weiß nicht, warum es mir so zusetzte, aber das tat es. Ich bekam das Bild von Sissy, wie sie diese Puppe im Arm hielt, einfach nicht mehr aus dem Kopf. Und verschwenden Sie keinen Gedanken daran, mir zu unterstellen, melodramatisch zu sein. Ich sage nur, wie es war.«

Ich verschwendete keinen Gedanken daran, ihr irgendetwas zu unterstellen. Wenn man mit Opfern arbeitet, sieht man Dinge, die sich niemand ausdenken könnte.

247

»Wir arbeiteten eine Weile an dem Fall, aber wir hatten nicht den geringsten Anhaltspunkt. Roosevelt handelte so viel mit Drogen, dass jeder es getan haben könnte – jemand, der ihn abzocken wollte, jemand, den er abgezockt hatte, ein Rivale, ein Geschäftspartner, ein Kunde – wer konnte das schon wissen? Es gab einfach keine Indizien, keine Zeugen, keine Gerüchte, rein gar nichts. Ich hab niemand verraten, dass er mein Spitzel war. Niemand außer Mac wusste davon. Es hätte nichts gebracht, jemand davon zu erzählen. Die Tatsache an sich bewies gar nichts. Die Polizei hatte Leroy bereits wegen der Drogenverbindung im Visier. Doch der Fall wurde schließlich kalt, und alle gingen zur Tagesordnung über.«

»Außer Ihnen.«

»Ich schien dazu nicht fähig zu sein. Ich ging durch eine Phase, in der ich zu beweisen versuchte, dass jemand anders sie ermordet hatte. Ich wollte mir einfach nicht eingestehen, dass sie wegen mir getötet worden war. Eine Zeit lang glaubte ich, das Erpressungsopfer hätte es getan. Er hatte selbst Dreck am Stecken und war ein ziemlich undurchsichtiger Bursche. Er wusste nicht, dass wir über ihn im Bild waren, und er kam durchaus als Täter in Frage.

Ich wurde wie besessen von der ganzen Sache. Dann beging ich den großen Fehler, die Akten mit nach Hause zu nehmen. Wenn ich sie kopiert hätte, wäre nichts von dem hier geschehen, aber das tat ich nicht. Ich nahm sie mit nach Hause, und dann suchte plötzlich jemand danach, stellte fest, dass sie fehlten, und kam schließlich auf mich. Ich hätte lügen und behaupten können, dass ich sie nicht hatte, dass sie irgendwie verloren gegangen sein mussten, aber ich bin nicht sicher, ob man mir geglaubt hätte. Langer Rede kurzer Sinn – ich gab zu, dass ich die Akten hatte, sie wollten wissen, warum, und so führte eins zum anderen, und sie fanden heraus, dass ich in meiner Freizeit an dem Fall gearbeitet hatte.

Die ganze Angelegenheit war zäh und langwierig, und es hat keinen Sinn, das jetzt zu vertiefen. Unterm Strich kam raus, dass man mir befahl, aufzuhören, was ich aber nicht tat, bis sich dann der Typ mit dem Dreck am Stecken, dieses charismatische, verlogene Arschloch von einem Lokalpolitiker beschwerte, dass ich ihn schikanieren würde, woraufhin ich suspendiert wurde. Ich wurde suspendiert und musste zum Polizeipsychologen. Es war ein Riesenschlamassel, und ich brauchte sechs Monate, bevor man mich wieder einsetzte. Der Preis dafür war, dass ich nie wieder irgendetwas mit dem Fall zu tun haben durfte. Sie waren alle der Ansicht, dass ich die Kontrolle verloren hätte. Sogar der Seelenklempner.«

»Und war es so?« Für mich klang es danach. Ich fragte mich, ob sie es genauso sah.

»Vielleicht. Wahrscheinlich. Haben Sie sich jemals gewünscht, zurückgehen und etwas wiedergutmachen zu können, das sie verbockt haben? Haben Sie jemals genug davon gehabt, Dinge in ihren Händen auseinanderfallen zu sehen, und sich irgendwann gesagt: ›Jetzt reicht's. Das war einmal zu viel‹? Wissen Sie, was ich meine? Haben Sie je den Wunsch verspürt, etwas in Ordnung zu bringen – zumindest, so weit es geht? Wegen mir war ein Kind gestorben, und obwohl ich ganz genau wusste, dass die Ergreifung des Mörders es nicht zurückbringen würde, schien mein Leben davon abzuhängen, dass ich ihn schnappte.«

»Ich verstehe das«, sagte ich.

»Das ist es, was mit mir passiert ist. Ich musste den Mord an Sissy aufklären, und jemand musste dafür bezahlen, sonst würde nichts mehr einen Sinn haben.«

»Mandy, ich begreife, was Sie da sagen, aber es ist die traurige Wahrheit, dass man nie wirklich etwas aus der Vergangenheit aufklären kann, indem man etwas anderes in der Gegenwart aufklärt.«

»In dem Punkt irren Sie sich. Etwas anderes in der Gegenwart ist das Einzige, was man aufklären kann.«

Ich ließ mir das durch den Kopf gehen. »Vergessen Sie dabei eines nicht, Mandy. Es ist noch immer reine Mutmaßung Ihrerseits, dass Leroy Collins in den Mord an Sissy Harper und ihrem Vater verwickelt war. Sie haben selbst gesagt, dass niemand von Roosevelts Verrat wusste und dass es eine Menge anderer Leute gab, die ihn umgebracht haben könnten.« Natürlich glaubte ich ebenfalls, dass er schuldig war, aber das basierte auf dem Sehen von Dingen, was schwerlich einen Beweis darstellte. Doch vielleicht würde es Mandys Eifer etwas zügeln, wenn sie begriff, dass sie nichts in der Hand hatte.

»Wem wollen Sie was vorgaukeln?«, fragte sie. »Er hätte sich nicht die Mühe gemacht, Sie zu attackieren, wenn er nichts damit zu tun hätte. Sein Interesse an der ganzen Sache – die Tatsache, dass er hinter Ihnen her ist –, was soll das Ihrer Meinung nach für einen Sinn ergeben, wenn er nicht involviert war? Er will herausfinden, wie viel Sie wissen. Wenn er nichts damit zu tun hätte, würde er Sie mit einem Lachen abtun.

Ich werde hier nicht weggehen. Vielleicht kann ich ihn nicht für Sissys Tod drankriegen, aber ich kann ihn daran hindern, es wieder zu tun. Jetzt können Sie Pat anrufen oder nicht. Ich bleibe so oder so.«

Als ich später ins Haus ging, wartete Lily auf mich. Sie schien froh zu sein, mich zu sehen, und leistete mir Gesellschaft, während ich das Abendessen machte. Ich wurde dieser Tage einfach nicht schlau aus ihr. Sie wirkte verändert. Sie verbrachte unendlich viel Zeit in ihrem Zimmer, andererseits war das den Elternratgebern zufolge, die ich mir zugelegt hatte, ein ganz typisches Verhalten für Teenager. Sie war launenhaft – manchmal fröhlich und albern, manchmal mürrisch und gereizt. Aber auch das war wie in den Büchern. Dennoch, irgendetwas passte nicht zusammen. Lily lebte nun schon lange genug bei mir, dass ich ihre Muster kannte, aber das hier war anders.

Drogen? Könnten es Drogen sein? Ein Freund? Sex mit dreizehn? Großer Gott, bitte nicht. Ihre mürrische Art war bereits mehr, als ich verkraften konnte. Der Gedanke an ein echtes Drogenproblem oder eine schwangere Dreizehnjährige krampfte mir den Magen zusammen. Aber heute Abend wollte ich über etwas anderes sprechen.

»Warte, Lily«, sagte ich, als sie vom Tisch aufstehen wollte. »Bleib noch eine Minute da. Ich muss mit dir über etwas reden.« Sie setzte sich langsam wieder, ihre Augen auf mich fixiert. Sie wirkte beinahe panisch und schien den Atem anzuhalten. »Es ist nichts Schlimmes«, beruhigte ich sie. »Aber es kann sein, dass du für eine Weile zu Betsy ziehen musst.«

»Was?« Die Reaktion war prompt und feindselig. Das überraschte mich. Normalerweise konnte Lily es gar nicht erwarten, Betsy zu besuchen. Ob sie wohl einen Freund an der Schule hatte? Vielleicht gab es da tatsächlich einen Freund.

»Nun, normalerweise fährst du gern zu ihr. Wo liegt das Problem?«

»Ich muss zur Schule.« Das war neu. »Ich hab nichts angestellt. Warum willst du mich wegschicken?«

»Das tue ich nicht«, sagte ich perplex. »Na ja, ich tue es schon, aber nicht aus irgendeinem Grund, der mit dir zu tun hat.« Ich seufzte. »Du kannst es genauso gut wissen. Ich habe ein kleines Problem.«

»Was für ein Problem?«

»Ein Mann, ein Krimineller, glaubt, dass ich etwas weiß, das ich gar nicht weiß. Es kann sein, dass er mir einen Besuch abstatten wird, um es herauszufinden.«

»Hier? Er kommt vielleicht hierher?«

»Die Gefahr besteht, und auch wenn es vielleicht nicht passieren wird, warum ein Risiko eingehen?«

»Ich glaube nicht, dass er kommen wird. Und abgesehen davon, was hat das mit mir zu tun?«

Ich biss die Zähne aufeinander. Der Hochmut der Jugend. Als ob Lily irgendeine Ahnung hatte, ob Leroy kommen würde oder nicht. »Es hat nichts mit dir zu tun, Lily, hoffe ich. Aber es ist einfach keine gute Idee, hierzubleiben, wenn möglicherweise jemand derart Gefährliches auftauchen könnte. Er ist wirklich ein furcht-

einflößender Bursche. Du könntest da mitten hinein-
geraten.«

Lily war nicht beeindruckt. »Es hat nichts mit mir zu
tun. Ich gehe nicht, und du kannst mich nicht zwingen.«

»Warum nicht, Lily? Mit Betsy Zeit zu verbringen, ist
nicht das Fegefeuer. Sie ist witzig, und du bist gern mit
ihr zusammen.«

»Ich will nicht zu Betsy. Sie hat noch nicht mal einen
Computer. Ich gewöhne mich gerade erst in der Schule
ein. Ich bin gerade erst dabei, Freunde zu finden, und
jetzt versuchst du, alles kaputtzumachen. Das lasse ich
nicht zu. Du wirst mir das nicht kaputtmachen.« Sie hatte die Stimme erhoben, und es schwang ein Hauch von
Hysterie darin mit, die ich nicht verstand. »Ich weiß, dass
du mich nicht hierhaben willst. Das wolltest du nie.«

Ich setzte zu einer Erwiderung an, doch sie redete
weiter. »Tja, ich bin jetzt aber hier, und ich gehe nicht
weg. Wenn du mich zwingst, bei Betsy zu wohnen, laufe
ich weg, das schwöre ich.«

»Vergiss es einfach«, sagte ich. »Mir wird schon was
einfallen.«

Kapitel 18

»Wie ich feststelle, weilst du noch immer unter den Lebenden«, sagte Robert. Ich war vor Sorge wegen Lily und ihrer Gründe, warum sie nicht wegwollte, früh aufgewacht und saß gerade in Gedanken versunken mit einer Tasse Kaffee auf meinem geliebten Balkon, als er anrief. Robert stand aufgrund seiner Arbeitsbesessenheit natürlich stets früh auf. Er hatte sich angewöhnt, mich auf dem Weg zur Arbeit vom Auto aus anzurufen.

»Robert«, erwiderte ich, »versuchst du mir dadurch, dass du mich jeden Tag anrufst, um festzustellen, ob ich noch lebe oder tot bin, die Angst zu nehmen?«

»Nein, ich versuche, meine in den Griff zu kriegen. Also, keine Probleme?«

»Tatsächlich habe ich gerade erst einen bewaffneten Leibwächter auf meiner Türschwelle vorgefunden.« Ich erzählte ihm von Mandy.

»Hm, mir gefällt das alles, mit Ausnahme der Tatsache, dass du von einer Frau beschützt wirst, von der Pat Humphrey – die klug ist, wenn auch nicht übermäßig freundlich – gesagt hat, dass du dich komplett von ihr fernhalten sollst, weil etwas Schreckliches passieren wird, wenn sie wieder mit dem Fall zu tun hat, und deren Freund angedeutet hat, dass sie in große Schwie-

254

rigkeiten geraten wird, wenn er dir auch nur das Geringste über sie erzählt.«

»Andererseits«, sagte ich, »trägt sie einen .45 Colt und eine 9-Millimeter mit sich herum.«

»Das ist ein Pluspunkt«, sagte er. »Wie ist ihre Treffsicherheit?«

»Gut, es sei denn, sie ist aufgeregt.«

Robert lachte. »Warum bist du bloß so weit weg, Rotschopf? Du bist der größte Spaß, den ich in meinem Leben habe. Würdest du bitte in tödlicher Gefahr bleiben, damit ich für immer eine Entschuldigung habe, dich anzurufen?«

Seine Stimme klang warm und ungezwungen und erinnerte mich an Sonnenstrahlen, die durch Pinien fallen. Vielleicht lag es an der Anspannung, darauf zu warten, dass etwas Schlimmes passierte, aber plötzlich vermisste ich ihn. Ich vermisste die Zeit, die ich mit ihm verbracht hatte, und das Haus am Strand, in das er mich mitgenommen hatte, und das Geräusch der Brandung vor dem Fenster. Ich vermisste die langen Nächte mit seinem Körper nah an meinem, während er mit geschlossenen Augen seine Fingerspitzen über mein Gesicht gleiten ließ. Der Rhythmus seines Körpers auf meinem schien mit dem Geräusch der Brandung zu verschmelzen, bis das Tosen irgendwo in meinem Kopf explodierte. Ich würde die ganze Nacht wach bleiben, und die Brandung würde noch immer da sein, genau wie Robert, der träge und langsam sein Liebesspiel vollzog, indem er seinen harten Körper auf zunehmend sichere und vertraute Weise in meinen gleiten ließ.

Direkt vor Tagesanbruch, während er noch schlief,

war ich aufgestanden und am Strand spazieren gegangen. Ich trug ein weißes Baumwollnachthemd, das die Seebrise nach oben wehte, während ich durch das seichte Wassers watete. Trotz der salzigen Brise konnte ich Robert noch immer an mir riechen. Die Wellen klatschten gegen meine Knöchel, und ich fühlte mich wie die Verkörperung alles Weiblichen, so als wäre ich Mutter Erde selbst. Das war das eigentliche Problem. Ich hatte das Gefühl, als schlafe er mit der Verkörperung alles Weiblichen, als könnte es jede x-beliebige Frau sein.

Dennoch haftete der Brandung seither für mich etwas Sinnliches an, das sie zuvor nicht gehabt hatte, so als würde sich die Erinnerung jedes Mal, wenn ich das Meer sah, an den Rand meines Bewusstseins zurückstehlen. »Fragst du dich jemals«, sagte ich, »was mit uns geschehen ist?«

»Nein. Ich weiß, was mit uns geschehen ist. Du hast mich für deine geliebte Insel verlassen.«

»Es war nicht nur das«, widersprach ich.

»Du mochtest meine Katze nicht?«

»Ich mochte Hurricane sehr. Die Kratzer sind alle verheilt, und man kann die Narben kaum noch sehen.«

»Was dann?«

»Ich mochte diesen sechsmonatigen Haltbarkeitsstempel auf meinem Hintern nicht.«

»Du kränkst mich. So schlimm war es nicht.«

»Ich widerrufe«, sagte ich, »wenn du mir eine einzige Frau nennen kannst, die es länger als sechs Monate in deinem Leben gab.«

»Meine Mutter?«, schlug er vor.

»Sie hatte sich dazu verpflichtet.«

»Hmmm. Dann muss ich erst darüber nachdenken. Meine Erinnerung ist nicht mehr das, was sie mal war.«

»Das ist genau der Punkt. Die meisten Menschen können ihre Beziehungen an einer Hand abzählen. Nicht viele brauchen dazu einen Taschenrechner.«

»Vielleicht du zu früh das Handtuch geworfen, Rotschopf. Du hast uns keine echte Chance gegeben. Ich überlege gerade«, fuhr er fort, »ob du vielleicht irgendwann mal für einen Besuch zu haben wärst.«

Ich lachte. »Ich bewundere deinen Schneid, aber vielleicht könntest du einen Zeitpunkt wählen, an dem nicht gerade ein durchgeknallter Gangster mit einer eindrucksvollen Mordbilanz hinter mir her ist. Vielleicht ein Zeitpunkt, an dem ich nicht gerade von einer Frau beschützt werde, die geladene Waffen mit sich herumträgt und deren seelische Stabilität zu wünschen übrig lässt.«

»Der Zeitpunkt wird kommen«, erwiderte er. »Hast du ein Zimmer frei?«

»Nein.«

»Gut. Dann müssen wir uns eins teilen.« Damit verabschiedete er sich.

*

Ich dachte gerade lächelnd über Robert nach, als ich Mandys Auto in der Einfahrt halten sah. Ich winkte ihr zu, während sie auf das Haus zukam. Sie trug abgeschnittene Jeans, ein T-Shirt und darüber ein langärmeliges Hemd in Übergröße. Ohne Zweifel war da ein kleines Holster an ihrem Rücken, das Trägertops unpraktisch machte.

»Hallo«, begrüßte sie mich. »Ich wollte mich nach Ihren Plänen für den Tag erkundigen.«

»Kommen Sie rein.« Ich stand auf und ging nach drinnen. Ich hoffte inständig, dass es mit ihr einfacher sein würde, über dieses Thema zu verhandeln, als es bei Lily gewesen war.

»Wissen Sie«, begann ich, nachdem sie sich gesetzt und ich Kaffee eingeschenkt hatte, »Sie haben mich in Bezug auf Lily wirklich in Panik versetzt.«

»Lohnende Sache, deswegen in Panik zu geraten«, sagte sie. »Je eher sie weg ist, desto besser.«

»Das wird nicht passieren. Sie ist durchgedreht, als ich es vorschlug. Ich weiß nicht, warum. Sie ist nicht besonders glücklich, hier gestrandet zu sein, aber sie wird definitiv nicht weggehen.«

»Sie entscheidet das?«

»Sie kennen Lily nicht. Ja, sie entscheidet das, es sei denn, Sie hätten einen Knebel und Handschellen griffbereit. Über manche Dinge kann man mit Lily verhandeln, über andere nicht. Wenn dieser panische Ausdruck – den ich mir nicht erklären kann – in ihre Augen tritt, dann ist man an jeder Möglichkeit, zu verhandeln, vorbeigeschlittert. Ich bin keine Mutter«, ergänzte ich. »Aber ich versuche, hier mein Bestes zu geben.« Ich trank einen Schluck Kaffee und stählte mich innerlich. »Was mich zu Plan B bringt.«

»Der da wäre?« Sie zog die Augenbrauen hoch.

»Sie. Sie haben Ihre Hilfe angeboten. Ich mache mir mehr Sorgen um Lily als um mich. Mich würde eine endlose, lähmende, psychiatrische Hilfe erfordernde Schuld überkommen, wenn ihr wegen mir etwas zustoßen sollte. Falls Sie hier wirklich etwas Gutes tun wollen, dann passen Sie auf Lily auf.«

Mandy setzte ihre Kaffeetasse ab. »Breeze«, sagte sie seltsam förmlich. Sie benutzte ihre Polizistenstimme, und für eine Sekunde fühlte ich mich wie eine Kriminelle, die darauf wartet, dass sie die volle Härte des Gesetzes zu spüren bekommt. »Ich habe nicht angeboten, auf Lily aufzupassen. Sie ist in Gefahr, ganz klar, aber Sie sind in größerer Gefahr. Sie sind die Einzige, von der ich sicher weiß, dass Leroy es auf Sie abgesehen hat. Sie bekommen gerade ein Gratisgeschenk. Da haben Sie nicht auch noch die Konditionen zu bestimmen.«

»Ich schlage Folgendes vor«, erwiderte ich. »Lily ist den ganzen Tag über in der Schule. Sie können mich währenddessen nach Herzenslust bewachen. Abends sind wir meistens beide hier. Sie schlagen also zwei Fliegen mit einer Klappe. Und wir verbringen auch den größten Teil der Wochenenden zusammen, also auch kein Problem. Es sind lediglich diese seltenen Momente – okay, diese nicht sehr häufigen Momente –, wenn sie nicht in der Schule ist und wir auch nicht am selben Ort sind, in denen Sie bei Lily bleiben müssten.«

»Es tut mir leid, Breeze. Ich verstehe, warum Sie möchten, dass ich das tue, aber die Antwort lautet nein. Ich muss bei der primären Zielperson bleiben.«

»Mandy, ich bin kein bösartiger Mensch. Ich glaube nicht, dass mir in meinem Leben schon mal jemand unterstellt hat, ein bösartiger Mensch zu sein. Aber dies sind ernste und gefährliche Zeiten.«

»Soll heißen?«

»Es ist ein gutes Angebot. Sie sollten es annehmen.«

»Was ist der bösartige Teil?«

»Der bösartige Teil wäre ein Anruf in Dallas, falls Sie es nicht annehmen.«

Sie sah mich abwägend an. »Das würden Sie nicht tun. Solange ich hier bin, steht Lily die halbe Zeit über unter Bewachung. Sie haben das selbst gesagt. Ohne mich ist es für Leroy ein Kinderspiel.«

»Sie würden nicht gehen«, entgegnete ich. »Ganz gleich, was man Ihnen befiehlt. Die einzige Konsequenz wäre, dass Sie gefeuert werden, und das wiederum würde bedeuten, dass Sie, falls Leroy nicht hier auftaucht, nie wieder eine Chance bekommen, ihm eins zwischen die Hörner zu geben – oder den Mord an Sissy aufzuklären. Soweit mir bekannt ist, bekommen Normalsterbliche keine polizeilichen Informationen. Sie führen keine Verhöre durch und nehmen auch keine Verhaftungen vor. Ich kann mir nicht vorstellen, dass Sie sich selbst aus dem Ring schmeißen.«

Sie legte den Kopf schräg und sah mich an. Ich bemühte mich verzweifelt, nicht zu blinzeln. »Es ist gar kein so schlechtes Angebot«, sagte sie.

Nachdem ich beide verabschiedet hatte – Lily zur Schule und Mandy, damit sie irgendwelches Zubehör organisieren konnte, um unsere »jämmerlichen« Sicherheitsvorkehrungen aufzurüsten, wollte ich mich gerade an die Arbeit begeben, als das Telefon klingelte. Pat Humphreys selbstsichere Stimme drang aus der Leitung. Einen Moment lang dachte ich, sie hätte herausgefunden, dass Mandy hier war, aber tatsächlich rief sie – unglaublich, aber wahr – an, um sich zu entschuldigen. Für

260

Pats Verhältnisse klang ihre Stimme schon fast zerknirscht.

»Ich möchte Ihnen sagen, dass es mir leidtut«, begann sie. »Ich habe Mist gebaut. Ich hätte es erst durchdenken sollen.«

»Ich weiß, Pat«, erwiderte ich. »Es ist einfach eins dieser Dinge, die einem um die Ohren fliegen, wenn man es nicht erwartet.« Was großzügig von mir war. In Wahrheit war es vollkommen vorhersehbar gewesen, und sie hatte es schlichtweg verbockt.

»Ich hätte es besser wissen müssen. Ich habe jetzt schon seit zehn Jahren mit Leroy zu tun.«

»Ich lebe noch.«

»Es ist noch lange nicht ausgestanden. Hören Sie, Robert sagt, dass Sie die Insel nicht verlassen wollen, und das ist einfach idiotisch. Was ich getan habe, ist nicht halb so idiotisch wie das.« Mal wieder ganz die Diplomatin, dachte ich.

»Ich habe meine Gründe«, sagte ich knapp, weil ich Lily und Jena nicht hineinziehen wollte.

»Haben Sie eine Waffe?«

»Nein.« Ich hörte sie seufzen.

»Hören Sie zu. Vielleicht bin ich in Bezug auf Leroy nicht ausreichend ins Detail gegangen, oder vielleicht haben Sie die Akten nicht gründlich genug gelesen. Erinnern Sie sich an den Fall, wo eines Nachts eine Frau gerade in dem Moment aus ihrem Fenster sah, als Leroy auf der Straße einen Mann niederstach?«

»Nein. Ich habe sie mir nicht alle angesehen. Ich war hauptsächlich auf den Sissy-Harper-Fall konzentriert.«

»Nun ja, Leroy hat es herausgefunden und wollte wissen, ob es noch weitere Zeugen in ihrer Wohnung gab. Also hat er ihr einen Finger nach dem anderen abgeschnitten, bis er überzeugt war, dass sie ihm alles gesagt hatte.«

Mir drehte sich der Magen um. »Pat, ich habe keine Informationen, für die es sich lohnen würde, einen Finger zu verlieren«, sagte ich. »Falls Sie sich erinnern, weiß ich tatsächlich nichts.«

»Das hat sie auch nicht getan«, entgegnete Pat. »Aber sagen Sie mir bitte wenigstens, dass Sie einen Plan haben.«

»Ich habe einen Freund hier, der auf mich aufpasst. Er hat eine Waffe.« Ich glaubte nicht, dass Mandy etwas dagegen hatte, in einen Er verwandelt zu werden, um zu verhindern, dass Pat erriet, von wem ich sprach.

»Und er weiß damit umzugehen?«

»Ehemaliger Cop«, erwiderte ich. »Aber, Pat, eine letzte Sache noch. Sie wollten nicht, dass ich mit Mandy Johnson spreche. Aus welchem Grund?« Man mag mich für eine Skeptikerin halten, aber auch wenn Mandys Darstellung wahr geklungen hatte, war ich mit zu vielen Straftätern in Kontakt gekommen, um nicht gegenzuchecken, was man mir erzählte.

Es entstand eine längere Pause, dann meinte Pat: »Ich werde es Ihnen sagen, weil ich das unbestimmte Gefühl habe, dass sie versuchen wird, sich in den Fall einzumischen, sobald sie herausfindet, was vor sich geht. Sie fing damals an, auf eigene Faust zu ermitteln. Es wurde zur Besessenheit. Als wir die Akten von ihr zurückholen wollten, war ihr ganzes Wohnzimmer in eine Art Strategieraum verwandelt worden, mit Fotos von

Sissy, Polizeiakten, Hunderten von Notizen zu Vernehmungen, von denen wir nichts wussten. Das Ganze war ein Riesenschlamassel. Sie hatte einen Kommunalpolitiker derart schikaniert, dass der uns fast eine Klage angehängt hätte. Der Psychiater meinte, dass sie den Polizeidienst ganz quittieren sollte. Wir beschlossen, ihr noch eine letzte Chance zu geben.

Nicht alle waren damit einverstanden. Sie warten nur darauf, dass sie es vermasselt. Lassen Sie sie nicht mitmischen, okay? Diesmal kostet es sie den Job. Aber es geht um mehr als das. Falls Sie sie involvieren, wird sie ihr inneres Gleichgewicht verlieren und vermutlich wieder die alte Besessenheit entwickeln. Und glauben Sie mir, mit Obsessionen kenne ich mich aus. Ich kann Ihnen gar nicht sagen, wie viele Stalker ich angeklagt habe. Es ist eine üble Sache. Abgesehen davon mag ich Mandy, ganz gleich, was sie denkt. Frauen haben es in der Strafverfolgung verflucht schwer. Mandy war eine gute Polizistin – ist eine gute Polizistin, wenn sie sich aus dieser Sache hier raushält.«

Ich dachte über das Bild von Mandy nach, das sich ergab: eine instabile Polizistin mit einer Obsession. Ich war gar nicht so falsch gelegen. Kugeln, die an Ohren vorbeizischen. Schlimmer noch, Kugeln, die an Lilys Ohren vorbeizischen.

Kapitel 19

Lily hatte den Strand bisher nach Möglichkeit gemieden. Doch jetzt saß sie in der Klemme. Ihre Lehrerin, Mrs Carsons, hatte die vier Schüler ihrer Klasse aufgefordert, für ein wissenschaftliches Projekt Muscheln mitzubringen. Lily hatte Breeze halbherzig vorgeschlagen, sie in einem Souvenirladen zu kaufen. Breeze hatte gelacht, als hielte sie es für einen Witz.

Ich sollte es besser hinter mich bringen, dachte Lily. Es war eine blödsinnige Aufgabe, aber sie würde den Computer verlieren, wenn sich ihre Noten verschlechterten, und das durfte nicht passieren. Wie sollte sie mit ihrer Mutter kommunizieren, wenn sie nicht mehr an den Computer durfte? Die E-Mails ihrer Mom waren das Einzige, das zählte. Nur an sie zu denken, ließ Lily sich schon besser fühlen. Sie sollte zu Betsy ziehen, obwohl die nicht mal einen Computer hatte? Nicht im Traum.

Mandy hatte angeboten, sie an den Strand zu begleiten, und Lily hatte, bewaffnet mit einem Bild der Muscheln, die sie brauchte, zugestimmt. Vermutlich wussten die anderen Schüler alle, wie die Muscheln aussahen. Mrs Carson hatte das aber nicht gesagt, sondern einfach jedem ein Bild ausgehändigt. Sie war eigentlich gar nicht so übel.

Sie und Mandy gingen zusammen über den Strand. Der harte, nasse Sand ruckelte unter Lilys Füßen wie kaffeefarbene Götterspeise. Mandy hing jetzt schon seit ein paar Tagen in ihrer Nähe herum, und auch das war gar nicht so übel. Lily fing an, sich an sie zu gewöhnen. Zumindest redete sie mehr als Breeze, obwohl sie an Breeze inzwischen auch gar nicht mehr so viel störte. Seltsam, aber seit sie mit ihrer Mutter E-Mails austauschte, war sie nicht mehr so wütend auf Breeze.

Die Sonne schien selbst zu dieser Stunde so hell, dass sie direkt vor Lilys Füßen ein gelbes Band über den Sand warf. Vor ihr lag eine Ansammlung von Muscheln, die wie nachlässig verstreute Scherben zerbrochener Porzellanteller aussahen. Sie musterte sie prüfend auf der Suche nach den Helmschnecken, Scheidenmuscheln und Wellhornschnecken, die sie sammeln sollte.

Zu ihrer Linken rollten gleichmäßig die Wellen heran. Sie klingen wie ein endloses Herzklopfen, dachte sie. Ein bisschen wie das Atmen eines riesigen Tiers, und seltsamerweise bewirkte das Geräusch, dass sie sich insgesamt besser fühlte. Vielleicht war das der Grund, warum Breeze hier so viel Zeit verbrachte. Vielleicht hatte es bei ihr dieselbe Wirkung.

Der leichte Wind hob die Spitzen ihres Haars an, sie schmeckte das Salz auf ihren Lippen und dachte, dass es hier auf der Insel vielleicht doch gar nicht so übel war – es gab nicht genügend junge Leute, aber der Strand war hübsch. Das war nicht das richtige Wort. Vielleicht war die Stadt hübsch. Der Strand war irgendwie mehr als nur hübsch. Hübsch ließ ihn klein und gewöhnlich klingen, und das war er nicht. Lily ließ den

Blick über die Wellen in die Ferne schweifen und überlegte, dass sich das hier den ganzen weiten Weg bis nach Frankreich erstreckte, was wirklich seltsam war. Wenn ihr Blick weit genug reichen würde, könnte sie Frankreich sehen. Wie seltsam das erst war.

Würde es ihrer Mutter hier gefallen? Würde sie eines Tages hier leben wollen – oder wenigstens zu Besuch kommen? Ihre Mutter redete ständig über die Berge. Zumindest hatte sie das getan, bevor Jerrys Schläge sie in einen Zombie verwandelt hatten. Dieser Ort ähnelte auf gewisse Weise den Bergen. Er hatte dieses Gewaltige, von dem sie instinktiv wusste, dass es Teil dessen war, was ihre Mutter so liebte.

Sie sah zu Mandy hinüber und fragte sich, wie viel sie ihr sagen konnte. Mandy war ziemlich cool. Sie hatte eine freche Frisur, und die Waffen schienen ein sicheres Zeichen zu sein, dass sie sich von niemand auf der Nase herumtanzen ließ.

»Mandy?«

Mandy hatte sich umgedreht und ließ den Blick über die Dünen wandern, wie sie es alle paar Minuten tat. Jetzt wandte sie sich wieder zu ihr um. »Ja?«

Lily wusste nicht genau, wie sie es ausdrücken sollte. »Ich hab da mal was im Fernsehen gesehen. Über häusliche Gewalt.«

»Okay.« Mandy sah sie nicht an, sondern beobachtete die Wellen, während sie weitergingen.

»Ich dachte nur, Sie könnten etwas darüber wissen, weil Sie ja Polizistin sind. Und die Polizei bekommt doch deshalb Anrufe, oder? Na ja, ich frage mich einfach, warum sie es tun.«

»Die Täter? Warum sie Menschen misshandeln?«

»Ach nein, nicht die Täter. Die interessieren mich nicht. Die sind einfach schlecht. Ich schätze, sie tun es, weil sie es genießen.«

Mandy sah sie überrascht und, wie es schien, mit einem Ausdruck der Zustimmung an.

»Ich meine die Frauen. Ich wette, Sie würden es nicht tun. Sie würden sich von keinem Mann schlagen lassen. Sie würden ihn verlassen. Oder ihn erschießen. Und falls die Polizei auftauchen würde, würden Sie nicht sagen, dass alles in Ordnung ist.«

Mandy ging ein Stück weiter, dann sagte sie: »Ich werde dich nicht anlügen, Lily. Ich habe keine echte Antwort für dich. Ich habe es selbst nie wirklich begriffen. Als Kind habe ich damit gelebt, aber ich konnte es kein bisschen besser verstehen als du. Jetzt bin ich erwachsen und kann es noch immer nicht.«

Lilys Herzschlag schien für einen Moment auszusetzen. »Wie meinen Sie das?«, fragte sie beiläufig, »dass Sie damit gelebt haben?«

»Meine Mutter hatte eine ganze Reihe von Freunden, die sie schlugen. Ich kann dir nicht sagen, warum sie es zugelassen hat. Sie hat sie immer erst rausgeschmissen, kurz bevor der Nächste einzog. Sie hat getrunken, aber das ist keine Entschuldigung. Sie fühlte sich wertlos, das weiß ich, aber inzwischen denke ich, dass das hauptsächlich durch die Misshandlungen kam. Um dir die Wahrheit zu sagen, habe ich meine Mutter nie begriffen. Wir standen uns nicht nahe. Ich verdanke ihr eine ziemlich lausige Kindheit. Ich habe viele Jahre damit zugebracht, wütend auf sie zu sein.

Inzwischen fühle ich mich besser, weniger wütend. Zumindest glaube ich das. Ich scheine nicht mehr so viel darüber nachzugrübeln. Aber ich bin nicht der richtige Ansprechpartner für dich, weil ich es selbst nie kapiert habe.«

Oh doch, das sind Sie, dachte Lily. Sie sind genau der richtige Ansprechpartner.

Sie gingen ein paar Minuten lang weiter, dann sagte Lily: »Hatten Sie je das Gefühl, dass es Ihre Schuld ist?«

»Manchmal.« Mandy lachte. »Ich erinnere mich inzwischen noch nicht mal mehr, warum. Wieso sollte ein Kind denken, dass etwas wie das seine Schuld sein könnte? Das ergibt einfach keinen Sinn. Trotzdem habe ich so empfunden.«

»Ein Kind könnte so denken«, sagte Lily langsam, »wenn es selbst der Grund dafür ist, dass seine Mutter sich überhaupt erst mit dem Typen eingelassen hat.«

»Kinder entscheiden nicht, mit wem sich ihre Eltern einlassen«, widersprach Mandy. Lily antwortete nicht.

»Ist das der Grund, warum du hier bist?«, fragte Mandy sanft. »Hat deine Mutter ein Problem dieser Art?«

Wieder gab sie keine Antwort.

»Du musst es mir nicht erzählen, Lily, aber ich bin ziemlich offen zu dir gewesen. Und ich werde niemand sagen, was du mir anvertraust.«

Lily hatte das Gefühl, als würde sie sich gegen eine richtig schwere Tür stemmen, die sie noch nie zuvor aufbekommen hatte. Jetzt endlich schien sie nachzugeben. »Meine Mutter hat ein paar solche Probleme«, sagte sie mit flacher Stimme. »Aber sie ist kein schlechter Mensch. Wirklich, das ist sie nicht.«

»Nein«, erwiderte Mandy betrübt. »Ich bin sicher, dass sie das nicht ist.«

»Das Ding ist, meine Mutter war nicht immer so. Ich erinnere mich noch an die Zeit, als ich klein war und Jerry nicht bei uns gelebt hat. Sie war hübsch, und wir haben viel zusammen unternommen. Alles Mögliche. Sie hat mir Geschichten über die Berge erzählt.«

»Die Berge?«

Lily seufzte. »Meine Mutter ist verrückt nach den Bergen, den wirklich großen, in Südamerika und im Himalaja. Sie ist Bergsteigerin, oder war es zumindest. Sie hat Fotos. Es stimmt. Sie hat es sich nicht ausgedacht.« Sie sah jetzt zu Mandy hoch, als würde diese ganz bestimmt glauben, dass ihre Mutter log. Mandy erwiderte nichts. »Sie können Breeze fragen. Die beiden haben als Kinder ständig über die Berge geredet. Sie kann es bestätigen.«

»Ich bezweifle das nicht, Lily«, sagte Mandy. »Ich habe mich nur gerade gefragt, was schlimmer ist – eine Mutter wie meine zu haben, die nie etwas anderes war als ein Fußabtreter, oder eine wie deine, die zuvor anders war. Ich habe keine Ahnung.«

»Wollen Sie wissen, warum es meine Schuld ist? Mein Vater ist gestorben. Er war Bergsteiger, und er stürzte ab und starb, und dann war da nur noch meine Mutter, die sich um mich kümmern konnte, und das bedeutete, dass sie nicht mehr bergsteigen gehen konnte. Dann hat sie Jerry kennengelernt, und der war ebenfalls Bergsteiger und hat sie dadurch an die Berge erinnert. Sie hat sich mit ihm eingelassen, weil er ihre Verbindung zu den Bergen war. Das ist es, was ich denke, und es ist die Wahrheit. Wenn sie die Berge gehabt hätte, hätte sie ihn nicht gebraucht.« Sie sprach schnell, und die Worte schienen aus ihrem Mund zu fliegen, noch bevor sie beschlossen hatte, sie auszusprechen.

»Das ist deine Meinung?«, fragte Mandy. »Das ist es, was du denkst?«

»Es ist wahr«, beharrte Lily und wünschte sich, es ihr nicht erzählt zu haben.

»Es wäre möglich«, stimmte Mandy zu. »Ich habe versprochen, dich nicht zu belügen. Es könnte wahr sein.«

Eine Bürde fiel von Lily ab, so als hätte sie plötzlich ihre letzten fünf Kilo Babyspeck verloren. Sie hätte nicht gedacht, dass irgendein Erwachsener ihr recht geben würde. Lily wusste, dass es stimmte. Es fühlte sich einfach zu wahr an, wie etwas, das man sich nicht nur einbildet. Aber sie hätte nie geglaubt, dass irgendein Erwachsener mit ihr darüber reden würde.

Mandy überprüfte wieder die Dünen, dann ließ sie sich auf den Strand plumpsen. »Setz dich zu mir«, sagte sie. Lily hockte sich gehorsam neben sie, während Mandy sich auf die Ellbogen zurücklehnte und auf das Wasser starrte. Nach einem Moment sagte sie: »Also, lass uns mal annehmen, es wäre wahr. Und wenn schon. Es wäre sowieso passiert, weißt du? Früher oder später wäre sie zu alt geworden zum Bergsteigen, oder sie hätte sich eine Verletzung zugezogen, die sie daran gehindert hätte. Der springende Punkt ist, dass deine Mutter das Problem hatte, etwas zu lieben, ohne das sie nicht leben konnte. Es war halt zufällig ein Kind, das sie zum Aufhören zwang. Es hätte auch alles andere sein können.«

»Ich wünschte, es wäre etwas anderes gewesen«, sagte Lily.

»Sie hätte andere Dinge tun können«, fuhr Mandy fort. »Sie hätte Felsklettern unterrichten oder ein Geschäft für Bergsteigerbedarf eröffnen können. Warum musste es dieser Kerl sein? Und warum hat sie ihn nicht verlassen, als es schlimm wurde? Er erinnert sie heute nicht mehr an die Berge. Es erklärt nicht, warum sie nicht weggegangen ist.«

Lily gab keine Antwort.

»Es ist nur ein Teil davon«, sagte Mandy. »Sie hatte eine Vielzahl von Alternativen, aber sie hat ihn gewählt.«

Doch Lily hörte nicht mehr zu. Sie dachte gerade über das nach, was Mandy zuvor gesagt hatte: dass ihre Mutter andere Dinge hätte tun können. Das klang ebenfalls wahr. Also, warum hatte sie es nicht getan?

»Können sich solche Menschen jemals ändern?«, fragte sie zögerlich. »Sie redet davon, ihn zu verlassen, aber ich weiß nie, ob ich ihr glauben soll. Sie hat das schon früher gesagt. Sie hat es oft gesagt. Dann hat sie für eine Weile aufgehört, auch nur so zu tun, als ob sie ihn verlassen würde. Sie schien einfach aufzugeben, und sie war ständig völlig zugedröhnt. Ich bin fast gar nicht mehr an sie rangekommen.

Ich weiß nicht, aber jetzt klingt sie wieder verändert. Mehr wie davor, nur besser. Ich habe keine Ahnung. Sie hat ihn früher nicht verlassen, auch wenn sie geklungen hat, als ob sie es tun würde.«

»Es heißt, die meisten Menschen geben das Rauchen zehnmal auf, bevor es klappt«, sagte Mandy. »Wer weiß? Vielleicht ist dies das Mal, wo es klappt?«

Vielleicht, dachte Lily. Oder vielleicht ist es nur eins der zehn.

»Mandy, Sie haben gesagt, dass Sie früher wütend waren. Was haben Sie dagegen unternommen?«

»Nicht viel. Ich habe mir davon nur wieder und wieder mein Leben versauen lassen. Entschuldige die Ausdrucksweise. Manchmal klingst du gar nicht wie dreizehn, und dann vergesse ich es. Die Wut ist nicht völlig weg. Ich werde noch immer über manche Dinge wütend, aber es hält jetzt nicht mehr die ganze Zeit über an und richtet sich nicht gegen alles. Aber da ist eine Sache, über die ich immer noch wütend bin«, fuhr sie fort. »Ich denke, man kann nicht aufwachsen wie ich, ohne wütend zu sein.«

»Ich merke es noch nicht mal, wenn ich wütend bin«, sagte Lily. »Zumindest manchmal. Es kommt vor, dass mir die Leute sagen, dass ich wütend bin, und ich erst mal keine Ahnung habe, wovon sie reden. Dann fühle ich, dass ich wieder diesen Knoten in meinem Bauch habe. Ich glaube, er ist meine Wut. Er wird immer enger und – ich weiß nicht, wie ich es beschreiben soll. Wenn er nicht meine Wut ist, weiß ich auch nicht was sonst.«

»Er ist deine Wut«, sagte Mandy, »wenn er sich anfühlt wie ein Tier, das an dir herumnagt.«

»Ja. Das trifft es ziemlich genau.«

*

Robert Giles arbeitete gerade an einem Schriftsatz, als das Telefon klingelte. Er sah nicht auf, sondern wartete, wer es war, bevor er entscheiden würde, ob er ranging; wenn er jedes Gespräch annähme, würde er überhaupt nichts erledigt bekommen. Er erkannte die Stimme der

Frau nicht und wollte gerade die Lautstärke herunterdrehen, als ihm auffiel, dass sie einen Südstaatenakzent hatte. Da er nicht viele Südstaatler in Seattle kannte, dachte er an die Dallas-Verbindung und fragte sich, ob dies etwas mit Daryl Collins zu tun haben könnte. Er zögerte, dann stellte er lauter.

»Mr Giles, ich muss mit Ihnen reden. Ich hätt da mal ne kurze Frage. Ich hab schon im Gefängnis angerufen, aber die wussten die Antwort nicht. Die haben gemeint, ich soll besser Sie anrufen. Ich probier's später noch mal …«

Robert nahm den Hörer ab. »Hier spricht Robert Giles.«

»Mr Giles, Sie kennen mich nicht, aber ich hab ne Frage wegen Daryl Collins, und im Gefängnis haben sie gesagt, ich soll Sie anrufen.«

»Mit wem spreche ich?«

Es folgte eine Pause. »Das ist nicht wichtig. Ich hab bloß ne Frage.«

Robert legte den Füller beiseite und setzte sich auf. »In Ordnung, also, was kann ich für Sie tun?«

»Stimmt es, dass Sie den Kerl rauslassen werden?«

Er dachte einen Moment nach. Es war eine öffentliche Information. Warum also nicht? »Vielleicht«, sagte er. »Wir sind noch nicht sicher. Es besteht die Chance, dass er in Haft bleibt, aber er wird seine Strafe in ein paar Monaten verbüßt haben und dann vermutlich entlassen werden.«

»Warum sollten Sie so was tun wollen, nen Typen wie Daryl Collins auf freien Fuß setzen?«, fragte sie. »Man sollte meinen, dass Sie ihn drin behalten, jetzt, wo Sie ihn endlich geschnappt haben. Hat schließlich lang genug gedauert. Und jetzt wollen Sie umkippen und ihn wieder rauslassen? Der wird direkt mit dem weitermachen, was er immer gemacht hat. Lassen Sie den Kerl frei, und es werden Menschen zu Schaden kommen.«

»Ich kenne Leute, die genauso denken wie Sie«, sagte Robert, »aber er hat seine Zeit abgesessen.«

»Dieser Mann hat seine Zeit nicht abgesessen für alles, was er getan hat.«

»Das ist mir auch schon zu Ohren gekommen, aber es ist schwer, Zeugen zu finden.«

»Gegen den Mann kann man keine Zeugenaussage machen«, sagte die Stimme. »Warum reden Sie so nen Unsinn? Da kann man gleich ne Kugel nehmen und sie sich eigenhändig ins Hirn jagen. Sie wollen ihn wirklich rauslassen?«

»Ich fürchte, uns wird keine andere Wahl bleiben. Wenn Sie mir Ihren Namen und Ihre Telefonnummer geben, kann ich dafür sorgen dass man Ihnen Bescheid gibt. Daryl Collins wird nichts davon erfahren.«

»Würde nichts bringen«, sagte die Stimme, »wenn Sie meine Nummer hätten. Muss umziehen. Wieder mal. Werd die Zelte abbrechen und mich davonmachen. Wenn der Typ seine Visage auf der anderen Seite der Gefängnismauern zeigt, muss ich weit über alle Berge sein.«

»Warum müssen Sie …«, aber sie hatte aufgelegt.

Robert blieb einen Moment still sitzen und dachte nach. Wahrscheinlich war sie nur jemand, der Daryl hier oben begegnet war und Grund hatte, ihn zu fürchten. Robert hatte die Akten gelesen und wusste, dass Daryl vor dem Raubüberfall erst kurz in Seattle gewesen war, aber es konnte hier trotzdem Leute geben, die Angst vor ihm hatten. Vermutlich hinterließ Daryl auf Schritt und Tritt Menschen, die sich vor ihm fürchteten.

Aber die Frau hatte einen Südstaatenakzent gehabt, und das schien ein allzu großer Zufall zu sein. Doch woher wollte er überhaupt wissen, dass sie aus Seattle angerufen hatte? Sie könnte aus Texas angerufen haben. Ihm fiel ein, dass der Anrufbeantworter die Nummern der Anschlüsse speicherte, von denen aus angerufen wurde, und das Gerät hatte sich eingeschaltet, bevor er abgenommen hatte. Er überprüfte die Vorwahl – 206 – der Anruf war aus Seattle gekommen. Er notierte den Rest der Nummer, schaltete seinen Computer ein und zog ein Telefonbuch zu Rate. Die Nummer gehörte einer Frau namens Gladys Parks.

Er griff zum Hörer und wählte Pat Humphrey an, dann hängte er rasch auf, als es zu klingeln begann. Vielleicht war Pat nicht der richtige Ansprechpartner für diese Sache. Pat hatte schon zuvor überstürzt gehandelt und damit Breeze in Gefahr gebracht. Sie war irrational, was Leroy Collins betraf, und er war sich nicht sicher, ob sie nicht wieder etwas Unbesonnenes tun würde. Er starrte das Telefon an, während er nachdachte, dann rief er Breeze an.

»Wie gut kennst du die Akte von Daryl Collins?«, fragte er, sobald sie abgehoben hatte.

»So gut, wie man dreitausend Seiten an Berichten kennen kann«, erwiderte sie. »Was heißen soll, nicht übermäßig gut.«

»Bist du je auf den Namen Gladys Parks gestoßen?«

»Nein, wer ist das?«

»Ich weiß es nicht«, sagte er, »aber sie hat mich gerade angerufen.« Dann schilderte er ihr das Telefonat.

»Falls sie aus Texas ist«, sagte Breeze langsam, »dann kennt sie vielleicht jemand, der mit dem Fall zu tun hat.«

»Falls sie das ist. Ich war eben dabei, Pat anzurufen, habe es mir dann aber anders überlegt. Ich will nicht, dass noch jemand Schwierigkeiten mit Leroy oder Daryl bekommt. Diese Frau hat jetzt schon Angst vor ihm. Ich vermute, aus gutem Grund.«

»Wie wär's mit Mandy Johnson, meinem neuen Bodyguard? Sie ist mit Lily zum Strand gegangen, aber sie werden bald zurück sein. Du weißt, dass sie niemand unten in Texas von Parks erzählen wird. Wenn sie herausfinden, dass sie hier ist, wird sie gefeuert. Und sie kennt diese Akte vermutlich besser als irgendjemand sonst. Außerdem …«, fügte sie hinzu, dann brach sie ab und dachte nach.

»Was?«

»Ich habe nie begriffen, warum Daryl Texas verlassen hat. Warum ist er nach Seattle gekommen? Vielleicht weiß diese Frau etwas darüber.«

»Sprich mit Johnson«, sagte Robert. »Ich werde hier sein.«

Kapitel 20

»Wer ist Gladys Parks?«, fragte ich Mandy, als sie und Lily kurze Zeit später zurückkamen. Lily war sofort in ihr Zimmer und zu ihren Kopfhörern verschwunden.

»Gladys Parks?« Mandy runzelte die Stirn. »Wo sind Sie auf den Namen gestoßen?«

»Sie zuerst«, sagte ich.

»Crystal Parks war Roosevelt Harpers Freundin. Sie war noch ein Mädchen – ich kann mich nicht mehr genau an ihr Alter erinnern, aber sie war jung –, und sie war die meiste Zeit über auf Drogen. Sie hat bei ihrer Mutter gelebt. Ich glaube, die hieß Gladys. Auf jeden Fall fing der Name mit G an.

Nach den Morden habe ich versucht, Crystal zu finden, aber sie war verschwunden. Ich vermute, dass sie sie ebenfalls umgebracht haben, aber ihre Leiche ist nie aufgetaucht. So was ist öfter vorgekommen. Ich weiß nicht, wo sie ihre Leichen entsorgt haben, in jedem Fall sind damals mehrere Personen spurlos verschwunden und nie wieder aufgetaucht. Wir haben sie oder ihre Mutter nie gefunden. Ich bin viele Male in ihr Wohnviertel zurückgegangen, aber niemand hat je zugegeben, zu wissen, was mit ihnen passiert war. Jetzt sind Sie dran. Warum fragen Sie?«

»Gladys Parks ist in Seattle. Sie hat gerade Robert Giles angerufen, um sich zu erkundigen, wann Daryl Collins aus dem Gefängnis entlassen wird.«

Die Kaffeetasse erhoben, erstarrte Mandy. »Ist das Ihr Ernst?«, fragte sie. »Kein Scheiß?«

»Eigentlich ist das zu viel gesagt«, berichtigte ich mich selbst. »Irgendjemand hat von einer auf Gladys Parks eingetragenen Nummer aus angerufen. Wir können nicht mit Sicherheit sagen, wer es war. Wir wissen lediglich, dass die Person einen Südstaatenakzent hatte.«

»Hat sie Crystal erwähnt?«

»Das ist mir nicht bekannt.«

»Woher wollen Sie wissen, dass es nicht Crystal war?«, fragte sie. »Woher wissen Sie, dass es Gladys war?«

»Einen Moment. Ich weiß gar nichts, und ich glaube auch nicht, dass Robert etwas weiß. Das Einzige, was wir wissen, ist das, was ich Ihnen gesagt habe. Eine Frau mit Südstaatenakzent hat bei Robert angerufen, sich nach Daryl Collins erkundigt und gesagt, dass sie umziehen müsste, falls er aus dem Gefängnis entlassen wird. Dann hat sie aufgelegt, bevor er ihr irgendwelche Fragen stellen konnte. Sie wollte ihm ihren Namen nicht nennen. Er hat ihn über ihre Telefonnummer herausgefunden. Das ist alles, was ich weiß.«

»Sie hat wirklich gesagt, dass sie umziehen müsste?«

Ich musterte Mandy neugierig. Die Frage erschien völlig plausibel, aber in ihrem Tonfall lag eine scharfe Dringlichkeit. Die Stimme war noch immer gewitterwolkengrau, aber sie wirkte nun schwach und gepresst. Sie entsprach der Stille ihres Körpers, der die Anspannung eines zu stark gedehnten Gummibands zeigte. Ich hatte das Gefühl, dass es sie ihre ganze Kraft kostete, mich nicht zu würgen, um die Information schneller aus mir herauszubekommen, aber ich hatte ihr alles gesagt, was ich wusste. Ich dachte an Pat Humphreys Bemerkung über Mandys Besessenheit, was den Fall betraf. Sie war immer noch besessen, dachte ich, genau wie damals.

»Weiß er, wo sie ist?«

Ich zuckte mit den Schultern. »Keine Ahnung. Über die Telefonnummer wird man auch ihre Adresse herausfinden.«

»Ich möchte mit ihm sprechen. Bitte verbürgen Sie sich für mich, okay?« Sie sah mich abwartend an.

Ich dachte kurz nach. »In Ordnung«, stimmte ich zu, obwohl ich meine Bedenken hatte. Dann trank ich meinen Kaffee weiter.

»Weiß Pat davon?«

»Nein. Er hat überlegt, sie anzurufen, aber sie ist in Bezug auf Leroy ein bisschen unberechenbar.«

Mandy lächelte, was ich ihr nicht übel nehmen konnte. Zweifellos war sie selbst im Zusammenhang mit diesem Fall viele Male als unberechenbar bezeichnet worden, und zwar mitunter von der Frau, von der ich gerade gesprochen hatte. Aber trotzdem war es Pat und nicht Mandy, der Robert und ich nicht genügend vertrauten, um ihr von dem Anruf zu erzählen.

»Okay«, sagte sie.

Ich saß einen Moment lang einfach nur da und nippte an meinem Kaffee. »Also …«, sagte sie dann ungeduldig.

»Also was?« Ich war mir nicht sicher, was sie meinte.

»Rufen Sie ihn an.«

»Jetzt gleich?« Sie sah mich an, als hätte sie es mit einer Schwachsinnigen zu tun. »Schon gut«, sagte ich.

Mandy ging ruhelos auf und ab, während ich mit Robert sprach. Als ich ihr das Telefon gab, grabschte sie danach, als müsste sie einen Notruf absetzen. Ich hörte ein paar Minuten lang zu, dann ging ich, seltsam beunruhigt wegen der Intensität, die von ihr ausstrahlte, nach draußen zu Großmutter. Ihre Blätter waren jetzt fast alle herausgekommen, und sie sah zum ersten Mal wieder bekleidet aus, seit sie sich im letzten Herbst ausgezogen hatte. Verglichen mit anderen Bäumen war Großmutter eine gut aussehende Nackte – Bäume wurde mit dem Alter immer attraktiver –, aber ich mochte sie lieber angezogen. Ich stand unter ihren Ästen und beobachtete, wie ihre olivgrünen Blätter im Sonnenlicht silbern funkelten.

Ein paar Minuten später kam Mandy zu mir nach draußen.

»Wie ist es gelaufen?«, fragte ich.

»Es ist alles vereinbart. Ich fliege morgen nach Seattle, anschließend werden Robert Giles und ich uns mit Mrs Parks unterhalten. Er kennt den Fall nicht, deshalb würde es nichts bringen, wenn er allein hinfährt. Er könnte auch jemand aus Dallas hinzuziehen, aber es schien für ihn okay zu sein, wenn ich stattdessen komme, wofür ich sehr dankbar bin. Ich kenne den Fall wesentlich besser als jeder andere.«

»Sie gehen weg?« Plötzlich fühlte ich mich ein wenig verloren, zurückgesetzt und im Stich gelassen.

»Nur für ein paar Tage. Es muss sein. Mrs Parks weiß etwas, sonst wäre sie nicht verschwunden, als Sissy ermordet wurde. Und vielleicht ist Crystal bei ihr. Es könnte die Situation völlig verändern, wenn Crystal da wäre. Wer weiß? Wir könnten plötzlich eine Zeugin im Mordfall Sissy Harper haben.« Ihre Augen zeigten einen starren Glanz, der fiebrig wirkte.

Sie las meinen Gesichtsausdruck. »Sie sind jetzt ziemlich gut ausgerüstet. Sie haben die neuen Sicherheitsschlösser, den Spion in der Tür, Licht mit Bewegungsmeldern. Wir haben alles installiert, mit Ausnahme einer Kamera für draußen, aber da wir die hier ohnehin nicht kriegen werden, bringe ich eine aus Seattle mit.«

Doch meine Gedanken drehten sich nicht um Sicherheitsvorrichtungen. Was war mit Lily? Lily hatte Zuneigung zu Mandy gefasst und würde nicht das geringste Verständnis dafür aufbringen, auf diese Weise im Stich gelassen zu werden.

»Was ist mit Lily?«, fragte ich.

»Was soll mit ihr sein?« Doch anstatt mich anzusehen, hielt Mandy den Blick auf Großmutter gerichtet.

»Sie werden es Lily selbst beibringen müssen. Sie können nicht einfach so verschwinden, ohne es ihr zu sagen.«

Nach einer kurzen Pause erklärte sie: »Das kann ich machen. Sie wird es einfach verstehen müssen.«

»Was verstehen, Mandy? Sie haben ihr gesagt, dass Leroy gefährlich ist und Sie hier sind, um sie zu beschützen, und jetzt wollen Sie ihr sagen, dass es doch nicht so wichtig ist, sie zu beschützen, weil es da etwas anderes gibt, das Sie lieber tun möchten.« Ich war erstaunt, wie stark mein Beschützerdrang gegenüber Lily und wie sauer ich auf Mandy war, weil sie sie im Stich ließ.

»Wir wissen doch noch nicht mal sicher, ob er kommen wird.«

Ich starrte sie an. »Mandy, Sie sind diejenige, die behauptet hat, dass er hundertprozentig kommen wird.«

»In Ordnung. Die Wahrheit ist, dass ich keine Wahl habe. Ich muss gehen. Falls Crystal am Leben ist, dann ist sie der Schlüssel zu dem Ganzen. Sie ist direkt nach Sissys Ermordung verschwunden. Sie, und ihre Mutter ebenfalls. Wenn ich nicht gehe, könnten die beiden wieder untertauchen, und dann werden wir sie nie mehr finden.«

»Mandy«, sagte ich. »Tun Sie es nicht. Sissy ist tot. Sie bringen ein lebendes Kind in Gefahr, um einem toten zu helfen.«

»Ich muss es tun. Sie können das nicht verstehen.«

»Aber es müssen nicht Sie sein, die hinfährt.«

»Doch«, sagte sie und wandte sich ab. »Ich weiß nicht warum, aber ich habe keine andere Wahl.«

Wir kreisten noch weiter um das Thema, aber es brachte nichts. Schließlich verfielen wir in Schweigen, während Mandy ihren Mut sammelte, um es Lily zu sagen. Sie würde spätestens morgen abreisen, also gab es keinen Aufschub. Sie wartete, bis Lily aus ihrem Zimmer kam, um sich etwas zu essen zu holen. Mandy hatte kein bisschen begierig gewirkt, sie herauszurufen. »Sie gehört Ihnen«, sagte ich.

»Vielen Dank«, erwiderte sie. Wir folgten Lily in die Küche.

»Lily«, begann Mandy. »Ich muss mit dir über etwas reden.«

Lily lächelte und hielt die Kartoffelchips hoch.

Mandy schüttelte den Kopf und fuhr rasch fort: »Es ist eine mögliche Zeugin zu einem Mord aufgetaucht, den Leroy vor langer Zeit begangen hat. Letztes Mal ist sie weggelaufen, und wenn wir sie nicht aufhalten, wird sie es vermutlich wieder tun. Ich muss morgen wegfahren, um sie zu befragen.« Sie sprach fast schon förmlich, und ich nahm an, dass sie sich ihre Worte zuvor zurechtgelegt hatte.

»Okay«, sagte Lily und wandte sich wieder ihrer Chipstüte zu. »Wohin fahren Sie?«

»Nach Seattle.«

Lily sah schnell hoch. »Sie gehen also weg, ich meine, richtig weg.«

»Nur für ein paar Tage.«

»Wer wird dann hier sein?«

»Breeze wird hier sein.« Lily sah mich mit dem Ausdruck von jemand an, dem man gesagt hatte, dass der Pilot weg sei und der Passagier von Sitz 2C übernehmen wird.

»Breeze? Was kann sie schon tun?«

»Lily …«

»Zwingen die Sie, dort hinzufahren?«

»Nein«, sagte Mandy. »Niemand zwingt mich, dort hinzufahren. Ich muss es einfach tun.«

»Kann das nicht jemand anders machen?«

»Niemand sonst ist mit dem Fall so vertraut wie ich.«

»Aber es könnte jemand anders machen«, sagte Lily langsam. Ihr Gesicht schien sich zu verhärten, während sie sprach. Ich wollte mich umdrehen, um es nicht sehen zu müssen. »Und niemand anders wird hier bei

Breeze und mir sein. Sie gehen also, obwohl es jemand anders machen könnte und niemand hier sein wird, um uns zu beschützen. So sieht die Sache doch aus, oder?«

Mandy wirkte, als wollte sie lieber nicht antworten. »Lily, ich …«

»Lassen Sie es stecken«, sagte Lily. »Ich weiß alles über Ausreden. Für einen Teenager bin ich ein ziemlicher Experte, was Ausreden anbelangt. Ich könnte einen Aufsatz darüber schreiben. Sie überlassen uns diesem Leroy. Das ist es doch, was Sie tun, oder? In Ordnung. Sie wollen uns verlassen? Na los, gehen Sie. Sie sagen, dass Sie abhauen werden, also hauen Sie ab.«

Mandy sah mich an, aber ich zuckte nur hilflos mit den Schultern. Lily war kein Dummkopf. Es gab keine Möglichkeit, die Sache zu beschönigen. Mandy unternahm noch ein paar weitere Anläufe, um es ihr zu erklären, aber Lily aß schweigend ihre Kartoffelchips und ignorierte sie. Schließlich gab Mandy auf und ging. Ich blieb bei Lily in der Küche und lehnte mich neben sie gegen den Tresen. Ich hatte das Bedürfnis, sie zu umarmen, aber ich spürte, dass sie sämtliche Stacheln aufgestellt hatte. Sie hätte nicht deutlicher sagen können, fass mich nicht an, indem sie es gebrüllt hätte. Sie strich Erdnussbutter auf eine Scheibe Brot, verteilte sie sehr sorgfältig und nahm sich viel Zeit, es richtig hinzubekommen. Das Haus war so still, dass ich die Uhr im Wohnzimmer ticken hören konnte.

»Ich will sie nicht rechtfertigen«, begann ich sanft. »Was sie da tut, ist nicht richtig. Es ist lausig, und du hast jedes Recht, wütend zu sein. Das Problem ist nur, dass sie von diesem Fall besessen ist. Sie ist außer Kontrolle, was diese Sache betrifft. Ich verstehe es selbst auch nicht so richtig. Es ist wie ein innerer Zwang.«

»Du hast gesagt, du willst sie nicht rechtfertigen«, erwiderte Lily scharf. »Also lass es.« Damit nahm sie ihr Erdnussbutterbrot und verschwand in ihrem Zimmer.

Kapitel 21

Der Himmel über Seattle war klar und wolkenlos, und in der Luft lag eine süße Frische so wie bei einem gerade abgegebenen Versprechen. Scheinbar nicht gewillt oder interessiert daran, sich zu unterhalten, saß Mandy schweigend da, starrte aus dem Fenster und beobachtete, wie die Stadt an ihr vorüberzog. Robert fiel auf, wie starr sie dasaß, wie gerötet ihr Gesicht war, und er wünschte, sich bei Breeze genauer über sie erkundigt zu haben. Er hatte außerdem wahrgenommen, wie schwer ihre Handtasche zu sein schien, als sie sie im Auto deponierte, auch die Ausbuchtung an ihrem Kreuz war ihm nicht entgangen.

»Wie haben Sie die Waffen durch die Sicherheitskontrolle gebracht?«, fragte er.

»Man checkt sie einfach zusammen mit dem Gepäck ein«, erwiderte sie geistesabwesend, »und zeigt seine Dienstmarke vor, damit sie nicht nervös werden, wenn sie sie finden.« Sie sagte nichts weiter, sondern starrte wieder aus dem Fenster. Robert beschloss, einfach den Mund zu halten und sich aufs Fahren zu konzentrieren. Es war offensichtlich, dass sie sich nicht unterhalten wollte. Er fragte sich, wie sie es aufnehmen würde, falls sie niemand antrafen, den sie befragen konnten.

Sie waren durch eine Reihe von gutbürgerlichen Wohnvierteln gefahren, doch jetzt wurde die Gegend ärmer. Die Straße, in der Gladys Parks lebte, war jedoch nicht so schlimm, wie Robert angesichts der Adresse befürchtet hatte. Es war ein armes Viertel, trotzdem gab es keine Gitterstäbe vor den Fenstern und auch keine verlassenen Häuser, in denen Spritzen herumlagen. Vielleicht war nicht genügend Geld vorhanden, um die Dinge instand zu halten, aber das soziale Gefüge war nicht zerbrochen. Sie sahen Menschen, die auf den Bus warteten, um zur Arbeit zu fahren, und nur ein paar junge Kerle hingen an den Straßenecken herum.

Das Haus war klein und heruntergekommen, aber im Vordergarten erblühten ein paar frühe Blumen. Die Tür wurde von einer kleinen, korpulenten Schwarzen geöffnet, die Mandy auf Anfang fünfzig schätzte. Sie versuchte ihre Enttäuschung zu verbergen, dass es nicht Crystal war.

»Mrs Parks?«, sagte Robert.

»Wer will das wissen?«

»Ich bin Robert Giles. Ich glaube, wir haben neulich miteinander gesprochen. Sie riefen mich wegen Daryl Collins an. Das ist Mandy Johnson, eine Polizeibeamtin aus Dallas. Dürfen wir reinkommen? Wir würden gerne mit Ihnen reden.«

Mrs Parks seufzte, dann machte sie die Tür auf. »Hab schon gewusst, dass Sie irgendwann auftauchen würden.« Sie führte sie in ein kleines Wohnzimmer und deutete auf ein Sofa. Die Möbel waren alles andere als neu, aber das Zimmer war makellos sauber. »Ein bisschen mehr Zeit hätt ich halt gern gehabt«, sagte sie. Schwerfällig setzte sie sich ihnen gegenüber. »Aber was soll mir mehr Zeit eigentlich nutzen? Meine Kleine ist schon so lange tot. Hab schon zu viel Zeit gehabt; mehr brauch ich davon nicht. Ist nicht richtig, wenn ein Kind vor seiner Mama stirbt.« Sie fächelte sich ein wenig Luft zu, wobei sich ihr schwerer Brustkorb hob und senkte wie ein Blasebalg.

»Crystal ist tot?«, fragte Mandy, und Robert konnte hören, wie die Enttäuschung Furchen in ihre Stimme pflügte.

»Ach, mein Baby ist schon vor Ewigkeiten gestorben«, erwiderte Mrs Parks. »Aber Sie sind nicht hier, um sich den Kummer von ner alten Frau anzuhören. Sie woll'n was über Leroy Collins hören und über Daryl Collins. Ich weiß, dass Sie ganz wild drauf sind, sie dranzukriegen. Hab's immer gewusst. Aber ihr wollt Leute wie mich, damit sie es für euch erledigen. Ich weiß wirklich nicht, wie die Schwarzen in dieser Welt zurechtkommen. Wir haben euch auf der einen Seite, und wir haben Typen wie Leroy Collins auf der anderen. Keinen von euch kümmert's, was mit uns passiert. Ist gar kein so großer Unterschied zwischen euch, um die Wahrheit zu sagen.«

»Oh doch, da ist ein Unterschied«, sagte Robert ruhig. »Es sind nicht wir, vor denen Sie weglaufen.« Neben ihm saß schweigend Mandy, die über die Nachricht von Crystals Tod völlig erschüttert zu sein schien. »Alles, was Sie über die beiden wissen, könnte uns helfen. Sie haben gesagt, dass Sie umziehen müssten, falls Daryl aus dem Gefängnis freikommt. Darf ich fragen, warum?«

Mrs Parks lehnte sich auf dem Stuhl zurück und

streckte die Beine aus. Sie trug lange, umgeschlagene Strümpfe, und ihre Knöchel sahen geschwollen aus. Sie arbeitet vermutlich den ganzen Tag im Stehen, dachte Robert.

»Ist inzwischen schon lange her. Wir waren noch in Dallas. Meine Tochter Crystal, sie hat sich von den Drogen kaputtmachen lassen. Mein einziges Kind – Gott, sie war so hübsch wie'n Filmstar. Sie war erst vierzehn, da sind schon die Kerle um sie rumgeschwirrt. Ich hab das Kind geliebt, Gott ist mein Zeuge, aber sie hatte nix im Kopf. Sie mochte hübsche Sachen, und sie mochte die Drogen. Ich dachte, eines Tages kriegt sie sich schon in den Griff, aber der Tag ist nie gekommen.

Sie musste sich ausgerechnet mit Roosevelt Harper einlassen, diesem Vetter von Daryl und Leroy. Er war ein Taugenichts, bloß ein elender Drogendealer. Aus dem wär nie was geworden, und er hätt auch nicht zugelassen, dass aus ihr mal was wird. Ich hab versucht, ihr das zu sagen, aber sechzehnjährige Mädchen meinen immer, sie brauchen nicht mehr auf ihre Mama hören.«

Weder Robert noch Mandy unterbrachen sie. Es war klar, dass Gladys Parks eine Geschichte zu erzählen hatte und bereit war, sie zu erzählen.

»Eines Nachts hat sie mich angerufen. Hab sie da schon seit zwei Tagen nicht mehr gesehen gehabt, und das mit sechzehn. Aber ich hab's nicht geschafft, sie zu Hause zu halten. Dafür hätt ich sie schon fesseln müssen. Hat mich angerufen, und was war sie da für ein verängstigtes, kleines Mädchen. Hat gesagt, ich muss kommen und sie abholen, dass sie ihre Handtasche verloren hat und die Collins-Brüder hinter ihr her sind. Sie hatte kein Geld für'n Taxi und keinen Schimmer, wie sie von ihnen wegkommen sollte. Ich hab's ernst genommen und bin sofort hingefahren. Sie hat geweint und ein Theater gemacht wie noch nie.

Ich hab sie in der Bay Street aufgepickt, da, wo wir ausgemacht hatten, und dann wollte ich sie heimfahren. Da hat sie immer schlimmer geweint und gesagt, dass wir nicht nach Hause können, weil sie kommen würden, um sie zu holen. Ich bin ne Weile rumgefahren, hab dann hinter einer Tankstelle geparkt und die Geschichte aus ihr rausgekitzelt.

Sie war drüben in Roosevelts Haus gewesen. Sie hat gesagt, sie hat ein paar Drogen genommen und war die ganze Nacht auf, und dann hat sie den Tag verschlafen. Sie ist an dem Abend gerade wach geworden, oben im ersten Stock, da hat sie unten irgendwen richtig laut schreien gehört. Sie hat gesagt, Daryl und Leroy waren da – sie konnte ihre Stimmen hören, und Daryl hat Roosevelt angebrüllt. Sie hat sich auf Zehenspitzen zur Treppe geschlichen und runtergeguckt, und da hat sie Daryl und Leroy und Roosevelt in der Küche gesehen. Sie hat gesagt, Leroy hat kein bisschen geschrien. Er hat ganz ruhig geredet, aber irgendwie eiskalt, und sein Gesichtsausdruck hat ihr schreckliche Angst gemacht. Sie hat gesagt, die haben sie nicht gesehen und keinen Schimmer gehabt, dass sie da ist. Sie konnte Roosevelt von der Treppe aus sehen, und er hat ihr noch mehr Angst gemacht als Leroy. Seine Stimme war ganz hoch und zittrig, und er war so blass, dass er fast weiß ausgesehen hat. Etwas, das Roosevelt solchen Schiss einjagte, musste echt übel sein, deshalb hat sie gedacht, dass sie besser abhauen sollte, bevor etwas wirklich Schlimmes passieren würde.

Sie hat sich umgedreht und wollte ins Zimmer zurück – sie wollte versuchen, aus dem Fenster zu klettern –, als sie einen Schuss gehört hat. Sie drehte sich wieder um, und da lag Roosevelt voller Blut auf dem Boden, und dann hat sie gesehen, wie Leroy zu ihm hingegangen ist und ihm noch eine Kugel verpasst hat, mitten ins Gesicht. Sie hat gesehen, wie Sissy zu ihrem Papa gerannt ist. Sie hatte nicht gewusst, dass Sissy da ist, weil sie sie von der Treppe aus nicht hatte sehen können. Als Sissy ganz nah bei ihrem Papa war, hat sie angefangen zu schreien und wollte weglaufen. Crystal hat nicht länger gewartet. Sie ist rüber zum Fenster gerannt und hat es aufbekommen. Sie hat gehört, wie Sissy die Treppe raufgelaufen kam und wie Leroy ihr hinterhergebrüllt hat: ›Komm zurück, du kleines Miststück‹, während er ihr nachgerannt ist.

Sie hatte das Fenster offen, und das Moskitonetz war zum Glück weggerissen, sonst wäre meine Kleine gleich da gestorben. Sie ist aus dem Fester geklettert und runtergesprungen. Bei der Landung hat sie sich was am Knöchel getan. Er war total geschwollen, aber sie hat gemeint, sie hätte es gar nicht gespürt. Sie ist losgerannt und war schon ein ganzes Stück weg, bevor sie gemerkt hat, dass ihre Handtasche immer noch da oben war.

Sie hat gewusst, dass sie Jagd auf sie machen werden. Sie wusste es einfach. Ihre Tasche war in dem Zimmer, und das Bett war total unordentlich, und das Fenster stand mitten im Winter weit offen. Sie hatte wenig Verstand, was Männer und Drogen betraf, aber sie war kein

Dummkopf. Sie hat gewusst, dass sie sie suchen würden und was sie mit ihr machen würden, wenn sie sie finden. Jeder Mensch hätte das gewusst. Man konnte nichts gegen die Collins-Brüder in der Hand haben und weiterleben.

Ich hab gewusst, dass sie recht hat. Wir würden nie mehr nach Hause zurückkönnen. Gott sei Dank hatte ich an dem Tag meinen Gehaltsscheck bekommen, drum hatte ich genug Geld für Benzin und Essen. Ich verfrachtete meinen Wagen auf die Autobahn und fuhr einfach drauflos. Ich bin nicht erst heim, um irgendwas zu holen. Ich hatte eine Cousine hier oben in Seattle, und da hab ich mir gedacht, das ist genauso weit weg von Dallas, wie ich meine Kleine gern haben möchte.«

»Und seitdem sind Sie schon hier?«, fragte Robert.

»Ja, aber es hat nichts genutzt. Auch wenn sie Angst vor den Collins-Brüdern gehabt hat, wollte sie trotzdem rein gar nichts ändern. Hat die Finger nicht von den Drogen lassen können. Und sie war nicht schlau genug, den Mund zu halten. Als wir ne Weile hier waren, höre ich plötzlich, wie sie irgendeiner Freundin in Dallas sagt, dass sie in Seattle ist. Ich hab ihr gesagt, dass das dumm war, aber sie hat gesagt, dass ihre Freundin es niemand verraten würde. Dann, eines Tages, sehe ich Daryl Collins auf der Straße. Hab sofort gewusst, dass er nach ihr Ausschau hält und dass wir wieder umziehen müssen.

Aber sie wollte nicht weg. Wir waren fast ein Jahr hier, und sie hatte einen neuen Freund, und sie hat sich ausgerechnet, dass Daryl und Leroy wissen sollten, dass sie, weil sie ja bis jetzt nichts gesagt hatte, es auch nie tun würde. Ich hab ihr gesagt, so läuft das nicht, aber sie wollte nicht auf mich hören. Ich glaube nicht, dass sie zu der Zeit im Kopf noch richtig getickt hat. Sie ist ständig auf irgendwas gewesen.

Es war nicht lang danach, als der Anruf von der Polizei kam. Sie lag tot in irgend so einem Drogenloch. Grundgütiger, ich weiß nicht, wie ein Mensch so ne Nachricht kriegen kann und ihm nicht sofort das Herz stehen bleibt. Ich hab das Beste versucht, mit dem, was von meiner Kraft noch übrig war, aber es wäre viel besser gewesen, wenn mein altes Herz einfach aufgegeben hätte, als sie's mir gesagt haben.«

Mandy fragte sanft: »Was ist mit ihr passiert? Hat Daryl sie getötet?«

»Ich weiß es nicht sicher. Vielleicht hat Daryl sie gefunden. Ich schätze, ich werd's nie sicher wissen. Aber sie hat mit sich selbst so nen Schindluder getrieben, da war's nur ne Frage der Zeit. Früher oder später wär's eh so gekommen. Wenn sie mit den Drogen weitergemacht hätte, wär's so oder so nur ne Frage der Zeit gewesen.«

Sie brach ab und wippte ein paar Minuten lang vor und zurück. Niemand sprach. Dann erzählte sie weiter. »Nachdem Crystal gestorben war, kümmerte es mich nicht mehr, was mit mir passieren würde. Er konnte kommen und mich erledigen, wenn er wollte. Nach ner Weile hatte ich mich wieder ein bisschen gefasst, aber da hab ich schon aus der Zeitung gewusst, dass sie ihn verhaftet haben. Ich hab mir gedacht, dass er vom Gefängnis aus nicht viel machen kann, deshalb bin ich einfach hiergeblieben.«

»Woher wussten Sie, dass man ihn entlassen würde?«, fragte Robert.

»Ich hab nen Anruf von meinem Cousin zu Hause in Dallas bekommen, und er sagt, er hat ein Gerücht gehört, dass Daryl rauskommt. Ich wollte wegziehen, hab mir dann aber gedacht, ich sprech erst mal mit Ihnen. Jetzt ist es nicht mehr wichtig, und ich bin zu alt, um wieder wegzulaufen.«

»Wusste Crystal, worüber sie gestritten haben?«, fragte Mandy. »Warum sie ihn umbrachten?« Sie spürte, wie sich ihr ganzer Körper anspannte, als sie das fragte.

»Wenn ja, hat sie's mir nie gesagt«, erwiderte Mrs Parks, »aber ich glaub nicht, dass sie's wusste.«

Einen Moment lang schien das Zimmer vor Mandys Augen zu verschwimmen. Wenn Crystal es nicht gewusst hatte, würde es nie jemand wissen. Mandy würde niemals sicher wissen, ob die Tatsache, dass sie Roosevelt zum Spitzel gemacht hatte, der Grund für Sissys Tod war oder nicht. Was bedeutete, dass sie diesen Dämon in ihrem Nacken niemals loswerden würde. Aber sie war gleichzeitig auch erleichtert über die Antwort. Das Einzige, was schlimmer gewesen wäre, als es nicht zu wissen, war, mit Bestimmtheit zu wissen, dass sie ihren Tod verschuldet hatte.

Robert sah Mandy nun neugierig an und wartete, ob sie weitere Fragen stellen würde. Als sie das nicht tat, wandte er sich wieder Mrs Parks zu. »Wir möchten, dass Sie aufs Polizeirevier kommen und eine Aussage machen.«

»Wird Daryl Collins dadurch im Gefängnis bleiben?«

»Es könnte durchaus genug sein, um ihm wegen einer neuen Mordanklage eine weitere Haftstrafe einzubringen.«

»Und Leroy?«

»Ebenfalls.«

»Aber es ist Hörensagen«, sagte Mandy zu Robert. »Crystal war die eigentliche Zeugin, und sie ist tot.«

»Schon, aber es ist eine spezielle Form des Hörensagens – eine Spontanäußerung unter Stress. Crystal war aufgewühlt, als sie sie machte, und sie erfolgte direkt im Anschluss an den Mord.«

»Ist sie zulässig?«

»Aber ja, sie ist zulässig. Crystal war auf der Flucht vor ihnen. Sie stand noch immer emotional unter Stress durch den Mord, den sie mit angesehen hatte. Ich sehe da kein Problem. Ich bezweifle, dass es irgendwo einen Richter gibt, der sie nicht zulassen würde.«

»Sie meinen, ich kann gegen Daryl und Leroy aussagen, obwohl ich selber gar nichts gesehen habe?«, fragte Mrs Parks.

»Das meine ich«, bestätigte Robert. »Falls Sie einverstanden sind.«

»Aber dafür muss ich erst mal lang genug leben.«

»Ich glaube nicht, dass Leroy hier dieselbe Reichweite hat wie in Dallas«, sagte Robert. »Für den Moment sollten wir Sie sicher verstecken können. Aber ich behaupte nicht, dass es kein Risiko gibt.«

»Ach, das weiß ich schon. Hab ich immer gewusst. Wenn man es mit den Collins-Brüdern zu tun hat, hat man immer ein Risiko. Man hat das Risiko, dass man vielleicht nicht mehr aufwacht am nächsten Tag.

Aber ich schätze, ich werd's trotzdem tun. Wie ich schon gesagt hab, hatte ich schon viel zu viel Zeit. Und ich hab auch wirklich keine Lust mehr wegzulaufen. Das

Schlimmste, was passieren kann, ist, dass ich sterbe und aufhöre, über Crystal nachzudenken.«

Es war spät, und Mac machte sich gerade bereit, zu Bett zu gehen, als das Telefon klingelte.

»Ich bin's«, sagte Mandy.

Mac griff nach der Fernbedienung und schaltete den Fernseher aus.

»Alles in Ordnung?«, fragte er.

»Mac, ich bin in Seattle. Wir haben eine Zeugin.«

»Seattle? Was machst du in Seattle?«

»Hörst du, was ich sage, Mac? Wir haben eine Zeugin.«

»Was für eine Zeugin? Wovon redest du?«

Sie erklärte es ihm. »Es ist zulässig, Mac. Man nennt es eine Spontanäußerung unter Stress. Sie kann aussagen.«

Mac war sprachlos. Er war sicher gewesen, dass dies nicht mehr war als ein weiterer sinnloser Versuch in einer langen Reihe. »Unglaublich. Weiß sie, warum Roosevelt ermordet wurde?«

»Nein.« Mac stieß einen enttäuschten Seufzer aus. Im allerbesten Fall hätte Leroy ihn wegen etwas anderem als seines Spitzelns getötet und damit Mandy vielleicht ihren Seelenfrieden wiedergegeben. »Sie weiß es nicht«, fuhr Mandy fort. »Falls Crystal mehr über den Streit gewusst hat, dann hat sie es ihrer Mutter nicht gesagt.«

Mandy klang seltsam. Sie war eindeutig aufgeregt, aber da schwang noch etwas anderes in ihrer Stimme mit. Früher hatte sie bei jeder noch so dünnen Spur geklungen, als hätte sie im Lotto gewonnen. Diesmal nicht. »Wie fühlst du dich?«, fragte er vorsichtig.

»Ich weiß nicht.« Er wartete. »Ich glaub, ich hab es wieder getan.«

»Was getan?«

»Dasselbe wie beim letzten Mal. Breeze hat gesagt, ich würde einem toten Mädchen helfen«, fügte sie hinzu, »und dabei ein lebendes in Gefahr bringen.«

»Wie meint sie das?«, fragte Mac.

Sie erzählte ihm von Lily und dass sie sie und Breeze allein gelassen hatte, obwohl sie wusste, dass Leroy kommen würde. Mac hoffte, dass Mandy ihn nicht fragen würde, ob er Breeze' Meinung zustimmte.

»Das macht mir zu schaffen. Als Breeze diese Bemerkung gemacht hat, war ich stinksauer auf sie, und ich habe auf dem Weg hierher die ganze Zeit in Gedanken mit ihr darüber diskutiert. Aber dann habe ich angefangen, das Ganze noch mal für mich durchzugehen, weißt du. Ich hab das Gespräch mit ihr noch mal abgespielt und mich selbst beobachtet, als würde ich mich von außen sehen. Ich fühle mich wie eine Idiotin.«

Jetzt hatte sie seine ungeteilte Aufmerksamkeit. »Was meinst du damit?«, fragte er behutsam.

»Ich glaube noch immer«, erklärte sie langsam, »dass Roosevelt umgebracht wurde, weil ich ihn zum Spitzel gemacht hatte, dass ich so sehr darauf fixiert war, Leroy festzunageln, dass ich noch nicht einmal daran gedacht habe, dass er eine Vierjährige im Haus hatte und was sie ihr antun könnten.«

Mac öffnete den Mund, um zu widersprechen, dann schloss er ihn wieder. Er hatte diese alten Antworten schon Hunderte Male gegeben. Jeder Spitzel hatte irgendeine Familie. Wer hätte damit rechnen können, dass irgendjemand – einschließlich der Collins-Brüder – eine Vierjährige töten würde?

»Aber dann hab ich mich so, ich weiß nicht, davon fortreißen lassen, dass ich nichts anderes mehr sehen konnte. Ich meine, jetzt, nachdem diese Sache wieder angefangen hat, nachdem sich herausgestellt hat, dass Leroy wirklich damit zu tun hatte, war es wieder wie damals.«

»Aber«, wandte Mac ein, »wir wissen noch immer nicht, ob Leroy sie getötet hat, weil ihr Vater zum Verräter wurde.«

»Das ist nicht der springende Punkt, Mac.«

Er kam nicht mehr mit. »Der springende Punkt ist der, dass da jetzt ein weiteres Mädchen in die Sache verwickelt ist und ich mit ihr exakt dasselbe gemacht habe. Ich hab sie völlig übersehen. Weil ich auf Sissy Harper fixiert war. Was tue ich da bloß? Ich jage meinen eigenen Schatten. Ich gehe von einer Sache zur nächsten, ohne mich darum zu kümmern, wer dabei auf der Strecke bleibt. Ich mache es schon wieder. Ich weiß nicht, was mit mir nicht stimmt. Ich scheine bei dieser Sache kein Gleichgewicht zu finden.«

»Kommst du nach Hause?«, fragte er und wünschte sich sehnlichst, dass sie ja sagen würde.

»Nein, ich habe morgen noch eine letzte Sache zu erledigen. Ich muss sicherstellen, dass Mrs Parks unter entsprechenden Schutz gestellt wird, dann kehre ich, vermutlich morgen Abend, nach Blackbeard's Isle zurück. Leroy weiß nichts von alldem. Er ist noch immer hinter ihr her. Aber Mac, bete zu Gott, dass er nicht früher dort eintrifft als ich. Ich stehe das nicht noch mal durch.«

»Möchtest du, dass ich hinkomme? Zu zweit könnten wir sie beide im Auge behalten.«

»Deine Dienstmarke könnte ebenfalls auf dem Spiel stehen. Falls sie es herausfinden.«

»Scheiß auf sie«, erwiderte Mac, »wenn sie keinen Spaß verstehen.«

Mandy lachte. »Lass mich mal die Lage checken. Falls Leroy noch nicht aufgetaucht ist, ruf ich dich an. Ich könnte die Hilfe vermutlich gut gebrauchen.«

Na, das ist ja ganz was Neues, dachte er, dass Mandy von ihm oder sonst jemand Hilfe annahm.

»Wir waren schon immer besser als Team«, sagte er und fragte sich im selben Moment, ob er zu weit gegangen war.

Doch Mandy erwiderte schlicht: »Ja, ich weiß.«

*

Lily wartete, bis Breeze zu Bett gegangen war, dann kam sie aus ihrem Zimmer und schaltete den Computer ein. Bestimmt hatte ihre Mutter wieder geschrieben. Die E-Mails waren in letzter Zeit länger und trafen häufiger ein. Ihre Mom wirkte inzwischen weniger weggetreten, fast so, als würde sie aufwachen oder so was. Am Anfang hatte es sich nicht wie eine Sache angefühlt, der man trauen konnte – wie dumm musste man sein, um wegen ein paar E-Mails aus dem Häuschen zu geraten? Aber jetzt … es war schwer zu beschreiben. Die alten Gefühle gegenüber ihrer Mutter schienen sich zu lockern – dieses harte, knotenartige Ding, das zuvor immer in ihr gewesen war. In letzter Zeit war da etwas anderes, irgend so ein flatterndes Gefühl, fast eine Art Hoffnung, aber sie wagte nicht, ihm zu trauen.

Sie öffnete die E-Mail.

Hallo Lily,

ich wollte Dir sagen, dass ich heute einen kleinen Kater gekauft habe. Ich habe über einen Namen nachgedacht, aber dann hab ich mir überlegt, dass Du das vielleicht übernehmen möchtest. Ich weiß, dass Du Dir schon immer einen gewünscht hast, Schätzchen, und es tut mir leid, Dir nicht schon früher einen besorgt zu haben. Irgendwie konnte ich mich in diesem Punkt nie bei Jerry durchsetzen – in überhaupt keinem Punkt. Aber es wird allmählich leichter. Er hat mir auch diesmal verboten, einen zu kaufen, aber ich sagte, dass ich es trotzdem tun würde und ihm besser nichts Schlimmes zustoßen sollte. Er ist orange-schwarz und sehr süß. Hast Du irgendwelche Namensvorschläge?

Übrigens hat er mich jetzt schon lange nicht mehr geschlagen. Ich schätze, dass Du weg bist, hat ihn endlich wachgerüttelt. Ich hoffe, Du kannst das Kätzchen bald sehen.

In Liebe, Mom.

Genau, dachte Lily, als ob es Jerry einen Scheiß interessiert, dass ich weg bin. Sie las die letzte Zeile noch einmal. Himmel, was hatte ihre Mutter da geschrieben – dass sie das Kätzchen hoffentlich bald sehen könnte? Würde sie nach Hause zurückgehen? Aber nicht, solange Jerry da war. Selbst wenn er ihre Mutter nicht mehr schlug, wollte sie nie wieder mit dieser Termite unter einem Dach leben.

Lily wollte nicht über eine Heimkehr nachdenken. Sie wollte sich definitiv keine Hoffnungen machen. Es lohnte sich nicht, auch nur einen Gedanken daran zu verschwenden. Was sollte sie also antworten? Sie zögerte. Wovon sie ihrer Mutter heute wirklich erzählen wollte, war Mandy. Dass Mandy sie im Stich gelassen hatte und das alles.

Aber konnte sie das tun? Ihre Mutter wusste nicht das Geringste von Mandy. Wenn sie ihrer Mutter davon erzählte, würde sie ihr den Grund verraten müssen. Sie war sich ziemlich sicher, dass ihre Mutter sie nicht in irgendeiner Gefahr wissen wollte. Während der ganzen Zeit, die Jerry inzwischen bei ihnen lebte, hatte er nicht ein einziges Mal die Hand gegen sie erhoben, und sie war sich ziemlich sicher, dass dahinter irgendeine Vereinbarung steckte, die ihre Mutter mit ihm geschlossen hatte.

Aber wenn sie es ihr erzählte, würde ihre Mom dann Breeze anrufen und verlangen, dass sie zu Betsy zog? Betsy besaß noch nicht mal einen Computer. Ohne Computer konnte sie nicht mit ihrer Mutter kommunizieren. Irgendwo tief in ihr lauerte – so hart und glatt wie eine Murmel – die Angst, dass sie ihre Mutter nie zurückbekommen würde, wenn sie sie jetzt verlor. Vielleicht würde sie sie noch nicht einmal wiedersehen.

Darüber wollte sie ebenso wenig nachdenken. Aber vielleicht könnte sie ein kleines bisschen von Mandy erzählen, wenn sie die ganze Sache herunterspielte. Sie wollte wirklich darüber reden.

Langsam begann sie zu schreiben:

Hallo Mom,
ich habe eine Idee für einen Namen, aber er ist irgendwie ein bisschen albern, deshalb musst Du ihn nicht nehmen. Ich ha-

*be mir überlegt, dass er Blackbeard heißen könnte. Hier bin ich
ja im Moment, auf Blackbeard's Isle, deshalb habe ich mich
gefragt, ob Du findest, dass es ein guter Name für ein Kätzchen wäre. Ich denke mir noch ein paar andere aus, wenn er
Dir nicht gefällt.*

*Heute ist etwas passiert, wovon ich Dir erzählen möchte.
Es ist keine große Sache, aber für eine Weile war eine Freundin von Breeze namens Mandy hier auf der Insel. Irgendein
Typ hat Breeze bedroht, und Mandy ist Polizistin, deshalb hat
sie sozusagen ein bisschen auf Breeze aufgepasst, um sicher-
zugehen, dass dieser Typ sie nicht belästigt. Aber dann kam
Mandy etwas anderes dazwischen, und sie ist einfach weggefahren. Es ist wirklich keine große Sache, aber ich glaube, sie
hat Breeze' Gefühle verletzt. Es war seltsam, als sie einfach so
weg ist.*

Sie las es noch einmal durch, und es schien okay zu sein.
Es hörte sich nicht so an, als ob sie in irgendeiner Gefahr schweben würde, also würde ihre Mutter hoffentlich
nicht irgendwelche blödsinnigen Vorschläge machen,
dass sie die Insel verlassen sollte. Wenn überhaupt klang
es eher danach, dass es Breeze' Gefühle verletzte, wenn
irgendwer wegging. Sie klickte auf Abschicken, dann
lehnte sie sich zurück und wartete. Manchmal schrieb
ihre Mutter sofort zurück. Falls sie nicht bald eine Antwort bekäme, würde sie aufgeben und am Morgen noch
einmal nachsehen.

Während sie wartete, dachte sie über das flatternde
Gefühl nach. Sie bekam es immer, wenn sie auf E-Mails
von ihrer Mutter wartete. Sie mochte es. Manchmal
weckte es in ihr das Bedürfnis loszukichern. Es war ir-

gendwie seltsam, sich nicht um ihre Mutter zu sorgen und nicht ständig wütend zu sein. »Ich hoffe, Du kannst das Kätzchen bald sehen«, hatte ihre Mutter geschrieben. Man konnte nie wissen. Zehn Versuche, bevor sie aufhören. Der E-Mail-Gong ertönte, und sie griff nach der Maus.

Kapitel 22

Lass Lily noch ein paar Minuten länger schlafen. Nicht nötig, dass sie jetzt schon aufsteht. Nicht nötig, dass ich jetzt schon aufstehe. Das Fenster neben dem Bett zeigte eine makellose Weite blauen Puders, der dunkler und satter wirkte als jedes gewöhnliche Blau. Das Sonnenlicht flatterte leise über das Laken. Ich beobachtete die helle Üppigkeit für eine Weile, dann stand ich auf und machte Kaffee. Mit der Tasse in der Hand ging ich auf den Balkon hinaus.

Ich setzte mich in den weißen Schaukelstuhl und legte die Füße aufs Geländer. Das Zwitschern der Vögel bildete eine süße Komposition von Tönen, die zu wechseln und einander zu ergänzen schienen. Wer weiß? Vielleicht singen sie in Harmonie? Gesangsproben unter den Pinien. Alles herhören, beim zweiten Tschilpen der Rotkehlchen haben die Zikaden ihren Einsatz …, jetzt aufgepasst, Sperlinge, gebt gut acht. Eine leise Brise kitzelte meine nackten Zehen. Es gibt nichts, das sich mit einem Frühling im Süden vergleichen lässt. Kräuter und Blumen brechen hervor wie Knallkörper, die aus dem Boden explodieren. Oben im Norden kommt der Frühling nur widerwillig und langsam, als müsste Mutter Natur unter viel Gezeter und Gekeife die Blumen einzeln aus der Erde zupfen.

304

Mandys spätabendlicher Anruf hatte mich umgehauen. Bei Gott, sie hatten eine Zeugin im Mordfall Sissy Harper, und bei Gott, es war genau, wie ich es mir gedacht hatte. Ich hatte Sissy bei Daryl im Gefängnis gesehen. Ich hatte sie hingegen nicht ein einziges Mal gesehen, als ich Leroy beobachtet oder mit ihm gesprochen hatte. Es war Daryl, der sie vergewaltigt hatte, und ich wettete, dass es Daryl war, der das Gas aufgedreht hatte. Ich kannte mich mit sogenannten Spontanäußerungen unter Stress aus. Robert hatte recht. Sissy würde durch Crystals Mutter tatsächlich ihren Auftritt vor Gericht bekommen.

Mandy hatte seltsam kleinlaut geklungen und versprochen, dass sie so schnell wie möglich zurückkommen würde. Ich hatte die Sorge in ihrer Stimme gehört und das Schuldbewusstsein, weil sie uns im Stich gelassen hatte, sowie ihren dringenden Wunsch, zurückzukommen und sich mit Lily auszusöhnen.

Also mussten wir vermutlich nur ein paar Tage überstehen, bevor Mandy zurück wäre. Vielleicht würde Leroy gar nicht kommen. Ich hätte nichts dagegen, wenn er beschließen würde, seinen Besuch abzublasen, aber es war noch zu früh, um die Wachsamkeit aufzugeben. Seit seinem Anruf bei Daryl war erst eine Woche vergangen.

Es stimmte, dass wir in Sachen Sicherheit bestens gerüstet waren. Ich hatte sogar eine Eisenstange aus der Schiene der Schiebeglastür ziehen müssen, bevor ich sie an diesem Morgen öffnen konnte, um auf den Balkon zu gelangen. Vielleicht waren Lily und ich mit Mandy zu hart ins Gericht gegangen. Sie hatte uns ziemlich gut ausstaffiert. Es war beängstigend, daran zu denken, wie wenig geschützt wir vor ihrer Ankunft gewesen waren.

Ich hörte ein Auto und blickte gerade noch rechtzeitig nach unten, um ein Polizeimotorrad vorbeifahren zu sehen. Der Polizist winkte, und ich winkte zurück. Mandy hatte sich vor ihrer Abreise mit Carl, dem örtlichen Polizeichef, getroffen und ihn gebeten, während ihrer Abwesenheit ein Auge auf uns zu haben. Carl war ein dünner, drahtiger Mann Anfang vierzig. Er hatte sich von Chapel Hill nach Blackbeard's Isle versetzen lassen, weil er der betrunkenen, randalierenden College-Studenten überdrüssig geworden war. Ebenso wie der endlosen Alkoholexzesse auf dem Hochschulgelände und der endlosen Aufmärsche von Sportlern, die wegen Vandalismus oder sexueller Nötigung oder Schlägereien verhaftet wurden und deren Fälle sich leise in Luft auflösten, sobald die mit neuen Autos ausgestatteten Opfer beschlossen, ihre Anzeige zurückzuziehen.

Mandy hatte lobende Worte für ihn gefunden: Carl sei ein guter Cop. Er hatte sich mittels seines Computers Leroy Collins' Strafakte angesehen und mich dann nachdenklich gemustert. Er sagte, dass er nicht genügend Leute habe, um einen Beamten bei mir zu Hause zu postieren – aber das wusste ich schon vorher. Er könnte jedoch seine Männer in regelmäßigen Abständen vorbeifahren lassen und würde ein Foto von Leroy ausdrucken und es den Fährenarbeitern zeigen.

Das konnte hilfreich sein oder auch nicht, dessen war ich mir bewusst. Je näher der Sommer rückte, desto mehr Touristen kamen auf die Insel, und wenn jemand während der Fährenüberfahrt in seinem Auto blieb, würde niemand ihn zu Gesicht bekommen. Das galt besonders für die Anlegestelle in Hatteras, wo die Fähre kostenlos war und niemand aus seinem Wagen steigen musste, um einen Fahrschein zu kaufen. Carl machte keinen Hehl daraus, dass ihm das Risiko, das ich einging, nicht behagte. Leroy war ein Profi. Carl war ebenfalls der Meinung, dass ein Kurzurlaub keine schlechte Idee wäre, doch er diskutierte nicht, als ich sagte, dass ich nicht wegfahren würde.

Der beste Plan, der mir für die nächsten paar Tage einfiel, lautete, Lily zur Schule zu fahren und wieder abzuholen und ansonsten mit dem Telefon in griffbereiter Nähe zu Hause zu bleiben. Lily wäre in der Schule in Sicherheit, und ich sollte es ebenfalls sein, wenn ich für ein paar Tage auf den Strand verzichtete. Mandy hielt die Übergänge – der Weg vom Auto zum Haus, allein an den Strand zu gehen – für die größten Risiken. Es war unwahrscheinlich, dass Leroy im Lebensmittelladen oder an einem anderen öffentlichen Ort irgendetwas versuchen würde. Vermutlich machte ich mir sowieso völlig unnötig Sorgen. Wir müssten schon riesiges Pech haben, wenn Leroy ausgerechnet während der paar Tage, die Mandy fort war, auftauchen würde. Für mich klang es nicht danach, als stünden meine Chancen allzu schlecht.

Ich ging nach unten, um Lily für die Schule zu wecken, aber sie war nicht in ihrem Zimmer. Verwirrt überprüfte ich das Badezimmer, dann den Rest des Hauses, wobei ich unablässig ihren Namen rief. Anschließend ging ich nach draußen, möglicherweise hatte sie am Ende doch noch Zuneigung zu Großmutter gefasst. Ich rief vom Garten aus nach ihr, bekam jedoch keine Antwort, und allmählich krampfte sich mir der Magen zusammen, während die Angst wie Stromstöße durch meine Arme jagte. Kein Grund zur Panik, versuchte ich mich selbst zu beruhigen. Lily war sauer auf Mandy. Vielleicht machte sie einen Spaziergang. Ich ging zurück, um noch mal im Haus nachzusehen, dann rannte ich zu meinem Jeep.

Was dachte sie sich nur dabei, ausgerechnet jetzt spazieren zu gehen? Ich würde ihr den Hals umdrehen, sobald ich sie fand. Ich fuhr den Jeep rückwärts aus der Einfahrt, dann folgte ich der Straße hinunter in Richtung Strand. Ein weiterer Pluspunkt von Blackbeard's Isle – es gibt nicht allzu viele Straßen. Ich klapperte alle Stellen ab, die mir einfielen, sogar den Strand, aber keine Spur von Lily. Wo zum Teufel steckte sie? In der Hoffnung, dass sie während meiner Abwesenheit zurückgekommen war, fuhr ich wieder zurück, aber das Haus war still.

Wo konnte sie sonst noch sein? Hatte ich unter dem Bett nachgesehen? Auf dem Dach? Jena und ich waren als Kinder abends manchmal aufs Dach geklettert. Warum hatte ich nicht schon früher daran gedacht? Von dort oben konnte man das Meer sehen. Ich lief einmal um das Haus herum und rief dabei ihren Namen, dann ging ich wieder nach drinnen. Ich überprüfte noch einmal jeden Winkel, sah diesmal in jedem Schrank und unter jedem Bett nach – sogar an lächerlichen Stellen wie unter dem Sofa, wo sie gar nicht genug Platz gefunden hätte.

Ich blieb mitten im Wohnzimmer stehen und versuchte nachzudenken. Es gab keinen Ort mehr, wo ich nach ihr suchen könnte. Mein Herzschlag klang wie das Summen einer Biene, und ich konnte mich selbst atmen hören. Ich machte mich wieder auf den Weg zum Auto, dann drehte ich mich um, ging zum Telefon und wollte gerade danach greifen, um Carl anzurufen, als es klingelte. Ich hob ab und sagte: »Lily?« ohne auch nur nachzudenken. Es entstand eine Pause, dann hörte ich Leroy Collins Stimme.

»Nein«, sagte er langsam. »Ich rufe wegen Daryl Collins an. Es gibt da ein paar Informationen, die Sie vielleicht gern hätten.«

Ich ließ mich auf die Couch sinken. »Lassen Sie die Spielchen, Leroy. Ich erkenne Ihre Stimme.« Ich hielt das Telefon jetzt mit beiden Händen und presste es an mein Ohr, als könnte ich durch die Leitung zu ihm gelangen. »Sie sollten diesem Kind besser kein Haar krümmen. Falls Sie jemals irgendwelche Informationen von mir bekommen wollen, dann lassen Sie die Finger von Lily.«

Dieses Mal war die Pause länger. »Ich werde ihr nichts tun, wenn ich kriege, was ich haben will«, sagte er schließlich.

Ich hatte meine Hand nun an meiner Stirn und die Augen geschlossen, um seine Stimme besser sehen zu können. Sie hatte sich keinen Deut verändert, als er versprach, dass er Lily nichts tun würde. Er sagte die Wahrheit. Darauf würde ich wetten.

»Wo ist sie?«

»Was haben Sie für mich?«

»Was wollen Sie?«

»Wenn Sie schon so viel wissen, dann wissen Sie bestimmt auch, was ich will. Ich will wissen, was da vor sich geht. Warum stochern die Cops plötzlich wieder in der Sissy-Harper-Sache rum?«

»Das ist kein Problem, Leroy. Die Information ist mir egal. Ich will Lily zurückhaben. Solange sie unverletzt ist, werde ich Ihnen sagen, was auch immer Sie wissen wollen.«

Seine Stimme klang beinahe amüsiert über meine schnelle Kapitulation. »Ich hab ihr nichts getan«, sagte er aalglatt. Wieder veränderte sich die Beschaffenheit seiner Stimme nicht. Ich öffnete die Augen.

»Also dann«, sagte ich. »Was wollen Sie wissen?«

»Ich möchte persönlich und unter vier Augen mit Ihnen sprechen. Meine Mutter hat keinen Dummkopf großgezogen, der am Telefon über Geschäftliches quatscht.«

»Wo und wann?«, fragte ich. »Und bringen Sie Lily mit«, fügte ich hinzu.

»Ich glaube, ich war noch nie am Strand. Bestimmt kennen Sie ein nettes, ruhiges Plätzchen, wo uns keiner stört.«

Ich dachte einen Moment lang über einen Treffpunkt nach. Warum nicht? »Ich weiß eine Stelle«, sagte ich und erklärte ihm, wie er dorthin kam. »Falls Sie es nicht finden können, fragen Sie irgendwen. Es ist da, wo Blackbeard früher seinen Schlupfwinkel hatte. Jeder kennt das.«

»In Ordnung«, sagte er. »Ich sehe Sie dann gegen Mitternacht.«

»Was? Mitternacht? Kommen Sie schon, Leroy. Welchen Sinn hat es, zu warten? Sie wollen die Information. Ich will Lily. Wir können uns jetzt treffen.«

»Heute Nacht ist früh genug«, sagte er ruhig. »Tagsüber schwirren zu viele Touristen rum. Ich will niemand
in der Nähe haben, wenn ich Geschäftliches berede. Ich
sage Ihnen jetzt, was Sie tun werden: Sie hängen das Telefon aus und schalten das Handy ab. Sie reden mit niemand, hören Sie? Sie reden mit niemand und treffen
niemand. Ich behalte Sie im Auge. Ich sehe Ihr Haus
von da, wo ich bin, und ich werde es wissen, wenn Sie
rausgehen. Ich werde Ihre Nummer anrufen, um zu
überprüfen, dass belegt ist. Sie wollen doch sicher nicht,
dass jemand wegen Ihrer Dummheit stirbt.«

»Auf keinen Fall.«

»Sie bleiben einfach zu Hause und machen sich einen
netten Tag. Wir sehen uns gegen Mitternacht. Und«,
fügte er hinzu, »erinnern Sie sich an das, was ich gesagt
habe. Denken Sie noch nicht mal daran, die Polizei ein-
zuschalten. Ich hab Lily noch nichts getan, und das werd
ich auch nicht, wenn Sie allein kommen.«

Ich legte das Telefon weg und ließ mit geschlossenen
Augen den Kopf nach hinten auf die Sofalehne sinken.
Wie zur Hölle hatte er sie aus dem Haus bekommen?
Das war nicht möglich. Enttäuscht von Mandy oder irgendetwas in der Art musste sie zu einem Spaziergang
aufgebrochen sein, und er hatte sie geschnappt. Ich bemerkte meine Tränen erst, als ich ein Taschentuch
brauchte. Langsam stand ich auf. Warum wollte Leroy
mich mitten in der Nacht an einem derart verlassenen
Ort treffen? Es gab keine gute Antwort darauf, aber das
einzig Wichtige war, dass er Lily nichts antun würde. Das
Aussehen einer Stimme lässt sich nicht manipulieren,
und Leroys war weder blechern geworden, noch hatte

es auch nur die geringste Veränderung in ihrer Textur gegeben.

Ich ging zum Fenster und überlegte, wo Leroy wohl sein mochte, dass er das Haus sehen konnte. Der Himmel war noch immer von einem alles umschließenden Blau, und die hellgelbe Scheibe knapp über dem Horizont schien zu signalisieren, dass Gott in seinem Himmel weilte und mit der Welt alles in Ordnung war. Aber nichts war in Ordnung. Der Tag hatte mich belogen

Kapitel 23

Während Lily in dieser Nacht gewartet hatte, war die E-Mail, auf die sie hoffte, geschrieben worden. Sie war gelesen und wieder gelesen und verbessert worden, bis es keine Änderungen mehr vorzunehmen gab. Der Plan war riskant, aber das ließ sich nicht ändern.

Liebe Lily,
ich habe lange darüber nachgedacht, und ich glaube, dass jetzt der richtige Moment gekommen ist, Jerry zu verlassen. Ich weiß, dass ich das schon früher gesagt und es nie getan habe, aber ich fühle jetzt anders. Vielleicht musstest Du erst weggehen, damit ich endlich aufwache.

Jedenfalls möchte ich, dass Du mit mir kommst, aber unsere Flucht wird nicht leicht sein. Ich weiß, dass Jerry versuchen wird, uns zu finden, doch ich werde nicht zulassen, dass das geschieht.

Ich möchte Breeze nicht in Gefahr bringen, deshalb darfst Du ihr nichts davon sagen. Wenn sie nichts weiß, gibt es auch nichts, was sie Jerry erzählen könnte, ganz egal, welche Tricks er sich einfallen lässt. Ich werde sie von unterwegs anrufen, sobald wir in Sicherheit sind. Bitte verrate ihr nichts, und hinterlasse ihr auch keine Nachricht, sonst könnte Jerry uns vielleicht aufspüren. Ich weiß, dass das verrückt klingt, aber mein

Gefühl sagt mir, dass unsere Chance am größten ist, wenn niemand außer Dir und mir Bescheid weiß.

Ich habe alles genau geplant und möchte, dass Du Folgendes tust: Du musst sehr früh aufstehen – gleich morgen, wenn das für Dich in Ordnung ist. Ich weiß, dass das sehr überstürzt kommt, aber ich habe eben herausgefunden, dass Jerry heute Abend wegfährt und erst morgen Nacht zurückkommt, wodurch wir einen kleinen Vorsprung hätten.

Nimm nicht viel mit. Pack einfach einen Rucksack mit dem Nötigsten für einen Tag. Ich kaufe Dir neue Sachen. Wenn Deine Kleidung weg ist, wird Breeze wissen, dass Du wirklich fort bist, und sich Sorgen machen.

Ich habe den Fährenplan angesehen. Es geht eine um fünf Uhr morgens. Schaffst Du das? Ich werde mich darum kümmern, dass ein bezahltes Ticket am Schalter auf Dich wartet. Du brauchst es nur abzuholen. Wenn Du die Fähre nimmst, werde ich Dich auf der anderen Seite von einem Wagen abholen lassen. Mach Dir keine Gedanken, wie Du ihn findest, der Fahrer hat ein Foto von Dir, und er wird Dich erkennen, wenn Du von Bord gehst. Ich würde Dich selbst abholen, aber ich kann hier nicht weg, bevor Jerry heute Abend gegangen ist, was bedeutet, dass ich es nicht rechtzeitig schaffen würde.

Der Fahrer wird Dich bis nach Raleigh fahren und dort an einem Motel absetzen. Er hat die Adresse. Es ist auf meinen Namen ein Zimmer für Dich reserviert. Ich habe dort angerufen, und sie wissen Bescheid, dass Du vor mir eintriffst. Sie werden Dir den Zimmerschlüssel geben. Mach Dir keine Sorgen. Das Zimmer ist bereits bezahlt. Wenn ich ohne Pause durchfahre, kann ich morgen Abend in Raleigh sein.

Bestell Dir über den Zimmerservice etwas zu essen. Sag ihnen, sie sollen es aufs Zimmer schreiben. Ach ja, Du kannst *dir auch Filme ansehen. Lass sie ebenfalls aufs Zimmer schreiben.*

Ich glaube, es ist ein ziemlich guter Plan. Ich erzähl Dir den Rest, sobald ich da bin. Mein Chef Dave hat mir geholfen, ihn auszutüfteln. Ich wollte Dir nichts davon erzählen, bevor er ganz ausgereift ist, aber ich habe schon seit einer ganzen Weile daran gearbeitet.

Mein liebes Mädchen, ich kann es nicht erwarten, Dich wiederzusehen. Wir werden weggehen und für immer frei sein von Jerry. In Liebe, Mom.

Er las die Nachricht ein letztes Mal durch, dann klickte er auf Senden.

Lily stand auf der Fähre und sah zu, wie Blackbeard's Isle hinter ihr zu einem Nichts zusammenschrumpfte. Sie war fast eine ganze Stunde früher da gewesen. Ihr kam der Gedanke, dass sie sich ein bisschen wie Mandy verhielt, indem sie Breeze allein ließ, während dieser Leroy hinter ihr her war. Aber auch wenn sie dableiben würde, was könnte sie schon tun? Außerdem war dies die Chance. Sie würde vielleicht keine zweite bekommen, ihre Mutter von Jerry loszueisen. Breeze würde das verstehen. Abgesehen davon war sie viel besser in der Lage, auf sich selbst aufzupassen, als ihre Mom. Lily wünschte sich, einen Ausdruck der E-Mail zu haben, aber sie hatte zu große Angst gehabt, Breeze durch das Druckergeräusch aufzuwecken. Es spielte keine Rolle. Sie kannte sie auswendig.

Sie drehte sich wieder nach vorn um und strengte die Augen an, um das Festland zu sehen, aber es würde noch eine Stunde oder länger dauern, bevor Land in Sicht käme. Irgendwo da drüben wartete ein Wagen auf sie, oder vielleicht war er auch noch unterwegs – vorausgesetzt, ihre Mutter hatte es sich nicht anders überlegt. Was ihr zuzutrauen war. Aber irgendwie glaubte Lily nicht, dass ihre Mom es dieses Mal tun würde. Sie hatte noch nie zuvor solche Pläne gemacht, wirklich detaillierte Pläne. Und sie klang seit einiger Zeit verändert.

Die Zeit schleppte sich dahin. Das Einzige, was sie wollte, war, ihre Mutter in dieses Motelzimmer kommen zu sehen. Sie wartete und wartete, dass endlich Land auftauchte, aber als es so weit war, verspürte sie einen plötzlichen Stich des Bedauerns, und sie drehte sich um, um zurückzublicken. Was, wenn sie Breeze niemals wiedersehen würde, oder Betsy. Ihre Flucht war so überstürzt vonstatten gegangen, als hätte sie ein gigantischer Sturm einfach von der Insel gefegt. Sie war irgendwie auf die Insel geweht worden, und jetzt wurde sie wieder davongeblasen, so wie ein Samenkorn, das der Wind fortträgt. Würde sich das Ganze mit der Zeit wie ein Traum anfühlen, als ob sie überhaupt nie dort gewesen wäre? Aber das glaubte sie eigentlich nicht. Blackbeard's Isle fühlte sich inzwischen mehr wie ihr Zuhause an als das Haus mit Jerry darin, und sie gab sich selbst das Versprechen, bald wiederzukommen. Zusammen mit ihrer Mom.

Sie ging von Bord und entdeckte, genau wie ihre Mutter versprochen hatte, einen Mann, der die Menge absuchte. Einen Moment lang empfand sie Furcht, als sie sich daran erinnerte, dass man ihr stets eingebläut hatte, nicht zu Fremden ins Auto zu steigen. Ich bin eine Idiotin, dachte sie. Ein echtes Baby. Mit einem nervösen Lächeln ging sie auf ihn zu.

Kapitel 24

Ich ging über den Strand auf die Stelle zu, die ich Leroy als Treffpunkt genannt hatte. Obwohl ich nicht sagen konnte, warum, hatte ich sofort an jenen Teil des Strands in der Nähe von Blackbeards Schlupfwinkel gedacht, wo ich Charlie über den Weg gelaufen war. Aber jetzt wünschte ich mir, es nicht getan zu haben. Schon tagsüber hielt sich hier kaum jemand auf – kaum jemand außer Charlie –, und ganz sicher würde nachts überhaupt niemand da sein. Ich sah niemand, als ich die Stelle erreichte, doch Leroy musste sich im Sumpfland hinter den Dünen versteckt gehalten haben, denn nur ein paar Minuten nach meinem Eintreffen schien er sich im nächtlichen Nebel auf der Spitze einer Düne zu materialisieren.

Er kam die Düne hinunter auf mich zu und blieb nur ein paar Schritte von mir entfernt stehen. Er hielt an seiner Seite eine Schusswaffe in der Hand, und der Nebel verlieh ihm ein ätherisches Aussehen, als würde ich wieder eine Geistererscheinung sehen. Scharfe Angst krampfte sich wie die Krallen eines großen Vogels um mein Herz, und sie galt einem dreizehnjährigen Mädchen, von dem ich noch nicht einmal gewusst hatte, dass ich es mochte. Irgendwie hatte meine Sorge um sie jede Furcht ausgelöscht. Die Krallen fühlten sich an, als würden sie meine Lungen durchbohren.

»Wo ist Lily?«, fragte ich. »Ich hoffe für Sie, dass Sie dem Kind nichts angetan haben.«

»Ich habe keinen Grund, ihm etwas anzutun. Nicht, wenn Sie mir sagen, was ich wissen will.«

»Was genau wollen Sie wissen?«

»Was haben die Cops über Sissy Harper?«, fragte Leroy.

»Nichts, im Grunde genommen gar nichts.«

»Spielen Sie nicht mit mir«, warnte er.

»Ich spiele nicht mit Ihnen. Eine Frau namens … Lucy Sparks … hat im Gefängnis angerufen«, log ich. »Sie wollte wissen, ob Daryl freikommt. Sie sagte, sie hätte vor langer Zeit, als Daryl in Haft kam, eine Freundin namens Crystal gehabt, und die habe ihr erzählt, dass Daryl in Texas ein vierjähriges Mädchen umgebracht hätte. Die Gefängnisleitung setzte sich daraufhin mit der Polizei in Verbindung. Die Beamten sprachen mit ihr, und die Frau sagte, dass Crystal den Mord beobachtet habe. Sie befürchtete, Daryl könnte wissen, dass Crystal ihr davon erzählt hatte, und würde versuchen, sie aufzuspüren, wenn er aus dem Gefängnis entlassen wird.« Ich verstummte und zuckte die Achseln. »Das war's.«

»Erzählen Sie mir den Rest«, verlangte er. »Was werden die Cops jetzt unternehmen?«

»Nichts«, erwiderte ich. »Es gibt nichts, das sie unternehmen könnten. Crystal ist tot. Sie ist schon seit zehn Jahren tot. Ohne sie ist es reines Hörensagen. Man würde Lucy nicht erlauben auszusagen, und darüber hinaus hat es auch nie irgendwelche forensischen Beweise gegeben. Es ist eine Sackgasse, aber ich bin in den Akten auf eine Notiz zu der Vernehmung gestoßen, deshalb habe ich Daryl nach dem Mädchen gefragt. Das ist alles. Das Ganze ist aussichtslos. Da ist nichts mehr zu machen.« Hinter ihm, ein Stück den Strand hinunter, sah ich im Nebel neben dem Steg einen Mann auf einem Stein sitzen. Vermutlich Charlie. Lieber Himmel, was hatte er zu dieser Stunde hier draußen zu suchen?

»Woher weiß ich, dass Crystal wirklich tot ist?«, fragte Leroy.

»Keine Ahnung. Aber das ist die Geschichte, die man mir erzählt hat. Crystal war drogenabhängig und ist vermutlich an einer Überdosis gestorben.«

»Crystal ist zusammen mit ihrer Mutter nach Seattle gezogen«, sagte Leroy. »Wo ist die jetzt?«

»Ihre Mutter? Woher soll ich das wissen? Ich habe in den Akten keinen Hinweis auf Crystals Mutter gesehen. Vielleicht ist sie inzwischen auch gestorben, oder sie könnte nach Texas zurückgegangen sein. Das alles ist lange her.«

Leroy ließ das sacken, dann wechselte er das Thema. »Daryl sagt, Sie versuchen, ihn im Gefängnis zu halten.«

»Wie das Ganze ausgeht, interessiert mich nicht«, sagte ich. »Ich bin eine unabhängige Gutachterin. Manchmal bin ich der Überzeugung, dass Straftäter die gesetzlichen Kriterien erfüllen, um in Haft zu bleiben, und manchmal nicht. Es tangiert mich auf keine Weise persönlich. Tatsächlich ist es sogar so, dass Daryl die Kriterien nicht erfüllt. Er wird pünktlich entlassen werden. Jetzt habe ich Ihnen alles gesagt, was ich weiß. Wo ist Lily?«

»Wer zur Hölle ist Lily?«, fragte Leroy grinsend. Er hob die Waffe und richtete sie auf mein Gesicht.

»Was tun Sie da? Sie haben keinen Grund, mich zu töten.«

»Ich habe keinen Grund, es nicht zu tun«, entgegnete er. »Abgesehen davon« – er grinste wieder – »muss ich hin und wieder jemand umbringen, nur um die Leute daran zu erinnern, wer ich bin.«

Über seine Schulter sah ich Charlie von hinten auf ihn zukommen. Oh lieber Gott, lass nicht auch noch diesen armen, alten Mann erschossen werden.

»Da ist jemand hinter Ihnen, Leroy«, sagte ich. »Es ist nur ein harmloser, alter Mann. Lassen Sie ihn einfach gehen.«

Leroy wirbelte herum und zielte mit der Waffe auf Charlie.

Charlie sah die Waffe, blieb stehen und starrte Leroy an. »Das bringt doch nichts, Käpt'n«, sagte er. »Hab nix Falsches getan. Sie lassen mich jetzt einfach in Frieden. Wir sind bald am Beaufort-Zufluss. Nen besseren Steuermann als mich hab'n Sie nicht. Wenn Sie sich von Abe reinbringen lassen, können Sie von Glück reden, wenn das alte Schiff nicht auseinanderbricht. Lassen Sie mich einfach meine Arbeit tun.«

Charlie war gekleidet wie immer, in alte Hosen und ein schmutziges T-Shirt, aber in dieser Nacht trug er außerdem ein rotes Tuch um seinen Kopf. Am Tag sah er einfach nur arm und ungepflegt aus, aber in der Dunkelheit, in dem schwachen Schein des bedeckten Mondes und dem Nebel, der über den Strand kroch, wirkte er wie eine dem Sumpf und den Dünen entsprungene

Schauergestalt. Als er sprach, fuhr mir ein Schauder über den Rücken, obwohl ich wusste, wer er war.

Er muss auf Leroy die gleiche Wirkung gehabt haben, denn ich sah, wie er taumelnd einen Schritt nach hinten machte. Ihm schien es die Sprache verschlagen zu haben, und er ließ die Waffe wieder an seine Seite sinken.

Ich wich langsam rückwärts ins Wasser zurück. Vielleicht hatte Charlie Leroy aus der Fassung gebracht, aber es würde nicht lange dauern, bis er begriff, dass Charlie nur ein verrückter, alter Mann war, und er ihn ebenfalls töten würde. Ich konnte Leroy nicht aufhalten, indem ich mich auf ihn stürzte. Er war größer und schneller, und er hatte eine Schusswaffe. Aber vielleicht konnte ich ihn ablenken. Ich wich weiter ins Wasser zurück, wobei ich Leroy nicht aus den Augen ließ, der noch immer Charlie anstarrte. Als ich bis zu den Oberschenkeln drinnen war, wollte ich gerade untertauchen, als ich von einer riesigen Hand zurückgerissen wurde, die so kraftvoll war, dass sie mir den Atem aus den Lungen presste. Eine Unterströmung hatte mich ergriffen. Ich war ringsum von schwarzem Wasser umgeben und spürte, wie ich schnell ins Meer hinausgezogen wurde. Als ich wieder auftauchte, war der Strand bereits ein gutes Stück entfernt, und ich sah, wie Leroy auf mich zugerannt kam. Charlie stand noch immer aufrecht da, Leroy hatte ihn nicht erschossen.

Ich sah Leroy anschließend in kurzen Schnappschüssen, jedes Mal, wenn ich mich wieder an die Oberfläche gekämpft hatte. Einmal sah ich ihn bis zu den Knien im Wasser nach mir Ausschau haltend, das nächste Mal, als ich auftauchte, war er verschwunden. Wie ein riesiges, klauenbewehrtes Tier musste die Strömung auch ihn erwischt haben.

Ich bekam mich wieder unter Kontrolle und begann, seitwärts und parallel zum Strand zu schwimmen. Das ist die einzige Möglichkeit, aus so einem Sog herauszukommen. Diese Strömungen sind zu stark, um gegen sie anzuschwimmen, und jeder, der versuchen würde, auf direktem Weg zurück zum Strand zu gelangen, würde schließlich vor Erschöpfung ertrinken, während er gleichzeitig weiter und weiter aufs Meer hinausgetrieben würde. Aber solche Strömungen sind schmal, und indem man sich seitwärts bewegt, kann man sich aus ihnen befreien und anschließend ans Ufer schwimmen.

Es schien ewig zu dauern. Als ich mich endlich aus der Strömung herausgekämpft hatte, war das Ufer so weit weg, dass ich es kaum noch sehen konnte. Wäre da nicht noch ein Rest Mondlicht gewesen, hätte ich es vielleicht nicht gekonnt. Ich fing an, den langen Weg zurückzuschwimmen.

Als ich mich schließlich ans Ufer schleppte, war ich zu erschöpft, um auch nur einen klaren Gedanken fassen zu können. Charlie war nirgends zu sehen, deshalb nahm ich an, dass er am Leben war, denn ansonsten wäre da eine Leiche gewesen. Ganz bestimmt hatte Leroy sie nicht fortgeschafft. Ich lief den Strand hinauf zurück zu meinem Auto und fuhr auf direktem Weg zum Polizeirevier. Ich ließ den diensthabenden Beamten Carl anrufen. Er kam, sofort hellwach, ans Telefon, und ich erzählte ihm, dass Lily vermisst wurde und was mit Leroy geschehen war. Carl traf keine zehn Minuten später auf dem Revier ein, und ich berichtete ihm die ganze Geschichte noch einmal, diesmal im Detail. Ich war noch immer triefend nass, zumindest aber in eine Decke gehüllt, die ein Beamter mir gegeben hatte. Carl sprach ruhig, aber ich konnte den Zorn in seinen Augen sehen.

»Ich will Sie nicht kritisieren, Breeze. Ich weiß, dass die Menschen verrückte Dinge tun, wenn das Leben eines Kindes auf dem Spiel steht. Aber Typen wie Leroy spielen nicht nach den Regeln. Sie hätten wissen müssen, dass er vorhatte, Sie zu töten, als er darauf bestand, Sie mitten in der Nacht am Strand zu treffen. Wenn er also vorhatte, Sie zu töten, hätte er das Mädchen zweifellos ebenfalls getötet, falls das nicht schon geschehen war. Andernfalls hätte sie gegen ihn aussagen können. Ich wünschte, Sie hätten uns eingeweiht.« Ich öffnete den Mund, dann schloss ich ihn wieder. Von der Warte der Vernunft aus betrachtet, ohne die lähmende Angst um Lily und das Wissen, dass Leroy meinen synästhetischen Wahrheitstest bestanden hatte, erschien das, was ich getan hatte, schlichtweg hirnrissig.

Carl griff zum Telefon, um seine Leute zu mobilisieren. Sie würden sofort anfangen, die Insel zu durchkämmen. Sie würden in allen Motels und Gästehäuser anrufen, um Leroy zu finden. Ich sagte ihm, dass ich mir zu neunundneunzig Prozent sicher war, dass Leroy tot sein musste, denn was konnte er schon über diese für die Insel so typischen Unterströmungen wissen? Er entgegnete, dass er so lange nach ihm suchen lassen würde, bis seine Leiche auftauchte. Etwas in seinen Augen verriet mir, dass er zwar an die Möglichkeit glaubte, Leroy lebend zu finden, aber nicht Lily. Ich war mir ziemlich sicher, dass er sich in Bezug auf Leroy irrte. Ich hoffte bei Gott, dass er sich bei Lily irrte.

»Nur eine Sache noch, Carl«, begann ich zögerlich.

»Und wenn er sie nicht hat? Er hat gesagt: ›Wer zur Hölle ist Lily?‹ Und wenn sie doch irgendwo anders ist? Sie war durcheinander. Vielleicht ist sie weggelaufen.«

»Es ist eine Möglichkeit«, erwiderte Carl ruhig und mit derselben Überzeugung, als hätte ich vorgeschlagen, sie könne zum Festland geschwommen sein.

Ich fuhr nach Hause, und da ich nicht wusste, was ich sonst tun sollte, rief ich Mandy an. Ihr Handy war ausgeschaltet, was mitten in der Nacht keine Überraschung war. Ich hinterließ nur die kurze Nachricht, dass es um einen Notfall ginge und sie mich zurückrufen solle.

Um vier Uhr morgens rief sie zurück. Ich hatte auf dem Sofa gedöst und informierte sie jetzt knapp, dass Leroy auf der Insel und Lily verschwunden war. Ich war zu müde, um den Rest zu erläutern.

»Scheiße«, sagte sie. »Scheiße, Scheiße, Scheiße. Ich wusste, dass ich nicht hätte wegfahren sollen. Lieber Gott.«

»Ich hab die Polizei hinzugezogen, Mandy.«

»Gute Idee«, sagte sie scharf. »Sie hätten das schon vorher tun sollen. Er hätte Sie getötet.« Ich hätte mich nicht verteidigen können, selbst wenn ich es gewollt hätte. Das Wichtigste war jetzt, Lily da lebend rauszuholen. Wie könnte ich irgendjemand sagen, dass ich geglaubt hatte, Leroy würde Lily nichts antun, wenn ich tat, was er verlangte, weil die Textur seiner Stimme nicht kratzig geworden war?

»Mandy, kommen Sie zurück oder nicht?«

»Wie bitte?«, fragte sie überrascht. »Natürlich komme ich zurück. Ich habe Ihnen doch gesagt, dass ich zurückkomme so schnell ich kann. Ich hab einen Nachtflug genommen. Ich bin gerade in Raleigh und auf dem Weg zu Ihnen runter. In ein paar Stunden bin ich da.«

»Keine Spur«, sagte Mandy, »keine einzige verfluchte Spur.« Sie lief rastlos in meinem Wohnzimmer auf und ab, war völlig am Rotieren. Betsy beobachtete sie und dachte nach. Die Haut um ihre Augen war vor Sorge und Schlafmangel angespannt und dunkel.

»Was hat er noch mal gesagt?«, fragte Betsy nachdenklich. »›Wer zur Hölle ist Lily?‹«

»Genau«, bestätigte ich. »Er hätte damit prahlen müssen, sie in seiner Gewalt zu haben, aber das hat er nicht.«

»Ich kapier das nicht«, sagte Mandy. »Er hat Ihnen am Telefon doch gesagt, dass er sie hat, oder nicht?«

»Irgendwie schon«, sagte ich. »Aber vielleicht nicht so exakt. Wenn ich es im Kopf noch mal abrufe, dann glaube ich, dass ich ihm unterstellt habe, dass er sie hat. Er hat direkt nach ihrem Verschwinden angerufen, und da bin ich einfach davon ausgegangen.«

»Und wenn er sie nicht hatte? Vielleicht wollte sie ihre Mutter besuchen.«

»Das kann ich mir nicht vorstellen. Sie kann unmöglich glauben, dass sie bis nach Chicago trampen könnte, und sie wäre auch nicht einfach sonst wohin weggelaufen, weil ihre Mutter sie dann nicht finden könnte. Abgesehen davon hat sie keine Kleidung mitgenommen, und Geld hatte sie auch keins.«

»Sie könnte trotzdem zusammen mit ihrer Mutter weggegangen sein«, beharrte Mandy. »Sie hat erzählt, ihre Mutter hätte sich verändert, dass es ihr nun besser gehen und sie daran denken würde, Jerry zu verlassen.«

»Was?« rief ich aus. »Es geht ihrer Mutter nicht besser. Wie kommt sie nur darauf?«

Mandy dachte einen Moment nach. »Lily hat gesagt, dass sie besser *klingen* würde«, erklärte sie schließlich. »Als wir am Strand waren, um diese Muscheln zu suchen. Es hörte sich an, als würden sie miteinander reden. Ich habe angenommen, dass Sie davon wissen.«

»Das ist ein Scherz, oder?«, fragte ich. »Sie muss sich das ausgedacht haben. Sie hat nicht mit ihrer Mutter gesprochen. Ich habe die Telefonrechnungen.« Ich ging in mein Schlafzimmer und öffnete die Schublade, in der ich meine Rechnungen aufbewahrte. Mit der Telefonrechnung in der Hand kam ich zurück. »Hier ist sie. Keine Gespräche mit Jena.«

»Was ist mit dem Handy?«, fragte Mandy. »Die registrieren nur die Minuten.«

»Das funktioniert hier nicht. Keine Funktürme. Ich benutze es nur auf dem Festland.«

»Sie hat zu ihr Kontakt gehabt«, beharrte Mandy. »Da bin ich mir ganz sicher.« Wir sahen einander einen Augenblick lang an, dann drehten wir uns unisono zum Computer um.

»Großer Gott«, sagte ich. »Ich habe gedacht, dass sie ihren Freunden schreibt. Warum hat sie es mir nicht gesagt?«

Es war nicht schwer, die E-Mails zu finden. Die letzte öffneten wir als Erstes.

»Sie ist mit ihrer Mutter weg«, sagte Mandy mit Erleichterung in der Stimme.

»Nein, das ist sie nicht. Das hier ist nicht von Jena.«

»Woher wollen Sie das wissen?«

»Ich weiß, in welchem Zustand Jena ist. Ich telefoniere jede Woche mit ihrem Chef. Jena hat inzwischen Schwierigkeiten, Büroklammern zu sortieren. Nie im Leben hätte sie einen Plan wie diesen austüfteln können. Aber wir können Gewissheit erlangen. In der E-Mail steht, dass Dave ihr angeblich hilft.« Ich griff zum Telefon und rief ihn an.

»Jena ist mit Jerry weggefahren«, sagte ich, nachdem ich aufgelegt hatte. »Sie machen eine Reise. Sie hat um ein paar freie Tage gebeten. Und nein, Dave hat ihr nicht geholfen, irgendwelche Pläne auszuarbeiten.«

Betsy stand auf. »Ruf Carl an«, sagte sie. »Zieh die Polizei in Raleigh hinzu. Der Drecksack hat sie entführt. Falls es da oben einen Gott gibt, wird dieser Mistkerl dafür bis zum Jüngsten Tag im Gefängnis schmoren.«

»Betsy«, sagte ich. »Du kannst Jena nicht vorwerfen, ihr eigenes Kind gekidnappt zu haben. Sie ist mit ihm zusammen, und sie hat das Sorgerecht. Sie kann meine Vormundschaft jederzeit widerrufen.«

»Ich wette zehn zu eins, dass sie nichts damit zu tun hat. Sie weiß vermutlich noch nicht einmal, dass sie Lily mitnehmen werden.«

»Mit ziemlicher Sicherheit weiß sie das nicht«, gab ich ihr recht.

»Also kann sie der Polizei sagen, dass sie nicht einverstanden war.«

Mandy und ich sahen uns schweigend an. Betsy wusste nicht das Geringste über misshandelte Frauen. »Sie wird sich ihm nicht widersetzen, Betsy«, erklärte ich sanft. »Sie steht absolut und vollkommen unter seiner Kontrolle. Sie ist so viel geschlagen worden, dass sie jedes Gefühl für sich selbst verloren hat. Sie wird sagen, was auch immer er ihr zu sagen befiehlt.«

»Verdammt noch mal, Breeze«, explodierte sie. »Wir werden nicht einfach hier sitzen und es zulassen.«

»Ich weiß nicht, was wir tun könnten.«

»Wir können sie zurückkidnappen.«

»Ja, genau. Und wie würde es dir gefallen, wegen Entführung angeklagt zu werden?«

»Komm mir nicht mit solchem Bockmist, Breeze. Wir werden nicht zulassen, dass dieser Dreckskerl einfach damit durchkommt, und mehr gibt es dazu nicht zu sagen.«

»Was genau glaubst du, könnten wir tun? Wenn er sie erst mal in seiner Gewalt hat, wird er einen Weg finden, damit sie das sagt, was er von ihr erwartet.«

»Breeze, ich fass es einfach nicht. Was bist du nur für ein Weichei. Das musst du von deiner Hippie-Mutter haben, diesen ganzen Arizona-Liebe-und-Frieden-Kram. Das hat nichts mit den Südstaaten zu tun, so viel ist sicher. Wir vergessen nicht, wir verzeihen nicht, und wir geben niemals auf. Es gibt Klapperschlangen, die es mehr verdient haben zu leben als dieser Mistkerl. Ich persönlich bezweifle, ob es die Polizei wirklich kümmern würde, wenn wir ihn erschießen und an die Krabben verfüttern würden, sobald sie erst mal wissen, was er Jena angetan hat.«

Dass sie meine Mutter erwähnt hatte, ärgerte mich. Ich war erschöpft und krank vor Sorge, und meine Gefühle waren bis zu dem Punkt angespannt, an dem das Gummiband zurückschnappt. Aber Betsy bemerkte meine Verärgerung noch nicht einmal. Sie suchte Streit, und ich war da.

»Jetzt bloß keine Südstaatennostalgie, Betsy. Das ist Schwachsinn.«

Mandy wollte uns unterbrechen, aber Betsy stoppte sie mit einer Handbewegung.

»Fang du nicht mit dem Süden an«, sagte Betsy. »Ich weiß, dass wir Fehler gemacht haben. Es gab Zeiten, da lagen wir so falsch, wie ein Volk nur falsch liegen kann. Aber du musst unterscheiden zwischen den Inhalten und dem Handeln. Wir lagen nur bei den Inhalten daneben, aber Loyalität gegenüber der Familie, den Angehörigen und der eigenen Heimat war noch nie falsch. Wir wissen, was Loyalität ist. Sie zieht sich wie Granitschichten durch diesen ganzen Teil des Landes. Man kann Menschen nicht behandeln, wie er diese beiden behandelt, ohne dass deren Familien einem eins vor den Latz knallen. Und wir sind die einzige Familie, die diese beiden haben.« Nach einer Weile fügte sie hinzu: »Wäre ich keine Dame, würde ich sagen, dass dieser Schweinehund den Tod verdient hat.«

»Wir sind keine Damen«, erwiderte ich.

»Tja, dann hat er den Tod verdient.« Wir alle schwiegen.

»Mandy?«, fragte ich schließlich.

»Sie geht mit uns oder ohne uns«, erwiderte sie und stand auf. »Also sage ich, wir gehen mit. Zum Glück«, fügte sie hinzu, »bin ich die Einzige mit einer Waffe.«

Kapitel 25

Jerry sah zu Jena hinüber, die still neben ihm saß und aus dem Fenster starrte. Es war der Punkt erreicht, an dem sie so gut wie nutzlos war. Sie konnte noch nicht einmal mehr auf einer Autobahn fahren. Damit hatte er nicht gerechnet. Sie fuhr jeden Tag zur Arbeit. Wie zur Hölle hätte er ahnen sollen, dass es sie verwirren würde, auf Straßen zu fahren, die sie nicht kannte? Schaudernd erinnerte er sich daran, wie er von der Hupe des Sattelschleppers aufgewacht war. Das Miststück war ihm direkt vor die Schnauze gegurkt. Es könnte durchaus Absicht gewesen sein. Sie hatte sich schon ein paarmal die Arme aufgeritzt, aber das hatte er nie ernst genommen. Ein Sattelschlepper hingegen war verdammt ernst.

Das bedeutete, dass er die ganzen beschissenen siebzehn Stunden würde durchfahren müssen. Und das wiederum brachte ein neues Problem mit sich. Er hatte vorgehabt, noch in derselben Nacht zurückzufahren, in der er Lily aufgabeln würde, aber das war nun unmöglich. Er konnte nicht eineinhalb Tage lang am Steuer sitzen, ohne zu schlafen. Sie würden in dem Motel übernachten müssen, was riskant war. Es war schwer zu sagen, wie Lily reagieren würde.

Diese ganze Sache lag sowieso in den letzten Zügen.

Er sollte allmählich darüber nachdenken, seine Verluste zu minimieren. Jena würde nicht mehr viel länger arbeiten können, und wenn sie nicht arbeiten konnte, musste er sich ihrer entledigen.

Aber er hatte zu Hause noch eine Sache zu Ende zu bringen. Wie konnte das kleine Biest glauben, dass es damit davonkommen würde? Als wäre es ihre Entscheidung, wegzugehen oder nicht. Es war für sie an der Zeit zu lernen, dass sie nicht pinkeln gehen konnte, ohne ihn vorher um Erlaubnis zu fragen. Wenngleich er zugeben musste, dass er es anfangs genossen hatte, von Lily befreit zu sein. Kein neugieriges Paar Augen. Keine potenzielle Zeugin. Keine Konkurrenz um Jenas Aufmerksamkeit. Totale Isolation.

Aber es hatte nicht funktioniert. Ohne Lily hatte er keine wirkliche Macht über Jena. Sie hatte sich an einen Ort zurückgezogen, wo sie für ihn unerreichbar war. Ihr war inzwischen alles gleichgültig. Sie war unempfänglich für Schmerz und schien die Demütigungen gar nicht mehr wahrzunehmen. Sie hatte einen Punkt erreicht, an dem er den Verdacht hatte, dass sie hoffte, er würde sie töten, deshalb hatten Drohungen keinen Zweck mehr. Das Einzige, wovor sie noch immer Angst hatte, war, dass Lily etwas zustoßen könnte.

Aber bei Jena wusste man nie so genau, woran man war. Jedes Mal, wenn er dachte, dass sie komplett hinüber sei, ertappte er sie dabei, wie sie ihn ansah, und für einen Moment war ihre alte Intelligenz wieder da – vielleicht tiefer verborgen in ihren Augen als früher, aber immer noch existent. Da gab es noch etwas, über das er keine Macht hatte.

Nicht, dass es eine Rolle gespielt hätte. Es ging mit ihr so rapide bergab, dass es nur noch eine Frage der Zeit war. Aber er glaubte, dass da noch ein letztes Aufbegehren in ihr steckte. Eine letzte Runde. Er musste lächeln, als er sich daran erinnerte, wie es früher gewesen war: diese verängstigen Augen, die so weit aufgerissen waren, dass man das Weiße sehen konnte; die bleiche, bebende Haut um ihren Mund; der Schock und die Angst, die sich so prägnant in der straff gespannten Haut und den starren Gesichtszügen abzeichneten. Es war besser als Crack, besser als Kokain; ein Hochgefühl, das sich mit nichts vergleichen ließ. Er könnte vielleicht noch ein Jahr von diesen alten Zeiten bekommen, überlegte er. Aber nur, wenn er Lily wieder nach Hause schaffte.

Er sah das Hinweisschild für das Motel und fuhr von der Autobahn ab. Er hielt den Wagen vor dem Vordach an und sah zu Jena rüber, aber weder hatte sich ihr Ausdruck geändert, noch machte sie Anstalten, die Tür zu öffnen. Sie hatte nicht gefragt, wohin sie fuhren oder warum.

Er sagte: »Wir gehen rein und lassen uns einen Zimmerschlüssel geben. Ich will, dass du mit mir kommst.«

Sie sah ihn an. Sie wusste, dass sie keine Fragen zu stellen hatte.

Er öffnete die Tür, um auszusteigen, dann ließ er sich zurück auf den Sitz sinken. Der Rezeptionist könnte es ansprechen, und er wollte nicht, dass sie vor ihm eine Szene machte, deshalb war es besser, es ihr jetzt gleich zu sagen.

»Lily ist hier. Wir nehmen sie mit nach Hause. Falls der Mann an der Rezeption sie erwähnt, hältst du die Klappe.«

Eine Schockwelle schien sich aus den Tiefen von Jenas Augen aufzutürmen und in ihrem Gesicht zu zerbersten. Sie sah ihn an, und die alte Jena war zurück, als wäre sie gerade aufgewacht. Er hatte es sich nicht eingebildet. Etwas von ihr war noch übrig.

»Was hast du denn gedacht?«, fragte er ruhig. »Dass ich sie einfach so gehen lassen würde? Du solltest mich besser kennen. Sag ein einziges Wort zu dem Typen, und ich bring sie nach Hause und halte ihre Hand in den Abfallzerkleinerer, bis sie Hackfleisch ist. Und du wirst dabei zusehen.« Er stieg aus dem Auto und ging in der Gewissheit, dass Jena ihm folgen würde, zur Eingangstür.

An der Rezeption war ein schlaksiger, junger Mann mit eingezogenen Schultern und sorgenvollen Augen. Er sah Jena an, und sie wappnete sich für eine genaue Musterung, aber es blieb bei diesem einen flüchtigen Blick. Er wandte seine Aufmerksamkeit sofort wieder dem lächelnden Jerry zu.

Jerry knipste seinen Charme an, und Jena beobachtete, wie der verzagte Angestellte ihm erlag. War das damals, vor langer Zeit, bei ihr auch so gewesen, fragte sie sich, dass sie von einem Fuß auf den anderen getreten war, voller Nervosität angesichts seiner vermeintlichen Freundlichkeit?

Sie folgte Jerry schweigend zu dem Zimmer. Während sie sich ihm näherten, wurde ihr plötzlich schwindlig, und sie hatte den Eindruck, als löse sich ihre Schädeldecke ab. Das Innere trieb in der Luft wie Wackelpudding auf Wasser. Sie überlegte, ob sie die Hände auf den Kopf legen sollte, um sie festzuhalten, aber sie hatte nicht die Kraft, sie zu heben. Es war vermutlich ohnehin zu spät. Sie konnte die Oberseite ihres Kopfs nicht mehr spüren und hatte das vage Empfinden, dass kalte Luft über ihr Gehirn strich, also war sie wahrscheinlich schon weg.

Sie konzentrierte sich darauf, die Türen zu zählen, an denen sie vorbeikamen. Sie wollte anhalten und die Zahlen auf ihnen berühren. Auf jeder Tür befand sich so eine Zahl, auf jeder einzelnen. Wenn sie doch nur stehen bleiben und ihre Finger über die Zahlen gleiten lassen könnte. Warum sollte ein Mensch jemals weitergehen, wenn er stattdessen hier stehen bleiben und das tun konnte? Sie hoffte bei Gott, dass es eine ungerade Zahl von Türen sein würde, bevor sie zu Lilys kamen. Was sollte sie tun, wenn sie bei einer geraden enden würden?

Lily würde nicht in dem Zimmer sein. Sie konnte nicht. Das stimmte alles nicht. Breeze würde Lily niemals wegschicken. Breeze würde sich um sie kümmern. Er hielt sie zum Narren, aber noch während sie sich das sagte, wusste sie, dass es nicht stimmte. Er stieß nie leere Drohungen aus. Aber vielleicht war ihm ein Fehler unterlaufen. Er konnte Breeze nicht überlistet haben. Lily würde nicht in diesem Zimmer sein, und die Adern an seinem Hals würden hervortreten, wenn sie es nicht wäre. Es war Jena gleichgültig, was danach geschehen würde – solange nur Lily nicht da war.

Sie kamen immer näher zur Nummer 116, Lilys Zimmer, und Jenas Körper fühlte sich zunehmend schwerer an, so als wäre sie auf dem Jupiter. Sie spürte, wie sie dicker wurde, aber hauptsächlich von der Hüfte abwärts. Ihr Bauch fühlte sich so schwer an, dass sie überlegte, ob sie wohl schwanger aussah. Sie wagte nicht, nach unten zu blicken. Ihre Beine und Knöchel mussten gewaltig sein.

Sie sah, wie Jerry vor einer Tür anhielt, eine Plastikkarte einschob und dann rasch in das Zimmer trat. Sie hörte Lily bei seinem Anblick aufschreien und das Geräusch eines Schlags. Gnädigerweise geschah es dann endlich. Sie trieb irgendwo weit oben dahin und sah auf sich selbst und die Szene hinunter. Alles unter ihr wirkte distanziert, so als sähe sie einen Film.

Von ihrem erhöhten Aussichtspunkt aus beobachtete sie, wie Jerry nach ihrem Arm griff und sie in das Zimmer zerrte, sie sah sich selbst, wie sie Lily anstarrte, die auf dem Boden lag. Lily schluchzte hysterisch und bedeckte ihr Gesicht mit den Armen. Sie sah, wie Jerry sie zweimal trat, bevor er sie hochhob und in einen Sessel warf. Er umklammerte die Armlehnen des Sessels und hielt sein Gesicht ganz nah vor das ihrer Tochter. Er zog eine Pistole aus seiner Tasche und zielte direkt auf Lilys Gesicht. Er brüllte nicht, sondern sprach ganz ruhig. Aus Lilys Zügen wich jede Farbe. Dann sah Jena, wie er ihr mit dem Handrücken einen Schlag verpasste, dass sie aus dem Sessel flog. Lilys Kopf krachte beim Fallen gegen die Wand.

*

Jena setzte sich in dem dunklen Motelzimmer auf und lauschte Jerrys abgehackten Atemzügen neben ihr. Sie fragte sich, ob Lily nebenan schlief oder wach war. Vielleicht war sie tot, aber Jena glaubte das nicht. Sie konnte ihre Präsenz beinahe spüren. So war es schon seit Lilys Geburt gewesen. Ein Teil von ihr lauschte stets nach Lily.

Sie sah zu Jerry hinunter und überlegte, wie es wohl sein mochte, ihn zu lieben. Es war schon so lange her, dass sie sich nicht mehr erinnern konnte. Wann hatte sie damit aufgehört? Manche Dinge enden, und es vergeht eine Weile, ehe man es bemerkt. So war es ihr ergangen. Sie hatte die Liebe nicht verschwinden sehen. Aber der Rest – das Gefühl, nur durch ihn zu existieren, und der ständige Geschmack der Angst in ihrem Mund –, der war geblieben.

Bis jetzt. Nun schien es, als sei der Bann gebrochen, so wie bei einem Fieber, das schließlich nachlässt und verschwindet. Aber auch das traf es nicht ganz. Es war fast, als würde man einen Schritt zu weit machen, und plötzlich war man durch eine Tür gegangen, hinter der alles anders ist. Nur einen einzigen Schritt.

Wenn Lily nicht zurückgekommen wäre, vielleicht wäre es dann nicht passiert. Wie in einer Endlosschleife wiederholte ihr Geist unaufhörlich die Szene, als Lilys Kopf gegen die Wand gekracht war. Es war ohne Lily so viel leichter gewesen. Mit ihrem Fortgehen hatte er ein mächtiges Druckmittel verloren. Das war ihnen beiden bewusst gewesen. Aber jetzt war Lily zurück, und er schlug sie ebenfalls.

Lily war der letzte Schritt durch die Tür gewesen. Auf keinen Fall waren es die Misshandlungen. Die waren wie immer. Nicht wie in jener Nacht, als Lily weggegangen war. Schon seit einer ganzen Weile war nichts Vergleichbares mehr passiert – keine brennenden Zigaretten auf ihrer Haut, keine Plastiktüten über ihrem Kopf. Sie hatte erwartet, dass sie am Ende dieser Reise wieder nach Hause zurückkehren und die Dinge ihren gewohnten Lauf nehmen würden. Sie würde morgens aufstehen und zur Arbeit fahren, so wie sie es immer tat. Jerry würde sie erwarten, wenn sie heimkam, so wie er es immer tat.

Irgendwann während der Nacht war sie aufgewacht, und alles war in sich zusammengebrochen. Sie hatte den roten Faden verloren, das Drehbuch. Dann wurde ihr klar, dass sie eigentlich gar nicht aufgewacht war. Sie hatte lediglich bemerkt, dass sie nicht schlief.

Jena stand auf. Alles wirkte zusammenhangslos. Sie wusste nicht, warum sie da stand. Sie hatte keine Pläne oder Ideen und auch kein Ziel, und sie fragte sich, was sie wohl als Nächstes tun würde. Sie verharrte für einen Moment und sah sich um. Alles wirkte jetzt verändert, irgendwie klarer und schärfer. Die Kante eines Schreibtischs zeichnete sich deutlich in dem Mondlicht ab, das durch eine Lücke im Vorgang hereinfiel. Alles war still. Jerry lag sorglos ausgestreckt auf der Seite, und ihr kam die Zeile eines Gedichts in den Sinn: ›Du warst so nahe, fast hätte ich die tote Kindheit in deinem Gesicht berühren können.‹ Aber das war es nicht, was anders war. Sie empfand oft so, wenn er schlief.

Was sich verändert hatte, war, dass sie keine Angst mehr verspürte. Dieses zermalmende Monstrum in ihr war verschwunden. Ihr Brustkorb fühlte sich an, als hätte sich die enge Fessel gelockert, die ihn zuvor zusammengeschnürt hatte. Sie holte tief Luft, und das zum ersten Mal seit … wann? Sie konnte sich nicht entsinnen, aber es war eine Ewigkeit her. Es war schlichtweg nicht mehr von Bedeutung. Mehr noch, sie konnte sich nicht entsinnen, wie es sich angefühlt hatte, als es noch von

Bedeutung gewesen war. Sie fühlte sich wie ein Geist, so als existiere sie gar nicht. Sie nahm sich selbst nicht mehr wahr, hatte keinen echten Glauben mehr daran, dass sie real oder ihr Körper es war. Sie fühlte sich leicht und substanzlos. Sie war aus Luft gemacht oder aus etwas noch Leichterem.

Sie schloss die Augen und sah sich selbst über der Erde schweben, einfach über der Erde dahintreiben wie ein Ballon bei einer Thanksgiving-Parade, der noch von einer dünnen Schnur gehalten wurde, einer Verbindungslinie, welche direkt zu der kleinen Gestalt führte, die sie umklammerte und nach oben sah. Lily war das Einzige, das sie zurückholen konnte, zurück zu dem zermalmenden Monstrum der Angst.

Das Mondlicht, das durch die Vorhänge schlüpfte, zog sie magisch an, und sie ging zur Tür und öffnete sie. Sie sah ihn noch nicht einmal an, um festzustellen, ob ihn das Geräusch geweckt hatte. Als spielte das eine Rolle. Die Lichter des Parkplatzes sahen aus wie gigantische Glühwürmchen, die über einem schwarzen Teich in der Luft schweben. Sie wackelte auf dem nassen Pflaster mit den Zehen und staunte darüber, wie deutlich sie alles sehen konnte. Autos und Lichter und, hinter dem Parkplatz, eine Baumreihe – alles schien von einer unwirklichen Klarheit durchtränkt. Sie sah Wasser, das von Blättern tropfte, eine kleine Beule in einem Lichtmast, und sie wunderte sich, wie sie diese Dinge sehen konnte, obwohl sie so weit weg waren. Sie erinnerte sich nicht, irgendwelche Drogen genommen zu haben.

Es war sehr ruhig. Sie konnte in großer Entfernung ein Auto vorbeifahren hören, sein Motor wie das ferne

Summen einer einsamen Biene, die ihre Runden in der Nacht dreht. Jena setzte sich auf den Bordstein und spürte, wie die Feuchtigkeit des Regens durch ihr Nachthemd drang. Es musste kalt sein, denn auf den Armen hatte sie eine Gänsehaut, aber sie spürte nichts.

Sie konnte ihr Herz überlaut in der Stille schlagen hören. Sie dachte daran zu tanzen. Sie bräuchte nur einen Schal, so wie Isadora Duncan. Wenn sie tanzte, bräuchte sie jemand, der mit ihr tanzen würde. Wenn sie tanzte, würde dann ihre Mutter kommen? Ihre Mutter war vor so langer Zeit gegangen, war von Tag zu Tag mehr davongedriftet, bis sie kaum mehr das Bett verlassen hatte. Dann, eines Tages, war sie gar nicht mehr aufgestanden. Vielleicht würde sie kommen, wenn Jena tanzte. Das war ihr noch nie in den Sinn gekommen.

Sie stand auf und ging zurück in das Motel, wo sie sich selbst damit überraschte, dass sie die Schublade des Nachtkästchens neben Jerry aufzog. Sie hatte gesehen, dass er die Waffe dort hineingelegt hatte, genau so, wie er es zu Hause machte. Der blaue Stahl schimmerte, als das Mondlicht ihn einfing. Jena nahm die Pistole heraus und ließ ihre Hand darübergleiten. Ihr war nie zuvor aufgefallen, wie schön so eine Waffe war, aber das tiefe Funkeln auf dieser hier faszinierte sie.

Sie setzte sich in den Sessel neben dem Bett. Die Pistole lag auf ihrem Schoß. Es fühlte sich richtig an, sie in der Hand zu halten, fast so, als wäre sie ein Teil von ihr, oder vielleicht war sie selbst ein Teil der Waffe. Die Pistole hatte ihre eigene Vorstellung von den Dingen, das war Jena klar. Vielleicht wusste die Pistole, was passieren würde. Sie staunte darüber, wie richtig sie da auf ihrem

Schoß aussah. Ob sie wohl für immer eine Waffe in der Hand halten sollte, so wie Michael Jackson seine Handschuhe trug? Sie saß da und wartete. Worauf? Sie war sich nicht sicher. Sie saß einfach da und wartete, was geschehen würde. Während sie wartete, beobachtete sie Jerry beim Schlafen.

Es musste geraume Zeit vergangen sein. Denn das Tageslicht fiel schon durch den Vorhang, als er aufwachte. In Lilys Zimmer nebenan war es still. Er öffnete die Augen, dann fuhr er mit einem Ruck hoch. »Was tust du da?«, fragte er.

Sie wusste es nicht, deshalb gab sie keine Antwort. Es war keine faire Frage. Sie tat gar nichts.

»Was zur Hölle tust du da?«, fragte er wieder, dieses Mal lauter, und sie hörte die Angst in seiner Stimme. Seltsam, Angst bei ihm zu hören. Das war neu und irgendwie peinlich. »Gib sie mir«, verlangte er und streckte die Hand nach der Waffe aus.

»Oh, das kann ich nicht«, sagte sie, während ihre Hand automatisch die Pistole hob und auf ihn richtete. Warum redete er mit ihr? Es war nicht ihre Entscheidung. »Ich warte nur«, versuchte sie ihm das Ganze zu erklären.

»Nimm dieses Ding runter«, befahl er, aber nicht so nachdrücklich, wie er sonst immer mit ihr sprach.

Sie sah die Pistole an. »Es ist nicht meine Entscheidung.« Konnte er das nicht erkennen? Er lehnte sich einfach zurück und starrte sie an. »Ich glaube nicht, dass es wirklich wichtig ist«, sagte sie. »Du brauchst dir keine Sorgen zu machen.«

»Was zum Teufel stimmt nicht mit dir?«, flüsterte er.

War das die Wahrheit? Stimmte wirklich etwas nicht mit ihr? Sie fühlte sich gut – ruhig und leicht. Sie hätte beinahe getanzt. Sie beobachtete die Pistole, um zu sehen, was sie als Nächstes tun würde.

»Du willst das eigentlich gar nicht«, sagte er. »Du landest im Gefängnis. Du wirst Lily nie wiedersehen.«

Das war eine überraschende Bemerkung. Sie fühlte ein leichtes Ziehen, als er Lily erwähnte, aber das Wort Gefängnis erzeugte überhaupt keine Gefühle in ihr. Genauso gut hätte er sagen können, dass sie Spargel essen würde.

»Es ist wie Spargelessen«, meinte sie.

Er sah nun wirklich alarmiert aus, und sie versuchte, ihn zu beruhigen. »Hab keine Angst«, sagte sie. Sie wollte, dass er verstand, aber das schien er nicht zu tun.

»Was hast du vor?«, fragte er. Hatte er wirklich gewinselt? War das möglich? Sie fühlte sich verwirrt. Sie kannte diesen Mann nicht. Wer war er? Jerry fragte sie nie, was sie vorhätte.

»Ich warte, was passieren wird. Du kannst mit mir warten, wenn du möchtest.«

»Warum holen wir nicht jemand? Du brauchst Hilfe. Du brauchst Ruhe. Warum rufen wir nicht die Polizei?«

»Die Polizei?«, fragte sie, jetzt noch verwirrter. »Du hast mir verboten, die Polizei zu rufen. Ich müsste ihnen meinen Hals zeigen. Und meinen Rücken. Aber das ist jetzt egal, oder? Warum sollten wir die Polizei rufen?« Mit schräg gelegtem Kopf beobachtete sie ihn und die Waffe und fragte sich, was als Nächstes geschehen würde.

Sie saßen da, und Jena wartete, und er sah sie unverwandt an. Eigentlich, dachte sie, sollte er die Pistole ansehen und nicht sie. Er hatte wirklich eine seltsame Nase. Sie wunderte sich, dass ihr das nie zuvor aufgefallen war. Sie war gerötet, als ob er geweint hätte, aber sie konnte keine Tränen entdecken.

»Bist du erkältet?«, fragte sie.

Er sah sie an, als wäre sie verrückt. Sie fragte sich, ob sie es war.

»Warum ist deine Nase so rot?« Das war das Einzige, was sie sehen konnte. Es überlagerte alles andere. Und es schien wichtig zu sein, den Grund zu kennen.

»Du bist jetzt weit genug gegangen«, sagte er. »Gib mir diese Pistole.« Er lehnte sich mit ausgestreckter Hand nach vorn. Sie wusste sofort, dass er das nicht hätte tun sollen. Selbst sie wusste genug, um sich nicht mit dieser Waffe anzulegen.

Das Geräusch war ohrenbetäubend. Es war lauter als im Fernsehen. Der Rückstoß riss ihre Hand zurück, und die Pistole flog ihr aus den Fingern. Aber das machte nichts. Sie war schwer, und Jena war erschöpft davon, sie zu halten.

Ihre Ohren klingelten, und sie konnte nichts hören. Er sagte etwas oder versuchte es zumindest, weil sich sein Mund bewegte. Etwas Rotes breitete sich auf dem Kissen aus und beschmutzte es. Es würde die Hölle sein, diese Bettwäsche wieder sauber zu bekommen.

Sie entdeckte Lily in der Durchgangstür zwischen den beiden Zimmern, und sie sah aus, als würde sie schreien. Jedenfalls bewegte sich ihr Mund, wenngleich Jena keinen einzigen Laut hörte. Sie saß da und wartete, ohne sich auch nur zu fragen, was als Nächstes geschehen würde.

Kapitel 26

»Ich muss unbedingt einen Countrysender finden«, sagte Betsy, als sie das Radio einschaltete. »Ich
kann nicht einfach hier rumsitzen und nichts weiter tun,
als mir Sorgen um Lily machen. Wie lange noch, glaubt
ihr?«

»Hör auf, Betsy«, erwiderte ich. »Du kennst diese Straße ebenso gut wie ich. Wir sind gerade erst an Goldboro
vorbei. Wir brauchen mindestens noch zwei Stunden.«
Betsy hatte die bisherige Fahrt damit zugebracht, Hass-
tiraden auf Jerry schwingen, und sie war nicht die Einzige, die eine Pause davon brauchte. Mandy saß mit geschlossenen Augen gegen das Fenster gelehnt auf der
Rückbank, und ich dachte, dass selbst Josie, mein ge-
liebtes Auto, genug davon hatte.

Mein Handy klingelte, und ich ging ran.

»Breeze. Hier ist Carl. Wir haben Leroy Collins gefunden.«

»Tot?«, fragte ich.

»Sehr. Ein Fischer hat ihn heute am frühen Morgen
rausgezogen. Die Krabben waren an ihm dran, aber
nicht allzu schlimm. Wir bekommen die DNA, um es zu
bestätigen, aber er sieht seinem Foto noch immer ähnlich genug, dass es nur eine Formalität sein sollte. Er ist

es ganz sicher. Aber zu meinem Bedauern haben wir von Lily keine Spur gefunden.«

»Liebe Güte, Carl. Ich hätte Sie anrufen sollen. Ich weiß nicht, wo ich meinen Kopf hatte. Wir haben heute Morgen ein paar E-Mails von Lily an ihre Mutter entdeckt, beziehungsweise an jemand, den sie für ihre Mutter hielt. Wir glauben, dass ihr Stiefvater dahintersteckt. Er schlägt ihre Mutter, deshalb war Lily bei mir. Er hat sie ausgetrickst, damit sie …«

Ich hörte Betsy einen Schrei ausstoßen. Ich sah zu ihr und sah Fassungslosigkeit auf ihrem Gesicht. »Sie ist in Raleigh«, sagte ich zu Carl. »Davon gehen wir zumindest aus. Ich muss jetzt aufhören. Betsy ist wegen irgendwas ganz außer sich. Ich rufe Sie zurück.« Ich legte auf und wandte mich Betsy zu.

»Was?«, fragte ich »Was ist …?«

»Schscht.« Sie drehte das Radio lauter.

… wurde Mrs Jensen in dem Motelzimmer neben ihrem toten Ehemann sitzend aufgefunden, nachdem ein anderer Gast den Schuss gehört und die Polizei verständigt hatte. Polizeilichen Quellen zufolge soll sie bisher nicht gesprochen haben, und man geht davon aus, dass sie psychisch krank sein könnte. Die dreizehnjährige Tochter des Paars war bei ihnen, in einem angrenzenden Zimmer.

Auch ich starrte jetzt das Radio an, dann sah ich schnell hoch. Ich war halb von der Straße abgekommen. »Oh, mein Gott«, sagte Betsy. »Sie hat ihn erschossen. Sie hat den Mistkerl erschossen.«

»Ich kann es nicht glauben.« Und das konnte ich

wirklich nicht. »Lieber Himmel, wo mag Lily jetzt sein?«

Mandy lehnte sich nun nach vorn. »Das ist er? Ihr seid euch sicher?«

»Ja, das ist er«, bestätigte ich. »Er muss es sein. Wie viele Jena Jensens waren letzte Nacht wohl mit ihren dreizehnjährigen Töchtern in einem Motel in Raleigh?« Wir alle starrten das Radio an, aber der Sprecher war zu einem anderen Thema übergegangen.

»Sucht einen anderen Sender«, sagte Mandy von hinten. »Vielleicht schnappen wir noch etwas auf.«

Ich wollte gerade zum Radio greifen, als Mandy verlangte: »Du fährst. Lass Betsy das machen.« Betsy drückte wiederholt auf die Scannertaste, aber überall endeten gerade die Nachrichten, und es wurde wieder Musik gespielt.

»Ich ruf bei der Polizei in Raleigh an«, sagte Mandy. »Mal sehen, ob wir eine Bestätigung bekommen und rausfinden können, wo Lily jetzt ist und in welches Gefängnis man Jena gebracht hat. Ich werde denen sagen, dass Lily bei dir gelebt hat und du die Vormundschaft hast. Hast du die Papiere dabei?«

»Nein, aber wenn nötig kann ich jemand zu mir nach Hause schicken und sie durchfaxen lassen.«

Mandy tätigte den Anruf, und alles ging einfacher, als wir erwartet hatten. Lily hatte nach uns gefragt, und man hatte bereits bei mir zu Hause angerufen. Da wir früh aufgebrochen waren, hatten wir den Anruf verpasst.

Nachdem Mandy aufgelegt hatte, streckte ihr Betsy die Hand entgegen. »Gib mir das Telefon«, sagte sie. Mandy reichte es ihr.

»Wen rufst du an?«, fragte ich.

»Ich habe einen Cousin in Raleigh. Mitglied der Schulkommission. Countryclub-Typ. Kennt jeden. Ich werde Jena einen Anwalt besorgen.«

Mandy wandte sich mir zu. »Du glaubst, es war wegen Lily?«

»Du nicht?«

»Gott segne dieses Kind«, sagte Betsy.

Wir fuhren direkt zu dem Polizeirevier, auf das man Lily gebracht hatte. Sie hatten ihre Aussage aufgenommen und warteten nun darauf, dass jemand ausfindig gemacht würde, der sie nach Hause bringen konnte. Lily saß in eine Decke gehüllt in einem kleinen Vernehmungsraum. Eine Frau vom Sozialamt las in einer Zeitschrift.

Wir gingen alle drei hinein, und Lily ließ die Decke fallen und kam quer durch den Raum auf uns zugeflogen. Ich schlang die Arme um sie, und Betsy streichelte ihren Kopf. Lilys Gesicht war beidseitig geschwollen und fing an, sich violett zu verfärben. Sie weinte ein paar Minuten lang heftig an meiner Schulter, und Betsy murmelte mir leise ins Ohr: »Treib einen Pfahl durch das Herz dieses Mistkerls.«

»Sie hat ihn erschossen«, sagte Lily schließlich. »Meine Mom hat ihn erschossen. Da war überall Blut, und sie hat nicht mal gesprochen. Sie hat total abgedreht gewirkt. Es war, als wäre sie wahnsinnig oder so was. Wird sie wieder in Ordnung kommen?«

»Wahrscheinlich«, sagte ich. »Sie steht vermutlich unter Schock wegen allem, was passiert ist.«

»Es war Selbstverteidigung. Ich hab durch die Wand gehört, wie er sie verprügelt hat. Und dann hab ich ihn sagen hören, dass er sie umbringen wird, und dann war da so eine Art Kampf, und die Pistole ging los.« Aber ihre Stimme, sonst immer so sämig wie Orangensorbet, hatte ihre Textur verändert und sah nun rau und zerkratzt aus.

Ich küsste sie auf den Scheitel und flüsterte in ihr Ohr: »Ich glaube, es war Lily-Verteidigung, nicht Selbstverteidigung.«

Sie drehte den Kopf und flüsterte zurück: »Aber für Lily-Verteidigung könnte man ins Gefängnis kommen, oder?«

»Das könnte man«, bestätigte ich.

»Für Selbstverteidigung kommt man nicht ins Gefängnis«, sagte sie.

Carter Bennington III entpuppte sich als gut gekleideter, stattlicher Mann Mitte sechzig. Er sprach und bewegte sich langsam, doch hinter dem freundlichen Ausdruck seiner Augen lauerte eine wache, messerscharfe Intelligenz. Durch die Referenzen, die Betsy von ihm hatte, wusste ich, dass er die Art Anwalt war, die ich im Zeugenstand am meisten fürchtete – die Art, die einen mit netten Anekdoten einlullt, während sie gleichzeitig mit der Effizienz eines Computers die Schwächen seines Gegenübers auslotet und beurteilt. Die Jurymitglieder würden nie etwas von seinen strategischen Manövern mitbekommen. Sie würden lediglich den geselligen, sympathischen Mann sehen, der sich zwanglos mit einem Zeugen unterhält, und sich dabei fragen, warum sie nicht schon früher bemerkt hatten, dass der Zeuge ein Dummkopf war.

Er kam langsam auf unsere kleine Gruppe zugeschlendert. Wir saßen im Foyer der psychiatrischen Klinik, in die die Polizei Jena gebracht hatte, aber Carter als ihr Anwalt war der Einzige, der bisher zu ihr gedurft hatte.

Er stellte sich uns vor, dann wandte er sich an Lily. »Du musst Lily sein«, sagte er, und ich zog im Geist den Hut vor ihm, weil er als Erstes mit ihr sprach. Lily saß auf einem Stuhl, und Carter ging in die Hocke, um auf Augenhöhe mit ihr zu reden. »Du hast ziemlich was durchgemacht. Haben sie dich im Krankenhaus durchgecheckt?«

Lily nickte. »Ich bin okay. Was wird mit meiner Mutter geschehen?«

»Nichts, solange ich ein Wörtchen mitzureden habe. Zerbrech dir darüber nicht deinen hübschen Kopf. Soviel ich verstanden habe, war es Notwehr?«

»Das stimmt«, sagte Lily etwas zu schnell. »Er hätte sie umgebracht. Er hat es versucht. Ich hab ihn gehört.« Sie sah nun nach unten, um seinem Blick auszuweichen.

Ich beobachtete, wie Carter den Kopf zur Seite legte und sie taxierte, aber er vertiefte das Thema nicht. »Kann ich einen Moment mit Ms Breeze hier sprechen?« Lily nickte zögerlich. »Es geht nur um ein paar juristische Formalitäten«, beruhigte er sie. »Das würde dich schrecklich langweilen.«

Wir gingen zusammen ein paar Schritte. »Ich bin nicht sicher, ob die Frau in diesem Zimmer in der Lage ist, bei ihrer Verteidigung zu helfen«, sagte er. »Verdammt, lassen Sie mich das anders formulieren. Ich bin sicher, dass sie nicht in der Lage ist, bei ihrer Verteidigung zu helfen. Sie scheint nicht zu wissen, welcher Tag heute ist, vielleicht noch nicht einmal, welches Jahr. Was zum Teufel stimmt nicht mit ihr?«

»Sie leidet vermutlich an einer dissoziativen Störung«, erklärte ich. »Sie hat ohne jeden Zweifel eine Posttraumatische Belastungsstörung, und manchmal driften Menschen mit einer schweren PTBS völlig weg. Ich weiß nicht, inwieweit Sie über den Fall informiert sind, aber er hat sie jahrelang misshandelt. Schlimm misshandelt. Sie hat Zigarettenverbrennungen, Würgemale, Gott weiß was noch alles. Im Grunde genommen hat er sie gefoltert. Sie sollten mit ihrem Chef sprechen. Er wurde depressiv davon, auch nur von außen mit ansehen zu müssen, was mit ihr geschah.«

Carter schüttelte den Kopf. »Dreckskerl. Würde es Ihnen etwas ausmachen, ihren Chef anzurufen und ihm meine Nummer zu geben?«

»Natürlich nicht.«

»Was ist mit der Geschichte des Mädchens?«, fragte er.

Ich schwieg einen Moment, dann sagte ich: »Ich denke, sie wird dabei bleiben. Mehr kann ich nicht sagen.«

»Also, was ist da wirklich passiert in diesem Zimmer?«

»Meiner Einschätzung nach hat sie einfach die Kontrolle verloren. Jena hatte Lily zu mir geschickt, damit sie wegkommt von Jerry, ihrem psychopathischen Ehemann. Jerry hat Lily über E-Mails, in denen er sich als ihre Mutter ausgab, aus meinem Haus gelockt. Ich bin mir sicher, dass er geplant hatte, Lily wieder zurück nach

Chicago zu bringen. Ich bezweifle, dass Jena irgendetwas davon wusste, bevor sie hier ankam. Sie erlebte einen Schock, als sie erkannte, dass er Lily zurückgeholt hatte, und dann hat er das Mädchen auch noch zusammengeschlagen. Sie haben ihr Gesicht gesehen. Das hat er nie zuvor getan.«

»Interessant.« Carter starrte einen Moment lang den Flur hinunter. »Die Leute hier in der Gegend haben nicht viel Verständnis für misshandelte Frauen«, sagte er dann. »Sie denken, dass sie die Mistkerle einfach verlassen sollten. Warum sie gleich erschießen? Normalerweise müsste sie mit einer langen Gefängnisstrafe rechnen.«

Ich setzte zu einer Erwiderung an, aber er hob beschwichtigend die Hände. »Sie brauchen sich keine Sorgen zu machen. Sie hat genügend Narben, damit sie ihre Meinung vielleicht ändern. Außerdem habe ich für heute Nachmittag einen Psychiater herbestellt, der ihren Geisteszustand beurteilt. Die Polizei ist herzlich eingeladen, dasselbe zu tun. Ich denke, dass nicht einmal die Staatsanwaltschaft irgendeine Gerichtshure auftreiben könnte, die sie im Moment für psychisch zurechnungsfähig erklärt.«

»Und Lilys Geschichte?«, fragte ich.

»Was das anbelangt, gefallen mir die Chancen der Dame zwar ohnehin, aber eine kleine Rückversicherung kann nie schaden. Es gibt niemand, der die Geschichte erzählen könnte, außer Ms Jensen und ihrer Tochter. Der Verstorbene wird Miss Lily nicht widersprechen, und ich bezweifle, dass Ms Jensen sich überhaupt daran erinnert, was geschehen ist. Wenn das Mädchen bei seiner Geschichte bleibt, sollte es kein Problem geben. Je nachdem welcher Staatsanwalt den Fall bekommt, müssen wir vielleicht noch nicht mal vor Gericht.«

Es war ein trübsinniges Grüppchen, das sich an diesem Abend in einem Hotelzimmer um chinesisches Fastfood versammelte. Unseren Plan, essen zu gehen, hatten wir aufgeben, da bei Lily Kopfschmerzen einsetzten, die immer heftiger wurden. Schließlich rief ich im Krankenhaus an und erfuhr, dass Lilys Verletzungen schlimmer waren, als ich geahnt hatte. Sie hatte eine Fraktur des Okzipitalknochens um das Auge herum und eine schwere Gehirnerschütterung. Als sie dann zu Bett ging, war sie nicht mehr in der Lage, sich die Zähne zu putzen, weil das ihren Kopf zu sehr durchrüttelte. Sie schlief jetzt im Nachbarzimmer.

»Ich weiß nicht, wie es euch geht«, sagte Betsy, »aber ich bin total erledigt. Sich Sorgen zu machen, ist eine elende Sache.«

Niemand widersprach. Die Erleichterung darüber, Lily aus Jerrys Gewalt befreit zu wissen, war einer betäubenden Erschöpfung gewichen.

»Ich fahre morgen nach Hause«, verkündete ich. »Ich werde Lily mitnehmen. Solange man uns nicht zu Jena lässt, gibt es hier im Moment nichts für uns zu tun. Das ist zumindest meine Meinung. Wie steht's mit dir, Mandy?«

»Mit mir? Ich reise auch ab. Da gibt's noch eine unerledigte Sache, um die ich mich kümmern muss.«

»In Seattle?«, fragte ich. »Willst du auf Mrs Parks aufpassen?«

»Nein. Die brauchen mich da nicht. Ich hätte da überhaupt nie hinfahren sollen.«

»Es hätte keinen Unterschied gemacht, wenn du hier gewesen wärst«, sagte ich. »Niemand hat damit gerechnet, dass Jerry Lily in eine Falle locken würde.«

»Es hätte einen riesigen Unterschied machen können«, widersprach sie. »In Bezug auf Leroy. Wie oft kommt es schon vor, dass einem ein verrückter alter Mann das Leben rettet? Ohne diesen seltsamen Glücksfall hätte Leroy dich getötet, während ich in Seattle auf einer Couch gesessen und höflich zuhört hätte, wie Robert eine Zeugin befragt.«

»Sei nicht zu streng mit dir, Mandy«, sagte ich sanft. »Die Sache mit Sissy hat dich einfach nicht losgelassen.«

Mandy warf mir einen schnellen Blick zu, dann sah sie wieder weg. Ich dachte daran, sie zu fragen, was in ihrem Leben die Suche nach Sissys Mörder ersetzen würde, hatte jedoch das Gefühl, nicht das Recht dazu zu haben.

»Also, was ist diese unerledigte Sache?«, fragte Betsy.

»Ein Mann. Du hast ihn kennengelernt«, sagte Mandy an mich gewandt. »Mac.«

Ich sah Betsy an. »Heißer Typ. Bauchmuskeln wie ein Waschbrett.«

»Na hoppla«, sagte Betsy. »Was haben wir denn da?«

»Vermutlich nichts«, meinte Mandy. »Wir haben früher mal was gehabt, aber das habe ich ebenfalls versiebt. Jedenfalls werde ich nach Hause fahren. Ich könnte aber mal zu Besuch kommen – wenn niemand was dagegen hat. Ich habe das Gefühl, es Lily schuldig zu sein. Ich hab sie im Stich gelassen.«

»Du kommst runter zu uns, wann immer du magst,

Schätzchen«, sagte Betsy. »Wir haben hier alles zu bieten. Wir haben Kriminelle und Waisen und Leute, die Farben sehen, wenn man mit ihnen redet. Verdammt, wir haben sogar verrückte Typen, die sich für Blackbeards Ersten Offizier halten. Könnte allerdings was dran sein, soweit ich das beurteilen kann. Kümmert euch nicht um mich«, sagte sie, während sie aufstand und sich streckte. »Ich gehe zu Bett.«

Epilog

Es vergingen drei Wochen, bevor die Ärzte uns zu Jena ließen. Zu diesem Zeitpunkt hatte Carter Bennington III die juristische Seite ihres Falls bestens unter Kontrolle. Dave und seine Frau waren hergeflogen, um bei der Polizei eine Aussage darüber zu machen, wie Jerry Jena behandelt hatte. Anscheinend konnten sie Dave kaum noch stoppen, nachdem er einmal begonnen hatte. Er stellte außerdem Kontakt zu dem Detective her, den er etwa ein Jahr zuvor hinzugezogen hatte, damit er Jena davon überzeugte, Jerry zu verlassen. Durch Dave, seine Frau, den Detective und Jenas Narben konnte ohne jeden Zweifel bewiesen werden, dass Jena über lange und grausame Jahre hinweg von Jerry misshandelt worden war. Dave meinte, dass, wenn irgendwer das in Frage stellen sollte, man es ihn nur wissen lassen möge, dann werde er anfangen, seine Angestellten einen nach dem anderen runterzuschicken, damit sie als Zeugen aussagten.

Carter hatte bereits am ersten Tag einen Gerichtspsychiater hinzugezogen. Da Jena stumm und vollkommen weggetreten war, war es ihm nicht schwergefallen, sie als vorübergehend psychotisch zu befinden, wenngleich sich niemand sicher war, was das »vorübergehend« betraf. Carter hatte versucht, die Polizei dazu zu bringen, sie sofort von ihrem eigenen Psychiater untersuchen zu lassen, aber man hatte es abgelehnt mit der Begründung, dass dies Sache der Anklage sei. Der Fall wurde erst ein paar Tage später an die Staatsanwaltschaft weitergeleitet, die daraufhin eine ganze Weile brauchte, um sich zu organisieren und einen Experten hinzuzuziehen.

Das Ganze war ein Fehler, wenn man sie anklagen wollte – und vielleicht wollte die Polizei das gerade nicht. Indem man sie nicht gleich zu Anfang untersuchen ließ, würde derjenige, den die Staatsanwaltschaft später als sachkundigen Zeugen aufrief, nicht in der Lage sein, viel über ihren geistigen Zustand zu dem Zeitpunkt, als sie Jerry erschoss, zu sagen – zumindest im Vergleich zu den Ärzten, die noch am selben Tag hinzugezogen worden waren. Ihre behandelnden Ärzte erwiesen sich als die besten Zeugen von allen. Sie hatten Jena sofort untersucht, nachdem die Polizei sie eingeliefert hatte, und beharrten darauf, dass sie ihren Zustand nicht vortäuschte.

Der Ankläger war ein fairer Mann namens Martin Steinberg, den Carter gut kannte und respektierte. Carter rief ihn an und sagte ihm, dass er ihm jederzeit Zugang zu seiner Mandantin gewähren würde, damit er mit ihr sprechen könne. Martin Steinberg nahm das Angebot an und kehrte erschüttert von der Begegnung zurück. Wer weiß? Vielleicht hatten die Zehn-auf-Fünfzehn-Hochglanzfotos, die Carter von Jenas Verletzungen und Narben gemacht hatte, ihren Teil dazu beigetragen. Wir erfuhren später nur, dass er sämtliche Fakten zusammenaddierte, nachdem er Jena gesehen hatte. Jena hatte eine schreckliche Missbrauchsgeschichte hinter sich. Sie war zum Zeitpunkt der Tat ziemlich sicher psychotisch gewesen, ganz zu schweigen davon, dass es zumindest eine Ohrenzeugin gab, die sich sicher war, dass Jerry gerade versuchte, Jena umzubringen, als die Waffe losging.

Ein paar Wochen später rief Carter Lily und mich an, um uns zu sagen, dass es vorbei war. Offiziell war zwar noch nichts verlautet, aber bei einem Drink hatte Martin ihm mitgeteilt, dass es schlicht und ergreifend Notwehr gewesen sei. Es würde keine Anklage geben.

Was Daryl Collins betraf, so konnte der einpacken. Pat Humphrey flog hin, um mit Mrs Parks zu sprechen, und stellte zu ihrer großen Freude fest, dass sie eine sehr eindrucksvolle Zeugin abgab. Innerhalb weniger Tage hatte Pat ihre Anklage. Sie gab alle anderen Fälle ab und verfolgte Daryl mit einem Eifer, der fast schon beängstigend war.

Für mich selbst gab es nur noch eine letzte Sache in Bezug auf Daryl Collins zu tun – nämlich Sarah Reasons anzurufen, die Therapeutin, die er im Gefängnis vergewaltigt hatte.

»Es ist vorbei«, sagte ich und erklärte ihr, dass Daryl angeklagt worden war, vor mehr als zehn Jahren ein vierjähriges Mädchen ermordet zu haben. »Ich wüsste nicht, wie er sich da rauswinden könnte«, fügte ich hinzu. »Er hat es mit einem Höllenhund von einer Staatsanwältin zu tun, und die wiederum hat eine Zeugin, der es egal ist, ob sie lebt oder stirbt, also kann man sie nicht einschüchtern. Ohne Leroy ist sie jedoch sowieso wohl kaum in Gefahr.«

»Ist das Ihr Ernst?«, fragte sie ungläubig. »Ist das wirklich Ihr voller Ernst?«

»Aber ja«, erwiderte ich. »Das ist es. Das ist es tatsächlich. Mir ist klar, dass das nicht alles lösen wird, vermutlich noch nicht mal das meiste, aber zumindest werden Sie keine weiteren Glückwunschkarten mehr bekommen, und ganz sicher wird er Ihnen niemals nachstellen können. Das Einzige, was übrig ist«, erklärte ich, »ist der Daryl Collins in Ihrem Kopf.«

Sie schwieg einen Moment, dann sagte sie: »Ich arbeite daran.«

Ich wusste nicht, was ich noch hätte hinzufügen können, deshalb wünschte ich ihr alles Gute und wollte gerade auflegen, als sie sagte: »Warten Sie eine Sekunde. Da ist noch eine letzte Sache. Haben Sie das getan? Wie haben Sie ihn nach all der Zeit dafür drangekriegt? Dieser Mord ist vor vielen Jahren geschehen.«

»Ich war es nicht«, erwiderte ich. »Ich war es kein bisschen. Es war das vierjährige Mädchen. Ihr Name war Sissy Harper.«

»Aber sie ist …«

»Ja, das ist sie, aber manche Menschen sind eben so, schätze ich. Mit ihr hätte er sich besser nicht angelegt.«

Lily und ich fuhren zu Jena, sobald die Ärzte ihr Einverständnis gegeben hatten. Unfähig, sich auf eine Zeitschrift oder ein Gespräch zu konzentrieren, vibrierte Lily auf dem Beifahrersitz geradezu vor nervöser Energie. Ich versuchte eine Weile, Smalltalk zu machen, gab dann aber auf. Sie hatte einen Rucksack mit ein paar Geschenken für ihre Mutter dabei und kramte unentwegt darin herum, voller Sorge, ob sie Jena gefallen würden. Sie hatte Tage damit zugebracht, zu entscheiden, was sie kaufen sollte.

Als sie dann später aus Jenas Zimmer kam, lächelte sie, und ich fühlte, wie ich mich entspannte.

»Wie ist es gelaufen?«, fragte ich.

»Gut. Es geht ihr schon viel besser. Sie redet und das alles. Sie klingt wieder wie sie selbst. Es war gut. Jetzt bist du dran. Aber sag bloß nichts, das sie aufregen könnte.«

Ich lächelte über Lilys Fürsorge, dann ging ich zu Jena hinein.

Sie saß in Jeans und T-Shirt auf einem Stuhl neben dem Bett und wirkte noch immer sehr dünn. Alles in allem sah sie jedoch bedeutend besser aus als bei unserer letzten Begegnung. Ihr Haar war gewaschen und gekämmt. Es glich noch nicht wieder einer Löwenmähne, war aber auch nicht mehr so kraftlos. Ihre Kleidung war sauber, und Jena sah mich direkt an, als ich hereinkam. Sie hatte noch immer dunkle Schatten unter den Augen, und die Erinnerung an den Schmerz stand ihr ins Gesicht und in die Augen geschrieben – besonders in die Augen: Sie waren von jener Dunkelheit, die sämtliches Licht zu absorbieren scheint. Trotzdem konnte ich irgendwo da drinnen die alte Jena erkennen, und sie hatte nicht mehr dieses zombiehafte Aussehen. Sie wirkte eher wie jemand, der sich von einem Zugunglück erholt.

»Hallo«, sagte ich und ließ mich auf das Bett plumpsen. »Du siehst gut aus.«

»Es geht mir besser«, erwiderte sie. »Erheblich besser. Ich erinnere mich immer noch nicht an viel, besonders was die letzten Monate betrifft. Und dass ich ihn erschossen habe, daran kann ich mich überhaupt nicht entsinnen.

Die letzten paar Jahre – ich weiß zwar, dass ich sie gelebt habe, aber es kommt mir alles so unglaublich vor, als wäre es jemand anderem widerfahren und ich hätte nur dabei zugesehen. Wer hätte damals, als wir Kinder waren, gedacht, dass mein Leben mal so enden würde?«

»Es ist nicht zu Ende«, sagte ich. »Gar nichts ist zu Ende.«

Sie schüttelte den Kopf, als versuchte sie die Jahre abzuschütteln, dann sagte sie: »Lily scheint es wirklich gut zu gehen. Dafür habe ich dir zu danken. Sie wirkt völlig verändert.«

»Sie ist ein gutes Mädchen. Du solltest stolz auf sie sein. Ich bin es.«

»Ich weiß nicht, wann ich in der Lage sein werde, sie zurückzuholen. Ich habe diese Flashbacks, bei denen ich Jerry sehe. Er wirkt so lebensecht, dass ich mich manchmal frage, ob er wirklich tot ist. Ich bin immer noch nicht ganz in Ordnung.«

»Oh, er ist ganz sicher tot. Ich bin überzeugt, dass Betsy ihm einen Pfahl durchs Herz getrieben hat, nur um auf Nummer sicher zu gehen. Und mach dir wegen Lily keine Gedanken. Sie hat immer ein Zuhause. Du kannst sie morgen abholen, oder du kannst sie bei mir lassen, bis sie achtzehn ist. Aber wenn du sie morgen mitnimmst, dann stell dich darauf ein, dass ich zu Besuch kommen werde, und zwar oft.«

»Die Erinnerungen an Lily sind das Allerschlimmste«, sagte sie. »Besonders die an das Motelzimmer. Er ist auf sie losgegangen wie sonst immer auf mich.«

»Sei nicht so streng mit dir. Das, was du getan hast, war unglaublich. Es ist keine leichte Übung, aus einem Fenster im zweiundzwanzigsten Stock zu fallen, dabei jemand aufzufangen und wieder nach drinnen zu werfen. Ist das für einen Tag nicht Leistung genug?«

Sie hob die Hand. »Ach Breeze, du musst mich nicht verteidigen. Es gibt nichts, worauf ich stolz sein könnte. Ich habe zugelassen, dass ein Monster über mein Leben bestimmt. Nach einer Weile habe ich nichts mehr für irgendjemand empfunden, nicht einmal mehr für Lily. Ich war total abgestumpft, drogenabhängig und an irgendeinen Ort in meinem Kopf verschwunden, den ich nicht mal beschreiben könnte.«

»Aber das stimmt nicht«, widersprach ich. »Wenn du nichts für Lily empfunden hättest, hätte er niemals versucht, sie zurückzuholen.«

Sie schwieg einen Moment. »Vielleicht«, sagte sie schließlich. Sie verstummte wieder und sah weg. »Ich war völlig hin und weg von ihm, als ich ihn kennenlernte. Ich habe nichts davon kommen sehen. Die Wahrheit ist, ich glaube, dass ich nicht sehr gut bin im Umgang mit Menschen. Ich habe mich in Gesellschaft anderer eigentlich nie wohlgefühlt.«

Sie sah wieder zur Seite, und ich war mir fast sicher, dass sie gerade an das dachte, worin sie gut war – das Bergsteigen. »Patagonien?«, fragte ich sanft.

»Ja.« Sie rieb sich mit den Fingern über die Handflächen. »Ich wünschte, ich könnte irgendwann mit dir dorthin fahren. Du würdest nicht glauben, wie sich die Felsen unter deinen Händen anfühlen, wie es ist, inmitten all dieser weißen Gipfel zu sein, und das in einer

Stille, die so mächtig ist, dass sie Gewicht und Masse zu haben scheint. Und dann der Wind. Oh mein Gott. Der Wind ist wie ein gefährliches Raubtier, vor dem man sich ununterbrochen in Acht nehmen muss. Wenn man ein Seil in diesen Wind fallen lässt, dann stellt es sich senkrecht auf.«

»Klingt nach einem großartigen Ort, um sich zu erholen«, sagte ich.

»Ich kann nicht weg. Ich muss schnell wieder auf die Beine kommen, damit ich Lily nach Hause bringen kann.«

»Lily geht's nicht schlecht da, wo sie ist. Ich denke, sie möchte sehen, wer du wirklich bist, bei dem, was du am besten kannst.«

Sie sah mich nachdenklich an.

Wir unterhielten uns noch eine Weile, dann schien Jena zu müde zu werden.

»Hör zu, du siehst erledigt aus«, sagte ich und stand auf. »Ich gehe jetzt, bevor sie mich noch rauswerfen. Wir kommen nächste Woche wieder.«

Ich ging zur Tür, dann blieb ich stehen und drehte mich noch einmal um. »Ich glaube noch immer, dass du es gut gemacht hast. Du hast es besser gemacht, als ich es gekonnt hätte. Ich komme noch nicht mal mit Werbespots klar.«

*

Also das ist es, was Muttersein bedeutet, dachte ich, während ich auf Portsmouth Island den Strand entlangschlenderte. Muttersein bedeutet, eine Waffe zu nehmen, wenn nichts mehr von einem übrig ist – wenn man so am Ende ist, dass man kaum mehr den eigenen Namen weiß –, und damit einem Mann in die Brust zu schießen, und zwar nicht, weil er einem alles genommen hat, sondern weil er nun auf deine Tochter losgeht. Und vielleicht hing Muttersein auch mit den scharfen Vogelkrallen zusammen, die sich in meine Brust gebohrt hatten, als ich in jener Nacht mit Leroy am Strand gestanden hatte. Vielleicht war es Betsys telefonischer Ausraster gegenüber der Polizei von Raleigh: »Falls der Drecksskerl nicht tot ist, schießen Sie noch mal auf ihn.« Vielleicht bekommen manche Menschen mehr als nur eine Mutter.

Und andere bekommen vielleicht erst dann eine Mutter, wenn es zu spät ist. Mandy hatte zwölf lange Jahre nach dem Mörder eines vierjährigen Mädchens gesucht, weil sie sich für dessen Tod verantwortlich fühlte und weil das Kind niemand hatte, der auf es aufpasste, außer einer zerbrochenen Puppe – welchen Nutzen ihre Suche für Sissy auch gehabt haben mochte.

Und manche Menschen bekommen vielleicht gar keine Mutter. Meine Mutter hatte nie diese scharfen Krallen in ihrer Brust gespürt. Diese Krallen würden niemals erlauben, dass man ein zweijähriges Kind hungrig und eine fäkaliengefüllte Windel mit sich herumschleppend allein im Haus herumwandern lässt – nicht um alle Ozeane der Farben im ganzen Universum. Es hatte letztendlich also keinen Sinn, nach Arizona zu fahren. Ich würde dort wahrscheinlich eine sehr nette Frau treffen, aber ich würde keine Mutter finden.

Es war ein ganz neues Gefühl, mir vorzustellen, dass ein bisschen was von einer Mutter in mir steckte. Ich sah hinüber zu Lily und Betsy, die über den Strand auf mich zukamen.

»Das hier«, sagte Lily stolz, »ist eine Tiger-Lucine.« Sie hielt mir eine runde, glatte zweischalige Muschel entgegen.

»Und was für ein schönes Exemplar«, erwiderte ich. Sie und Betsy verfielen mit mir in Gleichschritt, und wir gingen in kameradschaftlichem Schweigen weiter.

»Das hier ist eine hübsche Insel«, sagte Lily dann.

»Du darfst dich geehrt fühlen«, antwortete ich. »Ich habe bisher erst wenige Menschen mit nach Portsmouth Island genommen. Nur dich und Betsy und einen alten Freund von mir.«

»Es ist so ruhig. Strände haben einfach etwas Großartiges an sich, und der hier ist bisher der beste. Wirst du meine Mutter irgendwann mal mit hierher nehmen?«

»Sobald wie möglich.«

»Breeze«, sagte sie zögerlich, »ich möchte bei Betsy wohnen und auf dem Festland zur Schule gehen.«

»In Ordnung. Falls Betsy einverstanden ist.«

»Klar«, sagte diese.

»Es liegt nicht an dir«, erklärte Lily. »Aber diese Schule ist einfach zu klein. Viel zu klein. Ich habe dort keine Freunde und kann noch nicht mal die Fächer belegen, die ich fürs College brauche. Ich möchte an den Wochenenden zu dir kommen.«

»Das ist für mich ebenfalls in Ordnung.«

»Ist es wirklich wahr, Breeze?«, fragte sie plötzlich. »Sie werden meine Mutter nicht anklagen?«

»Nein. Vermutlich hätten sie es ohnehin nicht getan,

aber ich muss zugeben, dass deine Aussage den Ausschlag gegeben hat.«

Lily lächelte verlegen. »Ich fühle mich kein bisschen schlecht deswegen. Er war ein Dreckskerl. Meine Mutter sollte nicht ins Gefängnis gehen, weil sie ihn erschossen hat. Betsy sagt, er hatte den Tod verdient.«

Ich sah Betsy finster an. »Das hatte er auch«, erwiderte sie.

»Im Normalfall bin ich kein großer Freund davon, Leute zu erschießen«, sagte ich, »aber ehrlich gesagt glaube ich, dass die Menschheit ohne ihn besser dran ist.«

»Ich hätte selbst draufkommen sollen, es zu tun«, sagte Lily. »Ich wusste, wo die Waffe war.«

»Bist du dir sicher, dass du keine Südstaatlerin bist?« Und ich fragte mich das wirklich. Vielleicht hatte das gar nichts mit Geografie zu tun. Vielleicht hing es in Wirklichkeit mit dieser Kombination aus leidenschaftlicher Loyalität und Halsstarrigkeit zusammen, die von allen bewundert wurde, wenn man recht hatte, und eine Katastrophe darstellte, wenn man falsch lag. Und in Lilys Fall hatte ich nicht das Zeug dazu, ihr zu sagen, dass sie falsch lag. Nicht nur, weil sie Jena geholfen hatte, sondern auch, weil zu lügen, um ihre Mutter zu schützen, etwas bei Lily bewirkt hatte, etwas, wodurch das Gefühl von Hilflosigkeit und Schuld gelindert wurde, das sie empfunden hatte, als sie mit ansehen musste, wie ihre Mutter halb zu Tode geprügelt wurde.

»Was wird mit ihr passieren«, fragte Lily, »wenn sie aus der Klinik kommt?«

»Ich hoffe, dass sie einige Zeit bei mir leben wird. Ich

fürchte, es wird eine Weile dauern, bis sie wieder ganz auf dem Damm ist.«

»Es wird ihr hier gefallen. Das weiß ich.« Nach einer Weile fügte sie hinzu: »Sie sollte wieder bergsteigen gehen, oder?«

»Wahrscheinlich.«

»Ich glaube schon. Meine Mutter war glücklich in den Bergen. Ich hab ihr ein Bergsteigermagazin gekauft und ein Abonnement für sie abgeschlossen. Sie bieten da Touren an. Ich hab mir überlegt, dass sie irgendwo mit einer Trekkingtour anfangen könnte.« Vielleicht, dachte ich, funktioniert Muttersein manchmal auch in die andere Richtung.

Wir gingen weiter, und niemand schien das Bedürfnis zu haben, sich zu unterhalten. Lily stromerte davon, um nach weiteren Muscheln zu suchen.

»Was ist mit dir?«, fragte ich Betsy.

»Mit mir?« Sie lächelte. »Ich werde beschäftigt sein. Ich werde wieder einen Teenager im Haus haben.«

Sie sah zu mir. »Ich weiß schon«, fügte sie hinzu. »Du denkst, dass ich früher oder später etwas anderes in meinem Leben brauchen werde. Dass ich arbeiten gehen sollte oder so was. Aber ich verrat dir was, Mädchen. Ich bin eine Mutter. Mir ist klar, dass es jede Menge Frauen gibt, die Mütter sind und Pilotinnen und was nicht alles, aber ich bin schlicht und ergreifend Mutter. Als Ehefrau bin ich okay, aber als Mutter bin ich großartig. Also schmink dir ab, dass ich vorwärtskommen, mir einen Job suchen sollte oder was auch immer. Ich will das nicht. Wenn Lily weggeht, denke ich, werde ich Pflegekinder bei mir aufnehmen.«

»Ach, Betsy. Das wäre fantastisch für die Kinder, aber ich muss dich warnen: Du wirst viel Schmerzhaftes erleben, wenn du dich als Pflegemutter engagierst. Diese Familien bekommen die Kinder zurück, und manchmal werden die Kinder schreiend und tretend aus ihrem neuen Zuhause gezerrt.«

»Wie hat Joplin gesagt?«, fragte Betsy. »›Freiheit ist nur ein anderes Wort dafür, nichts mehr zu verlieren zu haben.‹ Nun ja, vielleicht muss man sich auf Schmerz einstellen, wenn man etwas zu verlieren hat, aber nichts zu haben ist nicht besser. Ich nehme lieber das Etwas. Vielleicht werden sich ein paar von den Kindern mal nach der Schule zurückstehlen, nur auf ein paar Doughnuts und eine Cola. Vielleicht bleiben sie in Verbindung, wenn sie mit der Schule fertig sind. Versteh mich nicht falsch. Ich will das nicht tun, um die Welt zu retten. Ich will das tun, weil es das ist, was ich am besten kann. Aber ich bezweifle, dass es vergebens wäre.«

»Ich habe kein Problem damit, Betsy. Klingt nach einem guten Plan.«

Betsy blieb stehen und setzte sich. Sie meinte, sie wäre nun weit genug gelaufen. Ich wanderte weiter am Strand entlang und beobachtete, wie Lily hin und her flitzte, im Zickzackkurs von Muschel zu Muschel lief. Es war jedoch nicht Lily, an die ich dachte; es war Sissy. Sie hatte aus dem Grab heraus mit dem Finger auf Daryl Collins gezeigt – eine beachtliche Leistung. Es war wirklich ironisch. Die einzige Zeugin, die tatsächlich nicht eingeschüchtert werden konnte, war die, die bereits tot war. Nichts mehr zu verlieren. Was wäre aus diesem Kind wohl geworden, wenn es hätte erwachsen werden dürfen? Ich hatte immer gedacht, dass es etwas Besonderes an mir gewesen wäre, durch das ich sie sehen konnte, aber ich war vollkommen falsch gelegen. Es war das Besondere an Sissy gewesen.

Robert würde morgen kommen. Er müsse sich auf einen Prozess vorbereiten, hatte er gesagt, und brauche für eine Woche oder so einen ruhigen Ort, um zu arbeiten. Wir würden sehen, wie es lief. Ich würde mich selbst belügen, wenn ich behauptete, dass ich mich nicht freute. Nach all der Angst und Sorge wollte ich Wärme und Liebe, seinen feinsinnigen Witz und die gute Gesellschaft. Aber die Langlebigkeit des Ganzen war eine andere Sache. Ich konnte mir nicht vorstellen, dass er viel Zeit mit den Füßen auf dem Balkongeländer verbringen würde, und es gab keinen Teil meiner Seele, der je in einer Stadt leben könnte. Aber unabhängig vom Ausgang des Ganzen würde ich Geborgenheit bei ihm finden, solange er hier war.

Ich beobachtete, wie Lily sich umdrehte und zu mir zurückkam. Alles um sie herum – das Dünengras, die Muscheln, der Sand, sogar Lily selbst –, schien von unzähligen Schichten südlichen Lichts umfangen zu sein, ein Licht, das alles, was es berührte, in eine Art himmlischen Glanz zu tauchen schien. Viel der Freude auf dieser Welt, dachte ich, kam von seiner Pracht. Ich blickte hinauf zur Sonne, die in der Ferne strahlte, schloss die Augen und fühlte, wie die Brise ihre salzigen Finger über mein Gesicht gleiten ließ. So vieles verstand ich noch immer nicht: Warum Jena Jerry nicht zu einem frühen Zeitpunkt verlassen hatte; wie Sissy sich mir auf diese Weise hatte zeigen können; weshalb Charlie gewusst hatte, dass jemand hinter mir her war.

Aber warum überhaupt den Versuch unternehmen, diese Dinge zu ergründen? Manchmal ist es besser, einfach zuzusehen, wie die Sonne auf den Wellen reitet, und die salzigen Finger des Windes zu schmecken. Manchmal ist es besser, einfach zuzusehen, wie das Licht des Südens allem Glanz verleiht, das es berührt, und dabei an überhaupt nichts zu denken. Jena und ich waren gar nicht so verschieden. Das war der springende Punkt. Das war immer schon der springende Punkt gewesen.

Lily hielt ihre Muschel vor sich her, während sie zu mir gelaufen kam. Sie würde einen Weg finden, damit es funktionierte, überlegte ich. Sie würde ihre Bemutterung von uns allen bekommen, ein wenig hier, ein bisschen da. Sie würde sogar selbst ein bisschen bemuttern. Ich legte den Arm um die Schulter der dunkelhaarigen Tochter neben mir, und wir machten uns auf den Heimweg.